KB131595

레이디투퀸
Lady to Queen

무소 장편소설

3

위즈덤하우스

차 례

ᨠᨡᨠ

1

After

"……뭐?"

한참 후에 루시오가 멍한 목소리로 묻자, 페트리지아가 담담하게 대답했다.

"말씀드린 그대로입니다."

"황궁을 나간다니, 그게 무슨 소리야."

"말씀드린 그대로……."

"아니, 내 말은."

그가 성큼성큼 페트리지아에게로 다가왔다. 어느새 그녀의 바로 앞까지 다가온 그가 애타는 듯한 눈으로 물었다.

"그게 무슨 뜻이냐고. 갑자기 왜……."

"'갑자기'가 아닙니다, 폐하."

페트리지아가 차분하게 답했다.

"전부터 계속 생각하고 있었으니까요. 만약 로즈몬드와의 싸움이 끝나게 된다면, 이 자리를 내려놓고 물러나고 싶었습니다, 폐하."

"……."

"저는 너무 지쳤어요. 더 이상 황궁에서 머무는 것을 원치 않습니다."

"황후."

"더 이상 황후로 살고 싶지 않아요."

"내가……."

그가 목이 멘 듯한 목소리로 말했다.

"내가 잘못한 게 많아."

"……."

"그대가 내게 질린 것도 알고, 나를 싫어하는 것도 알아. 하지만……."

루시오가 애원했다.

"제발 이 궁을 나가겠다는 말만큼은 하지 말아줘. 내 옆을 떠나겠다는 말만큼은…… 하지 마."

"폐하."

"황후, 제발……."

"저는 너무 지쳤어요. 환멸감이 듭니다."

페트리지아가 메마른 목소리로 말했다.

"이곳에 더 있다간 저도 미쳐버릴 것만 같아서…… 그래서……."

"그래서 날 두고 가겠다는 건가? 날 혼자 남겨두고……."

루시오가 비통한 표정으로 물었다.

"날 위해서라도…… 그대가 아니라 날 위해서……."

"……."

"이기적이고 못난 나를 위해서…… 그래줄 수는 없는 건가?"

"저도 제 삶을 살고 싶어서요."

"그대가 원하는 게 있다면 무엇이든 해줄게. 금은보화를 원한다면 그 배를 안겨다 줄게."

"재물은 귀족의 여식인 제게 더는 의미가 없습니다, 폐하."

"다른 게 필요하다면 뭐든 다 주겠어. 그대의 소원이 무엇이든, 다 들어주겠다."

"……."

"내 옆에만 있어. 증오도, 원망도 내 옆에서 해."

"이제는 폐하를 증오할 기력도, 원망할 힘도 남아 있지 않아요."

페트리지아는 정중하게, 하지만 완고하게 자신의 뜻을 말했다.

"그저 이곳을 떠나 편안하게 본가에서 머물고 싶습니다. 그 어떤 암투도, 모략도 없는 자유로운 곳에서……."

"그대 외에는 이 황궁 안에 내 손길이 닿는 여자가 없을 거야. 맹세하지. 평생 그대 한 사람만 보고 살……."

"폐하."

페트리지아가 부드럽게 그의 말을 끊었다. 허망한 그의 표정을 바라보면서도, 페트리지아는 흔들림 없이 말을 이었다.

"제가 정말 원하는 것은 이곳을 벗어나 자유로워지는 거예요. 새장 속에서 호화롭게 지내는 게 아니라, 야생에서 초라하게 살아가는 거요."

"······."

"저 하나만 바라보고 살지 마세요. 저는 폐하의 마음을 감당할 수 없습니다."

"그대에게 무엇을 바라는 게 아니야. 아무것도 원하지 않을게. 요구하지도 않겠어. 그저 내 옆에만, 무엇을 해도 좋으니 내 곁에만······ 있어주면 안 되겠나."

"죄송합니다, 폐하."

"황후, 페트리지아. 제발······."

"그럴 수 없습니다."

"부탁이야, 나를······."

나를 버리지 마.

차마 빠져나오지 못한 한마디가 그의 입가에서 웅웅거리며 맴돌았다. 페트리지아는 그 마음을 읽었지만, 끝까지 고개를 저었다.

나를 위해서라도, 그리고 당신을 위해서라도 이게 최선이야. 페트리지아가 마지막 말을 남겼다.

"퇴궁을 원합니다, 폐하. 사사시키지 않는 조건으로 폐후로서 내

쳐주세요. 부디······ 청하옵니다."

"난······."

그럴 수 없었다.

어떻게 그럴 수 있단 말인가. 이제야 비로소 그녀를 사랑하게 되었는데. 이제야 비로소, 사랑과 동정을 구분할 수 있게 되었는데.

이제야 비로소······.

"허락하지 않겠다."

너의 눈을 똑바로 쳐다볼 수 있게 되었는데.

"폐하."

"이기적인 사내라고 욕해도 좋고, 몰염치한 황제라고 비난해도 좋다."

"······."

"하지만 곁을 떠나는 것만큼은 안 돼. 그것만큼은 절대로······."

"제가 폐하를 사랑하지 않는 데도요?"

"나의 사랑도, 나의 그리움도, 나의 마음도 전부 다 너의 것이다."

"······."

"말했잖아. 증오해도, 미워해도, 원망해도 상관없다고."

그러니 그대, 내 곁에만 있으라고.

"절 어디까지 불행하게 만들 셈이세요?"

"나를 사랑해달라는 **뻔뻔한** 말은 하지 않을게. 하지만 적어도······ 내게 기회를 줘."

"이제 와서 말입니까."

"아니, 기회를 영영 주지 않아도 좋아."

루시오가 간절하게 애원했다.

"부탁이야, 황후. 그대가 없는 황궁을 버텨나갈 자신이 없어."

"죽은 로즈몬드에게도 그렇게 말씀하셨잖아요."

페트리지아가 슬픈 목소리로 읊조렸다.

"저는 그녀처럼 할 수 없어요. 그녀처럼 폐하께 거짓으로 마음을 고백할 수 없다고요."

"……."

"저는 폐하께 진심만을 말씀드리고 있는 거예요. 폐하를 사랑하지 않는다고요."

"페트리지아, 제발……."

"……이만 가보겠습니다."

페트리지아는 그 말만 남기고선 뒤를 돌았다. 이제는 더 이상 버틸 재간이 없었다. 로즈몬드가 죽으면서 그녀의 마음도 함께 죽어 버린 듯했다.

페트리지아는 메마른 표정으로 그의 방을 나갔다. 혼자 남은 루시오가 괴로운 표정으로 얼굴을 감싸 쥐었다. 그의 말랐던 손끝은 어느샌가 눈물로 젖어 있었다.

"정말로 이 궁을 떠날 셈이야?"

페트로닐라가 조용히 물었고, 페트리지아는 가만히 고개를 끄덕였다.

"처음 이 궁에 들어온 건 순전히 언니 대신 조용히 살기 위함이었어. 폐하께서 나와 가문을 보호해주신다는 약속만 받으면 차라리 폐후가 되어 지금보다 자유롭게 지내고 싶어."

"……."

페트로닐라는 동생의 말에 아무 대꾸도 할 수 없었다. 그녀가 동생의 결정에 이러쿵저러쿵 토를 다는 것은 그 자체로 기만이다. 어찌 보면 그녀는 자신을 위해 희생한 셈이었다. 어리석은 언니를 대신해 자기 자신을 황궁에 바친 것이 아닌가.

페트로닐라가 속으로 한숨을 쉬었다. 보아하니 황제는 페트리지아를 좋아했다. 사랑하고 있는 것 같았다. 그것만은 진심이라는 걸, 페트로닐라는 알 수 있었다. 로스시가 자신을 바라볼 때와 똑같은 눈빛을 루시오 황제가 하고 있었기 때문이었다.

하지만 페트리지아의 마음은 이미 모두에게 닫혀버린 듯했다. 자신이 처음 그랬던 것처럼.

페트로닐라의 솔직한 바람은 그녀가 지난 일을 모두 잊고 황제와 함께 백년해로를 하는 것이었다. 하지만 페트리지아는 그걸 원치 않는 것 같았다. 하긴, 회귀 전에도 결혼에 특별히 뜻이 없는 동생이었으니까.

"닐라는 반대야?"

"내가 반대한다고 해서 이곳에 남아 있을 건 아니잖아."

"그래도 그냥 물어보는 거야."

"개인적인 바람으로는 네가 여기서 옛일은 다 잊고 행복하게 살았으면 좋겠지."

"어떻게 그렇게 말할 수가 있어?"

페트리지아의 목소리가 약간 격앙되었다.

"잊었어? 지금은 내가 황후지만, 회귀 전에는 닐라 네가 황후였어. 엄밀히 말해서 그 사람은 내 남편이 아니라 형부라고."

"페트리지아, 네가 말했던 것처럼 그건 우리 두 사람이 회귀 전에 있었던 일이야."

"그렇다고 해서 내 목이 잘리고, 언니 목이 잘리고, 부모님 목이 잘렸던 사실은 변하지 않잖아."

"물론 그렇지. 하지만 리지, 과거에만 갇혀 있을 셈이야? 그때 우리 가족을 참하라 명령했던 황제와 지금의 황제는 다른 사람이야. 다른 인격이라고."

"그렇다고 해도……!"

차분했던 페트리지아의 목소리가 점점 커졌다.

"그 사람이 한때 네 남편이었다는 사실은 변하지 않아."

"오, 세상에. 리지, 너 설마 그것 때문에 그러는 거니?"

페트로닐라가 진지한 목소리로 물었고, 페트리지아는 대답하지 않았다. 페트로닐라는 그런 그녀를 빤히 바라보다가 낮은 목소리

14

로 고백하듯 말했다.

"엄밀히 말하자면, 네 말대로 나는 지금의 황제 폐하와 부부 사이였어. 하지만 리지, 네가 생각하는 그런 관계는 우리 사이에 없었어."

"뭐……?"

그게 무슨 뜻이야? 페트리지아의 물음에 페트로닐라가 담담하게 고백했다.

"황제 폐하와 내가 단 한 번도 동침한 적이 없다는 말이야. 나는 한마디로 그분의 '형식적인' 황후였다고."

"……."

"이제 알겠어? 그리고 나 때문이라면, 신경 쓰지 마. 내게는 이미 사랑하는 남자가 있고, 황제 폐하는 그저 어리석었던 시절의 내 치부 중 하나일 뿐이니까. 나는 이제 황제 폐하께 아무런 마음도 지니고 있지 않아."

"꼭…… 그것 때문만은 아니야."

페트리지아가 한숨을 쉬며 말했다.

"그냥 나는 지금 너무 지쳤어. 아무것도 생각하고 싶지 않아."

"그럼 쉬어. 내궁의 업무는 그동안 나와 미르야가 맡으면 되니까. 원한다면 요양이라도 가."

"닐."

"정말 미안하지만 리지, 네가 말한 건 어린애처럼 굴 수 있는 문제가 아니야. 이미 한 번 황후가 된 이상, 무슨 논리로 폐후가 될 건데? 황궁을 떠나기 위해 죄라도 지을 셈이야?"

"나는……."

"네가 자유로워질 수 있는 방법은 많아. 내가 널 도울 거고, 미르야가, 라파엘라가 널 도울 거야. 우리 이제 힘든 일은 다 겪었잖아."

"……."

"버티라는 소리가 아니야. 그저…… 이 자리에서도 충분히 자유로워질 수 있다는 뜻이야."

"……."

페트리지아는 아무 말도 하지 않았다. 페트로닐라의 말에는 일리가 있었다. 폐후는 쉽게 될 수 있는 것이 아니다. 페트로닐라의 말처럼, 폐후가 되기 위해서는 그에 걸맞은 죄를 지어야만 했다. 이도 저도 쉽지 않군. 페트리지아가 한숨을 쉬었다.

"알았어. 내가 너무 경솔했네."

"일단 좀 쉬는 게 좋겠어. 요즘 너무 무리를 해서 그래."

"……."

페트리지아가 짤막하게 한숨 쉬었다. 그래, 정말로 그래서 그런 것일지도 모르겠다.

페트로닐라는 오후에 브레딩턴 백작저에 깜짝 방문하기 위해 평소보다 일찍 황후궁을 나섰다. 그때 누군가가 그녀를 불러 세웠다.

"그로체스터 영양."

"누구십니까."

"황제 폐하께서 찾으십니다."

"……."

루시오가 자신을 찾는다는 말에 페트로닐라가 의아한 낯빛을
했다. 그가 자신을 찾을 일이 있나? 회귀한 이후 루시오와 페트로
닐라 사이에는 어떠한 접점도 없었다. 페트로닐라가 물었다.

"무슨 일이신지……."

"폐하의 의중이야 저도 모르지요."

"……."

페트로닐라는 가만히 고개를 끄덕였다. 무슨 일로 자신을 부르
는지는 몰라도, 부르는 데 가는 것을 거역할 수는 없다. 그녀가 차
분한 발걸음으로 시녀를 따라 걸었다.

"폐하, 그로체스터 영양 드십니다."

"모시도록."

짤막한 대답과 함께 문이 열렸다. 페트로닐라는 신기하게도, 그
문 안으로 들어가면서 어떠한 긴장도 느껴지지 않음을 느꼈다. 회
귀 전에는 이 문 하나를 건너가는 게 그렇게 떨리고, 설렐 수가 없
었는데. 페트로닐라의 무감정은 회귀 전 남편이었던 루시오를 보
고 나서도 일관되게 유지되었다. 페트로닐라가 루시오에게 인사
했다.

"제국의 위대하신 태양, 황제 폐하를 뵙습니다. 마비너스에 영광을."

"……앉지."

그가 자리를 권했고, 페트로닐라는 우아하게 테이블에 앉았다. 그와 마주보고 앉는 게, 아마 회귀 후에는 처음이리라고 생각하면서 페트로닐라가 용건을 물었다.

"이리 부르신 까닭이 무엇인지요, 폐하."

"……황후가."

루시오가 괴로운 음성으로 입을 열었다.

"퇴궁을 청했다."

"……당연한 일 아닙니까."

페트로닐라는 무감정하게 대답했다.

"황궁에서 그런 일을 겪었으니 퇴궁을 청하는 것도 무리는 아니라 봅니다."

"영양은 황후가 퇴궁하길 바라는 건가?"

"그 이후에 동생 폐하의 삶에 어떠한 굴곡도 없을 수 있다면야."

페트로닐라가 냉소적으로 답했다.

"저는 찬성이고, 아마 제 부모도 그럴 것입니다."

"……나는."

그가 괴로운 표정으로 애원하듯 말했다.

"이제 황후 없이는 살 수가 없어."

"……."

페트로닐라는 아무 말도 하지 않았다. 여기서 더 무슨 말을 하랴. 그는 분명 페트리지아가 없다고 해도 살 수는 있을 것이다. 하지만 그건 외적인 부분을 말하는 것이고, 내적인 부분은…… 글쎄. 페트로닐라는 그것까지는 모르겠다고 생각했다.

"그래서 저를 부르신 까닭은, 동생 폐하의 마음을 돌려달라 청하시기 위함입니까?"

"내가 그 정도로 뻔뻔하지는 않아, 영양."

루시오가 짤막하게 한숨을 내쉬며 페트로닐라에게 물었다.

"황후가…… 혹시 좋아하는 게 있는가?"

"……."

페트로닐라는 루시오의 말을 듣고 순간 실소를 터뜨릴 뻔했으나, 간신히 참았다. 저 남자가 저런 걸 묻는 날이 오긴 오는구나, 생각하면서. 페트로닐라가 되물었다.

"무슨 뜻이신지요."

"나는 황후에 대해 잘 몰라. 그녀에 대해 알아가기도 전에 내가 너무나도 큰 죄를 저질렀지."

"……."

알긴 아는구나, 하고 페트로닐라는 속으로 중얼거렸다.

"나는 황후를 떠나보낼 수 없어. 하지만 그렇다고 해서 그녀가 불행해지는 걸 원치도 않는다."

"욕심이 많으십니다."

"……알고 있어."

루시오가 씁쓸한 얼굴로 중얼거렸다.

"나름대로 노력을 하려고 해. 그대의 도움이 필요해서 불렀다."

"정확히 궁금하신 게 무엇입니까."

"황후가 좋아하는 것, 싫어하는 것. 황후에 대한 것, 전부 다."

그가 속삭이듯 말했다.

"황후에게 물어보면 분명 대답해주지 않을 것 같아서."

루시오는 현명했다. 아마 그럴 것이라고 페트로닐라는 생각
했다.

"제 동생은……."

페트로닐라가 입을 열었다.

"딸기를 좋아해요. 달콤한 디저트도 좋아하죠. 사치스러운 성격
이 아니라 값비싼 드레스나 장신구는 그렇게 마음을 움직이지 못
할 거예요."

"……."

가만히 듣고 있던 루시오가 곧 페트로닐라가 말한 내용들을 양
피지에 적기 시작했다. 그 모습을 바라보던 페트로닐라는 순간 웃
음을 터뜨릴 뻔했으나, 그 진심이 가상해 겨우 웃음을 참았다. 이런
구석이 있었나.

"싫어하는 건……."

습관적으로 '폐하를 싫어해요' 하고 말할 뻔했던 페트로닐라가 얼른 말을 바꾸었다.

"별로 없어요. 거짓말하는 것 빼고는. 가리는 음식 같은 것도 없고요. 아마 폐하와의 관계 개선에 있어 가장 중요한 건⋯⋯."

뜸을 들이던 페트로닐라가 진심을 다해 조언했다.

"황제 폐하의 진심일 거예요. 동생 폐하는 진심이 담긴 거라면 뭐든 함부로 하지 않으니까."

"⋯⋯고마워."

루시오가 고마움을 표시했고, 페트로닐라는 그 말 속에 진심이 담긴 것을 느꼈다.

그래, 바로 이렇게. 페트로닐라가 설핏 웃었다.

"도움이 되셨는지요."

"진심을 다하라는 말이 가장 도움이 되었군."

그가 무슨 깨달음이라도 얻은 사람처럼 말했고, 그 모습을 빤히 바라보던 페트로닐라가 한마디를 보탰다.

"가장 간단하면서, 가장 어려운 일일 겁니다."

루시오가 페트로닐라가 돌아간 이후 가장 먼저 한 일은 중앙궁의 주방장을 찾는 일이었다. 중앙궁의 주방장은 그간 볼 일이 없던 황제의 갑작스러운 방문에 깜짝 놀라면서도, 예의 바르게 그를 맞아들였다.

"제국의 위대한 태양, 황제 폐하를 뵙습니다. 마비너스에 광영을."

"그대에게 부탁이 있어 들렀다."

하늘 같으신 황제 폐하께서 무슨 부탁이 있으시기에 이리 친히 납시셨을까. 주방장은 의아한 표정을 숨기며 그에게 말했다.

"무엇이든 말씀하시지요, 폐하."

"디저트 만드는 법을 좀 배우고 싶은데."

……네? 주방장의 눈이 휘둥그레졌다.

"폐하, 소신이 잘못 들은 것 같습니다만……."

"그대가 귀머거리가 아니라면 제대로 들은 게 맞다. 디저트 만드는 법을 배우고 싶다고 말했어."

"……."

루시오가 다시 한번 힘주어 말하자, 주방장은 그제야 자신이 잘못 들은 것이 아님을 깨닫고선 경악했다.

맙소사, 황제 폐하께서 디저트 만드는 법을 가르쳐달라고 하시다니! 그가 물었다.

"혹 제가 만들어드리는 디저트가 입에 맞지 않으십니까?"

"아니. 그대의 실력은 알아줄 만하지. 그러니 아직까지 자리를 보전하고 있는 게 아닌가."

"……."

살벌한 칭찬에 주방장이 다시 물었다.

"하면 왜 갑자기……."

"만들어줄 사람이 있어서 그런다."

"아, 선물용이시라면 제가 만들어드릴 수 있습니다."

"물론 그대가 만드는 게 더 맛도 좋고, 보기에도 좋겠지."

루시오가 담담하게 말해나갔다.

"하지만 그렇게 된다면 그 디저트는 더 이상 특별하지 않아. 내가 직접 만들어야…… 진심이 조금이라도 전해질 수 있을 것 같아서."

"……?"

주방장은 지금 루시오가 무슨 말을 하고 있는 것인지 조금도 이해가 되지 않았지만, 잠시 후에 높으신 분의 뜻을 어찌 감히 헤아리랴, 하고 이해하는 것을 포기해버렸다. 그가 비장한 목소리로 대답했다.

"그렇다면 제가 알려드리겠습니다, 폐하."

그렇게 루시오의 스파르타 훈련이 시작되었다. 평소보다 일찍 정무를 마친 루시오가 가장 먼저 시도한 디저트는 브라우니였다. 처음에는 호기롭게 시작했지만, 어째 점점 브라우니의 모양은 이상해져 갔다. 보다 못한 주방장이 그에게 물었다.

"폐하, 좀 도와드려도 되겠습니까?"

"……혼자 할 수 있다."

하지만 루시오는 잠시 후에 그에게 도움을 요청할 수밖에 없었다. 그래도 그는 아주 형편없는 학생은 아니었기 때문에, 세 번의 실수를 거듭한 끝에 네 번째부터는 꽤나 '봐줄 만한' 브라우니가 만들어졌다.

모든 잡념을 잊고 만들어낸 녹인 초콜릿을 잔뜩 뿌린 브라우니를 오븐에 넣은 뒤, 익기를 기다리던 루시오는 순간 페트리지아를 머릿속에서 떠올렸다.

"……."

후회할 때는 이미 늦은 거라 했다. 그는 진작 그녀에 대한 마음을 알지 못했던 것을 후회했지만, 그때는 이미 늦은 뒤였다. 그러니 그가 지금 하는 일련의 행동들은, 그리고 앞으로 그가 할 일련의 행동들은 어쩌면 부질없고, 의미 없는 일일지도 모른다. 하지만…….

'그럼에도 불구하고, 이것으로 마음을 전할 수만 있다면…….'

그것으로 족한 것이다. 루시오는 순식간에 괴로운 표정이 되어, 인상을 찡그리고, 입술을 깨물었다. 왜 진작 그녀에게 이렇게 해주지 못했을까. 왜 진작 그녀에게 마음을 표현하지 못했을까. 왜 나는 이토록 어리석나. 왜 나는…….

"아……."

오븐에서 타는 냄새가 났을 때가 되어서야 비로소, 루시오는 정신을 차리고 오븐까지 걸어갔다. 이번에는 어째 먹을 만한 브라우니가 만들어진다 싶었는데, 이번 브라우니도 실패였다. 그가 씁쓸한 표정으로 잔뜩 타버린 브라우니 한 조각을 입에 넣었다. 초콜릿의 단맛은 온데간데없고, 쓴맛만 잔뜩 남아 있었다.

"폐하, 다음 달에 있을 탄신 연회의 기획안입니다."

다음 달에는 페트리지아의 탄신일이 있었다. 자신의 탄신일조차 자신이 챙겨야만 하는 아이러니한 상황이 웃겼지만, 하는 수 없었다. 그렇다고 황후의 탄신 연회를 황제가 챙길 수는 없는 노릇이었으니까. 페트리지아가 한숨을 쉬며 중얼거렸다.

"다음 탄신일은 집에서 보냈으면 했는데."

"……."

그 말에 아무도 대꾸하지 않았다. 페트리지아도 딱히 대답을 들으려 한 말은 아니라는 듯, 아무렇지 않게 미르야에게서 서류를 받아 든 뒤 읽어 내려가기 시작했다. 안 그래도 예산이 부족한데, 너무 호화로웠다. 페트리지아가 한숨을 내쉬며 말했다.

"좀 예산을 줄여야 할 필요가 있겠어. 파티의 주최자로서 허락하지."

"하지만, 폐하. 그렇게 되면 폐하의 위엄이……."

"그렇게 하도록 해. 내 위엄은 이미 로즈몬드를 처형함으로써 다시 올라갔으니까."

금단의 이름을 입에 담은 페트리지아가 피곤한 표정으로 의자의 등받이에 몸을 기댔다. 좀 쉬어야지, 하면서도 그녀의 몸은 어느새 책상 앞에 앉아 내궁의 일을 처리하려 하고 있었다.

페트리지아가 눈을 감고 좀 쉬려는데, 누군가가 문을 두드렸다.

미르야가 물었다.

"무슨 일이냐."

"황제 폐하께서 오셨습니다."

불청객의 방문에 페트리지아의 한쪽 눈썹이 찡그려졌다. 그녀가 미르야에게 무언가를 속삭이며 자리에서 일어섰고, 미르야는 난감한 표정으로 고개를 끄덕인 뒤 문가로 걸어갔다. 미르야가 문을 열자 그 앞에는 정말로 루시오가 서 있었다. 미르야가 예를 표했다.

"제국의 위대한 태양이시여."

"황후는 안에 있나?"

"계십니다만…… 지금 막 낮잠에 드셨습니다."

"몸이 안 좋기라도 한 건가?"

때 아닌 관심에 미르야는 당황했지만, 곧 자연스럽게 대답했다.

"그것은 아닙니다만…… 조금 피곤하신 모양입니다."

"이런. 궁의를 보내야겠군."

"그 정도까지는 아닙니다."

"……."

형식적인 대화가 끊겼으니 용건이 나올 차례였다. 루시오가 머뭇거리다 입을 열었다.

"저…… 그게."

"말씀하십시오, 폐하."

"황후에게 줄 것이 있다."

그 말에 미르야의 시선이 루시오의 양손으로 향했다. 무언가가 종이 상자에 리본으로 묶여 있었다. 그녀가 물었다.

"그것입니까?"

"……그래."

"소신이 전해드리지요."

"아……."

그가 난감한 표정을 지으면서도, 곧 군말 없이 상자를 넘겼다. 상자 안이 따뜻한 걸로 보아하니 무언가 먹는 것인 듯싶었다. 미르야는 루시오를 안심시키기 위해 부드럽게 미소 지으며 말을 남겼다.

"걱정 마십시오, 폐하. 황후 폐하께 꼭 말씀드리겠습니다."

"부탁하네."

그렇게 말하는 그의 표정이 어쩐지 조마조마해 보여서, 미르야는 꽤나 신선한 기분에 휩싸여야 했다. 그가 저런 표정을 짓는 건 처음 보는 듯했다. 미르야는 그에게 우아하게 허리를 굽혀 인사한 다음, 문을 닫았다.

"누구더냐."

페트리지아는 상대가 루시오라는 사실을 알고 있었다. 자지 않고 있었기 때문에 귀가 멀쩡히 달려 있는 이상 당연한 일이었다. 낮잠에 들었다는 건 순전히 그를 만나지 않기 위해 한 거짓말이었다. 미르야가 상자를 테이블 위에 올려놓으며 말했다.

"황제 폐하께서 이것을 전해주기 위해 친히 오셨더군요."

"……."

페트리지아의 표정이 묘해졌다. 그것을 놓치지 않은 미르야가 설핏 웃으며 물었다.

"어떻게 할까요?"

"……버려버려."

하지만 미르야는 처음으로 페트리지아의 명을 그대로 이행하지 않았다. 그녀는 종이 상자를 묶은 자줏빛 리본끈을 풀어 안을 확인했다. 달콤한 냄새가 방 안에 퍼지는 건 순식간이었다. 미르야가 놀랍다는 듯 탄성을 터뜨렸다.

"브라우니네요."

"가져다줄 게 없어서……."

"직접 만드신 것 같아요. 어머, 여기 카드도 있네요."

"……버리라니까."

"어떻게 그럽니까. 제국의 태양께서 친히 제빵을 하셨다는 말은 처음 들어요."

어쩐지 미르야가 더 신나 보이는 것 같아서, 페트리지아는 곱게 눈살을 구겼다.

"그리 마음에 들면 그대가 먹든지."

"그렇게 했다간 불경죄로 잡혀갈지도 모릅니다, 폐하. 황제 폐하께서 친히 만드신 것을 어찌 감히 제가 먹어요."

미르야가 말도 안 된다는 듯 고개를 저으며 김이 모락모락 나는 브라우니를 새하얀 접시에 담았다. 페트리지아는 더 이상 신경 쓰지 않겠다는 듯, 침대 위에서 미르야를 등지고 누워버렸다. 하지만 시야가 가려졌다고 해서 후각까지 막히는 것은 아니었기에, 브라우니의 강한 초콜릿 향기는 그대로 페트리지아의 콧속까지 전해졌다. 페트리지아가 난감한 신음을 흘렸다. 도움을 받지 않았는데 저렇게 맛있게 만들었단 말이야?

"폐하, 드셔보시겠어요?"

미르야는 눈치 없이 계속 페트리지아에게 물었고, 페트리지아는 마침내 한숨을 내쉬며 그녀에게 못을 박았다.

"버리라고 했잖아."

"그러다 황제모독죄로 벌을 받으면 어떻게 합니까. 폐하께서 구제해주신다면 기꺼이 그렇게 하겠습니다."

"……."

페트리지아가 피곤한 목소리로 미르야에게 말했다.

"그대가 먹든지. 라파엘라에게도 주고."

"정말 안 드실 겁니까?"

그렇게 물은 미르야가 브라우니 한 조각을 떼어 먹어보았다. 사실 맛은 썩 기대하고 있지 않았는데, 의외로 맛이 있었다. 미르야가 꽤나 놀랍다는 목소리로 말했다.

"폐하께서 요리에도 조예가 깊으신 줄은 몰랐는데."

"……."

"상당히 잘 만드셨습니다. 주방장 도움을 받은 것 같지는 않은데, 노력을 좀 하셨나 보군요."

"그러니까 말이다. 수작이 눈에 빤히 보이지 않느냐."

페트리지아가 냉소적으로 말했다. 그러자 미르야가 빙긋 웃으며 말했다.

"그러니 더욱 어여삐 봐주세요, 폐하."

"……."

대화는 거기서 끊겼다. 미르야는 브라우니 한 조각을 더 먹은 다음 페트리지아에게 물었다.

"정말 안 드실 겁니까? 아주 맛있는데요."

디저트라면 사족을 못 쓰는 페트리지아였지만, 그중 브라우니를 가장 좋아했다. 페트리지아는 무언가를 말하려다가, 그만두었다. 대신 이 말만 남겼다.

"……두고 나가."

"네, 폐하."

미르야가 설핏 웃은 다음 상자를 두고 조용히 몸만 나갔다. 아직 그녀에게는 시간이 필요하다는 걸 미르야는 잘 알고 있었다. 어쨌든 중요한 건 그녀가 행복해지는 쪽이었는데, 만약 황제가 정말로 그녀를 아껴줄 자신이 있다면 미르야는 한 번만 더 믿어보고 싶었다. 이 긴긴 생애를 혼자서 자유롭게 보낸다는 건 그녀에게 있어 썩 좋은 일은 아닐 테니 말이다.

"······쓸데없이."

누가 이런 거나 만들어 오랬나. 페트리지아가 침대에서 몸을 일으켰다. 그녀가 입은 새하얀 드레스가 바닥에 질질 끌렸다. 페트리지아는 가만히 테이블 위에 놓인 브라우니 상자를 내려다보았다. 약간 식은 듯 물기가 어려 있었지만, 그 자태는 여전히 먹음직스러웠다. 그녀가 짧게 한숨을 내쉰 다음 브라우니 한 조각을 떼어냈다. 초콜릿 무스가 질질 흘러내렸다. 손가락에 묻은 빵 조각을 입안으로 가져가 부드럽게 핥자, 초콜릿의 향과 풍미가 입안에서 맴돌았다. 맛있었다. 그래서 페트리지아는 조용히 한숨 쉴 수밖에 없었다.

"쓸데없이 맛있어."

페트리지아는 자리에 앉아 본격적으로 포크를 손에 들었다. 그가 정말로 이것을 혼자 다 만들었을까? 만약 그렇다면, 그는 만드는 내내 무슨 생각을 했을까. 그가 했을 생각을 혼자 짐작하며, 페트리지아는 그가 만든 브라우니를 남김없이 다 비웠다.

한편, 중앙궁으로 돌아온 루시오는 페트리지아의 반응만을 오매불망 기다리고 있었다. 다양한 반응이 예상되었지만, 그중에서도 제일 듣고 싶지 않은 결과는 '열어보지도 않고 버렸다'는 것이었다. 물론 자신이 한 행동들을 생각하면 그렇게 해도 아무 할 말이 없지만······. 원래 사람 마음이란 게 간사하기 짝이 없는 것이라 하나를 이루면 둘을 바라고, 둘을 이루면 또 셋을 바라는 것이었다.

"폐하."

그때 누군가가 문을 열고 들어왔다. 시녀장이었다. 루시오가 두 근거리는 마음으로 물었다.

"무슨 일이냐."

"황후 폐하께서……."

꿀꺽. 루시오가 저도 모르게 마른침을 삼켰다.

"폐하께서 만드신 브라우니를 다 드셨다고 합니다."

"……정말이냐?"

"네, 폐하."

시녀장은 차분히 말하고는 있었지만, 그녀 또한 약간 흥분한 듯 보였다. 루시오가 기쁨을 감추지 못하며 얼굴 한가득 미소를 지어 보였다.

"아…… 다행이다."

시녀장은 '처음에는 버리라고 하셨답니다'와 같은 쓸데없는 말까지는 전하지 않았다. 그녀는 그 말만 남기고선 다시 물러갔고, 혼자 남은 루시오는 기쁨에 취한 표정으로 평소답지 않게 방 안을 빠르게 거닐었다. 기쁜 일이 있을 때 그가 흔히 보이는 행동이었다. 그는 한참 동안 방 안을 돌아다니다가, 곧 마음을 진정시키기 위해 산책을 나가기로 결심했다.

2

Care

"그래도 다 먹었네, 황후 폐하?"

라파엘라의 말에 페트리지아의 얼굴이 순식간에 붉게 물들었다. 미르야가 옆에서 눈치를 주었지만, 라파엘라는 딱히 물러날 생각이 없는 듯했다.

"폐하 마음이 가상하지 않아? 태어나서 지금껏 손에 물 한 방울 묻혀보지 않으신 분인데."

"대신 남의 눈에 피눈물 흘리게 만들었잖아."

냉소적인 한마디에 라파엘라는 그제야 입을 다물었고, 페트리지아는 무슨 생각을 하는 건지 모를 표정으로 가만히 거닐었다. 소화가 안 돼서 나오긴 했는데, 산책하기에 썩 좋은 날씨는 아니었다. 약간 쌀쌀했다. 그것을 용케 눈치챈 미르야가 물었다.

"폐하, 이만 들어가시겠어요?"

"……아직 괜찮은데."

"그러다 감기라도 걸리시면 어쩌시려고요. 어서요."

미르야의 재촉에 페트리지아는 하는 수 없이 자신의 궁 쪽으로 걸음을 옮겼다. 그때, 그녀의 두 눈에 누군가가 들어왔다. 페트리지아가 저도 모르게 몸을 굳혔다. 그 '누군가'는, 페트리지아가 보인 반응과 반대로 그녀를 보고 매우 기뻐하는 모습이었다.

"황후."

루시오가 환하게 미소 지으며 페트리지아가 있는 쪽을 향해 달리듯 걸어왔다. 페트리지아가 주춤주춤 뒤로 물러났다. 뭐야, 갑자기……. 페트리지아가 어색한 미소를 지으며 거의 달려오다시피 하는 루시오에게 인사했다.

"제국의 위대하신…… 황제 폐하를 뵙습니다."

"그런 인사치레는 생략해도 좋아. 산책을 다녀오는 길인가?"

"네. 하지만 지금 들어가려던 길이었습니다."

"아……."

그 한마디에 그의 표정이 풀 죽은 강아지처럼 변했다. 순식간의 표정 변화에 라파엘라가 참지 못하고 작게 웃음을 터뜨렸고, 그 모습에 미르야가 경악하며 라파엘라의 옆구리를 툭 쳤다. 페트리지아가 어색한 표정을 지으며 루시오에게 말했다.

"그럼 저는 이만……."

"저기……."

돌아서려는 페트리지아를 루시오가 붙잡았다.

"바쁜 게 아니면…… 잠깐 걸을 수 있겠나."

"……."

페트리지아가 머뭇거리는 사이, 미르야와 라파엘라가 먼저 선수를 쳤다.

"폐하, 아버지가 걱정하셔서 이만…… 저는 들어가 보겠습니다."

"황제 폐하와 계시다 오시지요. 잠자리를 봐두고 있겠습니다."

"아니, 잠깐……."

페트리지아가 뭐라 하기도 전에 두 사람은 약속이라도 한 것처럼 자리를 피했다. 페트리지아가 황망한 눈으로 두 사람이 사라진 자리를 훑고 있는데, 루시오 특유의 중저음의 목소리가 들려왔다.

"내가 불편한가?"

"……."

페트리지아는 답하지 않았고, 루시오는 차라리 그게 나을지도 모르겠다고 생각했다. 대답하기 곤란해진 그녀가 가만히 입술을 물어뜯었고, 그것을 본 루시오가 저도 모르게 그녀의 입술에 손을 가져다 댔다. 그가 나직이 중얼거렸다.

"자신을 해하는 일은 하지 않았으면 좋겠어."

"아……."

페트리지아가 약간 놀란 눈으로 루시오를 쳐다보았다. 왜 쓸데없이, 다정한 척…… 페트리지아가 슬며시 그의 손을 떼어내며 말했다.

"하실 말씀이라도 있으신 겁니까."

"……브라우니."

그가 조용히 물었다.

"맛있었나?"

"……."

그녀가 먹었다는 것을 전제로 하는 질문이었다. 미르야가 그새 말을 전했나 보군. 페트리지아가 속으로 한숨 쉰 다음 솔직하게 말했다.

"초보자가 만든 것치고는 나쁘지 않았습니다."

"다행이네."

"갑자기 안 하던 일을 하시는 건…… 제가 어떻게 해석해야 합니까?"

"말하지 않았나."

그가 슬쩍 고개를 돌려 페트리지아를 쳐다보았다. 페트리지아는 그 시선에 화답하지 않은 채 묵묵히 앞만 보고 걸었다. 하지만 루시오는 상관없다는 듯, 여전히 그녀에게로 시선을 고정시키며 말을 이었다.

"노력하겠다고."

"고작 브라우니 하나로요?"

페트리지아가 냉소했지만, 루시오는 개의치 않고 계속 말했다.

"그건 일부분에 지나지 않지. 한 번으로 끝낼 생각은 조금도 없어."

"이 한 번으로 끝내실 생각이 없다고요."

페트리지아가 코웃음을 터뜨렸다.

"마치 평생 동안 그러시기라도 할 것처럼 말씀하십니다."

"그대가 원한다면."

"……."

"그럴 생각이야."

그 한마디에, 페트리지아가 아까와는 다른 표정을 지었다. 루시오는 그것까지는 잡아내지는 못했다. 원래 사랑에 빠진 남자는 생각보다 둔한 법이다.

"꿈같은 소리를 하시네요. 제국의 태양께서."

"그대에게 속죄하려면 이 정도는 기본으로 해야 한다고 생각했는데."

그가 씁쓸한 표정으로 물었다.

"이것도 부족하다면, 더 노력하겠다."

"저는 갑작스러워요."

페트리지아가 떨리는 목소리로 말했다.

"갑자기 저를 사랑한다고 하시는 게, 너무 장난처럼 느껴져요."

"갑자기가 아니야."

루시오가 담담하게 말했다.

"사랑한다고 말한 지는 꽤 되었어. 그저 그대가…… 듣지 않으려

했을 뿐."

"……."

"탓하려는 건 아니야. 상황이 그랬으니…… 분명 그대가 받아들
이기에는 힘든 상황이었어."

"지금도 그래요."

"그래."

그는 부정하지 않고 말했다.

"그래서 노력하겠다는 거야."

그렇게 말한 루시오가 자신이 입고 있던 겉옷을 벗어 페트리지
아에게 둘러주었다. 페트리지아는 마네킹처럼 그대로 있었다. 그
가 그녀의 뒤에서 작게 속삭였다.

"추워 보여서."

"……."

"오지랖이었다면, 용서를 구하겠다."

"저 때문에 감기에라도 드신다면."

페트리지아가 처음으로, 루시오를 쳐다보며 물었다.

"그때는 저를 원망하실 건가요."

"원망."

그가 그 한마디를 가만히 읊조렸다.

"남은 생애 동안 그대를 찬양하기에도 부족한데."

"……."

"그런 걸 할 수 있을 리가 있나."

루시오가 페트리지아의 옷깃을 단단히 여며주며 속삭이듯 말했다.

"원망은 그대가 하는 거야. 감히, 내가 하는 게 아니라."

"……."

"내가 감기에 걸림으로써 그대는 건강할 수 있다면, 그 또한 축복이겠지."

그렇게 말한 그가 아련하게 웃었고, 페트리지아는 맑은 눈으로 그런 루시오를 쳐다보았다.

이 남자는 늘 나를 헷갈리게 해. 처음 봤을 때부터, 지금까지. 페트리지아가 속으로 중얼거렸다. 그래서 더 짜증 나고, 거슬리고, 신경…… 쓰이는 남자.

"좀 괜찮나? 아까는 드레스가 얇아 보였어."

"괜찮습니다."

"그…… 탄신 연회 말인데."

루시오가 머뭇거리다 말을 꺼냈다.

"혹 가지고 싶은 게 있나?"

"지난번에도 말씀드렸지만, 제게 재물은 의미가 없어요."

"아니, 그런 것 말고. 꼭 재물이 아니어도 돼. 퇴궁한다는 말만…… 하지 않는다면, 뭐든 다 해주겠다."

"아직까지는 정말 가지고 싶은 게 없습니다."

페트리지아가 건조한 목소리로 답했다.

"언젠가 생긴다면 또 모르겠지만, 지금은 잘 모르겠네요."

"흐음……."

페트리지아의 대답에 루시오가 고민하는 표정을 지었다. 그는 지금 머릿속으로 무엇을 생각하고 있을까. 또 자신 몰래 무엇을 준비하기라도 하려는 걸까? 페트리지아는 새삼 궁금해졌지만, 묻지는 않았다.

"그럼 말이야."

페트리지아가 고개를 들어 루시오를 쳐다보았다. 그가 머뭇거리다 물었다.

"좋아하는 꽃은 있나?"

"……장미요."

로즈를 좋아했다. 아이러니하게도, 그녀 남편의 정부의 이름은 로즈몬드였지만. 페트리지아가 쓰게 웃으며 다시 한번 말했다.

"장미를 좋아해요."

"그래. 말해줘서 고마워."

"촌스럽게 장미 백 송이를 준비한다거나."

페트리지아가 슬쩍 그를 떠보았다.

"그런 건 아니겠죠?"

"……아니야."

맞는가 보다. 페트리지아는 처음으로 작은 미소를 보였다. 그 모습을 본 루시오가 오기 있게 말했다.

"절대 아니다."

"알았습니다."

아이를 어르는 듯, 페트리지아가 부드럽게 응수했다. 그 반응에 루시오가 짤막하게 한숨 쉬었다.

"쉽지가 않군. 사실 이런 걸 해본 적이 없어서."

"……."

그럼 그냥 포기하라고, 그럼 쉬울 거라고 페트리지아는 말하려 했다. 하지만 그만두었다. 그렇게까지 말하는 건 그녀에게, 그리고 그에게도 잔인한 일이 되리라는 생각이 들어서. 이런 생각의 연속이 페트리지아는 어쩐지 불편해져서, 한시바삐 대화를 매듭지어야 겠다고 생각했다.

"저는 이만 들어가보겠습니다."

"바래다주지."

"혼자 갈 수 있어요."

"이것만큼은 고집부리지 마. 나와 함께 있는 게 싫다면…… 기사들을 불러주겠다."

"……."

"안전 문제만큼은 포기할 수 없어."

페트리지아는 짤막하게 한숨을 쉬었다. 이런 면에 있어서는 쓸데없이 고집스러운 남자다.

루시오는 그 이후로 단 한마디도 하지 않은 채, 페트리지아를 얌전히 황후궁까지 데려다주었다. 아마 그녀를 배려하기 위함 같았는데, 페트리지아로서는 그편이 오히려 더 불편했다. 마침내 황후궁에 다다랐을 때, 페트리지아가 그에게 인사를 건넸다.

"그럼 이만······."

그렇게 말하며 옷을 벗어주려는데, 그가 제지했다.

"들어가서 벗도록 해. 감기 걸리면 어쩌려고."

"하지만······."

"그렇게 해줘."

부드러우면서도 힘이 있는 목소리가 어쩐지 그녀를 압도하는 것 같아서, 페트리지아는 가만히 고개를 끄덕였다. 루시오가 먼저 뒤를 돌아 길을 떠났고, 페트리지아는 그런 그의 뒷모습을 가만히 살펴보다가, 곧 아무렇지 않게 뒤를 돌았다.

일이 이렇게 되면 보통 한쪽은 감기에 걸리곤 했다. 일반적인 흐름이라면 페트리지아에게 옷을 벗어준 루시오가 감기에 걸려 골골대야 했겠지만······.

"아, 왜 내가······."

"폐하, 많이 편찮으세요?"

특이하게도 감기에 걸린 사람은 루시오가 아닌 페트리지아였다. 그녀로서는 매우 억울한 일이었다. 옷도 얻어 입었는데 감기는 그녀가 걸렸다. 골골대던 페트리지아가 물었다.

"혹 폐하께서 얼마 전에 감기에 걸리셨나?"

"네?"

미르야가 갑자기 그건 왜 물어보냐는 듯 의아한 표정을 지었다가, 곧 고개를 갸웃거리며 답했다.

"아니요…… 아마 아닐 겁니다."

그럼 옷을 같이 입어서 옮은 것도 아니었다. 그런데 왜……! 페트리지아가 눈을 질끈 감았다. 운도 더럽게 없기도 하지. 힘든 한숨을 쉰 그녀가 물었다.

"폐하께서는?"

"네?"

또 의외의 질문이라고 생각했는지, 미르야가 고개를 갸웃거렸다. 하지만 이번에는 정말로 모르는지, 대답이 나오질 않았다. 페트리지아가 가녀린 목소리로 다시 한번 물었다.

"폐하께서는…… 괜찮으시냔 말일세."

자신이 이렇게 아픈데, 그는 멀쩡한지 모르겠다고 페트리지아는 조용히 생각했다. 그제야 페트리지아의 의중을 알아챈 미르야가 답했다.

"아, 황제 폐하께서는 멀쩡하시다고 합니다."

"그래?"

그 대답은 그 대답대로 기분이 나빴다. 똑같이 찬바람 쐤는데 왜 나만……. 페트리지아가 피곤한 얼굴로 눈을 가렸다. 모든 게 다 힘들게만 느껴졌다. 미르야가 말했다.

"오늘은 푹 쉬시지요. 급한 일은 없으니까요."

"……그래야겠어. 혹시 옮을지도 모르니까…… 닐라는 오지 말라고 해줘."

"네, 알겠습니다."

필요한 게 있으면 부르라는 말을 끝으로, 미르야는 페트리지아가 있는 방을 나갔다. 혼자 남겨진 페트리지아가 약간 울적한 표정으로 이불을 만지작거렸다.

외롭다.

'아프니까 별생각이 다 나는군.'

페트리지아가 피식 웃으며 눈을 깜빡거렸다. 그때, 익숙한 옷가지가 그녀의 눈에 띄었다. 페트리지아가 저도 모르게 그쪽으로 손을 뻗었다. 따뜻한 옷은 금세 그녀의 손아귀에 잡혔다. 페트리지아가 무의식적으로 옷을 자신의 쪽으로 끌어당겼다.

'따뜻해…….'

마지막으로 입은 지 꽤 된 옷이었고, 깜빡했는지 아직까지 돌려주지 못한 옷이었지만, 옷에 달린 털 때문인지 페트리지아는 그 옷이 따뜻하다고 느꼈다. 페트리지아가 힘들게 숨을 들이쉬었다, 다시 내쉬었다. 그 남자의 냄새가 났다. 따뜻하면서도 차갑고, 달콤하면서도 쌉싸래한 그런 향…….

"뭐?"

루시오가 새파래진 얼굴로 벌떡 일어났다. 시녀장이 그를 진정시켰다.

"폐하, 진정하세요."

"그게 사실인가?"

"네."

시녀장이 차분한 목소리로 그에게 말했다.

"궁의의 말로는 심한 건 아니랍니다."

"……"

그가 그제야 다리에 힘이 풀린 사람처럼 그 자리에 주저앉았다. 그 모습을 가만히 바라보고 있던 시녀장이 가만히 고개를 숙인 뒤 언제나처럼 물러났다. 그가 떨리는 손끝으로 머리를 감싸 쥐었다.

"……제길."

최악이다.

최악이다.

"아……"

페트리지아가 신음을 터뜨리며 이불을 부여잡았다. 진짜로, 최악이다.

'내일까지는 낫겠지…….'

그게 아니라면 일이 밀려버린다. 그것처럼 곤란한 일은 없
는데…….

'목말라.'

페트리지아가 더듬더듬 침대를 손으로 짚었다. 일어나려고 했지
만 평소와는 다르게 몸에 힘이 들어가지 않아, 자꾸만 넘어졌다. 덕
분에 입속에서 튀어나오는 건 가녀린 신음뿐이다.

"아……!"

짜증 나.

이불을 긁듯 쥐었지만 잡히는 건 하나도 없었다. 그저 힘만 소진
할 뿐이다.

'미르야를 불러야 하는데…….'

문제는 목소리도 잘 안 나온다는 것 정도. 아까 분명 궁의가 다녀
갔고, 약도 먹었는데 왜 이러는지 모르겠다. 페트리지아가 끙끙대
며 이불을 다시 한번 손에 쥐었다.

"하아…….'

정신마저 혼미해지기 시작할 무렵, 누군가가 문을 열고 들어
왔다.

'누구지……?'

"누구……."

하지만 대답은 들을 수 없었다. 페트리지아는 그 말을 끝으로 눈을 감았다.

'차가워.'

페트리지아는 슬며시 눈을 떴다. 누군가가 옆에 있었다. 그녀가 더듬더듬 손을 뻗어 누군가의 옷깃을 잡아 쥐었다.

"……미르야?"

"……."

대답이 없었다. 페트리지아가 눈을 깜빡거렸다. 시야가 명확해지고 들어온 사람은…….

"페……."

"일어났나?"

어딘가 초췌해 보이는 그 사람. 페트리지아가 눈을 다시 한번 깜빡거렸다.

"왜 여기……."

"아프다고 들었어."

"……."

그게 당신하고 무슨 상관이야.

페트리지아는 그렇게 말해주고 싶었지만, 유감스럽게도 그럴 힘은 남아 있지 않았다. 페트리지아가 '끙' 소리를 내며 루시오에게 말했다.

"……나가주세요."

"그렇게 말할 줄 알았어."

"……."

페트리지아가 순간 멈칫하며 그를 쳐다보았다. 어두워서 얼굴이 잘 보이지 않았는데, 한눈에 보기에도 꽤 말라 보였다. 원래 저 사람이, 저렇게 말랐었나?

"그래도 일어나는 거 봤으니까…… 걱정했거든."

"왜……."

"나 때문에 아픈 건 아닌가 해서."

"……."

그럴 리가 없잖아.

페트리지아가 저도 모르게 입술을 깨물었다. 어리석은 건지, 멍청한 건지. 페트리지아가 속삭이듯 말했다.

"말도 안 되는 소리예요."

"맞아. 그럴지도 모르지."

"괜찮으셔서 다행이에요."

"지금……."

그가 떨리는 목소리로 물었다.

"걱정해주는 건가?"

"……."

페트리지아는 말없이 눈을 감았고, 루시오는 어쩐지 감격스러운 얼굴인 듯했다. 그가 떨리는 목소리로 말을 이었다.

"……고마워."

쓸데없이. 페트리지아가 속으로 혀를 찼다. 그러면서도 입 밖으로는 기침 소리가 새어 나왔다.

"콜록, 콜록!"

"아……!"

그 모습에 루시오는 답지 않게 당황하며 허둥지둥했다. 페트리지아가 작게 인상을 쓰며 말했다.

"괜찮아요."

"궁의를 부를까?"

"괜찮아요."

못 박듯 말을 뱉은 페트리지아가 말했다.

"정말 괜찮아요. 약도 먹었는걸요."

"……."

그 말에 루시오가 어쩐지 풀 죽은 표정으로 페트리지아를 응시했다. 페트리지아는 그 모습을 바라보다가 한참 후에 힘없이 물었다.

"왜 오셨어요?"

"아까도 말했던 것 같은데."

그가 그녀의 흐트러진 머리카락을 가만히 쓸어주며 속삭였다.

"아프다는 걸 듣고 달려왔어. 걱정됐거든."

"……의도적인 건가요?"

"그럴지도 모르지. 그대에게 환심을 사고 싶었는지도 몰라. 참…… 기회주의적이지."

쓸쓸한 표정으로 중얼거리는 루시오를 쳐다보며 페트리지아가 물었다.

"이런 날 비난할 생각이라면…… 그래도 좋아."

"……."

"무슨 말을 해도 다 좋으니, 일단은 나아줘. 부탁이야."

"전 괜찮아요."

페트리지아는 그 말을 하면서도 잔기침을 했다. 한참 후에 그녀가 머쓱한 표정을 지으며 다시 한번 말했다.

"전 괜찮아요."

"거짓말은 그쯤 해. 그대는 지금 괜찮지 않으니까."

루시오가 짤막하게 한숨을 내쉬며 페트리지아에게 말했다.

"아무래도 내가 있어서 쉬는 데 방해가 되는 것 같군. 불편하다면 나가주지."

"……."

"원하지 않는다면 다시 오지 않을게. 그러니까…… 푹 쉬어."

페트리지아는 끝까지 아무 말도 하지 않았고, 루시오는 익숙하다는 듯 자리를 떴다. 문이 닫히고 혼자 남았을 때, 페트리지아가 깜빡 잊었다는 듯 작게 소리를 냈다.

"아……."

옷, 돌려줘야 하는데. 페트리지아가 못 다한 말을 전하기 위해 자리에서 몸을 일으켰지만, 몸이 무거웠던 탓에 생각처럼 쉽지 않았다. 얼마 못 가 다시 자리에 풀썩 주저앉은 페트리지아가 힘겨운 숨을 내쉬었다.

"하아…… 제길."

페트리지아가 신경질적인 표정을 지으며 이불보만 쥐어뜯고 있는데, 밖에서 누군가가 들어왔다. 미르야였다. 그녀는 힘겨워하는 페트리지아를 발견하고선 깜짝 놀란 표정으로 재빨리 페트리지아에게 달려왔다.

"세상에, 폐하!"

"아……."

미르야가 페트리지아를 일으키며 속상한 목소리로 말했다.

"절 부르시지 않고. 송구합니다, 폐하. 안에도 시녀들을 배치했어야 하는 건데, 쉬시는 데 방해가 될까봐……."

"괜찮아. 그보다 물 한 잔만 가져다주지."

"네, 폐하."

곧 중급 시녀 하나가 페트리지아에게 유리컵 안에 든 미지근한 물 한 잔을 가져다주었다. 그것을 반 정도 비운 페트리지아가 미르야에게 물었다.

"황제 폐하께서 왔다 가셨다. 알고 있었나?"

"아……."

그 말에 미르야가 약간 놀란 낯빛을 했다. 그녀가 말했다.

"송구합니다, 폐하. 불편하셨다면……."

"……."

"황제 폐하께서 꽤 오랜 시간을 있다 가셨습니다."

"그게 얼마 정도지?"

"대략 세 시간이요."

"……."

끈기 있기도 하지. 페트리지아가 냉소를 흘렸다. 하지만 그 냉소가 마냥 차갑지만은 않다고, 미르야는 생각했다. 그녀가 덧붙였다.

"지극정성으로 간호하셨어요."

"이런 말을 하는 까닭이 뭐야."

"그저 진실을 전하기 위함일 뿐, 그 이상도 그 이하도 아니랍니다."

미르야는 담담한 척 그렇게 말했지만, 이면은 페트리지아와 루시오의 관계 개선이라는 걸 페트리지아는 누구보다도 잘 알고 있었다. 페트리지아가 한숨을 쉬며 말했다.

"고생 깨나 하셨겠군."

죽은 듯 누워 있는 환자 앞에서 말이야. 페트리지아의 읊조림에 미르야가 말을 보탰다.

"그런데 좀 불안해하시는 것 같더군요. 제가 그 정도는 아니라고 말씀드렸고, 궁의도 그렇게 심각한 상태는 아니라고 누차 말씀드렸는데도 말입니다."

"……."

트라우마겠지. 페트리지아가 속으로 중얼거렸다. 그 남자는 유독 이런 쪽에 취약하니까. 페트리지아가 한숨을 쉬며 물었다.

"폐하께선, 돌아가셨고?"

"방금 중앙궁에 도착하셨다고 합니다."

"그렇구나."

페트리지아가 담담하게 대꾸하자, 그 모습을 보고 있던 미르야가 은근히 화제를 돌렸다.

"그보다, 환후는 좀 어떠십니까."

"글쎄."

페트리지아가 성의 없이 답했다.

"좋은 것 같지는 않아. 내일까지 나을지도 의문이군."

"서두르지 마세요. 원래 병이란 건 나으려고 노력할수록 쉽게 낫지 않는 법이라서요."

"그럴지도 모르지."

페트리지아가 병색이 완연한 표정으로 미르야에게 부탁했다.

"좀 더 자고 싶어. 저녁때까지는 가급적 깨우지 말게."

그래서 페트리지아가 일어난 시각은 대략 9시쯤이었다. 오래도 잤군, 하고 그녀는 생각했다. 이렇게 오랫동안, 한 번도 깨지 않고 잔 게 얼마만이더라. 페트리지아는 그 생각을 하며 미르야를 불렀다. 미르야는 작은 목소리였음에도 금방 달려왔다.

"폐하, 기침하셨습니까."

"음……."

페트리지아가 작게 소리를 내며 미르야에게 물 한 잔을 부탁한 다음, 천천히 자리에서 몸을 일으켰다. 아까보다는 병세가 약화되었는지 기운을 어느 정도 차린 모습이었다. 그 모습을 본 미르야가 물었다.

"좀 괜찮으신 겁니까."

"아까보다는 한결 나은 것 같아."

긍정적인 대답에 미르야의 표정이 밝아졌다. 그녀가 말했다.

"안 그래도 중앙궁에서 2시간 전에 연락이 왔습니다. 폐하께서 괜찮으신지 묻는 내용이었죠."

"부지런도 하시지."

"회답을 보낼까요?"

"……그러든지."

성의 없게 대답한 페트리지아가 곧 몸을 일으켰다. 그 모습에 미르야가 의아한 표정으로 물었다.

"어딜 가시려고요. 아직 몸도 성치 않으신데."

"틀린 말은 아니지만, 너무 오래 누워 있었어. 환자에게 지나친 휴식은 때로 독이 되는 법이지."

그럼에도 약간의 병약함이 묻어나는 목소리였다. 미르야는 영 걱정스러운 표정이었지만, 제 주인은 이미 마음을 굳힌 듯했다. 페트리지아가 걸려 있던 숄을 두르며 말했다.

"10분 정도만 다녀오지. 나 또한 오래 있을 생각은 없어."

"네, 폐하. 그 정도라면 뭐…… 괜찮지 않을까 싶네요."

미르야가 짤막하게 동의하며 자신의 숄을 챙겨 들자, 페트리지아가 말했다.

"혼자 다녀와도 되는데. 번거롭게."

"폐하를 혼자 보냈다가는 황제 폐하께 무슨 잔소리를 들을지 몰라서요. 절대 안 될 말씀입니다."

미르야가 단호한 목소리로 말을 더했다.

"지난번 습격 이후 황제 폐하께서 황후 폐하의 안전에 관한 일이라면 모든 신경을 곤두세우고 계신 것, 모르십니까. 기사들은 물론이고, 시녀들까지 대동하시지요."

"너무 복잡해."

페트리지아가 질색하며 고개를 저었지만, 미르야도 이번만큼은 단호했다.

"그래도 안 됩니다, 폐하. 그게 싫으시다면, 외출을 포기하시는 수밖에 없어요."

"이제 나를 해칠 사람은 궁 안에 없지 않나."

페트리지아가 자조적으로 웃었지만, 미르야는 웃지 않았다. 그녀가 말했다.

"만약의 사태란 건 늘 존재하는 법이지요. 어쨌든…… 황명이기도 합니다, 폐하."

"알았다. 그렇게까지 나온다면 어쩔 수 없는 노릇이겠군."

페트리지아가 한숨을 쉬며 고개를 끄덕였다. 그제야 표정이 밝아진 미르야가 페트리지아의 어깨에 두꺼운 숄 하나를 더 걸쳐주었다.

"잘못해서 감기가 심해지기라도 하신다면, 그것처럼 손해는 없으니까요."

"그래."

페트리지아는 가만히 그녀의 말에 따랐고, 곧 기사 여럿과 시녀 대여섯 명 정도를 거느린 채 황후궁을 나섰다.

어느덧 저녁을 벗어나 밤이 되어버린 시간은 생각보다 쌀쌀했으나, 다행히 두꺼운 숄을 여러 장 걸친 덕에 페트리지아는 추위를 느낄 수 없었다. 그녀가 말했다.

"중앙궁으로 가자."

그 말이 뜻밖이라고 생각했는지 미르야가 약간 놀란 목소리로 물었다.

"진심이세요, 폐하?"

"못 갈 곳이라도 들은 사람처럼 구는군."

"그건 아니지만…… 황제 폐하라면 질색 팔색을 하셨잖아요."

"말을 삼가게."

물론 사실이긴 했지만. 미르야는 이렇게 품위 없는 표현을 함부로 남발하는 사람은 아니었다. 어지간히 의외였나 보군. 페트리지아가 속으로 중얼거렸다.

"폐하의 망토를 돌려드려야 해. 돌려드려야겠다고 계속 생각만 했지, 정작 돌려드리지 못했군."

"……."

페트리지아의 말에 미르야가 묘한 표정을 지었다. 그걸 굳이, 이렇게 편찮으실 때 가셔야 할 필요가 있으셨나요?

하지만 그러한 의문은 그저 속으로만 감추어둔 채, 미르야는 가만히 대답할 뿐이었다.

"모시겠습니다."

어쩌면 그녀는 지금 혼란스러워하고 있는 것일지도 모르겠다. 과거의 다짐과 현재의 진심, 그 사이에서.

"큭……!"

루시오가 괴로운 신음을 터뜨리며 침대의 시트를 부여잡았다. 안 돼, 안 돼. 마음속에서 뜨거운 화산 같은 것이 자꾸만 터져 나오려 하고 있었다.

"하윽……."

발작의 시작은 늘 이렇게 평범하다. 화산이 부글부글 끓어오르며 금방이라도 터질 듯하면서도, 결코 처음부터 그 흉포함을 다 드러내지는 않는다. 그가 잔뜩 일그러진 얼굴로 베갯잇을 쥐어뜯었다.

"제발……."

병상에 누운 페트리지아를 보았던 탓일까. 오랜 시간 그 곁을 지켰던 탓일까. 그는 사랑하는 사람이, 아끼는 사람이 약한 모습을 보일 때면 늘 이렇게 발작을 했다.

그가 숨을 꺽꺽거리며 내쉬었다. 이건 차라리 죽는 게 낫다고 생각될 정도로 괴로운 일이었다. 심적으로도, 외적으로도.

"으아아아악!"

준비는 끝났다. 화산은 더 이상 그를 봐줄 마음이 없어 보였다. 무려 10년 전에 응어리진 울화는 명이 참 길었다. 어미를 잡아먹은 패륜아란 죄책감을 양분 삼아 끈질기고 독하게 살아남았으니까.

결론만 말하자면, 그의 병증이 그를 이겼다. 그는 결코 그의 발작과 싸워 이길 수 없었다. 그건 아마 그가 죽기 직전, 아니, 어쩌면 그가 죽고 나서도 그는 이길 수 없을 것이라고. 그리하여, 그는 영원히 패배자로 남을 것이라고…… 그는 생각했다.

끼이이익.

문이 열리는 소리가 흉측하게 울렸다. 그러나 자신이 만들어낸 광기에 사로잡혀, 루시오는 그 소리마저 듣지 못했다. 그저 끊임없이 울부짖으며 구원을 바라는 동시에 자신을 저주할 뿐이었다. 그런 그는, 참으로 불쌍한 존재였다.

"흐으……."

"……."

누군가가 그런 그를 응시했다. 루시오는 문이 열린 것을 알아채지 못했듯, 누군가가 자신을 응시하고 있다는 사실까지도 인지하지 못했다.

문을 연 누군가는 말없이 계속 루시오를 응시하고 있다가, 어느 순간 천천히 걸음을 옮겼다. 몸이 성치 않기라도 한 건지 걸음걸이가 당당함과는 거리가 멀었으나, 가녀림 속에서도 기품은 여전히 묻어났다.

"폐하."

누군가가 그를 불렀다. 익숙한 목소리에 그가 뒤를 돌았다. 그의 눈은 잔뜩 빨개져 있었고, 자해의 상흔은 온몸에 붉은 물을 들이고 있었다. 그 모습을 확인한 페트리지아가 저도 모르게 창백한 입술을 깨물었다.

'나는 동정심과 연심을 구분하지 못하는 걸까.'

페트리지아는 오로지 그 하나의 생각만 품은 채, 비틀거리는 걸음을 옮겼다. 그러는 와중에도 그는 계속해서 발작했다.

저 울음을 멈추고 싶다. 저 괴로움이 멈추었으면 좋겠다. 저 슬픈 분노가, 빨리 사그라졌으면 좋겠다. 페트리지아는 그 생각만 유지한 채 힘든 걸음을 옮겼다.

"폐하……."

"흐으……."

오지 마.

그가 애원했다. 반쯤은 진심이었다. 이건 결코 좋은 모습이라고 보기에는 어려웠다. 추한 모습에 더 가까운 이런 모습을, 그녀에게 보여주고 싶지 않았다. 사랑하는 사람의 앞에서 이런 모습을 보인다는 건, 죽기보다도 싫은 일이었다.

하지만 한편으로는, 그녀가 오기를 바랐다. 페트리지아의 그 따뜻한 손으로 자신을 감싸 안아주며 자신을 달래주었으면 좋겠다고 생각했다. 그렇다면 그는 그녀의 품 안에서 조용히 잠들 수 있는 것이다. 마음속의 모든 고통과, 과거의 모든 죄책감으로부터 자유로워지며 안식을 취할 수 있는 것이다.

그 생각과 함께, 루시오는 자신이 지금 이런 생각을 하는 것조차 그녀에게는 미안한 일이고, 과거에게조차 하지 못할 일이라고 여겼다. 이중적인 마음은 늘 이런 식이었다. 고통으로부터 도망치고 싶은 본능과, 나는 꼭 벌을 받아야 한다는 도덕적 굴레의 충돌.

"제발……."

그의 지척에까지 온 페트리지아가 그를 향해 손을 뻗었다. 허공에 뜬 손가락은 실낱처럼 흔들리고 있었다. 그 떨림은 어디로부터 기인한 것일까. 자신에 대한 분노? 그도 아니면 이런 남자를 남편으로 두었다는 수치심? 그도 아니면⋯⋯그녀도 자신을 더럽다고 생각할까. 끔찍한 괴물이라고 생각할까. 여기까지 생각하자 루시오는 더없이 괴로워지고, 안 그래도 끔찍했던 자신이 더욱 끔찍한 괴물 이상의 그 무언가로 여겨지면서, 그녀의 손길을 거부했다. 그는 자신을 향해 손을 뻗은 그녀를 외면할 수밖에 없었다. 그가 소리쳤다.

"싫⋯⋯ 어!"

"아⋯⋯!"

거부의 반동이 그녀를 크게 밀어냈고, 당시 연약했던 페트리지아는 그 힘에 강하게 휘청거릴 수밖에 없었다. 페트리지아의 몸이 강하게 휘었고, 그녀의 눈에는 당혹감이 스쳐 지나갔다. 이렇게 된다면 그녀는 곧 바닥 쪽으로 떨어져 크게 다칠 것이었다. 이것을 인지한 루시오는 더욱 당황했지만, 거기에서 멈추지 않고 재빨리 그녀를 잡았다.

두 사람의 눈은 자연스럽게 마주쳤다. 그녀의 두 눈을 본 그가 울 것 같은 소리를 내며 사과했다.

"아⋯⋯."

그는 어쩔 줄 몰라 하는 어린아이 같았다.

"미안⋯⋯ 해."

"⋯⋯."

그녀는 말없이 그를 빤히 올려다볼 뿐이었다. 그 순간에조차 루시오는, '그녀가 자신의 사과를 받아들이지 않으면 어쩌지'와 같은 생각보다는, '그녀가 자신을 어떻게 생각하고 있을까'와 같은 생각을 하고 있었다. 그녀가 금방에라도 자신을 뿌리치며 자신을 비난할 것만 같았다. 물론 그는 자신을 마땅히 비난받아야 할 존재라고 생각하고 있었지만, 한편으로 그녀에게만큼은 비난받고 싶지 않은 마음도 있었다. 그는 자신이 참 이기적이고 못된 놈이라고 속으로 중얼거렸다.

"……왜 저를 자꾸 헷갈리게 만드세요?"

루시오의 망토를 걸친 페트리지아가 그의 품 안에서 그를 올려다보며 조용히 물었다. 그는 그녀에게서 자신의 냄새가 나는 것을 느낄 수 있었다. 자신에 대한 혐오는 그녀와 결합하며 왠지 모르게 용서를 구할 만한 것으로 변모하였다. 루시오가 페트리지아가 입은 자신의 망토 자락을 꽉 말아 올리며 힘들게 입을 열었다.

"나는……."

"저는 모르겠어요. 나름 분별 있다고 생각했는데, 그게 아니었나 봐요."

페트리지아의 목소리는 담담한 듯, 묘하게 떨리고 있었다. 약간 우는 것 같기도 했다.

"제 앞에서 그러지 마세요."

"……."

"어리석은 저는, 그렇게 되면 폐하에 대한 연심과 동정심을 헷갈리게 되니까요."

그 말에 그는 어리석게도 기뻐했다.

"그대가…… 날……."

"……한 가지만 여쭐게요."

페트리지아가 슬픈 목소리로 물었다.

"왜 그렇게 힘들어하세요?"

"……."

"왜 스스로를 그렇게 끝없이…… 벌주시냐는 말이에요."

"그래야 할 사람이니까."

"폐하의 의지가 아니었잖아요."

그 말을 하면서, 페트리지아는 아무렇지 않게 눈물을 떨구었다. 그는 그녀의 볼에 흘러내린 눈물을 닦아줄 생각도 하지 못한 채 그녀를 빤히 응시했다. 페트리지아가 약간 흐느끼듯이 말했다.

"폐후의 뜻이었어요. 폐하께 잘못이 아예 없는지는 저도 잘 모르겠어요. 그렇지만……."

페트리지아가 또다시 눈물 한 방울을 흘렸다.

"학대받은 게 죄는 아니잖아요."

"……읏."

그가 바닥을 손톱으로 긁으며 신음했다. 그녀가 보기에, 그는 울음을 참는 것처럼 보였다. 안쓰러운 사람. 페트리지아가 울었다.

"폐하는 위로받으셔야 할 쪽이에요. 비난받으셔야 할 쪽이 아니에요."

"……하아."

"아무도 살기 위해 그런 짓을 저지른 어린아이를 비난할 수 없어요."

그건 그녀의 진실한 생각이었다. 페트리지아의 말에 루시오는 붉게 충혈되어 금방이라도 핏줄이 터질 것만 같은 눈으로 그녀를 쳐다보았다. 그는 울고 싶어도 울지 못하는 사람처럼 보였다. 페트리지아가 저도 모르게 손을 그의 얼굴 쪽으로 뻗었다. 메마른 남자의 볼이 손에 잡혔다. 그녀가 또다시 눈물 한 방울을 떨어뜨렸다.

"수척하시네요. 원래도…… 이러셨던가?"

"나는 그대의 이런 걱정이, 내게 너무 과분하다고 생각해."

"그건 저도 알아요."

페트리지아가 루시오의 볼을 매만지기 시작하며 중얼거렸다.

"과분하지요."

"그래서 어떻게 해야 할지를 모르겠어."

"어렵지 않아요. 폐하께서는 그저…… 그 과분함을 누리시면 됩니다."

페트리지아는 어느새 그의 볼을 쓰다듬던 손길을 멈추고 루시오를 빤히 쳐다보며 말했다.

"어리석은 여자가 연민과 연심을 구분하지 못해 나온 결과니까요."

"그대는 어리석지 않아."

"저는 어리석어요, 폐하."

당신을 결코 사랑하지 않겠다고, 나는 분명 다짐했으니까. 페트리지아가 쓰게 웃었다. 과거의 다짐이 이리 흩날려버릴 정도라면, 나는 분명 어리석어.

"적어도 내게 있어, 그대처럼 영민하고 총명한 사람은 없다고."

"……."

적어도 당신에게 있어, 나처럼 어리석고 아둔한 사람은 없을 거라고. 페트리지아가 속으로만 중얼거렸다.

"……이제 좀 괜찮으세요?"

"그래. 나 참…… 추하지."

"……."

페트리지아는 속으로 짜증을 느꼈다. 그의 자학이 그녀는 싫었다. 그때 페트리지아의 두 눈에 그가 자해한 흔적이 들어왔다. 그녀는 저도 모르게 그 상처가 난 팔을 들어 올렸다. 루시오가 당황해하는 게 느껴졌다.

"페……."

그가 소스라치게 놀라며 그녀를 부르려 했지만, 페트리지아가 차분히 그 상처를 어루만지자 그의 놀람은 점차 잦아들기 시작했다. 페트리지아가 중얼거렸다.

"아팠겠다."

아팠어. 많이.

루시오가 진심을 입으로 삼키며 거짓말했다.

"괜찮아."

"……괜찮지 않으면서."

페트리지아가 상처에서 눈을 떼지 않으며 말했다.

"왜 거짓말을 하세요?"

"난……."

그가 뭐가 괴로운지 약간 숨을 헐떡이며 말했다.

"……미안해."

"뭐가요."

"모든 게, 다."

루시오가 서글픈 눈으로 사과했다.

"그대에게 저질렀던 모든 과오, 그대에게 주었던 모든 상처가 너무 미안해서, 미안하다는 말조차 미안하게 느껴져."

"……."

그 말에 페트리지아가 슬며시 루시오에게서 몸을 일으켰다. 그때 그는 심장이 덜컥 내려앉는 것을 느꼈다. 그녀가 영원히 자신의 품에 있기를 바랐다. 영원히 그가 그녀를 안고 있길 바랐다.

부질없는 바람을 속으로 중얼거리며, 그가 그녀를 빤히 쳐다보았고, 그녀 역시 그를 빤히 쳐다보았다. 한참 후에, 페트리지아가 물었다.

"키스."

"……."

"해도 돼요?"

"뭐……."

그가 당황스러운 눈을 하며 입을 열었을 때, 페트리지아는 망설임 없이 그의 입술에 자신의 입술을 포갰다. 그의 어깨를 꼭 끌어안은 채로, 그녀는 눈을 감으며 그에게 키스했다. 달콤해야 할 것 같은 키스의 첫맛은 슬프게도 짰다.

"아……."

졸지에 키스를 당한 루시오가 당황스러운 소리를 흘리면서도, 자신에게 입을 맞추는 페트리지아를 본 후에는 차분히 눈을 감았다.

그는 슬픔과 감격이 뒤섞인 표정으로 그녀의 키스에 기꺼이 화답했다. 그녀의 윗입술을 가볍게 물었다가, 사과를 베어 먹듯 완전히 입술을 삼켰다가, 아름답게 고른 치열을 부드럽게 쓸었다가…… 그는 그러면서 조용히 울었다.

여전히 그에게 얼굴을 가까이 한 채로, 페트리지아가 속삭이듯 물었다.

"울어요?"

"아니."

"슬퍼요?"

"절대."

그가 중얼거리며 답했다.

"이런 소중한 행복 앞에서, 어떻게 슬픔을 느낄 수가 있겠어."

"……."

페트리지아는 말없이 다시 키스했다. 처음의 조용했던 키스가 점차 사나워졌다. 이러다 시작이 끝에 먹혀버릴 것 같다고 생각하면서, 페트리지아가 숨을 헐떡였다. 루시오도 마찬가지였다. 페트리지아가 흐느끼듯 그를 불렀다.

"흑…… 폐하."

"페트리지아."

그가 그녀의 이름을 부르며 조심스럽게 그녀와 입술을 떼고 눈을 마주쳤다. 페트리지아가 약간 붉어진 얼굴로 루시오를 쳐다보았다. 그가 조심스럽게 그녀가 입고 있던 자신의 망토 단추를 풀었다. 페트리지아는 빤히 그 손길을 바라보고만 있었다.

마침내 망토가 사라져 그녀의 가녀린 어깨가 드러났을 때 루시오가 그녀의 어깨로 다가가 조심히 입을 맞추었다. 그것은 마치 상처를 치료하기 위한 목적의 키스처럼 부드러우면서도, 어딘가 모르게 짐승처럼 거친 느낌을 주었다. 페트리지아가 짧게 신음했고, 그는 물었다.

"싫……어?"

조심스러움이 가득 담긴 물음에 페트리지아는 루시오를 빤히 바라보다가, 곧 다시 그에게 키스했다. 루시오와 입을 맞추면서, 그녀는 그의 크라바트를 풀어 내렸다. 스르륵 천이 떨어지는 소리가 나며 페트리지아의 손이 느릿했던 아까와는 달리 조급해졌다. 마침내 그의 셔츠 단추까지 두세 개 정도를 풀어 내렸을 때, 페트리지아가 붉어진 눈과 볼로 루시오를 쳐다보았다. 그는 대답 없이 키스했고, 그것은 동의를 의미했다. 상호의 동의는 루시오의 손을 차분히, 그러나 숨기지 못한 조급함을 드러내며 움직이게 했다.

어느새 두 사람은 날것 그대로의 상태, 태초의 상태가 되어 상대를 나란히 바라보고 있었다. 루시오의 볼을 부드럽게 어루만지던 페트리지아는, 다시 한번 먼저 키스했다.

3
Kiss

두 가슴에 얼굴을 파묻은 채 그는 잠들어 있었다. 페트리지아는 루시오의 얼굴을 가만히 내려다보며 속으로 중얼거렸다.

시간이 얼마나 지난 거지.

"……"

분명 충동이 개입하긴 했으나 오롯이 충동뿐만이라고 보기는 어려웠다. 그녀는 분명 이성이 반쯤은 남아 있었다. 그녀가 선택한 것이고, 그가 선택한 것이다. 여기에 무슨 말이 더 필요할까. 페트리지아가 속으로 한숨을 쉬었다.

의심의 여지없이, 그녀는 그를 애증한다. 예전에는 분명 그 비율이 반반은 되었던 것 같은데, 요즘은 그 추가 한쪽으로 기울어져가고 있는 듯한 느낌이었다. 페트리지아가 명한 표정으로 그의 새벽 하늘을 닮은 머리카락을 쓸어내렸다.

"으음……."

그 손길에 그는 깬 듯했다. 그 소리에 그녀는 저도 모르게 자신의 손을 멈추었다. 하지만 곧 루시오의 목소리가 이어졌다.

"계속…… 해줘."

"……."

욕심 많긴. 페트리지아가 속으로 중얼거리면서도 충실히 루시오의 말에 따랐다. 그녀가 물었다.

"저 때문에…… 깨신 겁니까."

"괜찮아."

루시오가 고개를 들어 올려 답했다.

"눈앞에 그대가 있어서, 깨어 있는 게 더 좋아."

"……."

페트리지아는 그런 낯간지러운 말을 눈 하나 깜짝하지 않고 하는 루시오를 빤히 쳐다보다가 이내 물었다.

"괜찮으세요?"

"아니."

"……."

"너무 기뻐서."

그가 떨리는 목소리로 답했다.

"숨 쉬기가 어려워."

"과장은 하지 마시고."

"과장이 아니라."

루시오가 페트리지아를 끌어안으며 속삭였다.

"정말로."

"……"

페트리지아는 자신에게 어린아이처럼 안긴 루시오를 빤히 쳐다
보다가, 곧 같이 그를 끌어안고 가만히 눈을 감았다. 피곤했다. 한
참 후에 그가 그녀를 불렀다.

"리지."

"……"

페트리지아는 대답하지 않았지만 루시오는 계속 말했다.

"부탁이 있어."

"……말씀하세요."

"사랑한다고."

그가 물었다.

"말해도 돼?"

"……"

분명 부탁이랬는데 끝은 질문이다. 답해달라는 것이 부탁인가,
아니면 사랑한다고, 말하게 해달라는 게 부탁인가. 페트리지아는
고민하다 대답했다.

"하세요."

"사랑해."

"……."

"사랑해, 페트리지아."

페트리지아는 그 고백에 답하지 않았지만, 애당초 루시오가 원한 것은 그녀의 답이 아니었다. 그저 자신의 마음을 감히, 고백할 수 있도록 해달라는 것. 그것이었기 때문에.

"내가 그대를……."

"……."

"많이 사랑하고 있어."

그래서 그는, 그저 그녀가 이런 자신의 고백을 듣는 것만으로도 한없이 좋았다.

"하아……."

페트리지아가 긴 한숨을 흘리며 머리를 짚었다. 아까는 멀쩡했던 몸에서 열이 나고 있었다. 그 옆에서 루시오가 쩔쩔거리며 그녀에게 물었다.

"많이 아픈 건가? 역시 궁의를 불러야……."

"유난 떨지 마세요."

페트리지아가 짧게 그의 걱정을 일축시켰다.

"어젯밤의 일을 동네방네 떠벌리고 다니실 셈이세요?"

물론 굳이 궁의를 부르지 않더라도 어젯밤의 일은 이미 시녀들의 입에서 입으로 퍼져 나갔을 것이다. 하지만 궁의를 불러서 그걸 공식화시키는 것보다는 나으니까……. 페트리지아가 지끈거리는 머리를 짚으며 천천히 자리에서 몸을 일으켰다. 루시오가 다급하게 물었다.

"어딜 가려고?"

"제 궁으로 가야지요."

페트리지아가 태연하게 대답하자, 루시오가 안 될 말이라는 듯, 고개를 저었다.

"이 몸으로 어딜 가겠다는 거야."

"궁까지는 갈 수 있어요."

"그러다 쓰러지기라도 하면 어떡하려고."

그가 걱정스러운 목소리로 그녀에게 부탁했다.

"잠깐만이라도 여기 있으면 안 될까, 응?"

"……그러다 폐하께서도 감기 옮으십니다."

"내 걱정은 하지 말고, 그대 걱정만."

루시오의 말에 페트리지아가 '끙' 소리를 내며 다시 자리에 누웠다. 좀 더 휴식을 취했어야 했는데, 그러지 못한 것이 화근인 듯했다. 그녀가 중얼거렸다.

"오늘 할 일이 많은데……."

"전부 취소해. 몸이 우선이니까."

"생각 없는 말씀이세요. 어제도 쉬었다고요."

페트리지아가 골치 아프다는 목소리로 넋두리했다.

"게다가 탄신 연회가 한 달도 안 남았는데……."

"다른 누구도 아니고 그대의 탄일이야. 그러니 무엇보다 건강을 우선시해야지."

그건 맞지만…… 페트리지아가 난감하다는 듯한 소리를 내며 그에게 말했다.

"폐하께서도 정무를 보셔야지요."

"다행히 오늘 회의가 없군."

"그래도 처리하실 서류는 있으시겠지요."

"조금 있다가 하겠다."

"……."

속이 뻔히 보이는 말에 페트리지아는 더 이상 아무 말도 하지 못했고, 루시오는 다정히 웃으며 그녀에게 말했다.

"따지고 보면 내 책임도 있으니까."

"……."

페트리지아가 얼굴을 붉히며 휙 돌아누웠다. 그가 여전히 다정한, 하지만 분명 걱정이 섞여 있는 목소리로 물었다.

"궁의를 부르는 게 좋지 않겠어?"

"어제도 불렀는걸요."

페트리지아가 나른한 목소리로 답했다.

"기껏해야 약 먹고 자는 것밖에는 방법이 없습니다. 약은 어제 많이 받아놨고요."

"미안해."

루시오가 갑자기 풀 죽은 목소리로 사과했고, 페트리지아는 황당한 표정으로 물었다.

"뭐가요?"

"나 때문에 더 아픈 것 같아서."

"하아……"

페트리지아가 한숨을 쉬며 일갈했다.

"아시면 잘하세요."

"물론 그래야지. 그래서 말인데, 더 필요한 건 없나?"

"……아직은 괜찮아요."

페트리지아가 슬며시 다가오는 두통을 느끼며 그에게 말했다.

"좀 자고 싶은데……"

"옆에 있어줄까?"

"이 아침부터 제국의 태양을 곁에 잡아둘 만큼 분별없는 사람은 아닙니다."

그녀가 약간 힘겨운 목소리로 말했다.

"집무실에서 정무를 보고 계세요. 무슨 일이 생기면 밖의 시녀를 부를 테니…… 걱정하지 마시고요."

"그럼……"

그는 그녀의 곁을 떠나야 한다는 게 영 마뜩잖은 표정이었지만, 어쩔 수 없었다. 그도 그녀 못지않게, 사실은 그녀보다 더 바쁜 사람이었으니까. 루시오가 한숨을 내쉬며 그녀의 이마에 작게 키스 했다. 페트리지아가 그를 빤히 응시하자, 그가 약간 얼굴을 붉히며 말했다.

"쉬도록 해."

"······안녕히 가세요."

페트리지아는 그 말만 내뱉고선 바로 눈을 감았다. 곧 루시오가 그녀에게서 멀어지는 소리와 함께, 문을 열고 닫는 소리가 들렸다. 그녀는 그제야 편히 쉴 수 있었다.

한 시간 정도 지난 후에, 라파엘라가 중앙궁을 찾았다.

"황후 폐하를 뵙습니다."

"라파엘라."

페트리지아가 '끙' 소리를 내며 자리에서 몸을 일으키자, 라파엘 라가 얼른 달려와 그녀를 부축했다. 라파엘라가 타박하는 듯한 목 소리로 말했다.

"아이 참, 그냥 누워 있지."

"미르야가 보낸 거야?"

"그냥 왔어. 황후 폐하도 안 계신데 황후궁에 있으면 뭐 해. 내가 지켜야 할 사람은 리지, 너인데."

그렇게 말한 라파엘라가 실실 웃으며 페트리지아에게 물었다.

"그래서, 어젠 어땠어?"

"그냥 그랬지, 뭐⋯⋯."

"이런. 폐하께서 분발하셔야겠네."

장난스럽게 말한 라파엘라가 곧 다시 물었다.

"몸은 많이 안 좋아? 어제보다 안 좋아진 거면 큰일인데."

"그 정도는 아니야. 어젠 정말 죽을 것 같았으니까."

"다행이네. 계속 이곳에 있을 거야?"

"⋯⋯."

라파엘라의 질문에 잠깐 입을 다문 페트리지아는, 곧 천천히 답했다.

"황후궁까지 걸어갈 자신이 없어."

"누가 걸어가래? 내가 안고 갈 거야. 아님 마차를 불러도 돼."

"낭비야."

짧게 거부한 페트리지아가 라파엘라에게 말했다.

"기운 차릴 때까지만 있을 거야."

"흐음⋯⋯."

페트리지아의 대답에 라파엘라가 묘한 표정으로 페트리지아를 쳐다보았지만, 페트리지아는 무시한 채 계속 말했다.

"오늘까지는 일을 쉬어야 할 것 같아. 내궁 일이 마비되지는 않을까 걱정이군."

"하루 이틀 일 안 한다고 당장 어떻게 되는 건 아니야. 내궁이 그렇게 만만하지도 않고. 일단은 몸부터 챙겨."

"그래."

짤막하게 대답한 페트리지아가 다시 자리에 누웠다. 라파엘라는 그런 페트리지아를 상당히 걱정스러운 눈으로 쳐다보다가, 곧 사근사근한 목소리로 말을 걸었다.

"필요한 건 없고?"

"괜찮아, 엘라. 중앙궁의 호위는 확실하니까…… 원한다면 황후궁에 있어도 좋아."

"그럴 수는 없지."

라파엘라가 씩 웃으며 고개를 저었다.

"문밖에 있을게. 무슨 일 있으면 꼭 불러. 알았지?"

"그럴게."

힘없이 대답한 페트리지아의 이마 위에 작게 입을 맞춘 라파엘라가 곧 방을 나갔고, 페트리지아는 곧바로 눈을 감았다. 잠을 많이 자지 못해서일까. 어쩐지 피곤했다.

그녀가 눈을 뜬 건 이마 위에 싸늘한 감각이 느껴졌을 무렵이었다. 페트리지아가 잔뜩 당황한 소리를 흘리며 눈을 떴다.

"아……?"

"이런, 내가 깨웠나."

머쓱한 목소리를 따라 눈을 돌리자, 그가 있었다. 페트리지아가 두 눈을 깜빡거리며 조용히 소리 냈다.

"폐…… 하?"

"미안해, 페트리지아."

"……."

한참 동안 입을 다물고 있던 페트리지아가 어느 순간 중얼거렸다.

"왜……."

"걱정이 돼서."

루시오가 페트리지아의 흐트러진 머리카락을 정리해주며 속삭였다.

"혼자 두는 게 걱정이 돼서."

"……."

"그래서, 와봤어."

"정무는 어쩌시고요."

"급한 일은 다 처리했으니 걱정하지 않아도 돼."

그렇게 말한 그가 그녀의 이마에 허락 없이 입을 맞추었다. 페트리지아는 그 행위에 대해 아무 말도 하지 않은 채, 그저 자신의 모습을 사랑스러워 죽겠다는 듯 바라보는 그 남자만을 가만히 응시할 뿐이었다. 그 모습에 루시오가 당황해하며 사과했다.

"아, 미안해. 내가……."

"폐하."

페트리지아가 그의 사과를 끊고 물었다.

"정말 저를 사랑하기라도 하시는 거예요?"

"이런."

그가 약간 슬퍼진 목소리로 중얼거렸다.

"내가 그렇게 표현을 하지 못했나."

"……"

표현은 했다. 다만 그 표현의 진실성을 믿지 못했을 뿐. 루시오가 고백했다.

"사랑해."

"……"

"진심으로 그대를 사랑하고 있어. 물론 그대는…… 아직 나를 믿지 못하는 것 같지만."

말끝을 흐린 루시오가 곧 상관없다는 듯 결연하게 말했다.

"기다릴게. 기다릴 수 있어. 하지만 그때까지……"

"……"

"날 떠나지만 말아줘. 그 부탁만 들어준다면, 나는 그대를 위해 무엇이든 다 할 수 있어."

애당초 떠나는 건 불가능했다. 그를 사랑해서가 아니라, 퇴궁을 한다는 게 쉽지 않다는 것쯤은 페트리지아 자신도 알고 있었다.

그녀는 단지 투정을 부렸을 뿐이었다. 아이처럼. 어리석었던 쪽은 나였나. 페트리지아가 속으로 자조했다.

"떠나지 않아요."

"……정말?"

"네."

그리고 그가 불안해하고 있다는 걸, 그녀는 알 수 있었다. 이별에 있어 극도로 예민하게 반응하는 남자. 친모와의 이별을 그런 식으로 마주했기 때문일까. 어쩐지 속이 불편해졌다.

"정말 고마워. 정말……."

루시오가 감격에 젖은 얼굴로 페트리지아의 손을 덥석 잡았다. 그 갑작스러운 행동에 페트리지아는 살짝 놀랐지만, 표 내지 않은 채 차분한 표정을 유지했다.

"내가 정말…… 잘할게."

어느새 목소리에는 울음기가 살짝 섞여 있었다. 내가 떠나는 게 그렇게 싫었을까. 페트리지아가 속으로 중얼거리며 생각했다. 당신한테 내가, 어떤 의미이길래?

"내가 있는 게 불편하면…… 나갈까?"

루시오가 주저하며 물었고, 페트리지아도 똑같이 주저했다. 원래의 그녀라면 매몰차게 나가라고 말했어야 했지만……. 어제 몸을 섞었기 때문일까. 이상하게 그러고 싶지가 않았다.

이건 순전히 어젯밤의 정 때문이라고 합리화하며, 페트리지아가 루시오의 손목을 먼저 잡았다. 그가 약간 놀라는 게 느껴졌다. 그녀가 속삭이듯 말했다.

"가지 마세요."

"……그래."

그가 약간 잠긴 목소리로 대답했고, 페트리지아는 그런 그를 빤히 바라보다가, 곧 슬며시 눈을 감았다. 옆에 누군가가 있다는 사실이 그녀에게 더없는 위로를 주었다.

"폐하께서 이번에는 애플 타르트와 머랭 쿠키를 보내셨어요."

미르야가 황당함과 기쁨이 반씩 섞인 목소리로 말했다. 그의 지극한 간호로 어느 정도 건강을 회복한 페트리지아는, 그 이후에도 이렇게 그의 정성이 담뿍 담긴 디저트들을 매일 받고 있었다. 미르야가 말했다.

"이게 벌써 3주째예요. 설마 다음 주에 있을 폐하의 탄신 선물을 이것으로 하시려는 걸까요? 이렇게 매일매일 다른 디저트를 만드시기란 결코 쉬운 일이 아닌데 말이지요."

"……."

미르야의 말대로였다. 루시오는 그날 이후에도 빠짐없이 직접 만든 디저트들을 보내오고 있었는데, 그 결과물이 매일매일 달랐다.

어쩐지 미르야가 더 신나 보이는 듯한 상황에 페트리지아는 기분이 묘해졌다.

"버릴까요?"

그리고 미르야는 늘 관례라도 되는 듯이 이 질문을 했다. 미르야는 이미 페트리지아가 루시오가 보내온 디저트를 버리지 않으리라는 사실을 알고 있었다. 하지만 이럴 때가 아니면 언제 지고하신 황후 폐하를 놀려보겠는가…… 가 라파엘라와 미르야의 생각이었다. 물론 페트로닐라도 때때로 동의했지만.

"……이리 내."

페트리지아가 기쁘지 않은 척 미르야에게 말했고, 미르야는 슬쩍 웃으며 물었다.

"황제 폐하께서 만드신 것이라면 싫어하시는 것 아니셨어요?"

"황제모독죄로 잡혀갈 일 있나. 괜히 버렸다가 화를 당하려면 어쩌려고."

대답을 들은 미르야가 속으로 큭큭거리며 웃었다. 황제는 황후를 사랑한다. 설령 그렇다고 해도 황제는 황후를 벌할 수 없을 것이다. 그리고 미르야는 페트리지아가 그 사실을 알고 있다는 사실을 아주 잘 알고 있었다. 미르야가 말없이 그녀에게 타르트와 쿠키가 든 분홍색 상자를 건넸다.

"여기 있습니다, 폐하."

"……나가 봐."

그리고 꼭 시식은 자기 혼자서만 했다. 라파엘라와 미르야는 이것을 두고 대충 짐작 가는 바가 있는지 뒤에서 시시덕거리며 웃었지만, 절대 페트리지아의 앞에서는 티를 내지 않았다. 만약 자신들이 이런 이야기를 하고 있다는 사실을 안다면 섬세한 그녀는 크게 화를 낸다기보다는, 다음부터는 마음에도 없는 행동을 하게 될 확률이 컸다. 원만한 부부관계를 위해서라도 그럴 수는 없는 일이었다.

"하아."

시녀들을 모두 내보내고 혼자 남은 페트리지아가 조용히 상자를 열었다. 포장은 누가 하는 건지 늘 분홍색, 혹은 붉은색 리본으로 곱게 상자가 묶여 있었다. 달콤하면서도 고소한 밀가루 냄새가 페트리지아의 코를 찔렀다.

"맛있겠네."

페트리지아가 조용히 중얼거린 후 머랭 쿠키 하나를 입으로 가져가 한 입을 베어 물었다. 맛있었다. 페트리지아의 입가에 저도 모르게 미소가 피어났다. 어느샌가 그가 직접 만든 디저트를 먹는 일은 페트리지아의 지루한 일상 중 가장 기대하는 일과로 자리 잡고 있었다.

"너라고 다를 것 같아?"

흰옷을 입은 여자가 분홍색 머리카락을 길게 늘어뜨린 채 서늘하게 웃었다. 페트리지아가 그런 그녀의 모습에 주춤주춤 뒷걸음질을 하며 물러났다.

"저리 가."

"너도 똑같아, 고고하신 황후 폐하. 다른 여자가 생기면 넌 언제든 버려질 거야."

"……난 그 남자를 받아들인 적 없어."

페트리지아가 애써 부정했지만, 로즈몬드는 이미 모든 것을 알고 있다는 듯 깔깔거리며 웃었다.

"멍청하긴. 넌 이미 그 남자를 받아들였어."

"……."

"네가 먼저 그 남자를 안았잖아. 그 남자에게 먼저 키스한 것도 너야. 넌 지금 그냥 네 마음을 인정하고 싶지 않아서 투정 부리는 것에 불과해. 아니야?"

"그렇다고 해도, 무슨 상관이야."

다른 사람도 아니고 네가. 페트리지아가 부들부들 몸을 떨며 로즈몬드를 노려보았다. 그녀는 이미 죽었고, 아마 지금 페트리지아의 눈앞에 있는 그녀는 환영일 것이다.

너는 도대체 왜 죽어서까지…… 나를 힘들게 해.

"네가 하루빨리 나처럼 되는 꼴을 보고 싶어서 몸이 근질거려."

로즈몬드가 즐겁다는 듯한 표정으로 페트리지아의 귓가에 대고 속삭였다.

"너도 언젠가는 나처럼 단두대에 목이 잘려 죽게 될 거야. 그 남자에게 다른 여자가 생긴다면 말이야."

"너……."

"왜, 아니라고 생각해?"

로즈몬드가 페트리지아의 어리석음을 비웃기라도 하려는 듯 깔깔거리며 웃었다.

"어리석긴! 처음에는 그 남자도 내게 똑같이 굴었어. 간도 쓸개도 다 빼줄 것처럼 굴었다고!"

"왜냐하면 두 사람의 관계는 진짜 사랑이 아니었으니까."

페트리지아가 처음으로 미소를 지었다. 아름다운 미소는 아니었다. 무섭고, 기이하고, 서늘한, 그래서 더 처연한 미소. 페트리지아가 못을 박았다.

"두 사람의 관계는 애당초 잘못됐어. 너도 그걸 알고 있었잖아?"

"……."

"넌 폐하를 진심으로 사랑하지 않았고, 폐하는 그저 감정에 속으신 것뿐이야. 두려움 때문에 인 심장 박동을 설렘의 고동으로 착각하는 것처럼."

"끝까지 똑똑한 척은! 너는 그게 아니라고 자신할 수 있어?"

"……."

"봐, 자신 없지?"

로즈몬드가 아름답게 미소 지으며 마지막 말을 남겼다.

"너도 언젠간 나처럼 이렇게 될 거야."

그와 동시에 페트리지아의 눈앞에 로즈몬드가 죽었던 순간의 모습이 그대로 재현되었다. '까아악' 사람들의 비명과 목이 잘릴 때의 그 끔찍한 소리…… 페트리지아가 저도 모르게 소리를 질렀다.

"아악!"

그러면서 몸을 벌떡 일으켰을 때, 페트리지아의 이마에는 식은 땀이 가득했다. 비명을 들은 미르야와 라파엘라가 황급히 문을 열고 들어왔다.

"폐하!"

"리지!"

두 사람은 무슨 일이라도 났는지 살피기 위해 주변을 둘러보았지만, 다행히 그런 기색은 보이지 않자 그제야 한숨을 쉬었다. 미르야가 걱정스럽게 물었다.

"폐하, 무슨 일이세요?"

"세상에, 미르야. 이 땀 좀 봐요."

"하아……."

페트리지아가 얕은 한숨을 연달아 내쉬며 속을 진정시키기 위해 노력했지만, 쉽사리 숨이 잦아들지 않았다. 시녀 하나가 얼른 미지근한 물을 가져왔고, 페트리지아는 느릿한 움직임으로 물을 마셨다. 페트리지아가 창백해진 얼굴로 숨을 헐떡였다. 라파엘라가 물었다.

"폐하, 도대체 무슨 일이야."

"하아…… 빌어먹을."

페트리지아가 어쩐지 서러운 목소리로 중얼거렸다.

"중앙궁으로 가야겠어."

한편, 루시오는 그날 평소보다 일찍 잠자리에 들었다. 페트리지아가 악몽을 꾼 후 일어났을 때, 그는 이미 잠든 지 오래였는데, 당연히 페트리지아가 겪은 일 따위는 하나도 알지 못한 채 꿈나라를 헤매고 있는 상태였다.

　"폐하? 도대체 어인 일로……."

　"폐하께서는 안에……."

　"침수에……."

　드문드문 목소리가 들려온 탓에, 평소 깊은 잠을 잘 수 없었던 루시오는 금방 잠에서 깼다. 그가 멍한 표정으로 자리에서 일어나 물었다.

　"무슨 일이지?"

　그 목소리에, 순간 바깥에서는 정적이 일었다가, 잠시 후 시녀장의 목소리가 들렸다.

　"폐하, 황후 폐하께서……."

　"당장 모시지 않고 뭐 하는 거지?"

　"송구합니다, 폐하. 안으로 드시지요."

　약간 날이 선 듯한 목소리와 함께 방 안의 문이 열렸다. 그때까지도 약간 멍한 눈을 유지하고 있던 루시오는 재빨리 잠에서 깨어나기 위해 볼을 두어 번 정도 세게 때렸다. 그녀가 어째서 이 늦은 밤에 자신을 찾았을까. 기대와 설렘, 그리고 두려움이 반쯤 섞인 얼굴로 그가 자리에서 일어났다.

"……"

페트리지아는 평소의 단정한 올림머리가 아니라, 풀어 헤친 난잡한 머리 모양을 하고 있었다. 물론 루시오의 눈에는 그마저도 더없이 사랑스러웠고, 오히려 청순한 느낌까지 주었기 때문에 그리 의미 있는 변화는 아니었다.

흰색 드레스를 잠옷으로 입은 그녀가 비틀거리며 그를 향해 걸어왔고, 그 모습이 위태로워 보였는지, 아니면 그저 그녀에게 조금이라도 더 빨리 닿고 싶어서인지, 루시오는 참지 못하고 먼저 그녀 쪽으로 달려갔다.

"황후, 무슨 일……"

"폐하."

그녀가 자신을 부르는 목소리가 심상치 않았다. 루시오가 본능적으로 낮아진 목소리로 물었다.

"리지? 무슨 일이야."

"폐하."

그녀는 오로지 그만 불렀고, 그가 그녀를 차분한 목소리로 불렀다.

"쉬이, 괜찮아. 무슨 일이 있는 거야?"

"……"

페트리지아는 말없이 그의 얼굴만 올려다보았는데, 눈빛이 어쩐지 불안정해서, 루시오는 덜컥 겁이 났다. 그는 저 눈빛을 알고 있었다. 그가 지긋지긋해 하는 눈빛이었다. 그에게 너무나도 친숙했던 탓에. 그가 그날 이후로 뿌리 깊게 마음에 새긴 표정이었던 탓에. 그가 떨리는 목소리로 물었다.

"리지, 왜 그래……."

하지만 그는 제대로 말을 끝맺을 수 없었다. 페트리지아가 루시오에게 와락 안겨왔다. 그는 당연히 당황했고, 그녀가 먼저 그에게 안겼다는 사실에서 기인하는 기쁨을 느낄 새도 없이 떨리는 목소리로 자초지종을 물어야 했다. 그녀는 지금 어딘가 이상했다.

"무슨 일이 있었어? 나한테 말하기 싫은 거라면 말하지 않아도……."

"폐하."

페트리지아가 어딘가 괴로워 보이는 목소리로 물었다.

"절 버리실 건가요?"

"……뭐?"

루시오는 순간적으로 머리가 멍해지는 것을 느꼈다. 그가 그녀를 버린다? 말도 안 되는 소리였다.

그녀가 그를 먼저 버릴지언정, 그가 먼저 그녀를 버릴 수는 없었다. 이제는 그럴 수 없었다. 어떻게 그럴 수 있다는 말인가. 그가 단언했다.

"그게 무슨 소리야. 절대 그럴 일……."

"로즈몬드도."

페트리지아가 금기의 이름을 꺼냈다.

"버리셨잖아요."

"……리지."

루시오가 페트리지아를 끌어안아주며 말했다.

"상황이 달라. 내가 아는 그대는 자신을 위해 남을 해칠 사람은 아니야."

"폐하께서 저에 대해 뭘 안다고 그러세요?"

페트리지아가 울먹이며 물었다.

"제가 만약 질투에 눈이 멀어 타인을 해친다면, 그때는 저도 버려지는 건가요? 저도 단두대에서 목이……."

"리지."

루시오가 절박해진 목소리로 그녀를 잡아끌었다.

"맹세해. 그대 외에 어떤 여자도 내 옆에 설 수 없어. 그대 외에 다른 여자는 내 품에 안길 수 없다고."

"……."

"미안해. 내가 믿음을 주지 못해서."

"제가 두려워하는 걸, 폐하께서는 몰라요."

"……그래. 그럴지도 몰라."

"그래서 전 무섭다고요."

페트리지아가 떨리는 목소리로 말하며 그의 어깨를 힘주어 잡왔다.

"폐하께 마음을 드렸는데, 언젠가 저는 버림받을까 봐요."

"리지, 난……."

"전 아이를 낳을 수 없잖아요."

페트리지아가 서러운 목소리로 말했다.

"폐하께서는 후계를 생산해내셔야만 해요. 그럼 언젠가는……
다른 여인을 안으셔야 하겠죠."

"방계 출신의 다른 황족을 그대와 나 사이의 양자로 들일지언정,
그럴 일은 없어. 그럴 생각, 전혀 없어."

"그걸 제가 어떻게 믿……."

"리지."

루시오가 애타는 목소리로 페트리지아를 불렀다.

"어떻게 해야 내가 그대에게 믿음을 줄 수 있을까."

"……."

"각서를 쓸까? 제국의 공작들을 증인으로 세운다면 아무리 나라
도 지키지 않을 수 없어. 원한다면 내일, 아니 지금이라도 당장 각
서를 쓰지."

그가 허둥대며 대안을 마련했다.

"그도 아니면 다른 방법이 뭐가 있을까? 옥새를 그대에게 맡길
까? 언제라도 나를 폐위할 수 있도록? 아니면……."

"폐하, 모르시겠어요?"

페트리지아가 눈물이 고인 눈을 들어 루시오에게 말했다.

"전 그런 물질적인 부분을 말씀드리고 있는 게 아니에요."

"······."

"폐하와의 관계가 완전히 파탄 나게 되었을 때, 제가 '또다시' 받게 될 상처가 두려워요."

"······리지, 알고 있겠지만 그 부분에 대해 내가 공식적으로 할 수 있는 맹세는 없어. 하지만······."

그가 주저 없이 말했다.

"맹세하지. 그대가 나를 버릴지언정, 내가 먼저 그대를 버릴 수는 없어. 마비너스의 황제가 아닌 그대의 남편으로서 확실히 해두지."

"하아······."

"말해봐, 리지. 무슨 일이 있었던 거야?"

"······꿈을 꿨어요."

페트리지아가 그의 품에 안긴 채 나직이 대답했다.

"'그녀'가 저를 비웃었어요. 언젠가는 저도 똑같은 꼴이 날 거라면서."

"그랬군."

루시오가 어쩐지 안타까움이 묻어나는 목소리로 품에 안긴 페트리지아를 토닥거렸다.

"그럴 일은 없어."

"······."

"내 모든 것을 걸고 약속할게. 딱 한 번만⋯⋯."

절박한 목소리는 페트리지아의 귓가에 생생히 전달되었다. 그의 가슴에 얼굴을 묻은 페트리지아는 그의 가슴 속에서 들려오는 심장박동 소리를 그 누구보다도 가장 잘 들을 수 있었다.

그의 가슴은 세차게 뛰고 있었다. 마치 자신은 살아 있으니, 제발 좀 알아달라고 애원하는 것 같아서, 페트리지아는 자신의 가슴도 그에 따라 공명하는 것 같은 착각이 들었다.

"딱 한 번만 당신의 인생에서 나를 믿어줘."

"⋯⋯키스."

페트리지아가 촉촉이 젖은 눈망울을 들어 올려 물었다.

"해줄래요?"

기꺼이, 하고 그가 속삭이며 그녀에게 입을 맞추었다. 잠시 후에 페트리지아는 입안에서 짠맛을 느꼈다. 그가 울고 있었다. 정작 울어야 할 사람은 저인데도, 우는 사람은 그녀가 아니라 그였다.

그는 왜 울고 있는 것일까. 머릿속에서 하나의 짐작이 떠올랐지만 이건 정말로 짐작일 것이다. 그는 그렇게 감상적인 남자는 아닐 테니까.

그래, 좋아.

나는 당신을 믿어보기로 했다. 당신을 믿지 않는다고 해도 이미 커질 대로 커져 버린 마음이 나를 용서하지 않을 테니까.

나는 어쩌면 해서는 안 되는 사랑을 시작한 것일지도 몰라. 그는 나를 버리지 않겠다고 말했지만, 사람의 일은 모르는 법이니까. 나는 언젠가, 당신에게 다시 한번 버려질지도 모르지.

하지만 그렇다고 해도 단 한 번은, 당신을 믿어볼 수 있을까? 나는, 그래도 되는 것일까? 당신에게 한 번쯤은 내 마음을 맡겨봐도 좋겠지?

설령 내가 속는 것일지라도, 나는 당신을 믿을게. 아니, 이번 한 번만은 내 가슴을 믿어볼게. 처음으로…… 내가 하고 싶은 일이 생겼으니까.

어쩌면 당신과 함께 그려볼지 모르는 따뜻한 사랑, 그리고 미래.

페트리지아는 그 늦은 밤, 그와 따뜻한 입술을 나누며 그렇게 마음을 진정시켰다. 그건 마치 마약 같았다. 모든 근심과 걱정을 해결해줄 것 같은 착각을 그녀에게 안겨다 주었으니까.

4

Proposal

"……그래서 요즘 폐하께서는 정신이 없으세요. 리지의 기분을
맞춰주느라 매일 바쁘시거든요."

"그래요?"

"네. 매일 달콤한 디저트를 보내고 선물도 간간이 보내시죠. 물론
리지는 너무 사치스러운 선물은 안 좋아해서, 폐하께서 적당히 눈
치 보며 보내세요."

"상상이 안 가네요. 그런 폐하의 모습이라니."

"왜요?"

"아버지께 듣기로, 폐하께서는 무뚝뚝하고 정 없으신 분이었거
든요. 아버지의 착각이셨나 보네요."

"뭐, 업무적으로는 그러실 수도 있죠. 하지만 중요한 건 사랑하는
사람에게 어떻게 대하는지 아니겠어요?"

"그래서 나는, 닐에게 잘 대해주고 있나요?"

로스시의 물음에, 가만히 길을 따라 걷던 페트로닐라가 까르르 웃으며 대답했다.

"당신은 최고의 남편감이에요, 로. 아무리 황제 폐하라도 당신을 따라갈 수는 없을 거예요. 디저트? 선물? 에이, 솔직히 당신도 다 하잖아요."

"이런, 제국의 태양께 감히 비견되다니."

그가 너털웃음을 터뜨리며 말했다.

"불경죄로 잡혀가는 건 아닌가 모르겠군요."

"절대 그럴 일 없어요, 사랑하는 로."

페트로닐라가 로스시의 볼에 작게 키스하며 속삭였다.

"어떻게 당신처럼 사랑스러운 남잘 잡아갈 수 있겠어요?"

"영광이네요, 닐."

다정한 미소를 지은 로스시가 페트로닐라의 볼에 따라 키스하며 화답했다.

"참, 나 할 말이 있는데."

"할 말이요?"

"다음 주에 황후 폐하의 탄신 연회가 있지요."

"그렇죠."

다음 주는 페트로닐라가 세상에서 제일 사랑하는 페트리지아가 태어난 날이었다. 물론 자신의 생일이기도 했지만. 페트로닐라가 고개를 갸웃거리며 물었다.

"그런데요?"

"그날 중요하게 할 게 있어요. 끝나고…… 잠깐 볼 수 있을까요?"

"물론이죠, 로."

페트로닐라가 좋다는 듯 고개를 끄덕였고, 그런 그녀를 바라보는 로스시의 입가에 엷은 미소가 스쳤다. 그가 고개를 숙여 페트로닐라의 이마에 작게 입을 맞춘 후 속삭였다.

"당신처럼 사랑스러운 여자는 세상에 없어요, 닐."

시간은 흘러 페트리지아의 탄신일이 다가왔다. 황후의 탄신일은 그 이름에 걸맞게 화려하게 진행되었다. 페트리지아는 그날의 이른 아침부터 몰려드는 선물과, 인형이 될 정도의 치장으로 바쁜 시간을 보내야만 했다. 여타의 연회 때와는 차원이 다른 준비에, 페트리지아는 정신이 혼미해질 정도였다.

"어머, 폐하. 너무 아름다우세요!"

시녀 하나가 감격한 목소리로 그녀에게 감탄사를 날렸고, 페트리지아는 어쩐지 그런 반응이 부끄럽고 어색했다. 그런 그녀의 반응을 알아차리기라도 한 듯, 미르야가 한마디를 거들었다.

"폐하, 정말 아름다우세요."

"이런 치장은 아무리 해도 익숙해지지 않을 것 같아."

"하지만 곧 익숙해지실 겁니다. 폐하의 입가에 주름살이 느실수록, 이런 치장도 좀 더 자연스러운 것으로 받아들이시게 되겠지요."

"나이 먹어서까지 이런 짓을 계속해야 한단 말인가? 맙소사."

페트리지아가 넌덜머리가 난다는 듯 고개를 절레절레 저었다. 높게 틀어 올린 머리가 어쩐지 평소보다 무거웠다. 페트리지아가 물었다.

"부모님과 언니는? 언제쯤 오신다고 했지?"

"아까 전에 출발하셨다고 서신이 왔습니다, 폐하."

"나도 서둘러야겠어."

시계의 시침은 어느새 이른 오후를 달리고 있었다. 마지막으로 말린 장미향 퍼퓸을 뿌린 페트리지아가 자리에서 일어났다. 그때, 방 바깥쪽에서 약간의 소요가 일었다. 페트리지아가 의아한 표정으로 중얼거렸다.

"무슨 일……."

하지만 말을 끝맺기도 전에, 누군가가 벌컥 문을 열고 들어왔다. 페트리지아가 당황한 눈으로 들어온 상대를 쳐다보았다. 루시오였다. 그녀가 중얼거렸다.

"폐하……?"

"아……."

루시오가 페트리지아의 모습을 보더니 약간 얼굴을 붉히며 작은 목소리로 말했다.

"내가 실례를 범했군. 마음이 급해서……."

"어쩐 일로 여기까지……."

"그……."

그가 머뭇거리다가 이야기를 꺼냈다.

"에스코트차 왔다."

"아……."

페트리지아가 어색한 표정으로 슬쩍 눈을 돌리자, 미르야를 포함한 시녀들이 눈치 있게 방을 나갔다. 그 행태에 두 사람의 얼굴이 더욱 붉어졌다.

실상은 볼 꼴 못 볼 꼴을 다 본 관계인데도 불구하고, 두 사람의 정신적 관계는 아직도 풋풋함에 머물러 있었다. 일반적인 관점에서 바라본다면, 꽤나 흥미롭고 신선한 일이었다.

"준비는…… 다 한 건가?"

"네……."

"예뻐, 오늘."

"아……."

페트리지아가 잠깐 머뭇거리다가, 곧 발개진 볼로 답했다.

"감사합니다, 폐하."

"그럼, 가볼까?"

루시오가 머뭇거리면서도 다정하게 손을 내밀었고, 페트리지아는 그것을 조심히 잡았다. 이 남자의 손을 제대로 잡아본 적이 있었던가? 페트리지아는 그의 손을 잡으면서도 그런 생각을 했다. 이 남자의 손을, 제대로 잡아본 적이 없었던 것 같다. 루시오의 손은 따뜻했다. 그게 꽤 신기하다고 생각하며 그녀는 그의 손을 좀 더 꽉 잡아 쥐었다.

그녀의 탄신일이었다.

황제와 황후의 탄신일은 제국에서 가히 기념할 만한 축제 중의 하나였다. 제국 안의 모든 귀족이 다 모인 것이 아닌가 하는 착각이 들 정도로 사람이 많았는데, 약간 어지럼증까지 일 정도로 사람이 차고 넘쳤다. 페트리지아가 속으로 중얼거렸다. 원래 파티에 이렇게 사람이 많이 모였나?

"조금 힘들어 보이는데, 괜찮나?"

"괜찮습니다."

페트리지아가 정중하게 답했지만, 루시오는 어째 영 불안한 듯 말을 보탰다.

"혹시 조금이라도 어딘가 불편하면 꼭 말하도록 해. 알았나?"

"그러겠습니다."

그렇게 대답한 페트리지아가 저도 모르게 피식 웃었다. 뜻밖의 관심, 나쁘지 않다.

한편 페트로닐라는 로스시와 초장부터 즐거운 시간을 보내고 있었다.

"오늘 너무 예쁜데요?"

로스시가 늘 그렇듯 페트로닐라의 칭찬으로 대화를 시작하자, 페트로닐라가 못 말린다는 듯 작게 얼굴을 붉혔다.

"매번 내 칭찬만 하고. 나 이런 거에 너무 익숙해지면 어떻게 하죠?"

"왜 안 돼요? 어차피 나랑 결……."

거기까지 말한 로스시가 순간 말을 삼켰다. 아차, 실수. 다행히 페트로닐라는 알아채지 못한 것인지 별 반응을 보이지 않았다. 안심한 로스시가 다시 말을 이었다.

"익숙해져도 괜찮아요. 계속 말해줄 거니까."

"그것참."

페트로닐라가 야살스레 웃었다.

"달콤한 말이네요."

"그럼 영광이고요."

부드러운 미소를 머금은 로스시가 페트로닐라에게 우아하게 손을 내밀었다.

"그런 의미에서…… 한 곡 추시겠습니까, 레이디?"

로즈몬드가 처형당한 이후 첫 연회라 그런지는 몰라도, 페트리지아는 확실히 이전보다 자신에 대한 다른 사람들의 관심도가 몇 갑절 더 증가했다는 것을 느낄 수 있었다.

물론 대외적으로 봤을 때 썩 나쁜 일은 아니었으나, 페트리지아 개인으로서는 그리 달가운 일은 아니었다. 내성적인 성격인 탓에 타인의 관심, 특히 잘 모르는 사람의 관심을 별로 달가이 여기지 않았기 때문이었다.

물론 그녀는 한 개인이기 전에 마비너스의 황후였으니 그런 마음쯤은 고이 접어두고 일단은 귀빈 접대에 만전을 기해야 했다. 당연히 그 과정에서 오는 피로감은 상당했지만.

'피곤해.'

루시오는 조금이라도 힘들면 언제라도 말하라고 했지만 말도 안 되는 소리였다. 그가 어린아이가 아니듯 그녀 또한 어린아이가 아니다. 어리광을 부리고 싶지는 않았다.

"……그래서 폐하, 이번에 저희 부티크에서 출시된 신상 드레스가……."

"아, 잠시만요, 부인."

페트리지아가 웃는 얼굴로 카우드에서 가장 큰 부티크를 운영하는 귀부인에게 양해를 구한 다음, 자리를 빠져나와 테라스로 갔다. 갑자기 배가 아팠다. 페트리지아는 곰곰이 원인을 생각해 보았다. 아까 뭘 잘못 먹었나? 하지만 그럴 만한 음식은 없었는데. 그도 아니면 오늘 날짜가…….

"폐하."

그때 어디선가 비음이 섞인 여자의 목소리가 들렸다. 저도 모르게 몸이 굳은 페트리지아가 무의식적으로 기둥 뒤에 몸을 숨긴 뒤 목소리가 들려오는 쪽으로 시선을 집중했다. 치렁치렁한 금발을 늘어뜨린 젊은 여자와…… 루시오가 있었다. 페트리지아가 저도 모르게 당황하며 드레스 자락을 말아 쥐었다.

뭐야, 한 번만 믿어보라더니 벌써부터 이러는 거야? 페트리지아가 황당한 표정으로 두 사람의 대화에 집중했다.

"그래서요, 폐하. 제가 이번에 새로 산 보석이……."

한편, 루시오는 지금 상당히 언짢아진 상태였다. 칵테일을 너무 많이 마셨는지 살짝 머리가 아파 테라스에 잠시 나온 것이었는데, 이 어린 금발의 영애는 도대체 어떻게 알고 따라온 건지 모르겠다. 적당히 맞장구만 쳐주면 갈 줄 알았는데, 점차 도를 넘고 있었다. 그는 이제 슬슬 대화를 마무리 지어야 함을 느끼고선 그녀에게 말했다.

"영애, 대화는 즐거웠지만 이만 가주었으면 좋겠군."

"네? 하지만 폐하께서도 방금 그러셨잖아요."

'대화는 즐거웠다'고. 예의 바른 거절을 이해하지 못한 머리 나쁜 영애에게, 루시오가 속으로 한숨을 쉬며 말했다.

"이만 혼자 있고 싶은데."

"폐하, 왜 그러세요."

그렇게 말한 금발 영애가 고개를 갸우뚱거리며 은근한 움직임으로 루시오의 팔짱을 꼈다. 그는 당연히 소스라치게 놀랐다. 미치겠군. 그녀가 야살스러운 목소리로 그에게 속삭였다.

"정부가 하나 필요하지 않으세요, 폐하?"

"떨어져."

이제 그는 완전히 화가 난 듯 보였다. 루시오가 잔뜩 낮아진 목소리로 영애가 낀 팔짱을 억지로 풀었다. 그가 말했다.

"미안하다고 말하고 싶지도 않지만, 지금 돌아가는 게 좋을 거다. 덕분에 기분이 매우 나빠졌으니까."

"폐하, 황제가 정부 하나쯤 두는 게 뭐 그리 흠이라고 그러세요. 설마 황후 폐하 때문에 그러시는 건가요? 제 아버지께서도……."

"그만하지."

루시오가 싸늘하게 영애의 말을 가로막았다.

"아버지 이야기가 나와서 말인데, 지금 돌아가지 않으면 나도 어떻게 변할지 잘 모르겠군. 이 이상 선을 넘는 행동을 하지 말길 바라, 영애. 그렇지 않으면 영애는 물론이고 영애의 아비에게까지 해가 갈 테니 말이야."

너무나도 단호한 루시오의 태도에 금발 영애는 무슨 모욕이라도 당한 듯 몸을 부들부들 떨다가, 곧 씩씩대며 테라스를 빠져나갔다. 한바탕 난리를 치룬 루시오가 피곤한 한숨을 쉬었다가, 순간 페트리지아와 눈이 마주쳤다.

"……"

"……"

두 사람은 순간적으로 놀라 아무 말도 하지 못했다. 먼저 정신을 차린 쪽은 페트리지아였는데, 저도 모르게 테라스에서 몸을 피했다. 루시오는 페트리지아가 오해를 했다고 생각했는지 서둘러 그녀를 뒤쫓아갔다.

"황후, 잠깐. 황후!"

"……"

페트리지아는 그저 빨개진 얼굴로 몸만 숨길 뿐이었다. 한참 후에 루시오의 추격 아닌 추격을 따돌렸을 때가 되어서야, 외진 곳으로 몸을 옮긴 페트리지아가 나직이 중얼거렸다.

"내가 왜 그랬지……."

분명 그는 잘 대처를 했는데 말이야. 사실 그 정도 유혹이 있는 건 당연한 거잖아. 페트리지아가 달렸을 때의 흥분으로 두근거리는 가슴을 부여잡으며 숨을 헐떡거렸다. 너무 열심히 뛰어서 가슴이 다 아팠다. 아니, 정말 그것 때문에 아픈 건가?

"리지……."

그때 익숙한 목소리가 들렸고, 페트리지아는 소스라치게 놀라며 목소리의 주인을 찾았다. 루시오였다. 그녀가 저도 모르게 중얼거렸다.

"폐……하께서 왜 여기……."

"그렇게 오해를 하고 도망갔는데."

루시오가 숨을 헐떡이며 페트리지아의 손을 부드럽게 감싸 쥐었다.

"내가 여기서 해명을 안 하면."

"……."

"그대에게 거짓말을 한 나쁜 놈이 되는 거잖아."

"……해명하실 필요 없어요."

"왜?"

루시오가 긴장한 표정으로 물었다.

"설마 벌써…… 내게 실망했어? 하지만 리지, 난……."

"아니, 그런 게 아니에요."

페트리지아가 단호하게 그의 말을 부정했다.

"모든 걸 다 봤어요. 그래서 해명할 필요가 없다는 뜻이에요."

"아……."

루시오는 어쩐지 감격한 표정으로 페트리지아에게 물었다.

"안아도 돼?"

"……여기서요?"

"아니, 아니. 그거 말고."

'안다'의 의미를 잘못 해석한 페트리지아가 저도 모르게 얼굴을 붉히자, 그 모습을 본 루시오가 음흉하게 웃으며 페트리지아를 가볍게 안아주었다. 그의 품 안에서 그녀의 얼굴은 더 붉어지기만 했다. 페트리지아의 머리 위에서 루시오가 속삭이듯 물었다.

"'그걸' 바랐어?"

"······."

이 남자는 지금 자신을 놀리는 게 분명하다. 페트리지아가 얼굴에 홍조를 띠며 입술을 깨물었다. 루시오가 보지도 않은 채 페트리지아의 입술에 가만히 손을 가져다 대며 그녀의 행동을 막았다. 졸지에 입술도 마음대로 못 깨물게 된 페트리지아가 약간 성난 표정을 지었다.

"놀리시는 겁니까."

"그럴 리가."

루시오가 장난스럽게 웃으며 페트리지아의 이마에 작게 입을 맞추었다.

"친애하는 내 황후시여, 사죄의 의미로 춤 한 곡 신청해도 되겠습니까?"

그렇게 속삭이는 목소리가 더없이 달콤해서, 페트리지아는 저도 모르게 살포시 미소를 지을 수밖에 없었다. 그녀가 나직이 대답했다.

"원하신다면."

춤을 추기 위해 테라스를 벗어날 필요는 없었다. 음악은 충분했다. 이미 연회장 안에서 음악이 들려오고 있었으니까.

아무도 없는 빈 테라스를 페트리지아가 편해한다는 걸 루시오는 이미 알고 있었다. 그리고 사실 그로서도 그편이 더 좋았다. 아무에게도 이 시간을 방해받고 싶지 않았다.

물론 모두에게, 그녀가 자신의 것이라는 사실을 각인시키는 것도 나름의 즐거움은 있었지만 어쨌든 중요한 건 무엇보다도 페트리지아였으니까.

"……."

루시오가 가만히 페트리지아의 허리에 손을 올리자, 페트리지아가 약간 떨리는 손끝으로 루시오의 어깨를 잡았다. 이렇게 춤을 춰보는 게, 얼마 만이더라. 페트리지아가 약간 상기된 표정으로 발을 움직이기 시작했다.

동시에 루시오도 함께 몸을 움직였다. 연회장 안쪽에서 새어 나오는 음악 소리는 연했지만, 두 사람이 춤추기에는 더할 나위 없이 진했다.

두 사람은 격렬한 움직임 하나 없이, 서로에게 맞추어 춤을 추기 시작했다. 맞잡은 손에서 식은땀이 흐르는 게 느껴졌는데, 두 사람 모두 아닌 척하면서도 긴장했다는 사실을 여실히 보여주는 증거였다. 가만히 몸을 움직이던 페트리지아가 속삭였다.

"아무도 없어서 좋네요."

"그대가 좋다니 나도 좋아."

"……."

그런 낯간지러운 말은 하지 말고요. 페트리지아는 붉어진 얼굴로 그렇게 쏘아붙이고 싶었지만, 분위기가 그런 말을 할 수 없을 정도로 은은했던 탓에, 그녀는 그냥 넘어가기로 했다.

페트리지아가 조용히 입을 다문 채 숨만 가만히 쉬었다. 코끝에서 그가 뿌린 향수 냄새가 은은하게 느껴졌다. 그 또한 자신의 몸에서 나는 향기를 맡을 것이라고 생각하니 어쩐지 야릇한 느낌이 들었다.

그녀가 약간 붉어진 얼굴을 떨구자, 루시오가 이상하다는 듯한 목소리로 물었다.

"왜 그래, 리지? 어디가 안 좋은 건가? 얼굴이 붉어."

"……괜찮습니다, 폐하."

그 대답에 그는 어쩐지 미심쩍어 하면서도, 하는 수 없이 의심을 그만두었다. 춤이 점점 격해지기 시작했고, 두 사람은 어느새 떨림도 잊은 채 상대방에 완전히 동화되어 춤을 추고 있었다. 페트리지아는 그 과정에서 기쁨을 느꼈다. 원래 춤을 즐기지 않는 그녀였음에도 불구하고, 이 춤은 이상하게 기쁘게만 느껴졌다. 그것은 장소의 문제일까, 파트너의 문제일까. 페트리지아가 고민하고 있는데, 위쪽에서 낮은 목소리가 들려왔다.

"딴생각하지 말고."

"……."

"내게만 집중해줘."

강요인 듯 부탁인 듯, 그 모호한 경계 속의 목소리가 페트리지아의 귓가를 조용히 울렸다. 그녀는 기꺼이 그렇게 해주겠다고 그의 가슴팍에 속삭이며 천천히 몸을 돌렸다. 높게 틀어 올린 머리카락이 살짝 풀려 머리카락 몇 올이 삐져나왔지만, 아무도 상관하지 않았다. 아마 루시오는 그 모습마저 아름답다고 생각할 터였다.

"하아⋯⋯."

마침내 곡 하나가 끝났을 때, 페트리지아가 약간 붉어진 얼굴로 흐트러진 모습의 루시오를 올려다보았다. 거리가, 가까웠다. 그 순간, 두 사람은 누가 먼저랄 것도 없이 서로에게 입을 맞추었다. 춤은 아까의 어색함을 완전히 지워주었고, 페트리지아의 마음속에 있던 실낱같은 의심을 지워주었다.

"으응⋯⋯."

평소보다 격한 움직임에 페트리지아가 옅은 신음을 흘리자, 그게 흥분제라도 되는 듯 루시오가 페트리지아를 좀 더 세게 끌어안았다. 페트리지아가 낮게 속삭였다.

"여기서는⋯⋯ 안 돼요."

"알고 있어."

그가 키스를 멈추지 않으며 그녀에게 속삭였다.

"그대의 속살은 오로지 나만 볼 수 있어. 그 누구에게도 보일 수 없다."

"⋯⋯."

소유욕이 묻어나는 대사에 페트리지아는 저도 모르게 입술로 그 입을 막아버렸다. 여기가 연회장이 아닌 테라스라서 너무 다행이라고 생각하며, 페트리지아가 그의 옷깃을 좀 더 세게 쥐었다.

키스는 꽤, 오랫동안 이어졌다.

"황후 폐하께서 안 보이시네."

로스시와의 춤을 마친 페트로닐라가 의아한 목소리로 페트리지아를 찾자, 로스시가 약간 웃음기 섞인 목소리로 페트로닐라에게 말했다.

"아마 황제 폐하와 좋은 시간을 보내고 계신 게 아닐까요, 닐?"

"맙소사."

페트로닐라가 못 말린다는 듯 고개를 저었다.

"그렇게 튕기시더니."

"원래 사랑이란 그런 거 아니겠어요? 싫은 감정이 있다가도 그게 금세 더 좋은 감정으로 치환되는……."

"하지만 우리는 그렇지 않았잖아요."

"그건 우리에게 특별한 외적 역경이 없었기 때문이죠. 양 폐하께서는 너무 많은 시련을 겪으셨어요."

그렇게 말한 로스시가 그녀의 볼에 작게 입을 맞추며 속삭였다.

"밤이에요, 닐라."

"그러게요."

페트로닐라가 중얼거렸다.

"밤이에요. 언제쯤 이 파티가 끝나려나요."

"아마 오늘 자정에 있을 불꽃놀이가 마지막이겠죠. 그 전에……."

로스시가 낮은 목소리로 그녀의 귀에 속살거렸다.

"잠깐만, 나와볼래요?"

페트로닐라는 로스시를 따라 연회장 밖으로 나왔다. 무슨 일이 길래 평소보다 좀 더 긴장된 모습인 건지. 덩달아 페트로닐라의 가슴도 두근거렸다. 로스시가 페트로닐라의 손을 꼭 잡은 채 궁 안의 후원을 걸었다. 그렇게 한참이 지났을 때, 페트로닐라는 이런 생각이 들었다.

'설마 후원 산책이 꼭 해야 할 '중요한 일'인 건가?'

그렇게 생각하자 약간 황당해졌다. 아니, 이게 뭐람? 물론 후원을 아무 때나 이렇게 단둘이서 산책할 수 있는 건 아니니 오늘이 적기이긴 한데……. 페트로닐라가 혼란스러워진 얼굴로 고개를 갸웃거렸다. 그때, 로스시가 페트로닐라를 불렀다.

"닐."

"네, 로?"

"잠깐만, 여기서 눈을 감아주시겠습니까?"

"눈이요?"

"네. 아주 잠깐이면 됩니다, 닐."

"알았어요."

갑자기 이게 무슨 일인지 의구심이 들었지만 페트로닐라는 충실히 그의 말에 따랐다. 그렇게 한 몇 초 정도를 눈을 감고 있었나. 기다림에 질린 페트로닐라가 조심히 로스시에게 물었다.

"로, 이제 눈 떠도 돼요?"

"아, 잠깐! 잠깐만요!"

뭘 하는 건지. 이쯤 되자 슬슬 불안감까지 들기 시작하는 페트로닐라였다. 하지만 그녀는 충실히 로스시의 말을 믿고 따랐다. 그보다 도대체 뭘 하려고 이러는 거야?

"닐."

잠시 후, 부드러운 목소리가 침묵을 갈랐다.

"이제 눈을 뜨셔도 됩니다."

로스시의 말에 페트로닐라가 기다렸다는 듯 눈을 떴다. 그리고 마주친 광경에, 그녀는 탄성을 내지르지 않을 수 없었다.

"아……!"

"어색하네요."

로스시가 장미 꽃다발-족히 백 송이는 되어 보였다-을 든 채 페트로닐라의 앞에 서 있었다. 주변에는 웬 양초로 하트 모양이 만들어져 있었다. 그 모습에 페트로닐라가 아무 말도 못 한 채 로스시의 눈만 뚫어지게 쳐다보았다.

"이게 무슨……."

"낮에 로맨틱하게 하고 싶었는데."

로스시가 부끄러운지 얼굴을 붉히며 말했다.

"낮에는 제대로 못 할 것 같아서요. 닐의 눈을 보고, 똑바로 내 사랑을 속삭인다면, 난 그 자체만으로도 두근거려서 심장이 터질지도 모르니까."

"아……."

그러니까 이거 지금…….

'프러포즈인 거야?'

이 깜찍한 남자! 페트로닐라가 감격에 젖어 어쩔 줄 몰라 하는 표정으로 로스시를 쳐다보았다. 어둠에 가려졌음에도 불구하고 그가 부끄러워하는 기색이 잔뜩 느껴졌다. 페트로닐라가 어벙한 표정으로 저도 모르게 입을 가렸다. 그녀가 흥분한 목소리로 로스시의 애칭을 불렀다.

"아, 로……."

"레이디 페트로닐라."

그가 실로 오랜만에 그녀의 풀 네임을 불렀다. 페트로닐라가 고개를 끄덕이며 한 발자국, 앞으로 나아갔다.

"저는 영양보다 가문도 좋지 않고, 그리 능력 있거나 다정한 남자도 아닙니다."

무슨 소리. 페트로닐라가 감동을 받으면서도 속으로는 혀를 찼다. 이 남자가 '가문이 좋지 않고', '능력도 없고', '다정하지도 않다'

면 세상 모든 다정한 남자들은 다 죽어야 했다. 예전부터 생각한 거지만 이 남자는 페트로닐라 자신에게 있어 지나치게 겸손했다.

"그럼에도 불구하고, 저는 영양을 행복하게 만들어드리기 위해 최선을 다해 노력할 겁니다."

"……."

"당신의 모든 고통과 행복과 슬픔을 나누고, 힘들 때면 위로하고, 기쁠 때면 축하하는, 그런 남자로 당신의 곁에 영원히 남고 싶습니다."

그렇게 말한 로스시가 품 안에서 반지를 꺼내 장미 꽃다발 위에 올려놓으며 마지막으로 물었다.

"그러니 부디 저와…… 결혼해주시겠습니까?"

"당연하죠."

조금의 망설임도 없이 대답한 페트로닐라가 빠른 걸음으로 그에게 다가가 장미 꽃다발을 받아 들었다. 그 위에 올려져 있던 반지를 재빨리 왼손 약지에 끼운 페트로닐라가 기쁜 표정으로 그를 한 팔 가득 안았다. 그녀의 황홀함 가득한 목소리가 로스시의 귓가를 울렸다.

"당신이라는 남자를 만난 것처럼 내 인생에서 중요하고, 축복받은 일은 없을 거예요."

"나 같은 남자를 그렇게 평해주셔서 고맙습니다, 닐."

"비하도, 겸손도 필요 없어요. 당신은 이 제국, 아니, 이 세계에서 가장 멋진 남자니까."

페트로닐라는 지금까지 눈물은 다 슬플 때만 나는 것이라고 생각했고, 실제로 그녀의 눈물은 늘 슬플 때만 그녀 앞에 모습을 드러냈다.

하지만 오늘은, 오늘만큼은 눈물이 지나친 기쁨에 취해 그녀의 볼 위를 타고 흘러내렸다. 그녀의 볼이 마치 어린아이들이 타고 노는 미끄럼틀이나 눈썰매인 것처럼, 눈물은 즐거움에 취해 흘러내렸다. 페트로닐라가 엉엉 울며 그에게 고백했다.

"사랑해요, 로. 청혼해줘서 너무 고마워요."

"받아줘서, 내가 더 고맙고, 내가 더 사랑합니다, 널."

이것만큼은 포기할 수 없다는 듯, 그녀에게 절절한 목소리로 사랑을 고백한 로스시가 다정한 눈길로 페트로닐라를 쳐다보았다. 그 눈길을 그대로 받아들이던 페트로닐라가, 함박웃음을 지으며 먼저 로스시에게 키스했다. 당연히, 그는 피하지 않았다.

"우는 건가?"

루시오의 목소리에 페트리지아는 고개를 가만히 끄덕이며 대답했다.

"기뻐도 눈물이 날 수 있나 봅니다."

"브레딩턴 영식은 좋은 남자지. 그로체스터 영양이 남편 복이 많군."

"제 언니도 좋은 여자예요."

"물론 그렇지. 그녀 또한 훌륭한 신붓감이야."

"둘은 행복하게 잘 살 수 있을 거예요."

테라스 아래의 모든 모습을 그대로 바라보던 페트리지아가 곧 아무렇지 않게 다른 말을 흘렸다.

"영식과 결혼하면 그래도 시녀직은 그대로 맡을 수 있겠네요."

"지방의 귀족과 결혼할까 봐 걱정했나 보군."

"제 소중한, 하나뿐인 쌍둥이 언니니까요."

루시오의 품에 가만히 안긴 페트리지아가 조용히 물었다.

"결혼식에 참석하는 건 어려우려나요?"

"공식적으로는 어렵겠지."

"무슨 말씀이세요?"

"비공식적으로는 가능하다는 이야기야, 나의 리지."

다정하게 속삭인 루시오가 그녀의 머리카락에 하나하나 입을 맞추기 시작했다.

"그대가 원하는 게 있다면 그게 뭐든, 어떤 방식으로든 들어줘야지."

"그 말 되게 위험해요."

"그렇다고 해도 어쩔 수 없어. 그렇게 하기로 나는 맹세했으니까."

부드럽게 지은 미소가 보지 않아도 보이는 듯했다. 약간 얼굴을 붉힌 페트리지아가 슬쩍 고개를 떨구려던 사이, 갑자기 큰 소리가 들렸다.

깜짝 놀란 페트리지아가 저도 모르게 몸을 움츠렸지만, 루시오가 그녀를 단단히 안아주고 있었던 탓에 많이 놀라지는 않았다. 그가 중저음의 목소리로 그녀를 안심시켰다.

"괜찮아, 리지. 불꽃놀이야."

"아……."

그 말에 페트리지아가 고개를 위로 올려 하늘을 쳐다보았다. 하늘 위로 형형색색의 불꽃이 터지며 그 자태를 자랑하고 있었다. 하늘에 새겨진 불꽃들이 진짜 꽃처럼 아름다웠다. 페트리지아가 피식 웃으며 말했다.

"예뻐요."

"그대가 더."

"그런 말씀은 좀…… 삼가주시죠."

"정말인걸."

루시오가 페트리지아를 안은 손에 좀 더 힘을 주며 그녀의 어깨 위에 얼굴을 묻은 채 속삭였다.

"내 눈에는, 그대가 세상에서 제일 예뻐."

"……."

직설적인 말에 다시 한번 얼굴을 붉힌 페트리지아가, 한참 후 가장 큰 불꽃이 터질 때 즈음, 작은 목소리로 속삭였다.

"……해요."

"응?"

"……랑한다고요, 폐하."

"아…….'

그제야 그녀의 말뜻을 알아들은 루시오가 감격한 목소리로 그녀에게 애원했다.

"다시 말해줘, 리지. 응?"

"제가 뭐라고 말했는데요?"

"방금 그거…… 응? 다시 한번만 말해줘."

"……싫어요."

두 번이나 해줬으니 이 이상은 무리다. 페트리지아가 고개를 살짝 돌리며 거부의 뜻을 비치자, 루시오가 어린아이처럼 그녀에게 투정을 부렸다.

"딱 한 번만 더. 응?"

"……폐하."

"그래, 리지."

"싫어요."

그렇게 말한 그녀가 푸흐흐 너털웃음을 터뜨렸다.

"안 말해줄 겁니다."

"너무하군."

"어쩔 수 없어요. 사랑은 원래 더 많이 하는 쪽이 지는 거니까."

페트리지아는 대신, 루시오의 품에서 살짝 빠져나와 그와 마주

보고 섰다. 약간 토라진 듯한 루시오의 얼굴이 눈에 띄었다. 그 모습을 본 페트리지아가 작게 웃으며 살짝 발꿈치를 들어 올렸다. 모자란 듯하면서도, 키가 얼추 맞았다.

"사랑해요."

그 말과 함께, 페트리지아가 루시오의 입술에 얼른 입을 맞추었다. 갑작스러운 키스를 전혀 예상하지 못했는지 루시오가 화들짝 놀란 눈을 했다. 평소와는 달리 얼른 떨어진 페트리지아를 보며, 루시오가 환하게 미소 지었다.

"나도."

그가 그녀를 다시 한번 뒤에서 안으며 좋아 죽겠다는 듯 고백하고, 또 고백했다.

"사랑해, 리지. 정말 많이 사랑해."

이 세상이 끝난다고 해도, 내 목숨이 다한다고 해도. 오직 당신만 사랑하고, 당신에게만 키스할게.

"……불꽃이 예뻐요."

괜스레 부끄러워진 페트리지아가 그의 품 안에서 다른 소리를 했다. 그럼에도 불구하고 루시오는 너무나 좋아서, 그녀의 어깨에 얼굴을 파묻고 그녀의 체취가 폐부 가득 스며들도록 했다. 그 행동을 느끼며, 페트리지아가 설핏 웃었다.

다시 올려다봤을 때의 하늘은 여전히 화려하고, 아름다웠다. 그리고 아마 꽤 오랫동안 그렇게 화려하게 빛날 예정이었다.

5

Epilogue

　로스시가 페트로닐라에게 청혼했다는 소식은 얼마 지나지 않아 온 제도 안에 퍼질 수밖에 없었다. 로스시가 연회가 끝난 다음 날 곧바로 그로체스터 후작부부에게 인사를 드리러 갔기 때문이었다. 물론 그로체스터 후작부부는 자신들의 장녀가 브레딩턴 백작 영식과 교제 중이라는 사실을 이미 알고 있었기 때문에 크게 놀란 것은 아니었지만, 어쨌든 이렇게 만남이 결혼까지 성사되니 놀랍기는 놀라운 일이라고 생각하는 듯했다. 그로체스터 후작 내외가 두 사람의 결혼을 허락한 데다, 브레딩턴 백작 내외의 허락까지 받고 나니 결혼은 거의 일사천리로 진행되었다.

　"어서 오세요, 예비 신부님."

　미르야가 평소보다 살갑게 황후궁을 찾은 페트로닐라를 맞아들였다. 페트로닐라는 약간 부끄러운 듯 얼굴을 붉히며 그녀가 좋아하는 노란빛의 드레스를 입고 방 안으로 들어섰다. 페트리지아도 기쁜 얼굴로 그녀를 맞아들였다.

"어서 와, 언니. 결혼 축하해."

"고마워, 리지."

페트로닐라가 기쁨을 차마 숨기지 못하고 얼굴 가득 드러냈다. 로스시가 참 다정한 남자라고 하더니, 그게 거짓말은 아닌 듯했다. 좋은 남자에게 시집가는 것 같아 새삼 뿌듯한 마음이 들었다.

"형부가 잘해주나 보네. 얼굴이 훨씬 좋아졌어."

"아직 결혼도 안 했어, 폐하."

"어쨌든. 결혼식이 다음 주랬나? 한창 바쁠 때네."

"맞아, 바빠."

머쓱하게 웃은 페트로닐라가 깜빡했다는 듯 첨언했다.

"아, 결혼해도 네 시녀 일은 계속할 거야. 물론 예전처럼 자주 드나들지는 못하겠지만……."

"언니가 지방 귀족과 결혼해서 반년마다 한 번씩 오는 것보다는 자주겠지."

페트리지아가 씩 웃으며 페트로닐라에게 따뜻한 차를 권했다. 페트로닐라가 농담으로 말문을 텄다.

"우리 자매가 모두 시집갔으니, 이제 남은 건 라파엘라 차렌가?"

"안 그래도 자기만 혼자라고 이제부터 본격적으로 신랑감을 찾아본다고 하더라고."

124

"엘라 정도면 금방 찾겠네."

"글쎄. 능력이나 외모로 보면 분명 그렇지만, 이게 그런 걸로 결정되는 건 아니잖아?"

후후 웃은 페트리지아가 슬며시 감상을 물었다.

"그보다, 결혼하게 된 소감은 어때?"

"소감⋯⋯."

그 한마디에 페트로닐라의 표정이 묘해졌다.

"솔직하게 말하자면, 나는 일이 이렇게까지 될 줄은 몰랐어."

"무슨 뜻이야?"

"결혼할 수 없을 거라고 생각했거든. 너도 알다시피, 과거에 '그런 일'이 있었으니까."

"⋯⋯."

"그 남자는 과거를 두려워하는 나를 바꿔준 유일한 사람이야. 그런 남자와 결혼할 수 있어서 너무 기뻐, 리지."

"다행이야, 닐라. 네가 좋다면, 나도 좋으니까."

"좋아. 그럼 내 이야기는 여기서 끝내고⋯⋯."

페트로닐라가 빙긋 미소를 지으며 동생의 안부를 물었다.

"너는 어때, 리지? 최근 너와 폐하의 금실에 대해 시녀들이 이러쿵저러쿵 하는 소리가 심심찮게 들려."

"⋯⋯."

그 한마디에 얼굴이 빨개진 페트리지아가 톡 쏘는 목소리로 말했다.

"폐하께서 유난이신 거야."

"……."

사이좋네, 하고 페트로닐라는 생각했다. 분명 그녀의 얼굴도 예전과는 비교할 수 없을 정도로 좋아져 있었다. 사랑받는 여자에게서만 나타나는 그런 모습들이 지금 페트리지아의 얼굴에서 나타나고 있었다.

페트로닐라는 자기 혼자서만 행복해지지 않아서, 그게 너무 다행이라고 생각했다. 자기 혼자 행복해지고 동생은 불행하다면, 그건 그녀에게 있어 온전한 행복이 아니었으니까. 페트로닐라가 슬며시 웃었다.

"결혼식에는 참석하기 어렵겠지?"

"……아마?"

페트리지아가 묘한 표정으로 대답했지만, 페트로닐라는 그 표정까지는 읽어내지 못했다. 페트로닐라가 장난조로 말했다.

"황실에서 내는 축의금은 뭔가 달라도 다르겠지? 기대해도 되겠니?"

"긴축 재정 중이야. 기대는 크게 하지 말고."

똑같이 장난스럽게 답한 페트리지아가 키득대며 웃었다. 그때, 미르야가 똑똑 문을 두드렸다. 페트리지아가 물었다.

"무슨 일이지, 미르야?"

126

"폐하께서 오늘은 초코칩 쿠키를 잔뜩 보내셨네요."

그 말에 페트로닐라가 놀랍다는 듯 입을 떡 벌렸다.

"맙소사. 아직도 디저트를 만드신단 말이야?"

"아마 황제로 태어나지 않으셨다면 파티시에를 하셨을 거야."

페트리지아가 그렇게 대꾸하며 키득거렸고, 곧 미르야가 예쁜 접시에 루시오가 만든 초코칩 쿠키를 잔뜩 담아 가져왔다. 그중 하나를 입에 문 페트로닐라가 감탄사를 날렸다.

"맛있어!"

"점점 실력이 늘고 계셔."

"맙소사. 이걸 매일 하고 계시다니. 솔직히 요리사들을 시키면 될 텐데 말이야."

"그럼 진심이 떨어진다나, 뭐라나."

피식 웃은 페트리지아가 페트로닐라에게 말했다.

"보다시피, 나는 잘 지내."

"……"

"그러니까 나 너무 걱정하지 않아도 된다고."

"알아, 내 동생. 내 폐하."

페트로닐라가 아련하게 미소 지었다.

"걱정하지 않아. 이미 네 표정이 다 말해주고 있거든. 너 지금, 행복하다고."

"그래, 닐."

페트리지아가 약간 붕 뜬 듯한 목소리로 대답했다.

"나 행복해, 지금."

"앞으로도 쭉 행복해야 해. 알았지?"

"그래야지."

그렇게 대답한 페트리지아가 습관적으로 낮게 소리 내어 웃었다. 분명 지금도, 그녀는 행복한 상태였다.

페트로닐라의 결혼식은 햇살이 아름다운 어느 날의 오후에 이루어졌다. 페트로닐라는 떨리는 표정으로 신부 대기실에서 식을 기다리고 있었다.

'으…… 떨려.'

어젯밤까지만 해도 태연하게 굴었건만, 정작 결혼식이 코앞으로 다가오니 긴장이 되는 건 어쩔 수 없었다. 그녀가 긴장을 풀기 위해 의도적으로 심호흡을 했다. 그때, 누군가가 안으로 들어왔다. 그녀의 모친인 그로체스터 후작부인이었다. 페트로닐라가 반색하며 어머니를 반겼다.

"어머니."

"우리 딸, 오늘 정말로 아름답구나."

후작부인의 말은 빈말이 아니었다. 페트로닐라는 정말로 아름다웠다. 백색의 웨딩드레스는 그녀로 하여금 천사를 연상시킬 정도였으니까. 페트로닐라가 약간 떨리는 목소리로 모친에게 물었다.

"원래 결혼이란 게 이렇게 떨리는 건가요?"

"거사를 앞두고 떨리는 건 지극히 당연한 일이란다. 굳이 결혼이 아니더라도 큰일에는 긴장이 따르는 법이지. 아가, 이 긴장을 거부하지 말고 받아들이렴. 신성한 결혼이 너무 장난스러운 것도 분명 문제 될 만한 일이니까 말이다."

"그렇긴 하지만……."

너무 떨리는걸. 페트로닐라가 심호흡을 하며 마음을 가라앉혔다. 이럴 때 리지라도 있었다면 정말 좋았을 텐데. 그 마음을 읽기라도 한 건지, 후작부인이 조용히 말했다.

"리지는 언제나 네 곁에 있단다, 닐라."

"네? 그게 무슨……."

"오늘 이 결혼식에 '그 두 사람'도 참석할 거야. 물론 눈에 띄지 않는 형식으로 참여하겠지. 야외 결혼식이니 충분히 가능하단다. 그러니 아가……."

그로체스터 후작부인이 자애로운 미소를 지으며 페트로닐라의 이마에 입을 맞추어주었다.

"너무 떨지 말거라. 네 동생이 보고 있다고 생각하렴. 그럼 좀 도움이 되겠니?"

"네, 그럴게요."

"레이디 페트로닐라, 나가셔야 합니다."

그때 대기실 안으로 시녀 몇 명이 우르르 들어왔다. 페트로닐라는 아까의 다짐이 무색할 정도로 당황한 얼굴로 그로체스터 후작 부인을 쳐다보았다. 그녀는 모든 것이 다 잘될 거라는 듯, 그저 인자한 얼굴로 고개만 끄덕여 보일 뿐이었다. 그 모습에 용기를 얻은 페트로닐라가 약간 미소를 띤 표정으로 자리에서 일어났다.

긴장할 것도, 겁먹을 것도 하나도 없다. 그때와 달리, 지금 그녀가 결혼하려는 사람은 그녀를 진심으로 아끼고 위하는, 그녀가 정말로 사랑하는 사람이었으니까.

"신부는 입장해주시기 바랍니다."

주례는 위더포드 공작이 맡아주었다. 공작의 말에 페트로닐라가 떨림을 애써 감춘 얼굴로 버진 로드를 걷기 시작했다. 그곳에 모인 모두의 시선이 신부인 자신에게 쏠리는 것이 느껴졌다.

페트로닐라는 그 시선을 오롯이 받으며 오로지 남편이 될 로스시만 응시했다. 그가 자신의 모습을 보며 얼빠져 있는 모습이 눈에 들어왔다. 귀여운, 내 남편. 페트로닐라가 경박스럽지 않게 미소 지었다. 그 미소에 로스시의 입가에 걸려 있던 미소가 짙어졌다.

모든 주례가 그렇듯, 위더포드 공작의 주례 역시 상당히 길었다. 지루한 것을 지독하게 싫어하는 페트로닐라였지만, 명색이 신분데 공작에게 '너무 기니 제발 적당히 하고 자르라'고 말할 수도 없는 노릇이었다. 그런 그녀의 마음을 알았는지, 그녀의 옆에 선 로스시가 슬쩍 웃으며 페트로닐라의 손을 꼭 잡아주었다. 그 행동에 그나마 위안을 얻은 페트로닐라가 벌써부터 저려오기 시작하는 다리의 고통을 무시하며 바른 자세로 주례사를 경청했다.

"……그리하여 신랑은 신부와 함께 괴로우나 즐거우나 온 인생을 동고동락하며 머리가 하얗게 셀 때까지 신부만을 사랑할 것을 맹세합니까?"

이 질문에, 로스시는 마치 오래 전부터 이 대답을 준비해온 사람처럼 거침없이 대답했다.

"머리가 하얗게 세고 몸이 썩어 흙이 된다고 해도, 오로지 신부만을 사랑할 것을 가문의 이름으로 맹세합니다."

"그렇다면 신부는 신랑과 함께 괴로우나 즐거우나 온 인생을 동고동락하며 머리가 하얗게 셀 때까지 신랑만을 사랑할 것을 맹세합니까?"

"평생 동안 신랑의 아내로서 신의와 예의를 지키며 이 삶이 끝난다고 해도 오로지 신랑만을 사랑할 것을 가문의 이름으로 맹세합니다."

"이로써 두 사람은 부부가 되었습니다. 모두 새 부부의 앞길에 순탄함만이 가득할 수 있도록 축복해주십시오."

그 말을 끝으로 사방에서 우레와 같은 박수 소리가 들려왔다. 그 박수 소리를 온전히 받으며 버진 로드를 걸어가는 페트로닐라와 로스시는 진심으로 행복해 보였다. 그 모습을 멀리서 조용히 바라보던 로브를 쓴 여자가 가만히 미소 지었다. 그녀가 그토록 바라마지않던 장면이 눈앞에서 생생히 보이고 있었다.

"기쁜가?"

똑같이 로브를 쓴, 여자 옆에 있던 남자가 여자에게 물었다. 여자는 미소를 잃지 않은 얼굴로 고개를 두어 번 끄덕인 다음 대답했다.

"지금 이 순간, 그 어떤 때보다도 기뻐요."

"데리고 나오길 잘했군."

"감사해요."

"그것보다는 다른 말이 듣고 싶은데."

그 말에 페트리지아가 장난스러운 미소를 지으며 옆에 있던 루시오를 쳐다보았다. 그 또한 웃고 있었다. 눈물보다 미소가 잘 어울리는 남자. 페트리지아가 아름답게 미소 지으며 그에게 작게 속삭였다.

"사랑해요, 폐하."

"내가 더, 사랑해, 리지."

달콤한 사랑을 속삭인 두 사람은 어느새 서로를 위한 달콤한 키스를 나누고 있었다. 햇살이 달콤했고, 공중에서 흩날리는 바람이 달콤했고, 그 아래 선 두 연인은 훨씬 더 달콤했다.

비로소, 모든 해피엔딩의 시작이었다.

외전

1

The life of the dead is in the memory of the living

　로즈몬드 메리 라 펠프스는 요즈음 꿈같은 나날을 보내고 있었다.

　그녀의 가장 큰 정적이라고 할 수 있는 폐후 페트로닐라가 얼마 전 사형을 당했기 때문이었다. 제정신인 귀족들이라면 감히 자신을 두고 새 황후를 들이라고는 못 할 것이다. 그러니 특별한 일이 벌어지지 않는 한은 그녀가 차기 마비너스의 황후가 될 것이었다.

　황후 책봉은 로즈몬드의 오랜, 그리고 평생의 숙원이었다. 그녀는 지난날의 모든 고통이 다가올 행복을 위해 존재했던 것은 아닌지 의문에 사로잡히기까지 했다.

　"폐하께서는 언제쯤 새 황후를 들이겠다고 공표하시려나? 글라라, 황후의 자리는 오래 비워두는 게 아니니 아마 곧 발표하시겠지?"

"그럼요, 펠프스 부인."

글라라의 대답을 들은 로즈몬드가 영 마뜩잖은 표정으로 글라라를 노려보며 말을 교정해 주었다.

"글라라, 이제는 나를 '폐하'라고 불러야 하지 않겠니? 그 말버릇을 고치지 못한다면 네 혀는 아무짝에도 쓸모가 없겠구나. 베어 버리는 게 좋을까?"

"죄, 죄송합니다, 부…… 아니, 폐하. 제가 무지한 탓에…… 용서해 주십시오."

잔뜩 겁을 먹은 글라라가 얼른 무릎을 꿇고 잘못을 빌자, 금방 기분이 좋아진 로즈몬드가 인심 썼다는 듯, 잔뜩 거들먹거리는 표정으로 '흐응' 소리를 내며 콧등을 매만졌다.

"좋아. 앞으로는 말조심해야 한다, 글라라. 알겠지?"

"그럼요, 폐하. 여부가 있겠습니까?"

"그래. 그래야지."

그제야 만족한 로즈몬드가 여유로운 표정으로 손톱을 매만지며 글라라에게 말했다.

"폐하가 보고 싶네? 중앙궁에 가볼까?"

하지만 중앙궁으로 간 로즈몬드는 그리 달갑지 않은 소식과 마주해야 했다.

"못 들어간다니, 무슨 소리야?"

"폐하께서 방금 침수에 드셨습니다."

"하지만 지금은 낮이라고."

"폐하께서 오늘 피곤하시다면서 낮잠을 주무겠다고 말씀하셨습니다. 펠프스 부인, 죄송하지만 아무도 들이지 말라는 폐하의 명이십니다."

"뭐?"

로즈몬드가 불쾌한 목소리로 중앙궁의 시녀장에게 따져 물었다. 그녀로서는 있을 수 없는 일이었다.

"난 곧 폐하의 황후가 될 몸이야. 그런데 나를 들이지 않겠다고?"

"그렇다 하여도 감히 황명은 어길 수 없습니다. 죄송합니다, 부인."

"……으아악!"

그때 방 안에서 익숙한 소리가 들려왔다. 시녀장의 표정이 일그러졌고, 이번에는 로즈몬드의 표정이 밝아졌다. 그녀가 나서야 할 시간이었다. 로즈몬드가 어떻게 할 거냐는 듯 시녀장을 빤히 쳐다보았고, 시녀장이 난처한 표정을 지어 보였다. 로즈몬드가 어쩐지 즐거워 보이기까지 한 목소리로 말했다.

"폐하께서 또 악몽을 꾸시나 보네."

"……들어가십시오."

이렇게 되면 그녀를 들일 수밖에 없었다. 어쩔 수 없는 일이었다. 이 제국 안에서 절대자의 광증을 잠재울 수 있는 사람은 단 하나,

로즈몬드뿐이었으니까.

로즈몬드가 당당한 발걸음으로 문 앞까지 걸어가 망설임 없이 문을 열었다. 그녀는 아무도 들이지 말라고 시녀장에게 단단히 일러둔 뒤에야 방 안으로 들어갈 수 있었다. 그녀가 간드러진 목소리로 루시오를 불렀다.

"폐하아."

그녀는 괴로워하는 루시오를 눈앞에 두고서는 히죽 웃으며, 우아하게 그의 앞까지 걸어갔다.

당신의 이런 모습을 나만 알고, 나만 보고, 나만 고칠 수 있다는 사실이 얼마나 기쁜지, 당신은 아마 모를 거야. 로즈몬드가 생긋 미소 지으며 침대 곁에 앉았다.

"으윽……."

그는 악몽을 꾸고 있었다. 아직 깨어나지 않은 상태였다. 아주 지독한 꿈을 꾸고 있는 건지 얼굴이 잔뜩 일그러져 있었다. 그리고 로즈몬드는, 유감스럽게도 그 고통에 공감하지 못했다. 아니, 공감할 수 없었다.

"폐하, 우리 폐하."

로즈몬드가 다정스럽게 루시오의 볼을 쓸며 속삭였다.

"무슨 꿈을 꾸시기에 이렇게 괴로워하시나요?"

"으으……."

"또 알리사 폐후의 꿈을 꾸시는 건가요? 아니면……."

"하아, 황······."

"······."

"황후······."

루시오의 입에서 나온 단 2음절의 말에, 로즈몬드의 웃던 얼굴이 순식간에 굳어져 내렸다. 루시오는 단 한 번도 악몽을 꿀 때 알리사를 '황후 폐하'라고 부르지 않았다. 알리사의 호칭은 늘 '어머니'였다. 그녀가 화난 얼굴로 그의 입에서 나오는 목소리에 집중했다.

"제발······ 그러지······."

"하!"

황당해진 로즈몬드가 헛웃음을 내뱉었다. 그런 거였어? 알리사의 꿈을 꾸고 있던 게 아니라, 페트로닐라의 꿈을 꾸고 있던 거였나? 폐후의 꿈을?

로즈몬드가 싸늘해진 눈으로 루시오를 계속 노려보았다. 기분이 좋지 않았다. 왜 하필이면 그란 말인가?

"차라리 알리사의 꿈을 꿔. 왜 당신이 죽인 여자 꿈을 꾸는 거야?"

"하아악!"

그때, 루시오가 괴상한 소리를 지르며 그 자리에서 눈을 떴다. 잔뜩 기가 빨린 듯한 표정의 루시오를 바라보며, 로즈몬드가 침착하게 그를 달랬다.

"폐하, 진정하세요."

"······로즈?"

"네, 폐하."

아까의 싸늘함은 어디로 갔는지, 로즈몬드의 얼굴에는 야살스러운 미소만 남아 있었다. 그녀가 아무렇지 않게 속삭였다.

"쉬이, 폐하. 나쁜 꿈을 꾸셨군요. 제가 옆에 있으니 이제 안심하셔도 돼요. 괜찮아요."

"……."

"많이 나쁜 꿈이었나요? 안색이 너무 안 좋아요."

"……폐후의 꿈이었어."

루시오가 솔직하게 말했다. 로즈몬드는 이미 알고 있었음에도 막상 들으니 기분이 좋지 않았다. 그녀가 표정 관리가 되지 않는 것을 억지로 막으며 루시오에게 물었다.

"어머, 폐후의 꿈이라뇨? 무슨 내용이었어요?"

"……그냥."

그가 얼버무렸다.

"별것 아니었어."

"……."

아, 이쪽은 더 기분 더러운데. 비밀이 생기는 거잖아.

로즈몬드는 그와 자신 사이에 어떠한 비밀도 없길 바랐다. 물론 그녀는 그에게 숨기고 있는 것이 한두 가지가 아니었지만, 적어도 그만큼은 자신에게 숨기는 것이 없기를 바랐다.

이기적이라고 할지라도, 그녀는 그런 관계를 바랐다. 자신은 숨길지라도, 상대방은 숨기는 게 없는 관계. 그리하여, 자신이 절대적으로 우위에 있는 관계를.

"……'별것' 아니었다구요?"

"그래."

"……걱정했어요. 식은땀을 흘리시면서 신음을 내셨거든요."

"어디, 하루 이틀인가."

묘하게 지친 듯한 음색에서 어쩐지 모를 신경질이 묻어났다. 로즈몬드는 분위기가 이상하게 흘러가는 것이 어째 불안했고, 마음에 들지 않았다. 그녀의 본능이 지금은 물러나야 할 때라고 말하고 있었으나, 로즈몬드는 처음으로 본능을 거슬러보기로 했다. 그녀가 애교를 부리며 물었다.

"그래도 제가 이제 옆에 있잖아요. 그런 악하고 못된 여자는 잊어버리시고, 이제 저만 보세요. 네?"

"……그래."

루시오가 한숨 섞인 목소리로 답했다.

"알았어. 그래야지."

"……"

"그러기까지 수많은 사람이 희생되었는데, 당연히 그렇게 해야지."

"……어째 비꼬는 걸로 들리는데."

로즈몬드가 묘하게 일그러진 표정으로 물었다.

"제 착각이겠지요, 폐하?"

"그래. 내가 오늘 좀 피곤해서 그래. 아까부터 좀 이상했거든."

피곤한 목소리가 어서 나가라고 말하는 것 같아서, 로즈몬드의 기분은 이제 완전히 나빠졌다. 그러나 그녀는 포기하지 않고 용건을 말했다.

"저, 폐하. 그런데 말인데요…….."

"응?"

"저희 황후 책봉은 도대체 언제쯤 이루어질까요? 폐후가 처형 된 지도 벌써 한 달이 다 되어 가요."

"……보채지 마. 모든 일에는 절차가 필요한 법이니까."

"네? 하지만…… 1개월이었어요, 폐하. 절차를 밟기에는 충분한 시간이 아니었던가요?"

"제국의 모든 일이 그대를 중심으로 돌아간다고 생각하나? 그 외에도 처리해야 할 일이 산더미고, 다행스럽게도 내궁이 나서야 할 일은 당분간 없어."

여기까지 말한 루시오는 자신이 너무 과민했다고 생각했는지, 잠시 후에 사과했다.

"……미안해, 로즈. 내가 너무 예민하게 굴었군."

로즈몬드는 이 말에 약간의 위안을 느꼈지만, 언짢았던 기분이 완전히 풀어진 것은 아니었다. 그러나 그녀는 마치 그의 모든 것을 이해하는 성녀처럼 굴기로 다짐했다. 아직까지 자신에게는 루시오가 필요했으니까.

"……괜찮아요, 폐하."

가식적인 미소를 지어 보인 로즈몬드가 다정하게 말을 건넸다.

"폐하께서 예민하실 만도 해요. 그간 얼마나 바쁘셨습니까. 일도 많으시고, 근심도 많으시고……."

"……."

"좀 쉬시는 게 좋겠어요. 더 주무시겠어요?"

"아니야. 이만 일어나는 게 좋겠어. 할 일이 태산이야."

"……그러세요, 그럼."

로즈몬드가 조심스럽게 그를 일으켜주었고, 그는 약간 비틀거리다가, 곧 로즈몬드의 품 안으로 쓰러졌다. 루시오를 안정적으로 받쳐 들며, 로즈몬드가 속삭였다.

"폐하, 조금 한가로워지시면 여행을 다녀오시는 것도 좋을 거예요."

"……그럴까?"

"네. 황성에서 멀리 떨어지지 않은 곳에 역대 황제들이 즐겼던 온천이 있다면서요? 그곳으로 가시는 게 좋을 듯해요."

"그것도 나쁘지 않지."

약간 피곤한 목소리로 루시오가 말했고, 로즈몬드는 루시오의 등을 토닥거리며 자애로운 음성으로 속삭였다.

"모든 것이 잘 될 거예요."

로즈몬드의 소원은 이루어졌다. 그로부터 며칠 후, 루시오가 마비너스의 새 황후로 로즈몬드를 임명하겠다고 모두에게 공표한 것이었다. 물론 그 소식을 들은 로즈몬드는 뛸 듯이 기뻐했다.

"축하드립니다, 황후 폐하."

글라라가 웃음기 섞인 목소리로 말하자, 로즈몬드가 거드름 피우는 듯한 목소리로 말했다.

"뭘, 새삼. 이미 우리 모두 예상하고 있던 일 아니니?"

"그래도요. 그간 폐하의 마음고생이 심하지 않으셨습니까."

그건 그래. 로즈몬드가 중얼거렸다. 하지만 그것도 결국 전부 과거의 일이었다. 어쨌든 지금의 그녀는 예비 황후가 아닌가. 그러니 과거의 고뇌쯤이야 저 멀리 날려 보내는 거다. 어차피 다가올 미래는 전부 그녀의 것이었으니까.

"이제 마비너스 제국은 전부 폐하의 것이에요."

"제국은 폐하의 것이지. 나는 그분의 황후일 뿐이고."

"하지만 폐하, 본디 '세상을 다스리는 것은 남자'고, '그 남자를 다스리는 것은 여자'라고 하지 않나요? 황제 폐하께서 황후 폐하께 꼼짝을 못하시니, 이 제국 또한 마땅히 폐하의 것이지요."

"넌 어쩜."

로즈몬드가 즐거운 목소리로 말했다.

"이렇게 예쁜 말만 골라서 할 수 있니?"

분명 며칠 전에 자신에 대한 존칭을 올바르게 하지 않았다면서 화를 냈던 것과는 대조적인 태도였다. 그걸 글라라도, 로즈몬드도 인지하지 못하는 바 아니었으나, 두 사람은 아무 말도 하지 않았다. 어차피 중요한 건 미래였으니까. 과거가 아닌.

"황후 폐하께서 드십니다."

진지한 시녀의 목소리와 함께 로즈몬드가 성당 안으로 들어왔다. 오늘은 그녀의 황후 책봉식이 있는 날이었다. 장소는 과거 루시오의 대관식을 진행했었던 성 이스트 성당에서 진행되었다.

'드디어!'

로즈몬드는 감격한 표정으로 하이힐을 신은 발을 한 걸음, 한 걸음 내딛기 시작했다. 엄숙한 분위기 속에서 그녀는 화려하게 빛나고 있었다. 그녀는 분명 아름다웠고, 미모로는 아마 제국 내에서 제일일 터였다. 그녀의 인품이나 과거 행적과는 별개로, 그것만큼은 부정할 수 없었다.

마침내 로즈몬드가 이 나라에서 제일 위대한 남자의 앞에 섰을 때, 신관이 그녀에게 무릎을 꿇고 머리를 조아리라는 신호를 주었다. 로즈몬드는 기꺼이 그렇게 했다.

"로즈몬드 메리 아스터 데 마비너스."

마침내 그녀의 성이 바뀌었다. 오로지 황후만이 가질 수 있는, 황족으로서의 성, 마비너스. 그녀가 감격에 찬 얼굴로 미소 지었다.

고개를 숙였기 때문에 루시오의 얼굴은 잘 보이지 않았으나, 분명 그 또한 기쁜 표정일 터였다. 왜 기쁘지 않겠나. 자신을 황후로 올리기 위해 손에 더러운 피까지 묻혔는데. 당연히, 당연히 기뻐해야지.

"황제의 이름으로 명하노니, 그대를 마비너스의 새로운 황후로 임명한다."

"영광입니다, 폐하."

로즈몬드가 우아한 목소리로 답했다. 그 말과 동시에 사방에서 만세 소리가 터져 나왔다.

"황후 폐하 만세!"

"황제 폐하 만세!"

"마비너스에 영광을!"

그러니까, 모든 게 다 잘 되어가는 중이었다. 로즈몬드가 찬란하게 미소 지었다.

"드디어 황후가 되었어."

혼자 남겨진 방에서, 로즈몬드가 구름 위를 걷는 듯한 표정으로 중얼거렸다.

"드디어, 드디어!"

"폐하, 좀 진정하세요. 곧 황제 폐하께서 당도하실 것이 아닙니까."

평소보다 간드러지는 목소리로 글라라가 말하자, 로즈몬드가 기쁨에 찬 표정으로 고개를 끄덕였다.

"맞아. 그렇지."

근래에 그녀를 찾는 횟수가 뜸하긴 하였으나, 어쨌든 오늘 밤은 그녀가 황후가 된 후 처음으로 맞게 되는 밤이었으니, 분명 그녀를 찾아올 것이 뻔했다.

로즈몬드가 설레는 표정으로 손끝만 만지작거렸다. 그녀는 첫사랑에 빠진 소녀 같은 얼굴을 하고선, 아무것도 모르는 순수한 아이처럼 중얼거렸다.

"이제 황태자만 낳으면 돼."

"저런, 폐하."

글라라가 차분히 로즈몬드를 달랬다.

"좀 천천히 가셔도 된답니다. 이제 이 마비너스에 폐하를 막을 수 있는 분이 없어요. 폐하께서 이 나라의 황후시고, 폐하께서 낳으실 자식이 곧 차기 마비너스의 태양이 되실 텐데, 뭐가 그렇게 걱정이세요?"

"걱정이 아니야, 글라라. 난 폐하를 믿지 않아."

로즈몬드가 서늘한 미소를 지으며 중얼거렸다.

"믿지 않아. 남자를 믿는 건 어리석은 일이지."

그렇게 말한 그녀가 잠시 후에 차갑게 덧붙였다.

"그게 군주라면 더더욱."

"하지만…… 폐하를 사랑하지 않으시나요?"

"사랑?"

그녀가 코웃음 쳤다.

"맞아, 글라라. 난 그분을 사랑해. 나의 폐하, 이제는 정식으로 나의 남편이 된 분. 그리고 언젠가는 내 아이의 아버지가 되실 분이지."

"……."

"하지만 글라라, 난 그분이 내게 주는 것들을 더 사랑해. 내게 가져다줄 지위, 부귀, 영화! 그런 것들 말이야."

"네에……."

글라라는 여기서 어떻게 반응해야 좋을지 몰라서 그저 로즈몬드의 눈치만 보았다. 새삼 황제께서 안쓰럽다는 생각이 들었다. 적어도 그분은 황후를 진심으로 좋아하는 것처럼 보였는데…….

이런저런 생각을 하고 있던 글라라는, 곧 바깥에서 들려오는 시녀의 목소리에 화들짝 놀라며 현실로 돌아왔다.

"황후 폐하, 황제 폐하께서 드셨습니다."

"어머!"

로즈몬드가 놀란 표정을 지으며 귀여운 소리를 냈다.

"어서 모시려무나. 귀하신 분을 밖에다 세워두면 되겠니?"

"네, 폐하."

곧 문이 열리며 루시오가 안으로 들어왔고, 글라라는 눈치껏 밖으로 나갔다. 로즈몬드는 오랜만에 침실에서 보는 루시오가 너무 반가운 나머지 그에게 팔을 벌리며 안겼다.

"폐하."

로즈몬드가 간드러진 목소리로 루시오를 부르며 손끝으로 그의 가슴을 만지작거렸다.

"보고 싶었어요, 폐하."

"나도, 로즈."

"아까 성당에서 어찌나 멋지시던지."

로즈몬드가 황홀한 목소리로 속삭였다.

"당장에라도 폐하를 안은 채 키스하고 싶었답니다."

"하지 않아 다행이야."

"물론이지요."

원래 이쯤이면 루시오가 먼저 그녀를 안아 들어야 정상인데, 오늘은 어째 좀 수줍었다. 하지만 뭐, 상관없었다. 누가 먼저 시작하든, 끝만 동일하면 그만 아닌가? 로즈몬드가 먼저 그의 목덜미를 입술로 핥아 올리다가, 곧 유혹적인 표정으로 루시오에게 입을 맞추기 시작했다.

"하아……."

"흐응…… 폐하."

그녀가 평소보다 더 외설적인 신음을 흘렸다. 로즈몬드는 오늘 밤 반드시 그의 씨를 태내에 품겠다고 다짐했다. 그녀는 이미 제국에서 가장 고귀한 여자인 황후였지만, 그것만으로는 부족했다.

가장 확실한 무언가가 있어야 했다. 그리고 그녀에게 있어, 그것은 황자였다. 정확히는, 이 제국의 후계를 이을 황태자.

"폐하…… 침대로요……."

무슨 일이든 주도하는 것은 그녀가 되어야만 했다. 일도, 사랑도 반드시 그녀의 손아귀에 있어야만 했다. 그러니 오늘의 거사를 주도하는 것 역시 그녀여야만 했다.

로즈몬드가 순식간에 루시오가 입은 옷의 단추를 풀어 내렸다. 단추를 푸는 그녀의 손놀림은 상당히 노련했다.

"오늘따라 너무 급해……."

루시오의 말에 로즈몬드가 답했다.

"하루 종일 폐하만 생각하느라 몸이 달아오를 대로 달아올랐거든요."

거짓말이었다. 로즈몬드는 애당초 그렇게 색욕에 도가 튼 사람이 아니었다. 그냥 자신의 몸이 무기가 될 수 있다는 걸 너무 일찍 깨달아 버린 게 다였다. 뭐, 어느 쪽이든 상관없었지만. 그녀가 목소리를 최대한 깔며 속삭였다.

"기대하세요, 폐하. 오늘은 밤이 새도록 놓아 드리지 않을 테니까요."

"으음……."

로즈몬드가 뒤척이며 잠에서 깨어났다. 어제…… 몇 시에 잠들었더라. 잠깐 생각해보던 로즈몬드는 곧 생각을 포기했다. 부질없는 생각인 것이, 어제 동이 틀 때 즈음 거의 기절하다시피 했던 것이다.

그녀는 가장 먼저 자신의 아랫배를 슬그머니 쓸어보았다. 물론 벌써 아이가 자리 잡았을 리는 없다. 하지만 언젠가는 그럴 것이 아닌가.

이 납작한 배에 언젠가 이 거대한 제국을 다스리게 될 아이가 생긴다……! 로즈몬드는 그 사실 하나만으로도 벌써 모후가 된 양 의기양양해지는 기분이었다.

어젯밤에 그렇게 노력했으니, 아마 곧 좋은 소식이 있을 것이다. 그렇게 철석같이 믿고 있는 로즈몬드였다.

"……로즈?"

그때 어젯밤 수도 없이 들었던 목소리가 들렸다. 아이 생각을 하고 곧바로 들어서인지, 뭔가 더 사랑스럽게 느껴지는 목소리였다.

내 아이의 아버지가 될 남자!

로즈몬드가 비음 섞인 목소리로 답했다.

"폐하아. 일어나셨어요?"

"일찍 일어났군."

"저도 방금 일어났답니다."

그렇게 말한 로즈몬드가 습관적으로 그의 얇은 눈꺼풀 위에 자잘한 키스를 남겼다. 아침부터 받는 키스가 썩 기분 나쁘지 않은 건지 루시오의 표정은 절대 싫지 않아 보였다. 그가 아침이라 잠긴 목소리로 말했다.

"기분이 좋아 보여."

"어제 그런 밤을 보냈는데 기분 좋지 않을 여자가 어디에 있겠어요?"

로즈몬드가 후후 웃으며 아무것도 걸치지 않은 루시오의 맨 가슴을 입술로 지분거렸다.

"그리고 그게 폐하여서, 저는 더 좋았답니다."

"황후가 된 소감이 어때?"

"소감이요."

그녀가 곰곰이 생각하다가 곧 명쾌한 답을 내렸다.

"정말 좋은걸요."

"그래?"

"짜릿해요."

"짜릿할 것까지야."

"오, 아뇨, 폐하. 전 정말 짜릿한 기분이에요, 지금."

그럴 수밖에 없었다. 그간 이 자리를 위해 얼마나 많은 노력을 거듭해 왔던가? 그녀로서는 짜릿하다 못해 충격적이기까지 한 기분이었다. 좀 과장해서 표현하자면 말이다. 로즈몬드가 아름답게 미소 지으며 말했다.

"폐하의 옆자리에 드디어 당당히 설 수 있게 되었잖아요."

은밀한 정부가 아닌, 떳떳한 정실로서. 그게 얼마나 기쁜 일인지, 평생 높은 지위에만 머물러 있던 당신은 모를 거야. 당신은 심지어, 알리사에게 학대당한 그 순간까지도 이 제국의 지고한 황태자 전하셨으니까. 나 같은 하급 귀족의 사생아 따위가 느낄 법한 감정을, 당신이 어찌 느낄 수 있겠어? 로즈몬드가 덧붙였다.

"이제 아무도 우리 사랑을 방해할 수 없어요."

"그렇겠지."

"폐하께서도 저밖에는 없으시죠?"

"그럼."

루시오가 다정한 목소리로 속삭였다.

"이제 내겐 정말 그대뿐이야."

유일성이 주는 안식. 로즈몬드는 그것처럼 완전한 아름다움도 없으리라고 자신했다. 그에게는 이제 오직 그녀뿐이다. 그건 곧, 그녀가 사라진다면 그 또한 무너진다는 것을 의미했다. 그녀가 기쁜 목소리로 속삭였다.

"사랑해요, 폐하."

정말로.

로즈몬드는 멍청한 여자는 아니었다. 그녀는 단 한 번도 내궁의 일을 맡아본 적이 없었지만, 에프레니 공작부인의 도움을 받아 모든 일을 원만하게 처리하고 있는 중이었다. 어쨌든 그녀는 꽤나 현명하고 이지적인 축에 들었으니까.

문제는 사적인 부분이었다. 로즈몬드가 보낸 어린 시절은 기구하기 짝이 없었고, 그녀가 가지고 있던 권력욕은 사실 불우했던 어린 시절에서 기인했다고 봐도 큰 무리가 없었다. 문제는 대부분의 권력욕이 물질적 탐욕과 맞물려 작용한다는 사실이었다.

"글라라, 이것 좀 봐."

로즈몬드가 나직한 목소리로 말했다.

"물방울 다이아몬드야. 너무 아름답지 않니?"

"네. 정말 그러네요."

글라라가 맞장구를 쳤다.

"그건 어디에서 들여오신 건가요?"

"바다 건너온 보석이야. 아주 귀하단다."

콧노래를 흥얼거리며 대답한 로즈몬드가 곧 손에 들고 있던 다이아몬드 목걸이를 내려놓은 뒤, 글라라에게 말했다.

"자, 이제 드레스를 갈아입어야겠어."

"네에?"

옆에 있던 글라라가 깜짝 놀랐다. 로즈몬드가 새 드레스로 갈아입은 지 아직 5시간도 채 되지 않았다. 그녀가 곧바로 의문을 제기했다.

"하지만 폐하, 5시간 전에 새 드레스로 갈아입으셨잖아요……?"

"그랬지."

로즈몬드가 명확한 목소리로 변명했다.

"하지만 아까 외출했잖아."

"그렇다고 해서 또 갈아입는 건 낭비…….'

"지금 내 말에 토를 다는 거니?"

로즈몬드의 목소리에 신경질이 묻어나자, 글라라는 자연 움츠러들었다.

얼마 전에도 그녀의 말에 이의를 제기했다가 죽어나간 시녀가 있었다. 정확히 말하자면, 이번 달만 도합 12번이었다. 로즈몬드는 그것을 내궁의 기강을 다스리기 위한 일이라며 합리화했지만, 그녀의 행동이 단순한 화풀이임을 모르는 사람은 아무도 없었다.

글라라는 아무리 자신이 로즈몬드의 최측근 시녀라지만 그녀의 악녀 같은 성품을 미루어봤을 때 자신만 면죄부를 받을 리는 없다고 생각했다. 그녀는 곧바로 입장을 철회했다.

"아니에요, 폐하. 무슨 말씀이세요? 폐하의 말씀이 전부 옳아요. 아무렴, 제국에서 가장 고귀한 여인이 같은 드레스를 5시간'씩'이나 입는다는 게 말이나 되나요?"

"이제야 말이 좀 통하는구나."

로즈몬드는 그제야 흡족한 표정으로 시녀들을 불렀다.

"자, 다들 내가 입을 드레스를 고르는 걸 도와주겠니?"

"네, 황후 폐하."

로즈몬드는 그렇게 말한 뒤, 잠시 뒤에 무언가가 생각난 듯한 표정을 지었다. 그녀가 곧바로 누군가를 불렀다.

"로레인."

그러자 이름이 호명된 시녀 하나가 얼른 그녀에게 다가갔다.

"네, 폐하."

"에프레니 공작부인이 말해 두었던 서류 말이다. 그거 어떻게 되어가고 있니?"

"황제 폐하의 탄신 연회에 관한 내용 말씀이신가요?"

"그래."

"염려 마세요, 폐하."

로레인이 빙긋 웃으며 대답했다.

"모든 게 다 잘 되어가고 있답니다."

"그래."

그 대답을 들은 뒤에야 로즈몬드는 한층 안심이 된 얼굴로 변했다. 그럼에도 불구하고 불안하긴 했는지, 잠시 뒤에 그녀에게 다시 명령을 내렸다.

"작성한 서류를 가져와 보렴. 아무래도 내가 직접 읽어봐야겠다."

"물론 그래야겠지요, 폐하. 잠시만 기다리세요."

끝까지 미소를 잃지 않은 채 로레인은 로즈몬드를 향해 고개를 숙여 보였다. 그녀는 느릿하게 뒤를 돌았다. 로즈몬드를 등진 그녀의 얼굴에는 더 이상 웃음기가 남아 있지 않았다.

$$\sim\!\!\omega$$

시녀는 출퇴근이 자유로운 직업이었다.

저녁때가 다 되었을 때, 로레인은 소리 없이 자신의 저택으로 향했다. 평소에는 조용하기 이를 데 없던 저택은 그날따라 중년의 남자들로 붐비고 있었다.

로레인은 자신의 방에서 드레스를 갈아입은 다음 그들이 있는 곳으로 갔다. 로레인을 발견한 한 남자가 그녀를 불렀다.

"로레인."

그녀를 부른 이는 로레인의 아버지였다. 로레인의 웃음기 없는 표정에 엷은 미소가 스쳐 지나갔다. 그녀가 입을 열었다.

"아버님, 일찍 오셨네요."

그렇게 말한 그녀가 주변을 둘러보며 다른 사람들을 쳐다보았다. 로레인의 아버지, 위더포드 공작이 대꾸했다.

"일이 그렇게 되었다. 의심을 피하기 위해 일찍 당도했지."

"잘하셨어요."

"그래, 요즘 황후궁의 동태는 어떻더냐?"

로즈몬드의 이야기에 로레인의 매끈한 미간에 작게 주름이 잡혔다. 그녀가 한숨이 섞인 목소리로 답했다.

"좋지 않아요."

"좋지 않다는 게 정확히 무슨 말입니까, 레이디 로레인?"

"말씀드린 그대롭니다. 황후의 사치가 점점 극에 달하고 있어요. 오늘은 무슨 일이 있었는지 아십니까? 5시간 전에 입었던 드레스를 외출 한 번 했다는 이유로 새 드레스로 갈아입었어요."

평소보다 조금 흥분한 목소리로, 로레인이 말을 이어나갔다.

"이 일은 약과에 불과해요. 황후가 모으는 사치품의 종류와 가격이 날로 심해지고 있어요. 이게 다 어디에서 나온 돈이겠습니까, 여러분. 다 국고에서 나오는 돈입니다. 황후는 제국을 망하게 할 생각임이 틀림없어요."

"어쨌든 일은 잘하지 않습니까?"

귀족들 중 한 명이 묻자, 로레인이 비릿한 미소를 지었다.

"그건 그렇습니다. 반박의 여지가 없어요. 그녀의 능력이 뛰어난 것도 한몫하지만, 확실히 사람을 부리는 데에는 도가 튼 여자입니다. 인재를 적재적소에 배치할 줄 알아요. 그건 분명 본받을 만한 점이지요."

하지만 곧 로레인의 입에서는 반박이 튀어나왔다.

"그렇다고 하더라도, 그녀의 사치스러운 생활은 도무지 눈 뜨고 봐줄 수 없는 정도입니다. 안 그래도 제국 전체에 가뭄이 들어 제국민들은 고통받고 있는데! 황후라는 여자가 어떻게 빈민 구제에는 관심도 없이 개인의 영달을 위해서만 지낼 수 있단 말입니까."

모두가 이해한다는 듯 고개를 끄덕였다. 로레인이 날카로운 목소리로 말을 이었다.

"내궁의 일을 잘하기 위해 그 자리가 있는 것이 아닙니다. 온 제국민의 어머니예요. 지금의 황후는 도무지 그런 자격이 있다고 보기 어렵습니다."

"동의하는 바요, 위더포드 영애."

"그래서 우리가 모인 게 아니겠습니까."

한 귀족의 말에 다른 사람들이 고개를 끄덕였다. 다른 한 사람이 입을 열었다.

"황후는 그저 명분만 제공할 뿐입니다. 우리의 진짜 목적은 고작 황후 한 사람을 폐위하는 게 아니잖아요?"

"그렇지요."

위더포드 공작이 비릿하게 웃었다.

"하지만 다들 아시다시피, 모든 거사에는 명분이 필요한 법입니다. 명분도 없이 일을 거행한다면, 아무리 우리의 뜻이 숭고하다 한들 누가 알아주겠습니까?"

"그렇다고 해도 지금의 황후만으로는 부족합니다, 전하. 지금의 황제와 직접적으로 연관시킬 만한 게 필요해요."

"충분합니다."

조용히 있던 로레인이 끼어들었다. 그녀가 명쾌한 목소리로 말했다.

"지금의 황제 폐하께서는 폐후와 그 일가를 모조리 참수시켰지요. 고작 정부 하나를 황후로 만들기 위해서 말입니다."

그게 얼마나 어리석은 일이었는지, 지금의 그는 모를 것이다. 로레인이 비소를 흘렸다.

"그리고 다들 아시겠지만, 그로체스터 가문은 제국의 충신입니다. 그런 사람들을 참수했어요. 얼마나 판단력이 흐리시면 그런 결정을 내리실 수 있단 말입니까."

"그렇지."

위더포드 공작이 웃었다.

"맞습니다, 여러분. 폐하께서는 지금 총기가 흐려지셨고, 판단력도 온전치 못하신 상태입니다. 그러니 충신인 정실과 그 가문을 내쫓고, 볼품없는 요녀를 황후에 앉히신 것이지요."

"저런."

귀족들 중 한 사람이 혀를 찼다.

"그렇다면 아주 위험한 일이 아닙니까? 그런 분이 이 거대한 제국을 이끌어 가고 계시다니요."

"맞습니다. 그렇게 안 좋은 상태시라면, 응당 더 총명하신 분께 그 자리를 넘기는 것이 알맞은 일이지요."

"그렇지요!"

모두가 신나서 한마디씩 주고받을 때, 로레인은 혼자서 가만히 미소만 짓고 있었다. 잠시 후에 위더포드 공작이 상황을 정리했다.

"병력은 얼마 정도 모였습니까?"

"충분합니다, 전하. 반란에 참여한다고 뜻을 밝힌 고위 귀족들의 기사들만 합쳐도 상당한 숫자입니다. 안의 문지기만 매수해 둔다면, 황궁을 장악하는 것은 그리 어려운 일이 안 될 것입니다."

"궁 안의 사람들도 황후의 지나친 폭정에 몸을 사리고 있습니다. 황후와 황제는 부부이니, 곧 한 몸이지요. 아마 그들 또한 우리에게 쉽게 협조할 것입니다."

"이런. 일이 너무 잘 되어 가고 있는 것 같아 걱정이군."

위더포드 공작이 농담조로 그렇게 말했고, 그 말을 들은 로레인은 그저 짙은 미소만 지어 보였다. 그녀가 말했다.

"그만큼 지금 상황이 우리에게 유리하니까요. 더군다나 폐하께서도 폐후를 참수시킨 뒤 정서가 불안정하시다고 궁의가 하는 말을 들었습니다."

"적기구만."

분명 적기였다. 로레인이 미소 지었다. 다른 귀족이 말했다.

"차기 황제가 방계 출신이라는 점이 마음에 걸리지만, 뭐 어떻습니까. 성공한 반역은 죄가 없으니까요."

"반역이라니요."

그때, 로레인이 날카로운 목소리로 끼어들었다. 그녀는 약간 화가 난 듯한 표정이었다.

"누가 감히 이 일을 반역이라고 부를 수 있겠습니까."

"그게 무슨 소립니까, 레이디 로레인."

"이 일이 성공하기만 한다면, 그건 절대 반역이 아니지요."

그렇게 말한 로레인이 확고한 어조로 결론을 지었다.

"이건 혁명입니다."

그 말을 들은 다른 사람들이 호쾌하게 웃음을 터뜨렸다. 그래, 혁명이었다. 만일 정말로 이 일이 성공하게 된다면, 그 누가 감히 이것을 반역이라고 부를 수 있겠는가? 당장에 목이 떨어질 만한 일이었다.

로레인이 물었다.

"그래서, 거사는 언제입니까?"

"머지않았다."

위더포드 공작이 답했다.

"이른 시일 내에 황위를 탈환할 것이다. 그렇게 되면 여러분, 우리가 혁명의 공신이 되는 겁니다."

"그것 참 듣기 좋은 말이로군요. 공신이라니!"

다른 사람들이 깔깔 웃었고, 이번에는 로레인도 소리 내어 즐겁게 웃었다. 모든 일이 잘 되어가고 있는 중이었다.

에프레니 공작부인은 요즘 심기가 그리 좋지 않았다. 그녀가 비공식적으로 지지했던 로즈몬드가 황후가 되었음에도 불구하고, 그녀는 현재의 상황에 썩 만족해하는 것 같지 않은 모습이었다. 에프레니 공작부인은 그 이유를 대강 짐작은 하고 있었으나, 인정하고 싶지 않아 차일피일 미루고 있는 중이었다.

"부인, 이쪽으로 오시지요."

초행길이 아님에도 불구하고 황후궁의 시녀는 지나치게 친절한 태도로 그녀를 안내했다. 예민하게 보자면, 그녀는 그것마저 마음에 들지 않았다. 이미 로즈몬드에 대해 호의적이지 못한 태도를 가지고 있었기 때문에 야기된 결과라는 것을 그녀는 속으로 인정했다.

"황후 폐하, 에프레니 공작부인께서 오셨습니다."

"아, 어서 들어오도록 해."

우습게도, 에프레니 공작부인은 로즈몬드의 하대하는 말투까지 마음에 들지 않았다. 그녀는 이미 로즈몬드가 지방 하급 귀족의 딸이라는 사실을 알고 난 후부터 로즈몬드를 고깝게 여기지 않고 있었다. 정작 남편이 그 '지방 하급 귀족'의 아들이었음에도 불구하고, 그녀는 지나치게 혈통이나 직위에 연연해 하는 모습을 보였다. 그건 아마 그녀가 제국의 유서 깊은 가문의 무남독녀였기 때문이리라.

"제국의 달, 황후 폐하를 뵙습니다. 마비너스에 영광을."

문이 열리자마자 에프레니 공작부인은 차분한 걸음걸이로 걸어 로즈몬드에게 다가갔다. 비록 그녀가 지지했고, 도움도 주긴 했으

162

나 에프레니 공작부인은 한때 자신과는 비교할 수 없을 정도로 신분이 낮았던 그녀가, 이제는 제국에서 가장 고귀한 여인이 된 것을 꽤 마뜩잖게 여기는 듯했다. 그리고 로즈몬드는 이걸 귀신같이 알아챘다.

"어째 표정이 안 좋아 보이네요, 부인?"

하지만 에프레니 공작부인도 만만치는 않았다. 그녀는 어쨌든 제국 명문가의 외동딸이었으니까. 에프레니 공작부인이 사교용 미소를 지으며 대꾸했다.

"그럴 리가 있겠습니까."

그 말에 로즈몬드도 빙긋 웃어 보였다.

"그렇다면 다행이고요. 앉으세요."

에프레니 공작부인이 앉자마자, 로즈몬드는 불평을 늘어놓았다.

"국고가 텅텅 비었어요. 도대체 세금 징수를 어떻게 하는 건지……."

"폐하, 국고에 대해 걱정하시는 건 바람직한 일이지만……."

에프레니 공작부인이 일갈했다.

"세수에 대한 것은 엄연히 말해 황제 폐하께서 주관하시는 일이지요. 내궁에서는 그저, 주어진 예산을 어떻게 잘 활용할지에 대해서만 고민하면 되는 것입니다."

틀린 말이 아니었지만, 그건 분명 그녀더러 지나치게 오지랖을 부리고 있다고 간접적으로 말하는 것이었다. 이것을 모를 리 없는 로즈몬드가 에프레니 공작부인을 살짝 흘겨보았다.

"······맞는 말씀입니다, 부인. 허나 내궁의 예산이 점점 줄어들고 있으니 하는 말 아닙니까."

그렇게 걱정된다면 일단 본인의 사치부터 줄여 보시는 게 어떠할는지?

에프레니 공작부인은 진심으로 묻고 싶었지만, 그랬다간 황후가 좋아하지 않을 게 뻔했다.

아, 적어도 폐후는 이러지 않았어.

에프레니 공작부인은 문득 고인이 되어버린 폐후를 떠올렸다. 그녀는 검소한 사람이었다. 비록 끝이 좋지는 않았다고 해도, 분명 사람 자체는 나쁘지 않은 여자였다.

파멸의 원인만 놓고 보자면, 그녀를 망친 건 황제에 대한 지나친 질투였다. 하지만 에프레니 공작부인은 만약 그녀가 폐후의 입장이라고 하더라도, 같은 태도를 보이지 않을 자신이 없다고 생각했다. 상식적으로 사랑하는 남편이 자신보다 정부를 더 사랑한다는데, 미치지 않고서야 어느 여자가 제정신일 수 있겠는가? 더군다나 연적이 로즈몬드 같은 간교한 악녀라면, 자애로운 황후로서의 파멸은 예정된 수순이었다.

거기까지 생각하던 에프레니 공작부인은 곧 자신이 지나치게 감상적으로 되어가고 있다는 사실을 깨닫고선, 의도적으로 폐후에 대한 생각을 정리했다. 좋지 않은 일이다. 어쨌든 그녀의 파멸에는 자신 또한 일조했다. 그러니 이런 생각을 하는 것 자체가 망자에 대한 모독일 것이다.

이런 생각을 하고 있다는 게 다른 사람들이 보기에는 우스운 일일지도 모르겠지만.

에프레니 공작부인은 최대한 로즈몬드가 기분 나쁘지 않을 선에서 조언을 남겼다.

"예산 편성은 황제 폐하의 몫입니다, 폐하. 예산이 적다면 그것을 알뜰히 아껴 쓰시는 것 또한 황후 폐하의 역량이지요. 영민하신 분이니 잘 하실 거라 믿어 의심치 않습니다."

부러 미사여구를 남발한 에프레니 공작부인이 슬쩍 로즈몬드의 눈치를 보았다. 끝에 칭찬 한마디를 남겨 준 탓인지 그녀의 표정은 그리 나쁘지는 않아 보였다. 그 모습을 본 에프레니 공작부인이 속으로 한숨을 쉬었다.

비위 맞춰야 하는 게 장난이 아니군.

재회는 다소 차분한 분위기에서 이루어졌다.

"오랜만에 뵙습니다, 폐하."

페트로닐라는 그녀 특유의 아름다운 미소를 지으며 그를 반겨 주었다. 루시오는 이것이 꿈속의 일이라는 것을 알고 있었으나, 그녀를 보자마자 느껴지는 섬뜩한 기분만은 꿈이라고 치부하기 어려울 정도로 생생했다. 그가 마른침을 꿀꺽 삼켰고, 그 모습을 바라보던 페트로닐라의 미소는 더욱 짙어졌다. 그녀가 말했다.

"앉으세요, 폐하."

"……."

루시오는 그걸 거절할 수 없었다. 망자의 요구다. 더군다나 자신이 죽인 망자의 요구라면.

"어떻게, 잘 지내셨어요?"

그 질문을 받자마자, 루시오는 그녀가 자신이 알고 있는 황후, 아니 폐후가 맞는지 의심스러워졌다. 그가 아는 페트로닐라는 이렇게 차분하고 우아하게 자신을 죽인 상대 앞에서 질문할 성격이 아니다.

그는 그녀가 자신을 보자마자 자신을 물어뜯을 것을 예상했었다. 그는 기꺼이 물어뜯길 각오를 하고 있었다.

하지만 이건 아니다. 모든 경우의 수 중에서도 이런 건 없었다. 당황스러웠다. 그가 되물었다.

"왜…… 그런 질문을 하는 거지?"

"궁금했거든요. 저는 폐하를 사랑했으니까요."

그렇게 답한 페트로닐라가 싱긋 웃었다. 그녀의 말은 이어졌다.

"매우 궁금했어요. 두 사람 모두 저를 눈엣가시 취급했죠. 그러니 저만 없어진다면, 폐하께서는 반드시 행복해지셔야 했어요."

"……"

"지금, 행복하신가요?"

"……그래."

루시오가 솔직하게 말했다.

"행복해, 지금."

"그렇군요."

페트로닐라가 빙긋 웃었고, 루시오가 말했다.

"미안하게 생각하고 있어."

"……"

"어떤 말을 지껄여도 위선이겠지. 이런 인연으로 만나지만, 않았어도 그대는……"

"닥치세요."

그녀의 입에서 그 말이 튀어나온 것은 순식간이었다. 온화했던 페트로닐라의 미소가 언제 그랬냐는 듯 매섭게 변했다. 루시오는 순식간에 바뀐 분위기에 당황하며, 저도 모르게 입을 다물었다. 페트로닐라가 무서운 표정을 지은 채, 서늘한 목소리로 말했다.

"위선인 걸 알면 닥치라고."

"……황후."

"아니, 아니야."

페트로닐라가 소름 끼칠 정도로 무서운 미소를 지은 채 말했다.

"나는 황후가 아니지. 안 그래요?"

"……."

"당신이 나를 폐후로 만들었는데, 어떻게…… 어떻게 감히……!"

분노 어린 음성으로 인해, 루시오는 아무 말도 할 수 없었다. 그기에 눌린 느낌이었다.

아니, 그보다는 그도 알고 있었기 때문이리라. 그녀의 분노는 정당하며, 자신의 죄 또한 정당하다는 걸. 그렇다면 여기에서 악인은 누구인가. 누가 누구에게 화를 낼 수 있는가.

"내게 황후라는 호칭을 쓸 수 있어?"

"……사과를 바라나?"

"사과."

페트로닐라가 코웃음을 터뜨렸다. 모든 게 가소롭다는 표정이었다.

"내가 원하는 사과를 주세요, 지고하신 황제 폐하. 우리의 태양이시여."

"……."

"우린 인연이 아니라 악연이었어요. 그것도 아주 지독하기 짝이 없는! 당신 때문에 죽은 나는 차치하고서라도! 불쌍한…… 불쌍한 내 동생과 부모님은, 그들에게는 어떻게 사과할 거죠?"

할 말이 없었다. 방법은 없었으니까. 루시오가 마른침만 꿀꺽 삼켰다. 페트로닐라의 독설은 계속되었다.

"사과를 바라느냐고 물었죠?"

"……."

"네. 사과를 바라요."

그것도 아주 간절하게. 페트로닐라가 중얼거렸다.

"내 사과는 당신과 로즈몬드, 두 사람이 파멸하는 거예요."

'파멸'이라는 단어에 힘이 실렸다. 루시오가 벌게진 눈으로 페트로닐라를 보았다. 그녀 또한 그를 보고 있었다. 그의 눈동자를 똑바로 쳐다보면서, 그녀는 그를 저주했다.

"신이 당신들을 단죄하지 않는다면 내가 할 테니까. 내가, 이 페트로닐라가! 직접! 당신들을!"

그때, 가만히 있던 페트로닐라가 불쑥 그의 앞으로 다가와 루시오의 목을 두 손으로 움켜쥐었다. 여자에게서는 나올 수 없다고 생각될 정도로 강력한 힘이었다. 루시오가 지금 이 모든 것이 꿈이라는 사실도 잊고 끅끅거렸다.

"죽어! 죽어! 죽어!"

"윽…… 황후, 제발……."

"죽어어어!"

"아아악!"

그 소리와 함께, 루시오는 잠에서 깨어났다.

눈을 뜬 그는 거친 숨을 입에서 계속 토해냈다. 마치 진짜 그 일을 겪은 사람처럼.

"제길…… 또."

거친 숨을 내몰아 쉬며, 루시오는 진정하기 위해 애썼다. 벌써 똑같은 꿈만 몇 번째인가. 반복되는 꿈에, 동일한 반응이다.

"폐하, 괜찮으십니까!"

발작인 줄 알고 달려왔는지, 시녀장이 다급하게 문을 열며 들어왔다. 그녀는 루시오의 이마에 흥건한 식은땀을 보고선, 기겁한 채 말했다.

"황……황후 폐하를 모셔 오겠습니다."

"아니, 괜찮아."

루시오가 거친 숨을 몰아쉬면서도 그녀를 제지했다.

"오늘은 그런 게 아니다. 이상한 꿈을 꿨거든."

"아……."

"물이나 한 잔 가져다주지."

"네, 폐하. 그렇게 하겠습니다."

시녀장이 물러갔고, 혼자 남겨진 루시오는 흠뻑 젖은 자신의 이마를 손수건으로 느릿하게 닦기 시작했다. 이 꿈만 꾸면 기분이 이상하다. 정말로.

"요즘 너무 무리했나 보군."

그는 대수롭지 않게 여겼다. 망자의 저주가 얼마나 강력하지는 별로 신경 쓰고 싶지 않아 하는 모습이었다.

"요즘 폐하께서 이상한 꿈을 꾸신답니다."

글라라의 말에 목걸이를 고르고 있던 로즈몬드가 물었다.

"무슨 소리야? 알리사 폐후의 꿈 말이야?"

"그건 아닌 것 같아요. 중앙궁 시녀들이 하는 말을 들었는데, 요즘 이상한 꿈을 자주 꾸신다고 합니다. 깨고 나면 식은땀으로 온몸이 흥건하대요."

"하지만 그렇다면 왜 중앙궁에서 이쪽으로 기별을 넣지 않은 거지?"

그러니까, 발작은 아니라는 소리였다. 로즈몬드가 고개를 갸웃거렸고, 곁에 있던 글라라는 조심스럽게 의문을 제기했다.

"그런데 왜…… 황제 폐하께서는 그걸 황후 폐하께 말씀드리지 않으시는 걸까요?"

"내가 굳이 알 필요가 없다고 생각하시는 거겠지."

로즈몬드의 뇌리에 순간 무언가가 스쳐 지나갔다. 짚이는 게 하나 있었다. 그녀가 말했다.

"날 생각하셔서 그러는 것일 수도 있어."

"무슨 뜻이에요?"

"내가 알아봐야 좋을 게 없다는 뜻이지."

로즈몬드가 우아하게 웃어 보인 후 말했다.

"굳이 걱정할 필요는 없을 것 같네. 걱정하지 않아도 돼."

"네. 알겠습니다."

"그리고 쓸데없는 보고는 그만두도록 해, 글라라. 안 그래도 생각해야 할 일이 많은데······."

"네. 죄송합니다, 폐하."

깍듯하게 사과한 글라라는 그 즉시 속으로 투덜거렸다. 언제는 무슨 일만 생기면 바로 보고하라며!

확실히 지금의 그녀는 황후가 되기 전보다 경계심이 완화된 것 같았다. 그건 좋게 보면 마음의 안정을 찾은 것이지만, 나쁘게 보면 언제든 다른 사람들의 먹잇감이 될 수 있다는 것을 의미했다.

"그런데 로레인은 어디로 갔지?"

불똥이 갑자기 다른 곳으로 튀었다. 글라라가 물었다.

"폐하, 로레인은 갑자기 왜 찾으세요?"

"황제 폐하의 탄신 연회에 입고 갈 드레스 때문에 갤브리스 백작 부인을 부르라고 말했는데, 왜 이렇게 늦는 거야?"

갤브리스 백작부인은 제국 내에서 제일가는 드레스 디자이너였다. 문제는 로즈몬드가 로레인에게 심부름을 보낸 지 30분도 되지 않았다는 사실이었다. 황당해진 글라라가 차분하게 말했다.

"폐하, 조금만 더 기다려 보시지요. 위더포드 공녀가 간 지 얼마 안 되었어요."

"내가 불렀으면 재깍재깍 올 것이지! 설마 내가 남작 영애 출신 이라고 무시하는 건 아니겠지?"

"폐하, 그럴 리가요."

이런 식의 자격지심도 근래 들어 심해지곤 했다. 그녀의 출신을 두고 마음속에서는 이러쿵저러쿵 떠들지도 모르겠으나, 적어도 앞에서는 아니었다. 그녀는 나쁘지 않은 솜씨로 내궁을 운영 중이었다. 비록 사치가 조금, 아니 많이 심하긴 해도 말이다. 글라라가 다정한 목소리로 로즈몬드를 달랬다.

"위더포드 공녀는 그럴 사람이 아닙니다. 폐하께서 그것을 꿰뚫어 보셨기 때문에 그녀가 지금 황후 폐하의 시녀로 있는 것이 아니겠어요?"

"폐하, 레이디 로레인이 당도했습니다."

그때, 밖에서 시녀의 목소리가 들렸다. 글라라가 티 나는 미소를 지었다. 이렇게 일찍 오다니! 그건 분명 글라라에게도, 로레인에게도 좋은 일이었다. 더 이상 로즈몬드의 기분이 상할 일이 없다는 뜻이었으니까. 하지만 어째 로즈몬드는 시녀의 말에도 별로 기분이 좋아 보이지 않았다.

곧 문이 열리고 로레인이 들어왔다. 늘 그렇듯 무표정한 얼굴에 약간의 입꼬리만 올려 엷게 미소한 표정이었다. 그러나 로즈몬드는 그것마저 고까운 듯했다. 로즈몬드가 날카로운 목소리로 말했다.

"늦었구나."

이 말을 들은 로레인은 순간 자신이 잘못 들었나 했다. 30분을 조금 넘겨 들어왔다. 결코 긴 시간이 아니었다. 이마저도 황후의 심사를 거스르지 않기 위해 그녀가 노력한 결과였다.

그런데…… 늦었다고? 로레인이 저도 모르게 되물었다.

"네?"

"……지금 말대꾸를 하는 것이냐?"

"그건 아니지만…… 폐하, 최선을 다했습니다."

"말은 꼬박꼬박 다 하면서 말대꾸가 아니라는 건 도대체 뭐지?"

로즈몬드가 서늘한 미소를 지으며 물었고, 로레인은 순간 할 말을 잃었다. 그러니까, 황후는 애당초 자신의 말을 들을 생각이 없었던 것이다. 여기까지 생각이 미치자, 로레인은 모든 의욕을 잃었다. 그녀는 현명하게 굴기로 했다.

"……죄송합니다, 폐하."

"내가 공녀 출신이 아니라 날 무시하는 게 아닌 이상, 네가 이럴 수는 없지 않겠니, 로레인?"

"폐하, 그런 생각은 품은 적이 없습니다."

억울합니다, 라는 뉘앙스의 말을 들은 로즈몬드의 눈매가 매섭게 변했다. 그녀가 표독스러운 목소리로 말했다.

"교활하긴!"

"……."

"갤브리스 부인은 어디 있지?"

"……밖에 계십니다."

"들이도록 해. 넌 나가 보고."

그리고 이 소리가 밖까지 들리지 않을 리 없었다. 밖으로 나간 로레인은 자신을 안쓰러운 표정으로 바라보고 있는 갤브리스 백작 부인과 마주했다. 그 시선을 받는 순간, 로레인은 이성의 끈이 끊어지는 것 같은 느낌을 받았다.

'감히 내게 이런 수모를 안겨?'

로레인은 조용히 속으로만 분노했다. 그녀가 할 수 있는 가장 큰 복수는 지금 당장 안으로 들어가 로즈몬드의 뺨을 후려치는 것이 아니었다. 로레인은 조용히 화를 삭이며 황궁 밖까지 걸어갔다. 성문 앞에는 아버지 위더포드 공작이 보낸 마차가 도착해 있었다. 마차에 올라탄 로레인이 싸늘한 목소리로 장소를 말했다.

"에프레니 공저."

이즈 에프레니는 뜻밖의 방문 소식에 깜짝 놀랐다. 그녀가 물었다.

"누가 오셨다고?"

"레이디 로레인입니다, 부인."

"집사, 위더포드 공녀를 말하는 건가?"

"그렇습니다."

"모시도록 해."

그녀와는 그리 접점이 없었다. 더군다나 이렇게 예고 없이 방문할 만큼 친밀한 사이도 아니었다. 공작부인은 의문스러운 표정을 지으면서도, 하녀에게 일러 다과를 준비하도록 했다. 곧 우아한 자태의 로레인 위더포드가 에프레니 공작부인 앞에 모습을 드러냈다. 그녀가 정중하게 인사했다.

"예고 없이 방문했습니다, 부인. 실례를 용서하세요."

"아니에요, 공녀. 우리가 무슨 그런 걸 따질 사이인가요? 괘념치 마세요."

그렇게 말한 에프레니 공작부인이 로레인을 빤히 바라보다가, 곧 다시 입을 열었다.

"……할 말이 있어 보이는 표정인데, 응접실로 가는 게 좋겠군요."

"그리 오래 있을 생각은 없습니다, 부인."

"그런 것 같군요."

싱긋 웃은 에프레니 공작부인이 로레인을 응접실로 데리고 갔고, 둘만 남게 되자 사용인까지 전부 물렸다. 그녀가 빙긋 웃으며 로레인에게 말했다.

"중요한 이야기를 하러 온 것 같아요. 그렇지요? 그렇지 않다면 공녀가 이런 무례를 저지를 사람이 아니라는 것쯤은 알고 있거든요."

"말씀이 통하는 분이셔서 다행이라고 생각하고 있습니다. 그럼 바로 본론으로 들어가지요."

건조하게 웃어 보인 로레인이 단도직입적으로 물었다.

"지금의 황후에 대해 어떻게 생각하십니까?"

"현명하고 어지신 분이지요."

에프레니 공작부인이 곧바로 대답했다.

"내궁의 일도 잘 처리하고 계시고, 그로 말미암아 황제 폐하의 사랑도 독차지하고 계시니."

"그렇군요."

우아하게 웃은 로레인이 에프레니 공작부인에게 다시 물었다.

"그럼 폐후는 어땠나요?"

"……공녀."

"아, 말씀하기 곤란하신가요?"

"이런 걸 묻는 저의가 뭔가요?"

"저의랄 게 있겠습니까, 부인. 그저 심심한 궁금증이라고 해둡시다."

"……."

에프레니 공작부인은 대답하지 않았다. 그러자 로레인이 다시 물었다.

"마지막으로 하나 더 여쭈어도 될까요?"

"……."

"폐후를 죽이는 데 일조한 사람, 부인이 맞지요?"

"레이디 로레인!"

"……지나치게 과민하게 반응하시는군요."

"나는 그 이야기를 꺼내는 걸 별로 좋아하지 않아요. 그리고……

황후 폐하의 시녀인 공녀께서 그런 말씀을 꺼내시다니요. 부적절하다고 생각하지 않나요?"

"물론 그런 관점에서 본다면야, 그렇지요."

무표정한 얼굴로 대꾸한 로레인이 말을 이었다.

"지금의 황후께서 펠프스 후작부인이던 시절, 부인께서 그분을 도와 폐후를 쫓아내는 데 일조했다는 사실을 알고 있습니다. 임신도 하지 않으셨던 폐하께 유산이 되게 하는 약을 먹인 후, 그 약을 폐후의 처소에 숨겨 놓으셨지요. 덕분에 폐후는 누명을 쓴 데다, 일가까지 전부 처형을 당했고요."

"지금…… 뭐라는……."

에프레니 공작부인이 창백해진 얼굴로 말을 더듬었다. 그걸…… 어떻게 알고 있는 거지?

아는 사람이 있을 리 없었다. 그때 연관된 사람은 자신과 로즈몬드, 글라라를 제외하고선 전부 처리했으니까. 에프레니 공작부인이 화를 내며 시치미를 뗐다.

"어떻게 이런 무례를! 증거도 없이 이런 말을 하다니……! 내가 이제껏 본 공녀가 이런 사람이었나요? 증좌도 없이 사람을 범죄자로 몰다니요!"

"부인."

로레인이 냉소를 흘리며 에프레니 공작부인을 불렀다.

"이러지 마시지요. 하늘이 알고 땅이 아는 사실을, 알고 있는 시녀 몇 죽인다 하여 감출 수 있겠습니까?"

"……"

"어떻게 알았는지 상당히 궁금한 표정이신데."

로레인이 건조한 목소리로 말을 이었다.

"그때 처리하신 시녀 아이 중에, 우리 가문의 하녀도 하나 있었거든요."

"……"

"꽤나 영리한 아이였는데…… 지금 생각해도 아까운 일이에요."

"……공녀."

"제가 왜 이런 이야기를 부인 앞에서 하고 있는지, 궁금하지 않으십니까?"

그리고 이게 진짜 본론이었다. 에프레니 공작부인이 로레인을 노려보았으나, 로레인은 조금의 위축하는 기색도 보이지 않은 채 차분히 다른 질문을 했다.

"부인께서 극진히 아끼시는 외조카가 있다고 들었어요. 거의 친딸처럼 여기신다고……."

"그 애 이야기는 갑자기 왜 꺼내시는 거죠?"

"민감하게 반응하지 않으셔도 좋아요, 부인."

빙긋 웃어 보인 로레인이 물었다.

"곧 외조카 분의 생일이라지요. 생일 선물로 황후의 관을 주는 건 어떠세요? 이제 나이가 찼으니 퀴네즈도 될 수 있겠지요."

"공녀!"

"천한 하급 귀족의 딸이 황후가 되었습니다. 마비너스 황실의 피를 더럽힐 생각이세요? 우리의 선조들께서 일구어 놓으신 이 위대한 제국을 망칠 생각이시냐고요."

"……"

"선택의 시간을 그리 오래 드릴 수는 없답니다, 부인. 전 그렇게 인내심 있는 사람이 아니거든요."

"나한테 이런 이야기를 꺼내는 이유가 뭡니까, 공녀?"

"한낱 남작의 여식이 모후가 될지도 모르는 이 상황을 고깝지 않게 여기는 귀족들이 많답니다. 거기에 부인께서 포함되지 않는다고 자신하실 수 있으세요?"

"황제 폐하의 총애가 황후께 계십니다. 공녀야말로 잘못 생각하고 있는 거예요."

"이 나라는 황제 폐하만의 나라가 아닙니다. 귀족들이 건국 황제를 도와 세운 나라예요. 폐후가 쫓겨나고 황후께서 지금의 자리에 계실 수 있으셨던 것도 명분이 존재했기에 겨우 가능했던 겁니다. 그런데 만약 그 명분이 잘못되었다면요? 그때도 황제 폐하께서 황후를 보호하실 수 있을까요?"

"……"

"현명하게 생각하세요, 부인. 부인께서 협조하지 않으셔도 저희는 진실을 까발릴 준비가 되어 있습니다. 그때 죽임을 당하지 않은 시녀 몇을 저희 쪽에서 보호하고 있어요. 만약 끝까지 모르쇠로 일관하신다면 그때는 저도 부인을 지켜드릴 수 없어요."

"그렇다면 굳이 내게 이런 이야기를 할 필요 없이, 그냥 모든 것을 폭로하면 되는 일 아닙니까? 굳이 내게 이런 '기회'를 주는 이유가 뭐예요?"

"정말 모르시겠습니까, 부인?"

로레인이 낮은 목소리로 말했다.

"작은 것을 위해 큰 것을 포기해서야 되겠습니까. 천한 피를 없애자고 애꿎은 귀한 피까지 없애 버릴 수는 없는 법이지요."

"에프레니 공작부인이 과연 협조하겠느냐?"

위더포드 공작이 낮은 목소리로 묻자, 로레인이 고개를 끄덕이며 대답했다.

"네. 아버지."

"그렇게 자신하다가 일을 그르치면 어쩌려고."

"에프레니 공작부인은 뼛속까지 순혈주의에 찌든 사람입니다. 천생 귀족이에요. 그런 그녀가 어째서 황후에게 붙었는지는 모를 일이지만…… 전 그게 그녀가 황후에게 어떤 약점을 잡혔기 때문이라고 보고 있습니다."

로레인이 빙긋 미소 지었다.

"그 이유까지 더해지면, 에프레니 공작부인이 끝까지 황후를 보호할 이유가 없어요."

"황후를 폐위한 후, 황제까지 폐위하는 것이다. 곧이곧대로 말하지는 않았겠지?"

"저를 바보로 보세요."

새초롬한 목소리로 로레인이 불평했다.

"걱정 마세요. 쿠데타가 일어나면 에프레니 공작도 가만히 두지는 않을 겁니다. 아무렴 위더포드의 사람으로서 에프레니 가문을 그대로 두고 볼 수만은 없지요."

"하암."

로즈몬드가 길게 한숨을 내쉬며 침대에서 일어났다. 해는 이미 중천에 뜬 지 오래였다. 근래 약간의 게으른 생활을 영위하고 있던 그녀가 가장 먼저 글라라를 부르기 위해 줄을 당겼다.

"폐하."

그때 다급한 표정의 글라라가 로즈몬드의 침실 안으로 들어섰다. 로즈몬드는 눈을 뜨자마자 마주한 그녀의 서두르는 모습에 의아함이 담긴 표정으로 물었다.

"무슨 일이 있는 거냐?"

"큰일 났습니다, 폐하."

"큰일이라니. 무슨 큰일?"

대수롭지 않게 물은 로즈몬드가 장난조로 덧붙였다.

"폐후가 살아 돌아오기라도 했다더냐?"

"그것보다 더 큰 문제입니다, 폐하."

글라라가 부들부들 떨리는 목소리로 말했다.

"지금 귀족 회의에서 에프레니 공작부인이 증언을 하고 있다고 합니다."

"증언이라니? 무슨 증언?"

"폐하께서 폐후에게 죄를 뒤집어 씌웠다는 거요! 그때 임신을 가장해 폐후를 쫓아냈던 일을 증언하고 있다고 합니다."

"……뭐?"

그 말을 들은 로즈몬드의 얼굴이 새파래졌다. 그녀가 버럭 악을 질렀다.

"그게 무슨 소리야!"

로즈몬드가 자리에서 벌떡 일어났고, 그 모습을 지켜보던 글라라가 울먹이는 목소리로 그녀에게 물었다.

"폐하, 어디로 가시려고요."

"지금 그걸 질문이라고 하는 거야? 당연히 귀족 회의에 가봐야지! 내 눈으로 직접 확인을 해야겠다. 글라라, 준비하는 걸 도와줘."

"폐하, 지금 가셔봤자 소용이……."

그때, 누군가가 문을 벌컥 열고 들어왔다. 로레인이 뒤로 다른 시녀들을 대동한 채 나타났다. 그녀를 본 로즈몬드가 반색하며 매달렸다.

"로레인!"

"……."

"이게 도대체 무슨 일이야. 에프레니 공작부인이 무슨 짓을 벌이고 있는 거냐고!"

"황후 폐하."

평소와는 다른 낮은 목소리가 그녀의 입속에서 흘러나왔다. 그 목소리를 듣자마자, 로즈몬드는 모든 일의 배후에 그녀가 있다는 사실을 눈치챌 수 있었다. 로즈몬드가 매서운 눈으로 로레인을 노려보았지만, 로레인은 아무런 미동도 않은 채 계속 입을 움직였다.

"일단 황후 폐하를 황후궁에 감금하라는 황제 폐하의 명이십니다, 황후 폐하."

"네가 그런 거냐, 로레인? 네가 그런 거야?!"

"잘못은 폐하께서 하시지 않으셨습니까. 제가 한 게 아니라."

무덤덤한 표정의 로레인이 로즈몬드에게 통보하듯 말했다.

"외부와의 모든 접촉이 차단되며, 폐하에 대한 처분은 며칠 후 귀족 회의를 통해 다시 이루어질 것입니다. 그때까지 얌전히 계시라는 황제 폐하의 명이십니다."

"이럴 수는 없어! 에프레니 공작부인을 만나야겠다."

"방금 말씀드렸습니다만. 외부와의 모든 접촉이 차단됩니다."

무성의하게 말한 로레인이 시녀들에게 말했다.

"저 시녀도 폐후에게 누명을 씌운 음모에 가담했다고 밝혀진 바,

똑같이 감금한다. 끌어내!"

"아악, 이거 놓지 못해? 폐하! 황후 폐하!"

"재갈을 물려라."

"이럴 수는 없습니다. 폐하, 살려 주세요!"

"글라라!"

다급해진 로즈몬드가 성큼성큼 다가와 로레인의 뺨을 후려쳤다. 날카로운 파열음과 함께 로레인의 고개가 왼쪽으로 돌아갔다. 로레인은 한낱 남작의 딸이 공녀인 자신의 뺨을 때렸다는 사실에서 엄청난 모욕감을 느꼈으나, 어쨌든 그녀는 황후였다. 아직까지는. 로레인이 혀를 살짝 깨무는 것으로 분노를 삭였다.

그녀가 한 자, 한 자 힘을 주며 말했다.

"아직까지는 지고하신 황후 폐하시니, 참겠습니다."

"너……!"

로즈몬드가 잇새 사이로 날카로운 소리를 뱉어냈으나, 로레인은 무시한 채 그대로 나가버렸다. 잠시 뒤, 황후궁에 시끄러운 비명이 몇 차례 울려 퍼졌다.

에프레니 공작부인의 증언 덕에 폐후의 죄에 대한 대대적인 조사가 다시금 시작되었다. 황제는 현재의 상황에 꽤나 충격을 받은 듯했는데, 이는 그가 황후 로즈몬드의 악행에 전혀 가담하지 않았다는 사실을 방증했다. 실제로도 그는 에프레니 공작부인을 통해 처음 로즈몬드의 악행에 대해 알게 되었다.

"어떻게 되었습니까, 아버지?"

며칠 후, 황후가 음모를 꾸며 죽은 폐후에게 죄를 뒤집어 씌웠다는 사실이 확인되었고, 곧이어 황후의 처분에 대한 회의도 이루어졌다. 위더포드 공작이 로레인에게 답했다.

"폐위가 결정되었다."

"아아…… 역시."

"황후가 된 과정이 정당하지 않은 데다, 음모를 꾸며 남을 해한 일이 황후의 자격에 어긋난다는 말이 결정적이었다. 황손을 잉태한 것도 아니니, 당연한 일이지."

"다행입니다."

길게 한숨을 내쉰 로레인이 덧붙였다.

"드디어 하나를 끝냈군요. 끝이 머지않았습니다."

"황제 폐하의 탄신일이 머지않았지. 그날 선물을 드릴 생각이다."

"아아."

로레인이 웃음기 띤 목소리로 말했다.

"그렇게 결정되었습니까."

"그래. 그토록 적절한 시기가 없다고 생각했다."

"그렇다면 처형은 언제쯤……?"

"그 또한 머지않은 날에 이루어질 것이다."

위더포드 공작이 자애로운 미소를 지으며 로레인의 머리를 쓰다

들었다.

"조금만 기다리거라, 내 딸아. 네가 황후가 될 날이 머지않았으니까."

"말도 안 돼!"

황후궁에 몰래 찾아든 글라라로부터 귀족회의에서 결정 난 소식을 들은 로즈몬드는 절규했다.

폐후라니! 말도 안 되는 일이었다. 그녀가 어떻게 이 자리까지 올라왔는데! 얼마나 많은 피를 손에 묻혔는데! 그녀가 더듬거리며 물었다.

"폐, 폐하께서는? 폐하께서도 동의하신 사안인 거냐?"

"……폐하께서도 어쩔 수 없으셨을 겁니다. 귀족들이 너무 완강하게 폐하의 폐위를 주장했어요."

"그래도! 폐하께서는 제국의 황제시잖아! 황제라면 모든 걸 할 수 있어야지. 모든 걸!"

"폐하, 억지 부리지 마세요. 아무리 황제 폐하라도 모든 걸 다 마음대로 하실 수는 없는 노릇 아닙니까."

"제기랄!"

마비너스 제국에서 폐후의 끝은 곧 죽음이었다. 페트로닐라가 죽은 것도 그 때문 아닌가. 그나마 다행이라면 그녀에게는 같이 죽일 가족마저 없다는 사실이었다. 로즈몬드가 불안한 표정으로 이를 갈았다.

"난 죽고 싶지 않아! 어떻게 차지한 왕관인데…… 방법을 생각해 내야 해. 방법을……."

"폐하……."

그런 방법 따위는 없다고 글라라는 말하고 싶었지만, 그랬다가 는 로즈몬드의 난폭한 성질을 그대로 감당해야 할 터였다. 글라라 는 그냥 입을 다문 채로 있기로 했다.

"어떡하지?! 아아, 무슨 뾰족한 수가 없을까?"

한참을 서성이며 고민하던 로즈몬드는, 잠시 후 무슨 좋은 수가 떠오르기라도 했는지 크게 손뼉을 쳤다. 그 소리에 깜짝 놀란 글라 라가 커진 눈을 뜨며 물었다.

"폐하, 왜 그러세요?"

"묘수가 떠올랐어."

희번덕하게 눈을 뜨며, 로즈몬드가 말했다.

"지금 당장 중앙궁에 가야겠어, 글라라. 준비하도록 해."

로즈몬드는 자신만이 알고 있는 비밀 통로를 통해 몰래 황후궁 을 빠져나왔다. 유사시에 사용할 수 있게끔 만들어진 통로였기 때 문에 거기까지 감시가 붙는 것은 불가능했다. 로즈몬드는 글라라도 대동하지 않은 채 단신으로 중앙궁까지 달려갔다. 한시가 급했다.

"황후 폐하……?"

중앙궁의 시녀장은 산발을 한 로즈몬드의 모습을 보고 꽤나 놀란 듯싶었다. 그녀는 '어떻게 이곳까지 왔느냐'는 표정이었다. 그러나 로즈몬드는 그녀의 궁금증 어린 표정을 무시하며 다급하게 물었다.

"폐하, 폐하는 안에 계시느냐?"

"……계십니다."

"그럼 어서 문을 열지 않고 뭘 해?"

자기가 아직도 황후인줄 아나. 이제 곧 폐후가 될 거면서.

시녀장이 속으로 불평했지만, 티는 내지 않은 채 그녀에게 말했다.

"……들어가시지요."

문이 열리자마자, 로즈몬드는 허겁지겁 안으로 들어갔다.

"폐하."

로즈몬드는 자신이 낼 수 있는 가장 간드러진 목소리로 루시오를 찾았다. 그는 책상에 앉아 무표정한 얼굴로 서류를 보고 있었다. 로즈몬드가 다시 한번 그를 불렀다.

"폐하."

"……."

그제야 그는 고개를 위로 들어올렸다. 로즈몬드와 루시오의 눈이 마주쳤다. 로즈몬드가 다시 한번 간절하게 그를 불렀다.

"폐하."

"듣고 있어. 귀 먹지 않았으니까."

"폐하, 저 좀 살려주세요."

"……."

루시오가 로즈몬드를 복잡한 표정으로 쳐다보며 물었다.

"그보다 내게 할 말은 없는 건가?"

"할 말이라뇨?"

"폐후의 일 말이야."

"폐하께서도 좋아하실 줄 알았어요."

로즈몬드가 당당하게 답했다.

"절 황후로 만들어 주겠다고 약조하셨잖아요. 전 그 말을 철석같이 믿었는데…… 나이는 들어가고, 제가 어떻게 불안하지 않을 수 있겠어요?"

로즈몬드가 시리게 웃으며 말을 이었다.

"전 폐하께서 절 이해해 주실 거라고 생각했고, 지금도 그렇게 믿어요. 제 말이 틀린가요?"

"있지도 않은 아이를 스스로 독을 먹어 유산시키고, 그걸 그대로 폐후에게 뒤집어 씌웠어. 로즈, 난 이런 식의 폭력적인 방법을 바라지 않았어. 만일 황후가 황태자를 낳지 못하고, 그대가 황태자만 낳는다면······ 충분히 평화적으로 처리할 수 있는 일이었다고."

"······죄송해요, 폐하. 전 그걸 기다릴 만큼 인내심 깊은 사람이 아니에요."

약간 발개진 눈이 로즈몬드의 시선을 사로잡았다. 그는 지금 무슨 생각을 하고 있는 걸까? 설마 제게 실망하기라도 한 것일까? 감히, 당신이 내게? 로즈몬드가 말했다.

"어쨌든 이미 지난 일이에요."

"······그래."

루시오가 한숨을 쉰 다음 덧붙였다.

"하지만 현재 상황은 그대 생각처럼 좋지 않아. 폐후가 된 후 사사되는 건 제국에서 당연한 수순이야. 로즈, 그대는 이게 발각되었을 시 뒷감당은 전혀 생각하지 못한 건가?"

"그럴 리가요. 모든 일이 다 잘 되어가고 있었어요. 다만······ 예기치 못하게 일이 틀어졌을 뿐이에요."

하지만 상관없어요, 라고 로즈몬드가 속삭이듯 말하며 루시오를 감싸 안았다. 늘 그렇듯, 그는 그녀를 거부할 수 없었다. 로즈몬드가 유혹적인 목소리로 그의 귓가에 바람을 불어 넣었다.

"살려주세요, 폐하. 절 살려주실 이는 폐하밖에 없어요."

"황제도 모든 일을 마음대로 할 수 있는 건 아니야, 로즈. 그대도 잘 알고 있잖아."

"폐하께는 해가 되지 않는 일이에요. 안심하세요."

살짝 미소 지은 로즈몬드가 루시오에게 설명했다.

"황손을 잉태한 여인을 죽일 순 없어요."

"그대 설마……."

"폐하께서 생각하고 계신 그게 맞아요."

그 말과 동시에, 로즈몬드는 자신이 입고 있던 드레스를 스스로 벗어 던졌다. 순식간에 그녀는 그의 앞에서 나체가 되었고, 조금의 부끄러움 없이 그를 유혹했다.

"제게 황손 하나만 안겨주세요, 폐하."

그리고 며칠 후, 로즈몬드는 황후궁을 비웠다. 루시오의 탄신 연회를 정확히 1달 남겨둔 날이었다. 연고가 없던 그녀는 글라라만 데리고 황제가 하사했었던 펠프스 성으로 거처를 옮겼다.

루시오가 최대한 일을 조용히 처리하려했음에도 불구하고, 제국 민들은 어디서 이야기를 주워들은 건지 이미 사정을 전부 파악하고 있었다. 로즈몬드는 펠프스 성으로 이동하는 마차 안에서 온갖 모욕적인 말들을 들어야만 했다.

"이 마녀 같은 여자! 너 때문에 죄 없는 폐후께서 돌아가셨다!"

"그런 발칙한 자작극을 벌이다니. 천벌받을 것!"

"돌아가신 폐후께서 너를 단죄하실 것이다!"

드문드문 들려오는 고함소리를 들으며, 마차 안의 로즈몬드는 실소를 터뜨리지 않을 수 없었다. 태세 전환이 이렇게 빠를 줄이야. 저들은 분명 몇 개월 전까지만 해도 비슷한 처지의 폐후에게 똑같은 말을 내뱉었을 것이었다. 그들이 들은 내용만 가지고, 자세한 내용은 알아볼 생각도 하지 못하고.

어리석은 것들!

로즈몬드가 속으로 쿡쿡 웃으며 두 손을 무릎 위에 가지런히 모았다. 그러고는 생각에 잠긴 표정을 지었다.

'황손을 잉태했다는 사실을 확인하려면 못해도 반 개월은 기다려야 해.'

그때까지 목숨을 부지하고, 있을지도 없을지도 모르는 태내의 아이를 지켜야만 했다. 로즈몬드가 무의식적으로 자신의 배를 쓰다듬었다. 절대 그럴 일이 없었지만, 벌써부터 아이가 태내에서 배를 차고 있는 듯한 느낌이었다.

"폐하, 이런 곳으로 오시다니요. 어떻게 이런 일이⋯⋯."

로즈몬드는 정말 최소한의 시녀만 데리고 펠프스 궁까지 도착했다. 글라라는 평소의 침착했던 태도는 어디로 갔는지, 계속해서 우는 소리만 냈다. 로즈몬드는 그 소리를 견디지 못하고 짜증스럽게 대꾸했다.

"그만 질질 짜도록 해, 글라라. 정말 듣기 싫어 죽겠군! 누구는 지금 울고 싶지 않은 줄 알아?"

그렇게 쏘아붙인 로즈몬드가 무의식적으로 자신의 배를 쓰다듬으며 말했다.

"어차피 임신만 성공하면 아무도 날 죽일 수 없어. 황손을 품은 여인은 어떤 대역죄를 지어도 살려두는 것이 제국법에 명시되어 있으니까! 그러니 조금만 기다리면 돼, 글라라."

"네, 폐하. 일이 그렇게만 된다면야, 얼마나 좋겠어요."

"알겠으면 주방장에게 일러 식사할 것을 가져오라고 해. 카우드에서 펠프스 성까지 쉬지 않고 달려왔더니 배가 고파 죽겠네."

"네, 폐하."

잠시 후에 글라라가 화려한 장식이 있는 접시에 음식들을 담아 가져왔다. 로즈몬드는 그제야 기쁜 낯빛을 얼굴에 드러내며 물었다.

"가짓수가 많네. 무슨 요리야?"

"폐하께서 좋아하시는 해산물 요리가 대부분이에요. 기분 좀 풀어지시라고 특별히 요리사에게 부탁했어요."

"기특하긴."

빙긋 미소를 지은 로즈몬드가 식탁 앞에 놓인 은제 디시 커버를 조심스럽게 들어올렸다. 하지만 다 열기도 전에, 로즈몬드는 역겨움을 참지 못하고 그것을 떨어뜨렸다. 로즈몬드가 새하얗게 변한 얼굴로 헛구역질을 했다.

"우읍!"

"폐하!"

놀란 글라라가 얼른 로즈몬드의 곁으로 다가와 그녀의 상태를 살폈다.

"폐하, 왜 그러세요. 폐하!"

"음식…… 냄새가."

로즈몬드가 힘겹게 한 자, 한 자를 힘주어 말했다.

"너무 역겨워…… 해산물로 만든 게 맞아?"

"네. 그럼요."

글라라가 울상이 된 얼굴로 로즈몬드에게 설명했다.

"폐하께서 가장 좋아하시는 문어 요리예요. 냄새가 별로세요?"

"이상하다…… 문어 요리라면 내가 절대 싫어할 리가 없는데…… 아!"

순간, 로즈몬드의 눈빛이 번뜩였다. 그녀가 붕 뜬 목소리로 중얼거렸다.

"설마…… 설마……?"

"네? 폐하, 왜 그러시는…… 아!"

그제야 로즈몬드가 무슨 생각을 하는지 눈치챈 글라라의 얼굴도 밝아졌다. 로즈몬드가 까르르 웃음을 터뜨렸다.

루시오는 로즈몬드가 폐위된 이후에도 쉽사리 황후를 들이지 않았다. 비교적 연속적으로 일어난 일에 충격받은 게 틀림없다고 사람들은 수군거렸다. 반란에 가담한 사람들로서는 당분간 황제가 조용히 있는 것을 바랐기 때문에 별로 상관없는 일이었다.

그로부터 2주가 흐른 어느 날, 로즈몬드의 처형식이 이루어졌다.

"황후가 폐위된 후 황제 폐하께서 정신을 차리지 못하고 계신다지요?"

위더포드 공작은 딸의 말에 무표정했던 얼굴을 살짝 들어올렸다. 두 사람은 폐후의 처형식을 보기 위해 마차를 타고 수도 카우드의 제르비아넨 광장으로 이동 중이었다. 그가 답했다.

"이번만 해도 벌써 두 번째 폐후니까. 게다가 폐하께서 워낙 폐후를 끔찍이 여기지 않으셨니. 어찌 보면 당연한 일이지."

글쎄, 하고 로레인이 속으로 중얼거렸다. 그녀는 좀처럼 그게 당연하다는 생각은 들지 않았다. 오히려 그녀는 황제의 행태가 멍청하다고 생각했다. 여자 하나 제대로 고르지 못해 지금 이게 무슨 꼴이람. 그때, 위더포드 공작이 딸의 속내를 읽기라도 한 것 같은 표정으로 말문을 뗐다.

"배우자를 고르는 건 남녀를 막론하고 어려운 일이란다, 로. 상대를 잘못 만나 인생을 망치는 건 다반사인 일이고."

그렇게 말한 위더포드 공작이 잠시 후에 다시 입을 열었다.

"이런. 벌써 도착한 모양이로구나."

마차가 서서히 속력을 줄여나갔고, 안에 있던 두 사람은 마차에서 내릴 준비를 했다. 마차의 문이 열리자, 가장 먼저 위더포드 공작이 내려 자신의 딸을 에스코트했다.

광장 안에는 두 부녀 외에도 수많은 사람들이 모여 있었는데, 당연히 전부 폐후 로즈몬드의 죽음을 구경하기 위해 모인 사람들이었다. 이미 많은 제국민들이 아직 나타나지도 않은 그녀를 향해 비난의 목소리를 높이고 있었다. 덕분에 광장 안은 엄숙한 분위기와는 거리가 멀었고, 차라리 시장통과 더 흡사해 보였다.

"폐후를 들여라."

어느 순간, 약간 떨리는 듯한 루시오의 목소리가 들려왔다. 얼마 후에 병사들을 양옆에 대동한 로즈몬드가 광장에 모습을 드러냈다. 안 그래도 웅성거렸던 광장 안은 그녀의 등장으로 더욱 흥분한 분위기를 띠었다.

"마녀다! 마녀가 나타났다!"

"죽어! 죽어!"

"저 여자가 죄 없는 폐후를 죽였다!"

그 모든 독설들을 여과 없이 듣고 있는 로즈몬드는 의외로 편안한 모습이었다. 그녀는 마치 아무런 죄도 짓지 않았다는 듯, 비교적 당당한 태도로 모두의 앞에 모습을 드러냈다.

그리고 그 모습을 보고 있던 루시오는 속이 타들어만 갔다. 아무리 그런 짓을 저질렀다고 해도 한때 그가 진심으로 사랑했던 여자였으니까.

그가 천천히 입을 열어 로즈몬드의 죄명을 읊었다.

"폐후 로즈몬드 메리 라 펠프스는, 간악한 음모를 꾸며 황후였던 페트로닐라 라우라 레 그로체스터에게 누명을 씌워 죽게 했다. 이러한 행위는 온 제국민의 어머니인 황후의 자격에 걸맞지 않는 부도덕한 일인 동시에, 황제를 비롯한 마비너스 황실을 기만하는 일이다. 따라서 나 루시오 캐릭 조지 데 마비너스는……."

루시오가 떨리는 목소리로 문장을 마무리 지었다.

"……황제의 이름으로 사형을 명한다."

"폐하."

그때, 로즈몬드가 우아한 미소를 띤 채로 루시오를 불렀다. 루시오가 충혈된 눈으로 그녀를 응시했다. 그의 연인은 죽음을 앞둔 순간에도 조금의 공포나 두려움을 보이지 않고 있었다.

"폐하께서는 저를 처형시키실 수 없습니다."

이 한마디에, 광장 안이 다시 소란스러워졌다. '그게 무슨 소리냐'는 내용이 대부분이었다. 가만히 듣고 있던 위더포드 공작이 루시오를 대신해 물었다.

"그게 무슨 소리요, 폐후?"

"말씀드린 그대로입니다, 공. 이 제국의 그 누구도 저를 해할 수 없단 말씀입니다."

로즈몬드가 당당하게 말을 이었다.

"제 태중에 마비너스 황실의 피를 이은 태아가 자라고 있습니다."

"말도 안 돼!"

사방에서 비명을 토해냈고, 루시오는 그 모습을 다소 건조한 모습으로 지켜보았다. 그러나 그를 제외한 모든 귀족들은 상당히 당황한 모습이었다. 그러다 귀족 중 한 사람이 이의를 제기했다.

"그 말을 증명해 보일 수 있습니까? 만일 그 말이 거짓으로 드러난다면, 폐후는 황실은 물론이고 온 제국을 기만한 죄가 추가되는 것입니다."

"펠프스 성에 있을 때 심한 입덧으로 고생했습니다. 의사를 부를 수 없어 정확한 확인은 하지 못했지만……."

로즈몬드의 눈이 희번덕하게 빛났다.

"궁의를 불러 확인해 보시지요. 결과는 모두가 모인 자리에서 듣는 게 좋지 않겠습니까."

"……."

결국 황궁에서 궁의가 소환되었고, 꼼꼼하게 로즈몬드를 진찰했다. 그리고 얼마간의 시간이 흐른 뒤에, 궁의의 입에서는 뜻밖의 말이 흘러나왔다.

"임신이 아닙니다."

그 말과 동시에, 로즈몬드의 입속에서 비명이 터져 나왔다.

"말도 안 돼!"

그녀는 궁의의 진단을 도무지 믿을 수가 없었다. 로즈몬드가 발악했다.

"어디서 거짓말을 해! 네가 감히 날 죽이기 위해 그런 거짓말을 해? 폐하, 이자의 말은 거짓말입니다."

로즈몬드의 흥분한 태도에도 옆에 있던 나이든 궁의는 차분하게 말했다.

"황제 폐하, 신은 거짓말을 하지 않았습니다. 오진이라고 생각하신다면 다른 궁의들에게도 진찰을 맡겨 보시지요."

"……."

복잡한 표정을 하던 루시오가 곧 입을 열었다.

"죄인이 진찰을 못 믿겠다고 주장하니, 뒤탈을 막기 위해서라도 그렇게 해두는 게 좋겠군."

신은 로즈몬드의 편이 아닌 것이 분명했다. 그 뒤로도 총 다섯의 궁의들이 더 다녀갔지만, 모두가 임신이 아니라고 결론 내렸다. 하지만 로즈몬드는 끝까지 결과를 받아들이지 못하고 악을 썼다.

"그럴 리가 없습니다, 폐하! 입덧도 하고, 여태껏 월경도 하지 않았는걸요. 저들이 저를 죽이기 위해 거짓말을 하는 것입니다, 폐하."

로즈몬드가 간절하게 루시오의 발밑에 엎드려 애원했다.

"절 살려주세요, 폐하. 아니, 절 살리지 않으셔도 상관없으니, 제 배 속에 있는 폐하의 아이, 이 제국의 황손만은 살려주세요, 폐하!"

"폐하, 폐후가 한 말에 대해 설명드리자면."

그때 가만히 있던 궁의 하나가 끼어들었다.

"저희 궁의들은 폐후께서 상상임신을 하셨다고 결론 내렸습니다. 임신에 대한 열망이 너무나도 간절할 때, 기혼의 여성들이 주로 겪는 일이지요."

"……."

"흔한 일입니다."

"그러니까 결론은, 폐후의 배 속에서는 지금 아무것도 자라지 않고 있다, 이 말 아닌가?"

귀족 하나가 물었고, 궁의는 대답했다.

"그렇습니다."

"그렇다면 폐하, 더 이상 처형을 머뭇거릴 이유가 없습니다. 황손도 잉태하지 않은 죄인을 굳이 살려둘 이유가 없지요."

"아냐! 난 임신했어! 폐하의 아이를 가졌다고!"

"죄인을 끌어내라!"

"폐하, 살려주세요! 아아악! 이거 놓지 못해?"

로즈몬드가 처형대까지 억지로 끌려갔고, 곧 그녀의 목이 처형대에 닿았다. 그녀는 이제 정말 죽는다는 것을 실감했는지, 완전히 발악하는 모습을 보였다.

"폐하, 살려주세요! 제게 이러실 수는 없습니다."

"……."

"폐하!"

하지만 로즈몬드가 아무리 루시오를 외쳐 불러본들, 그가 할 수 있는 일은 없었다. 드넓은 제국을 다스리는 절대자라고 해도 제국법을 어기면서까지 권력을 행사할 수는 없는 법이었다. 이는 폭군이 되는 지름길이었으니까.

그는 그저, 안타까운 눈길로 그가 진심을 다해 사랑했던 여인을 바라보기만 할 뿐이었다. 그게 그가 할 수 있는 최선이었다.

"폐하아아!"

"형을 집행하라!"

"아아악!"

모든 일이 순식간에 이루어졌다. 사형수가 기요틴에 묶여 있던 줄을 풀었고, 곧 칼날이 아래쪽으로 무자비하게 떨어졌다.

"꺄악!"

"으윽!"

잔인한 광경이 적나라하게 펼쳐졌고, 그걸 지켜보고 있던 사람들은 끔찍하다는 듯 신음을 흘렸다. 그리고 그건, 루시오도 예외는 아니었다.

"하아……."

그는 직감적으로 자신이 이 광경을 버텨낼 수 없으리라는 사실을 깨닫고선 비틀거리며 일어났다. 옆에 있던 시녀들이 그를 부축했다. 루시오는 시녀들의 도움을 받으며 타고 온 마차까지 힘들게 발걸음을 옮겼다. 어차피 뒤처리는 다른 귀족들이 알아서 해줄 터였다. 이제 그는 더 이상 필요가 없었다. 루시오가 기괴한 소리를 내며 괴로워했다. 그걸 숨기기 위해, 시녀장이 서둘러 그를 마차 안까지 태웠다.

"폐하, 진정하세요."

"어떻게…… 어떻게 저런 광경을 보고도 진정하라는 거야."

그가 몸이 토막 난 애벌레처럼 몸을 꿈틀거렸다. 여태껏 받은 충격 중 가히 손가락 안에 들 만한 충격이었다. 루시오가 연신 신음을 터뜨리며 중얼거렸다.

"구하지 못했어…… 내가…… 내가……."

"폐하의 잘못이 아니었어요. 자책하실 필요는……."

"흐으윽……."

그가 눈물을 떨구며 흐느꼈고, 시녀장은 지금 어떠한 위로도 그에게는 통하지 않을 거라고 생각했는지, 조용히 나간 후 마차를 출발시켰다. 화려한 금박을 단 채 달리는 마차 안에서는 끊임없이 누구의 것인지 모를 흐느낌이 들려왔다.

"그나저나 공녀, 폐하께서는 요즘 어떻게 지내신답니까?"

"좋지 못해요."

로레인이 건조한 목소리로 답했다. 그녀는 현재 반란에 같이 가담한 후작의 딸과 티타임을 가지고 있는 중이었다.

"폐후가 처형된 이후 거의 폐인처럼 지내고 계시다는 걸 중앙궁 시녀들에게 들었습니다."

"쯧쯧."

로레인의 말에 레이디 필로미나가 혀를 찼다. 상당히 한심하다는 표정이어서, 로레인이 그녀를 빤히 쳐다보았다. 필로미나는 누가 묻지도 않았는데도, 자신의 생각을 술술 풀어냈다.

"여자 하나 때문에 위대한 마비너스의 황제가 그런 꼴이라니! 한심하지 않습니까? 본디 군주에게 여자란 있으면 좋고, 없어도 그만인 존재인 것을요."

"……그만큼 총애하셨으니까요. 정말로 사랑이라도 하신 모양이지요."

"그러니 어리석다는 것 아닙니까. 군주가 진심으로 사랑이라니! 그게 얼마나 자기 발목을 틀어쥘지는 생각하지 못한 게 틀림없어요."

으스대는 표정으로 황제를 비웃은 필로미나가 금세 화제를 돌렸다.

"그보다 공녀께서는 황권이 교체되면 황후가 되시는 건가요?"

"……아마도, 그렇겠지요."

아버지가 그녀를 양녀로 들인 까닭이 그것이었으니까. 딸이 없던 그가 돌연 양녀를 들이겠다고 한 게 딱, 반란을 도모하기 시작한 시점이었다. 완벽한 권력의 쟁취를 위해서는 어떻게든 황실과 피를 섞어야 한다고 생각했겠지.

"어머, 그렇다면 후일 황후가 되셨을 때 저도 시녀가 될 수 있겠군요."

"시녀의 문은 어떤 귀족 영애에게나 열려 있답니다. 레이디 필로미나도 당연히 예외는 아니지요."

로레인은 간접적으로 거절의 뜻을 내비쳤으나, 이 멍청한 여자는 그것까지는 이해하지 못한 듯, 멀뚱한 표정으로 로레인을 쳐다보았다. 그녀는 현재의 시간에 약간의 싫증을 느꼈는지, 아무도 눈치채지 못할 정도로 눈살을 구겼다.

"그보다 내일이 드디어 거사일이네요."

화제가 다시 한번 전환되었다. 로레인이 점잖은 목소리로 필로미나에게 핀잔을 주었다.

"말조심하세요, 레이디 필로미나. 사방에 귀가 있답니다."

"하지만 이곳은 공녀의 자택인걸요. 아무렴 무슨 일이 있기야 하겠어요?"

"그래도요."

이렇게 조심성도, 눈치도 없는 여자를 무슨 이득이 있어 시녀로 들인다는 말인가? 로레인은 자신이 황후가 되더라도 이 여자만큼은 절대로 가까이 두지 않아야겠다고 속으로 다짐했다.

"영양의 아버님께 이미 말씀 들으셨겠지만, 내일은 가급적 눈에 띄지 않는 곳에 계세요. 혹시라도 황위를 찬탈하는 과정에서 우리

쪽이 해를 입으면 안 되니까요."

"물론이지요, 공녀. 그런데 공녀께서도 내일 당연히 파티에 참여하시지요?"

"……아뇨. 저는 공작저에 있을 예정입니다."

"어머, 왜요?"

왜겠나. 혹시라도 있을지 모르는 불상사를 피하기 위함이지. 하지만 이걸 곧이곧대로 말했다가 무슨 일이 생길지도 몰랐기 때문에, 로레인은 적당히 둘러댔다.

"제가 어제부터 너무 몸이 안 좋아서요. 오늘 레이디 필로미나와의 만남도 겨우 이루어질 수 있었답니다."

"어머, 세상에!"

필로미나가 호들갑을 떨며 물었다.

"괜찮으신 거예요, 공녀?"

"네. 괜찮습니다. 요 며칠 새 무리를 좀 해서 가볍게 몸살이 온 것뿐이에요."

실상은 아주 멀쩡했지만 말이다. 로레인이 슬슬 대화를 마무리 지었다.

"이만 일어나볼까요? 너무 무리하지 말라는 의사의 처방이 있어서요."

로레인은 예정대로 다음 날 연회에 참석하지 않았다. 그리고 예정대로, 그날 오후 늦게 황궁을 무사히 장악했다는 아버지의 서신을 받았다.

"드디어!"

"축하드려요, 레이디 로레인."

집안은 축제 분위기였다. 황위 계승자로 사전 논의된 대공이 위더포드 공작에게 그의 딸을 황후로 맞아들이겠다고 약속했기 때문에, 그녀가 곧 황후의 관을 쓸 것은 자명한 일이었다.

"내 딸아!"

그날 밤 늦게 위더포드 공작은 공작저로 돌아왔다. 뒤처리에 시간이 좀 걸린 모양이었다. 로레인은 밝은 미소를 지으며 그를 맞이했다.

"축하드려요, 아버지. 드디어 뜻을 이루셨네요."

"이제부터 시작이지."

묘한 미소를 지은 위더포드 공작이 시녀에게 차 두 잔을 부탁했고, 둘은 시녀가 가져온 로즈마리 티를 마시며 담소를 나누었다.

"앞으로 일이 어떻게 될까요?"

"공식대로 가는 거다. 폐제는 곧 사형에 처해질 거고, 캘리니코스 대공이 황좌에 앉겠지."

"……"

"황제를 지지했던 귀족들도 대대적인 숙청이 이루어질 거고…… 그 모든 일이 마무리되면 너는 황후가 되는 거다. 어때? 간단하지 않니?"

"그렇네요."

로레인이 작게 미소 짓자, 위더포드 공작이 흡족한 얼굴로 그녀에게 말했다.

"넌 아무런 신경 쓸 게 없단다, 로. 그저 내가 네게 왕관을 가져다주는 걸 기다리기만 하면 돼. 얼마나 간단하니?"

"뭐라도 돕고 싶은걸요."

"이미 충분하다. 황후궁에서 폐후의 시녀 노릇까지 했잖니?"

껄껄 웃은 위더포드 공작에게, 문득 로레인이 물었다.

"폐제의 마지막은 어땠나요?"

양녀의 물음에, 위더포드 공작은 잠깐 멈칫하다가 곧 아무렇지 않게 대답했다.

"이미 운명을 예감이라도 하고 있던 건지, 아니면 폐후가 처형당한 뒤에 들리는 것처럼 모든 삶의 의욕을 잃은 건지."

"……."

"순순히 황좌를 넘겨주었지. 우리도 생각했던 것보다 너무 쉬워서 당황했단다."

"재미없네요."

"맙소사, 로. 모든 게 달린 쿠데타에 재미를 따지다니! 어쨌든 승리만 쟁취한다면야, 황위 찬탈은 쉬울수록 좋지 않겠니?"

그건 그래요, 하고 로레인이 대꾸했다.

"뭐 대단한 일이라도 있기를 바란 거냐?"

"폐제가 그렇게 쉽게 포기할 줄 몰랐어요. 어느 정도 발악은 할 줄 알았거든요."

"그건 우리도 좀 의외였지. 마지막에 모든 것을 포기했다는 듯한 미소 짓더구나. 우리 모두가 놀랐어."

"제정신이 아닌가 봐요."

그렇게 말한 로레인이 건조한 목소리로 대화를 마무리 지었다.

"이런 이야기는 그만해요, 아버지. 패자의 이야기 따위, 더 해서 무얼 하나요."

"그래. 그게 좋겠다."

흐뭇하게 미소 지은 위더포드 공작이 로레인의 머리를 쓰다듬으며 말했다.

"일찍 자두거라. 내일부터 바빠질 테니까."

처음부터 불행했고, 이제야 좀 좋아지려나 했던 삶이었다.

'조금 더 일찍 아이를 가졌더라면, 모든 게 변했을까.'

결국 그녀가 이렇게까지 나락으로 추락한 원인은 아이가 없어서였다. 만약 일찌감치 아이를 낳았다면, 루시오가 그녀 대신 다른 여자를 황후로 들이는 일도, 황후가 된 그녀가 어이없게 폐후가 되는 일도 없었을 것이다.

'다시 돌아갈 수만 있다면…… 황후가 아닌 황태후가 되겠어.'

황제의 사랑은 영속적이지 않다. 그녀가 늙고 추해지면 사라져 버릴 덧없는 것이다.

하지만 황태후는? 그녀가 황태자만 낳는다면, 황제가 아무리 그녀를 싫어한다고 해도 함부로 내칠 수 없을 것이다. 왜? 다음 대 황위를 이을 황태자의 모후니까.

'다시 태어나기만 한다면, 반드시……'

로즈몬드는 이루어질 수 없는 희망을 품으며, 그렇게 눈을 감았다.

"……으음."

로즈몬드가 낮은 소리와 함께 눈을 떴다. 이곳은 천국인가? 아니면 지옥인가? 로즈몬드가 슬그머니 몸을 일으켰다. 그녀가 눈을 뜬 곳은 웬 방 안이었다.

혹시 연옥일까? 그런 생각을 하고 있는데, 누군가가 문을 열고 들어왔다. 익숙한 얼굴이었다. 로즈몬드가 믿을 수 없다는 듯한 표정으로 중얼거렸다.

"폐하……?"

"로즈."

루시오였다. 그가 사랑스러운 눈길로 그녀를 쳐다보고 있었다. 로즈몬드가 더듬거리며 물었다.

"이게…… 어떻게 된 일……."

"어떻게 된 일이냐니? 어젯밤이 별로였나? 기억하지도 못할 만큼?"

"그게 무슨 소리……."

그때, 로즈몬드의 시선이 무심코 자신의 몸에 닿았다. 완전히 헐벗은 몸이 보였다. 그녀가 믿을 수 없다는 표정으로 루시오에게 물었다.

"지금이…… 언제죠?"

"지금이 언제냐니?"

"폐하께서 즉위하신 지, 얼마나 되셨냐는 말이에요."

"새삼스럽게."

그가 약간 이해 가지 않는 표정으로 그녀의 질문에 대답했다.

"6개월 전에 즉위했잖아, 로즈. 대관식 때 그대도 있었는데. 벌써 잊은 거야?"

"말도 안 돼……."

로즈몬드가 혼이 빠진 목소리로 중얼거리는 사이, 루시오가 그녀에게 다가와 침대 위에 앉았다. 다소 차가운 몸을 따뜻하게 안아 준 그가 그녀에게 다정스레 물었다.

"잘 잤어?"

그러니까, 그녀는 루시오가 즉위하고 6개월 후로 회귀한 것이었다. 아직 그가 황후도 맞아들이지 않은 그때로!

로즈몬드가 감격한 표정으로 그를 꼭 끌어안았다. 역시 신은 아직 그녀를 버리지 않은 게 틀림없었다! 로즈몬드가 속삭였다.

"사랑해요, 폐하."

"나도 사랑해, 로즈."

루시오가 귓가에 속삭이는 달콤한 밀어를 들으며, 로즈몬드는 다짐했다. 이번에야말로 반드시 황후가, 황태후가 되겠노라고. 그리하여 다시는 전생과 같은 비극적인 결말을 맞지 않을 것이라고!

2

The violet rose

"넌 결혼 안 하니?"

햇살이 눈 부셨던 어느 날, 브레딩턴 백작부인이 그에게 물었다. 로스시 아일 리 브레딩턴은 자신의 갈색 머리카락을 한쪽으로 쓸어 넘기며 대답했다.

"생각이 없어요, 어머니."

"맙소사!"

아들의 급작스러운 고백에 브레딩턴 백작부인이 탄성을 지르며 들고 있던 찻잔을 테이블 위에 내려놓았다. 그녀가 이해할 수 없다는 목소리로 물었다.

"도대체 왜?"

"저 그냥 결혼 안 할까 봐요."

"턱도 없는 소리! 우리 가문의 대를 끊어 놓을 셈이냐?"

"양자를 들이거나, 방계 출신을 차차기 가주로 내세우면 되죠."

"맙소사."

아들의 말에 단단히 충격을 받은 브레딩턴 백작부인이 저도 모르게 소리를 질렀다.

"도대체 왜?"

"결혼 생각이 없어요."

"아니, 도대체 왜?"

도대체 왜? 브레딩턴 백작부인은 도무지 이런 소리밖에는 나오지 않았다. 그는 아들의 태도를 전혀 이해할 수 없었다. 그러니까, 아들은 지금 평생 총각으로 늙어 죽겠다고 선언하고 있는 거다.

방에 여자라도 좀 들여보내야 하나? 설마 내 아들이 고…… 뭐시기라거나, 그런 건 아니겠지? 온갖 상상의 나래를 펼치고 있는데, 로스시가 차분하게 그녀의 생각을 끊었다.

"전 건강합니다, 어머니."

"크흠……."

아들에게 생각이 꿰뚫린 백작부인이 저도 모르게 헛기침을 했다. 그녀가 잠시 후에 침착한 얼굴로 물었다.

"그럼 도대체 무슨 이유 때문에 결혼을 안 하겠다고 하는 거냐?"

브레딩턴 백작부인은 그 이유가 정말로 궁금했다. 그녀는 아들에게 결코 결혼에 대한 나쁜 생각을 심어준 적이 없다. 거기다 자신과 남편의 사이는 정말, 너무 좋아서, 황성의 모든 부부들이 두 사람을 귀감으로 삼을 정도였다. 시쳇말로 말하자면, '닭살 돋는 잉꼬 부부'였다.

'아니, 보통 부부 금실이 좋으면 자녀들도 막 결혼하고 싶어지지 않나? 혹시 너무 금실이 좋아서 역효과가 일어난 건가?'

"말 좀 해보렴, 로. 우리가 네게 뭘 잘못하기라도 한 거니? 결혼과 가정생활에 대해 좋지 않은 인식을 심어주었다던가……."

"아뇨, 어머니. 그런 게 아닙니다."

정중한 목소리로 고개를 저은 로스시가 솔직하게 말했다.

"부모님의 다정한 모습을 보고 부럽다고, 멋지다고, 존경스럽다고 생각한 적은 많습니다. 하지만 저는 두 분처럼 살 자신이 없어요. 아내에게 헌신적으로 굴 자신이 없습니다."

"……."

"전 제 자신이 더 중요한 사람이니까요. 혼자 있는 걸 더 즐기기도 하고요."

"어……."

브레딩턴 백작부인은 순간 할 말을 잃었다. 아들이 이런 답을 내놓으면 그녀로서도 어떻게 해줄 말이 없었다. 이기적이라 다른 사람에게 피해를 주고 싶지 않아서, 그래서 결혼을 하지 않겠다는데 거기에다 대고 무슨 말을 할 것인가. 아내 될 여자를 불행하게 만들면서까지 결혼을 하라고 할 수는 없는 노릇이었다.

잠시 고민하던 브레딩턴 백작부인은 그나마 도움이 될 만한 이야기를 꺼냈다.

"네가 뭘 말하고자 하는지 이해는 한다만, 얘야. 너희 아버지도 너와 비슷했단다."

"……네?"

"너희 아버지도 비슷한 이유로 결혼을 꺼리셨다고 들었어. 하지만 보렴. 너희 아버지가 지금 어떻게 살고 계시니?"

"그야……."

아주 잘 살고 계셨다. 어머니와 깨를 볶으면서. 로스시가 처음으로 말을 잃었고, 브레딩턴 백작부인은 온화한 미소를 지으며 고개를 끄덕였다.

"재촉하는 건 아니란다. 다만 너무 결혼에 대해 자격이 없다고 생각하지는 않았으면 좋겠구나. 내가 본 넌 누구보다도 훌륭한 가정을 꾸릴 만한 자격이 있는 사람이거든."

"솔직히 말해 어머니 아버지처럼 잘할 자신이 없습니다."

"누구나 시작하기 전에는 두려움을 갖지. 그리고……."

잠깐 숨을 고른 브레딩턴 백작부인이 말을 이었다.

"해보지 않았기 때문에 가지는 두려움은 절반이 허구란다."

"……."

"일단 노력은 해봐야 할 것 아니니? 사교 모임에도 참석 좀 하고 그래라."

결국 '기-승-전-잔소리'였다. 로스시가 피곤한 표정으로 살짝 웃어 보였다. 그런 아들을 빤히 바라보던 브레딩턴 백작부인이 짧게 한숨을 쉰 다음 화제를 돌렸다.

"그 이야기는 나중에 하고……. 하여튼 너 래슬스 백작저에 좀 다녀와라."

"월터에게요?"

월터 래슬스 백작영식은 로스시의 몇 안 되는 친구 중 하나였다. 그가 의아한 목소리로 물었다.

"무슨 일이 있나요?"

"네가 밖에 나가 있을 때 전보가 왔어. 아프다는구나. 병문안은 가봐야 하지 않겠니?"

"세상에."

로스시가 약간 충격받은 목소리로 중얼거렸다. 바보는 아프지 않는다고 했는데, 월터 그 자식이 정말로 바보가 아니었다니! ……는 장난이고, 늘 건강하던 친구가 아프다는 소식에 로스시는 당연히 걱정이 될 수밖에 없었다. 그가 물었다.

"심각하대요?"

"그것까지는 편지에 나와 있지 않았어. 그래도 한번 가보는 게 좋지 않겠니?"

"그래야죠. 얼른 가봐야겠네요."

"그래. 어서 가 보거라. 월터 걔도 널 닮아 친구가 별로 없잖니. 어쩌면 널 기다리고 있을지도 몰라."

"하하, 그럴지도요. 그럼 다녀오겠습니다."

로스시가 얼른 겉옷을 챙긴 다음 집사에게 말했다.

"마차를 준비해 주세요."

"조금 더 빨리 가주십시오."

그렇게 말하는 목소리에서는 약간의 초조함이 묻어났다. 어쨌든 걱정이 되는 게 사실이었다. 많이 아픈 걸까?

진지한 표정을 지으며 마차 안에서 마음을 다스리고 있는데, 갑자기 큰 충격이 느껴지며 마차가 흔들렸다. 당황한 로스시가 얼른 마차 안의 의자 바닥을 꽉 쥔 채 균형을 잡기 위해 노력했다.

아무래도 마부가 실수를 한 모양이었다. 그가 흔들림이 멎기도 전에 마차의 문을 열고 마차 안에서 내렸다. 마차와 마차가 부딪치지 않기 위해 서로 애쓰다 크게 흔들린 듯했는데, 상대 쪽 마차가 꽤 호화로운 것으로 보아 그와 비슷한 고위 귀족의 마차인 듯했다.

"거 참, 조심히 좀 모쇼! 지금 이 안에 누가 타고 계신지 알기나 하오?"

"아니 참, 미안하다고 했잖소!"

"지금 누가 잘못했는데 큰소리를 치는 거요?"

상황이 그리 좋지 않아 보였다. 로스시가 두 마부를 말리기 위해 입을 열려던 순간, 약간의 말소리와 함께 누군가가 마차 안에서 내렸다. 불꽃이 타오르는 듯한 붉은 머리카락에 빛나는 금빛 태양을 눈에 박아 놓은 것 같은 눈동자를 가지고 있는 여자였는데, 나잇대는 그와 대략 비슷해 보이거나, 혹은 더 어려 보였다.

"아이고, 영애. 그냥 안에 계시지……."

"괜찮습니다. 싸우지들 마세요. 그보다 안에 타고 계신 분은 괜찮으신지……."

그는 '첫눈에 반하다'라는 표현을 믿지 않은 데다, 싫어하기까지 하는 축에 속했지만, 그녀를 처음 본 순간 로스시는 그런 생각을 했던 과거의 자신을 흠씬 두드려 패고 싶어졌다.

'첫눈에 반한다'는 게 이런 것인가 싶었다.

다른 생각은 들지 않았다. 오로지 두 가지 생각만이 그의 머릿속을 지배했다. 첫째, 너무 아름다운 여자다. 둘째, 말을 걸어보고 싶다. 자연스러운 현상이었고, 그는 실제로 그렇게 했다.

"죄송합니다, 영애. 저희 마부가 실수를 한 모양입니다."

"아닙니다, 영식. 괜찮습니다."

서로 안면이 없는 상태였는데, 그건 여자 쪽의 잘못이라기보다는, 남자 쪽 탓이었다. 로스시가 워낙 사교 모임을 싫어했던 탓에 가뭄에 콩 날 듯 사교 모임에 참석했기 때문이었다.

그러니 아무리 사교 모임을 자주 나갔던 사람이라도 운만 나쁘다면 로스시를 알 확률이 극심하게 적었다. 여자가 예를 갖추어 그에게 물었다.

"혹 다친 곳은 없으신지요."

로스시는 상대 쪽 여자가 말을 걸었다는 사실에 감격해 하면서, 머릿속으로 특별한 생각을 거치지 않은 채 대답했다.

"전 괜찮습니다. 영양께서는 괜찮으십니까."

"네, 저도……."

다행이었다. 그가 대화를 좀 더 잇기 위해 다른 말을 꺼내려는데, 여자 쪽에서 먼저 입을 열었다.

"다행이군요. 그럼 전 이만 가보겠습니다. 살펴 가시길."

안 돼! 로스시가 속으로 소리쳤다. 그녀를 이대로 보낼 수 없었다. 그가 용기를 내 그녀를 불러 잡았다.

"자, 잠깐만요, 영애."

하지만 여자는 말을 미처 듣지 못했는지, 이미 마차 안으로 들어가 고 있었다. 곧 여자가 탄 마차가 출발했고, 로스시는 멍한 눈동자로 한동안 그 자리에 계속 서 있었다.

맙소사…… 이렇게 놓쳐버리다니! 속으로 자책하고 있는데, 옆에 있던 마부가 그에게 말했다.

"로스시 도련님, 여기서 더 지체했다가는 해가 져버릴지도 모릅니다. 어서 출발하시지요."

"……."

로스시는 하는 수 없이 아쉬운 발걸음을 옮겨야만 했다. 하지만 그의 머릿속에는 여전히 아까 만난 붉은 머리의 여자가 맴돌고 있었다.

"별로 아프지도 않은 것 같은데."

래슬스 백작저에 도착한 로스시가 침대에 누워 있는 월터를 보며 심드렁하게 말을 걸었다. 그러자 월터가 억울하다는 듯 벌떡 자리에서 일어났다.

"아파! 아프다고!"

"알았어. 조용히 좀 해. 그러니까 더더욱 아픈 사람 같지 않은걸."

"제길······."

월터가 코를 훌쩍이며 다시 침대에 드러누웠다. 이불은 목 끝까지 올린 뒤였다. 아무래도 가벼운 감기몸살에 걸린 것 같다고 생각하며 로스시가 말했다.

"어머니가 무슨 큰일이라도 난 것처럼 말씀하시기에 혹시 몰라 와봤더니, 고작해야 감기몸살이잖아?"

"그러다 죽을 수도 있어, 로."

"바보는 아프지 않아, 월."

"죽고 싶냐?"

"지금 상태로 봐선 나보다 네가 더 일찍 죽을 것 같은걸."

쿡쿡 웃는 로스시를 한번 흘겨본 월터가 갈라진 목소리로 말했다.

"하루 종일 누워 있었더니 심심해 죽겠어. 무슨 재미있는 이야기 없어?"

"음……."

그가 머리를 굴려 생각하다가, 곧 한 가지를 기억해냈다. 아까, 길가에서 봤던 그 여자. 로스시가 무심코 입을 열었다.

"한 여자를 봤어."

"여자?"

뜻밖의 화제에 월터가 상당히 놀란 목소리로 물었다. 로스시와 여자, 정말 안 어울리는 조합이었다. 나름 연애도 자주 했던 월터와 달리 로스시는 여자를 가까이하지 않는 부류였다. 물론 월터로서는 도무지 이해할 수 없지만. 어쨌든 로스시가 여자 이야길 꺼내다니. 이건 정말로 드문 일이었다. 그가 다시 물었다.

"예뻐?"

"……하여튼 저급하긴."

혀를 찬 로스시가 곧바로 대답했다.

"너무 아름다워. 태양의 여신을 닮았어."

"……나 방금 토할 뻔했어."

"하지만 정말 아름다운 분이었어."

"……병원에 가 봐야 할 사람은 내가 아니라 너 같아, 로."

"난 멀쩡해. 그분이 지나치게 아름다우셨지."

"도대체 누구기에 그래? 황성 안에 그런 미인이 계셨던가?"

"나도 오늘 처음 봤어."

"넌 그랬겠지. 사교 모임에 도통 출석하지 않는 분이시니까. 그러니까 내가 파티에도 좀 같이 가고 그러자고 했잖아!"

정곡을 찌른 월터가 곧바로 물었다.

"그래서, 누군데?"

"……."

가장 큰 문제는 그가 그녀가 누구인지 모른다는 점이었다. 로스
시의 얼굴이 심각해졌다.

"맙소사. 누군지도 모르면서 반했다고?"

월터가 한심하다는 눈으로 로스시를 쳐다보았고, 로스시는 그런
그의 시선을 피하며 나름의 변명을 댔다.

"이름을 물어볼 시간조차 없었어. 바로 가버리셨거든."

"어떻게 만났는데?"

"오다가 마차에서 작은…… 사고가 났는데, 상대편 마차에 타고
있었어."

"오, 이건 좀 로맨틱."

월터가 이마 위에 올려져 있던 물수건을 옆에 내팽개치듯 내려
놓았다. 어지간히 흥미를 느낀다는 소리였다. 그가 물었다.

"아무런 단서가 없어?"

"불꽃처럼 타오르는 붉은 머리에 태양처럼……."

"……미사여구는 달지 말고. 소설 쓰냐?"

"적발 금안."

"간단해서 좋네."

씩 웃어 보인 월터가 해결책을 제시했다.

"들어봐, 로. 나한테 좋은 생각이 있어."

"뭔데?"

"곧 건국제야. 그렇지?"

"그렇지."

"웬만한 아가씨들은 다 거기 참석해. 여느 사교 파티가 그렇듯이, 신랑감을 찾을 수 있는 좋은 자리거든."

"그렇겠지?"

"그러니까 너, 이번에 거기 나가 봐."

"하지만 나간다고 해서 그분을 다시 뵐 수 있으리란 확신은 없잖아."

"그렇다고 해서 너 계속 방구석에만 갇혀 있으면, 영영 볼 기회조차 안 생겨. 확률이 0이라고."

그렇긴 했다. 로스시가 수긍한다는 얼굴로 고개를 끄덕였다.

"그런 데 가는 건 너무 오랜만이야."

"자랑이다, 자식아."

월터가 쉰 목소리로 그에게 핀잔을 주었다.

"네가 그런 자리만 꼬박꼬박 나갔어도, 그 여자분을 좀 더 일찍 만날 수 있었을지도 몰라."

"그럴지도 모르지."

심드렁한 목소리로 대꾸한 로스시가 월터에게 물었다.

"나오시겠지?"

"응. 널 능가하는 아웃사이더만 아니라면 그럴 거야."

그렇게 대답한 월터가 키득키득 웃으며 로스시를 공격했다.

"그보다, 만약 정혼자가 있으면 어떻게 해? 유부녀라거나."

"음……."

월터는 가볍게 물었지만, 로스시는 진심으로 그 부분에 대해서 걱정했다. 뜻밖의 진지함에 되레 놀란 월터가 외쳤다.

"뭘 그런 걸 벌써부터 결정해! 아무것도 모르면서."

"그건 그래."

깔끔한 목소리로 수긍한 로스시가 말했다.

"일단 건국제를 노려야겠어."

"어디에 계시려나……."

정말 오랜만에 건국제 기념 파티에 참가한 로스시는 모든 것이 낯설게만 느껴졌다. 그래도 예전에 몇 번 와본 것도 같은데, 정말 오래되긴 한 건지 기억도 가물가물했다.

뭐, 황권이 바뀌었으니 파티 진행 형식이 바뀌었을 수도 있지만. 그는 루시오가 황제로 즉위한 이후 대관식 파티를 제외하고 단 한 번도 파티에 참여한 적이 없었다.

"눈 좀 작작 돌려! 사팔뜨기 같아."

월터의 불평에 로스시가 깔끔하게 대꾸했다.

"입 다물어."

"이 많은 사람들 사이에서 어떻게 찾아? 차라리 사막에서 오아시스를 찾는 게 빠르겠어!"

아니면 해변에서 바늘을 찾거나! 온갖 불평불만을 쏟아내는 친구를 버려두고, 로스시는 혼자 다른 쪽으로 걸음을 옮겼다. 찾을 수 있을 거라고, 반드시 찾아낼 거라고 그는 생각했다. 그녀는 비교적 찾기 쉬운 외양을 가지고 있었다.

특히 머리카락. 그는 그 붉은 머리카락을 똑똑히 기억하고 있었다. 멀리서도 찾아낼 수 있을 것 같은 붉은빛이었다. 그러니 조금만 더 눈을 돌리면 되었다. 조금만 더…….

"앗!"

그때, 누군가가 비명과 함께 바닥으로 넘어졌다. 동시에 로스시는 몸에 강한 충격을 느끼며 비틀거린 채 뒤로 물러났다. 그가 당황한 눈으로 자신과 부딪힌 상대를 확인했다.

'어……?'

익숙한, 아니 너무나도 보고 싶었던 사람이 거기 넘어져 있었다.

칵테일을 들고 있었는지 드레스가 젖어 다른 부분보다 짙은 부분이 눈에 띄었는데, 다행히 유리잔은 깨지지 않은 것 같았다. 그녀가 엉망이 된 모습에 짜증을 느끼며 소리를 냈다.

"으……."

그러니까, 운명이 있다면 이런 것이었다. 그가 잔뜩 떨리는 목소리로 그녀에게 말을 걸었다.

"괜찮으십니까, 영애?"

그 말을 들은 여자가 자연스럽게 고개를 위로 올렸고, 로스시는 그녀의 몸짓 하나하나에 가슴이 심하게 두근거리는 것을 느꼈다. 그의 얼굴을 확인한 여자가 그녀도 모르게 탄성을 내질렀다.

"어!"

여자는 한참 후에야 기억났다는 목소리로 소리쳤다.

"그때 그 마차! 맞죠?"

기억하고 있었구나.

그 사실 하나만 머릿속에 남겨두며, 로스시가 아릿하게 웃었다. 그가 예의 바르게 그녀에게 손을 내밀며, 다정한 목소리로 말했다.

"일단 잡고 일어나시지요, 영애."

"아…… 네."

여자는 순순히 그가 내민 손을 잡고 일어섰다. 몸무게가 별로 나가지 않는 건지 손에 별로 힘이 들어가지 않았다. 왜 이렇게 마른 거야, 하고 로스시가 속으로 불평했다. 그가 곧 부드러운 목소리로 그녀에게 사과했다.

"죄송합니다, 영애. 제가 더 조심했어야 하는데 폐를 끼쳤군요."

"아닙니다, 영식. 저 또한 조심하지 못한 과실이 있는 것을요. 그럼 전 이만……."

안 돼! 그가 속으로 소리를 질렀다. 그녀가 또 도망가려고 하고 있었다. 지금 여기서 그녀를 보내버리면, 그는 세상에서 제일가는 똥멍청이가 되는 것이었다. 절대 이번만큼은 그녀를 그냥 보낼 수 없었다. 적어도, 적어도 이름은 뭔지 알아야 했다. 그가 서둘러 그녀를 붙잡았다.

"잠깐만요."

잘했어, 로! 로스시가 자신의 용기에 스스로 감탄하는 사이, 여자는 당황한 표정으로 그를 올려다보았다. 로스시가 부드럽게 미소 지으며 말했다.

"이것도 인연인데."

"……"

"옷깃만 스쳐도 인연이라고 하질 않습니까."

로스시가 떨리는 목소리로 자신을 소개했다.

"로스시 아일 리 브레딩턴입니다."

"페트로닐라 라우라 레 그로체스터……라고 합니다."

페트로닐라.

이름도 너무 예뻤다. 그보다 그로체스터, 그로체스터가 어디였더라……?

그 다섯 글자를 계속해서 곱씹던 로스시는, 곧 그녀가 이번에 황후가 된 페트리지아의 쌍둥이 언니라는 사실을 깨닫고선 깜짝 놀랐다. 후작가의 여식이었다.

그때, 통성명을 마친 페트로닐라가 가려는 움직임을 보였고, 거기에 또 깜짝 놀란 로스시가 실례라는 사실도 잊고 페트로닐라를 붙잡았다.

"저기, 잠시만요."

"……."

붙잡긴 했는데, 핑계가 없었다. 어떻게 해야 할까? 무슨 말을 꺼내야 할까? 로스시는 계속해서 복잡하게 굴러가는 머리를 쥐어 짜내며 핑계를 대기 위해 애썼다. 그때, 그의 두 눈에 그녀의 젖은 드레스가 들어왔다. 로스시가 얼른 핑계를 잡았다.

"드레스가 젖으셔서……."

"……."

"제가 이대로 보내드리기엔 너무 미안합니다."

"아니 괜찮은데요……."

"제가 안 괜찮습니다."

"괜찮습니다."

"고집이 센 아가씨시군요."

"예, 그런 것 같습니다."

"저 이상한 사람 아닌데……."

"이상한 사람이라고 한 적은 없습니다, 영식."

"그럼 왜 자꾸 피하시는지…… 제가 정말 죄송해서 그럽니다, 영양."

"……좋습니다, 영식. 도대체 제게 뭘 어떻게 해주고 싶으시단 것인지…… 참 궁금하네요."

페트로닐라의 말에 로스시의 입가에 걸린 미소가 더욱 환해졌다. 됐다! 연결고리를 찾았어! 그가 떨리는 목소리를 애써 숨기며 그녀에게 말했다.

"일단 오늘 입으셨던 드레스를 변상해드리겠습니다."

"짙은 색이라 괜찮…… 아니, 네. 그럼 그로체스터 후작가 편으로 보내주시면……."

"한 가지 더 있습니다만."

"……뭐죠?"

페트로닐라의 질문에 로스시가 세상 다정한 미소를 지으며 페트로닐라의 앞에 한쪽 무릎을 꿇었다. 덕분에 눈높이가 내려갔고, 로스시는 처음으로 자신보다 키가 큰 그녀를 올려다볼 수 있었다. 로스시가 빙긋 웃으며 나긋한 음성으로 그녀에게 물었다.

"오늘 저와 함께 춤춰주실 수 있겠습니까, 영양?"

"……네?"

페트로닐라가 지금 당황하고 있다는 걸, 로스시는 대번에 알 수 있었다. 하지만 그는 지금의 부끄러움보다는 그녀를 좋아하는 그의 감정이 더 중요했다. 로스시가 반복해 말했다.

"저와 함께 춤춰주실 수 있냐고 여쭈었습니다, 영애."

"전……."

페트로닐라가 머뭇거리며 대답을 피했고, 로스시는 그런 그녀를 용케 인내심 있게 기다려주고 있었다. 기다리는 건 그의 전문이었으니까. 중요한 건 대답이 어떻게 나오냐는 것이다. 긍정적인 대답만 나온다면야, 백 년이고 천 년이고 기다릴 수 있었다.

"저는…… 생각이 없는데요."

그러니까 이건 거절이었다. 하지만 로스시는 포기하지 않았다. 여기서 포기하면 모든 게 끝이 나는 것이다. 그의 첫사랑도, 짝사랑도, 모두 다. 그가 애원조로 물었다.

"제게 단 한 번만 기회를 주시면 안 되겠습니까?"

브레딩턴 백작부인이 봤으면 얼마 전의 그가 맞느냐며 경악할 만한 광경이었다. 페트로닐라가 집요한 그의 태도에 당황하며 되물었다.

"아니, 저한테 도대체 왜 이러세요?"

"제가……."

로스시가 작게 얼굴을 붉히며 고백했다.

"반한 것 같습니다, 영애에게."

문제는 여기서 발생했다. 여자 쪽 얼굴이 빠르게 굳어져 내린 것이었다. 그 반응에, 로스시는 자신이 고백하는 과정에서 무슨 실수를 했나 다시 되새겨 보았지만, 고백 말고는 다른 특별한 일이 없었다. 그가 긴장으로 마른침을 삼켰다.

"좋아……하신다고요?"

"네."

"저를요?"

"네."

"왜요? 잊으신 것 같은데요, 영식. 저희 오늘로서 만난 횟수가 딱 두 번 되었습니다. 그것도 첫 번째 순간은 정말 찰나의 순간이었어요."

"사랑에 시간의 길이는 중요하지 않지요. 중요한 건 운명, 그리고 마음 아니겠습니까."

"유감입니다만 저는 그런 것을 잘 믿지 않아서……."

"첫눈에 반했습니다, 영양."

"아니, 그러니까 도대체 어떻게……."

"영양께서는 첫눈에 반한다는 것을 믿지 못하시나 보군요."

"그런 건 좀 터무니없는 일이라고 생각하는 편이라."

"제가 증인입니다. 제 부모님께서 그렇게 결혼하셨으니까요."

"……전 죄송하지만 그런 걸 별로 좋아하지 않습니다. 긴 시간 동안 만나면서 서로에 대한 마음을 확인하는 것이……."

"아, 이런."

로스시가 당황한 얼굴로 중얼거렸다. 문제가 따로 있던 것이었다. 그가 바보 같았던 자신을 책망하며 그녀에게 사과했다.

"미안합니다, 영애. 영애께서 그런 성향이실 줄은 생각도 못 한 제 불찰이군요. 사과드립니다."

"아뇨, 사과까지는 하실 필요 없는데……."

"그렇다면, 영애."

로스시가 달콤한 미소를 입에 건 뒤 페트로닐라를 올려다보았다.

"저와 '긴 시간 동안' 만나주실 수 있겠습니까."

"아니, 갑자기 이런……."

"영애와 정식으로 교제하고 싶습니다."

"……."

이 모든 일은 정확히 두 사람이 만난 지 한 시간도 되지 않아 모두 일어난 일이었지만, 로스시는 상관없었다. 그는 이미 그녀에게 너무나도 푹 빠져버린 것 같았다. 그 시간이 너무 빨라서, 그조차도 무서움을 느낄 만큼. 하지만 상관없었다. 그의 날뛰는 심장이 분명하게 그에게 말해주고 있었으니까.

이 여자가 너의 운명이라고. 그러니 이 여자를 잡으라고.

"죄송해요, 영식. 저는 영식을 좋아하지 않습니다."

하지만 돌아온 건 거절이었다. 그럼에도 로스시는 실망하지 않았다. 당연한 일이다. 그녀는 자신을 본지 오늘로 두 번째고, 시간으로 따지면 만으로 한 시간도 채 되지 않았으니까. 그래서 그는 더더욱 포기할 수 없었다. 그가 애원했다.

"영애께서 저를 알아 가실 기회를 주셨으면 합니다."

"아니, 왜 자꾸 이렇게 귀찮게 구시는 건지 모르겠습니다만. 제가 분명 싫다고 말씀드렸잖아요."

"……사랑하니까요."

"예?"

"영애를 보고 첫눈에 반했습니다."

"……"

"그리고 저는 제가 마음에 담은 이에게 대충 노력하지 않지요."

로스시가 특유의 감미로운 미소를 지으며 페트리지아에게 청했다.

"그러니 영애, 부디……."

"……"

"저와 춤 한 곡만 춰주시겠습니까."

"……"

"부탁입니다, 영애."

"……하아."

페트로닐라가 한숨을 쉬었고, 로스시는 그다음에 나오는 말마저 거절일까 두려웠다. 하지만 다행히, 그녀는 그를 동정하기라도 한 것인지 의외의 대답을 했다.

"좋아요. 하지만 딱 한 곡만 입니다."

그 대답에, 로스시는 마치 세상이라도 다 가진 것 같은 얼굴로 크게 미소 지었다.

"감사합니다, 영애."

좀 웃긴 일이었지만, 이런 말이 절로 나올 정도로.

"만났어, 그분."

로스시의 말에 월터가 깜짝 놀란 표정을 지었다. 건국제 연회가 끝나고 아침 댓바람부터 자신을 찾아 왔기에 무슨 일이 생겼나 했더니, 이런 뉴스를 가지고 온 것이었다. 월터가 확인조로 물었다.

"만났어, 그분?"

"응."

"누구야?"

"페트리지아 황후의 쌍둥이 언니."

"그로체스터 후작영애?"

"응."

"와우. 놀랍네."

"뭐가?"

"아니, 그냥. 어제 찾아낸 게 놀랍다고."

월터가 어안이 벙벙해진 목소리로 말했다.

"쉬운 일이 아니잖아. 황성에 적발과 금안을 가진 영애가 몇 명인데."

"그래."

로스시가 씩 웃어 보이며 말했다.

"그러니까 우리 둘은 운명인 거라고."

"지랄 났다."

"말 좀 곱게 해라. 백작부인께 일러바치는 수가 있어?"

"치사한 자식."

부득 이를 간 월터가 화제를 돌렸다.

"근데 진짜 신기하단 말이야. 그래서…… 어제 뭘 했어?"

"뭘 해?"

"뭘 했다던가……."

그제야 월터가 한 말의 의미를 알아챈 로스시가 인정사정 봐주지 않고 월터의 등을 세게 내리쳤다. 월터가 자지러지는 비명과 함께 욕지거리를 내뱉었다. 이 자식, 겉보기와는 다르게 힘만 무식하게 세다니까?

"아프잖아!"

"네 무례함과 저급함부터 탓하는 게 어때?"

"나쁜 자식."

로스시를 한 번 노려본 월터가 다른 질문을 했다.

"그럼 아무 일도 없었다는 말이야?"

"춤을 출…… 뻔했는데, 파토가 났어."

"맙소사. 왜?"

"갑자기 가버리더라고. 무슨 급한 일이 있는 사람처럼."

"잠시만, 잠시만. 그럼 그게 끝이야? 다음을 기약하진 않았어?"

"그럴 겨를도 없이 떠나더라고."

로스시가 풀죽은 목소리로 물었다.

"차인 걸까?"

"차여? 뭔 짓을 했길래?"

"좋아한다고 고백했어."

"미친놈."

월터가 고개를 절레절레 저으며 반복했다.

"미친놈."

"너무 그렇게 말하지 말아 줄래. 상처받아."

"퍽이나. 상식적으로 생각해 봐. 두 번 만난 남자가 자기가 좋다고 고백해! 어느 여자가 안 부담스러워하겠어?"

사실만 콕콕 집어낸 월터가 로스시를 연이어 신랄하게 깠다.

"작은 것부터 시작해야지! 뜬금없이 좋다고 하면 퍽이나 그쪽도 좋다고 하겠다."

"야, 어떻게 하지? 큰일 났네. 그런 건 생각도 못 했어."

"어떻게 하긴 뭘 어떻게 해! 다시 기회를 만들어야지. 지금이라도 찾아가 봐. 어제 왜 춤 안 추고 그냥 갔냐고 물어보라고!"

"내가? 혼자?"

"그럼 둘이 가냐? 나랑 같이 갈래? 그러다 영애가 나한테 홀딱 빠져 버리기라도 하면?"

"저질스러운 놈."

"내가 뭘!"

티격태격 말을 주고받는 사이, 로스시는 속으로 '진짜 한번 가볼까'하고 생각했다. 그 마음을 눈치챈 듯 월터가 한마디 했다.

"지금 놓치면 정말 후회할 것 같은데."

맞다. 엄청 후회할 거다. 로스시가 '나 먼저 가본다'라는 말만 남긴 채 서둘러 자리에서 일어섰다. 잠시 후 혼자 남은 월터가 입 밖으로 궁시렁거렸다.

"결혼을 안 하긴 개뿔. 지나가던 개미가 웃겠다."

월터의 말에 힘입어 어떻게 오긴 왔는데…… 그다음부터 어떻게 해야 할지를 모르겠다.

로스시가 잔뜩 긴장한 표정으로 후작저의 대문 앞에서 서성거렸다. 누가 봤다면 수상한 사람이 후작저를 서성인다며 당장 신고할 광경이었다. 그렇게 대략 30분 정도를 고민하던 로스시는 - 월터가 봤다면 멍청하다면서 잔뜩 비웃을 광경이었다 - 마치 엄청난 결정이라도 내린 사람 같은 얼굴을 하더니 용기를 내 대문을 두드렸다.

똑똑똑, 경쾌한 노크 소리와 함께 누군가가 문을 열고 모습을 드러냈다.

"누구십니까?"

"그……."

멍청한 표정으로 어버버하던 로스시가 얼른 대답했다. 물론 중간에 말은 좀 꼬였지만.

"브, 브레딩턴 가문의 로스시 아일 리 브레딩턴입니다."

"예, 브레딩턴 백작님의 영윤이시군요."

덤덤한 표정으로 말을 받은 집사가 그에게 용건을 물었다.

"헌데 여기까진 무슨 일이신지……? 혹 브레딩턴 부처께 무슨 일이라도 생긴 건가요?"

"아, 아뇨. 부모님의 일이 아니라……."

말을 하던 도중 침을 꿀꺽 삼킨 로스시가 천천히 말을 끝맺었다.

"그…… 레이디 페트로닐라를 만나 뵙기 위해 방문했습니다."

"저희 큰 아가씨를요?"

완전 의외의 조합이라고 생각하고 있는 게 얼굴에 다 드러났다. 로스시가 약간 붉어진 얼굴로 고개를 끄덕이는 사이, 안쪽에서 누군가의 목소리가 들려왔다.

"무슨 일인가요?"

"아, 마님. 어쩐 일로 여기까지……."

"손님이 오신 것 같아서요."

다정한 목소리의 정체는 후작저의 안주인이었다. 본의 아니게 최종 보스부터 만나게 된 로스시의 얼굴이 굳어졌다. 이건 정말 생각지도 못한 일이었다. 하느님, 맙소사!

"어머, 이 아침부터? 누군데요?"

"그게, 브레딩턴 영식이라고 합니다."

"그래요?"

그녀 또한 의외의 손님이라고 생각했는지 꽤나 놀란 모습이었다. 절로 긴장한 로스시는 자꾸 마른침만 삼키고 있었다. 후작부인이 다시 물었다.

"어서 모시지 않고 뭐요, 집사. 손님을 세워둘 작정인가요?"

"네, 마님."

마침내 문이 모두 열렸고, 로스시는 그제야 그로체스터 후작부인과 마주할 수 있었다. 페트로닐라의 외양은 전부 그녀로부터 나왔는지, 페트로닐라와 동일한 붉은 머리카락과 금색 눈동자가 인상적인 여인이었다. 로스시가 정중하게 인사했다.

"처음 뵙겠습니다, 그로체스터 후작부인. 브레딩턴 가문의 로스시 아일 리 브레딩턴입니다."

"그 금실 좋은 백작 부처의 아드님이시지요?"

"하하, 네."

"잘 왔어요. 그런데 무슨 일로……."

"아……."

잠깐 머뭇거리던 로스시가 곧 용기 있게 답했다.

"레이디 페트로닐라를 만나 뵙기 위해 왔습니다."

"어머, 우리 큰애를요?"

그녀는 생각지도 못했다는 목소리로 로스시에게 물었다.

"닐을 알고 있나요?"

"어제 만나 뵈었습니다."

"아하, 그랬군요."

그 대답 하나로 모든 것이 추측 가능했는지, 그로체스터 후작부인이 입가에 묘한 미소를 띤 채 말했다.

"날 따라와요. 닐은 2층에 있답니다. 같이 가보죠."

"그런데 다시 닐을 찾은 이유가 뭔가요?"

계단을 올라가는데, 그로체스터 후작부인이 갑작스럽게 물어왔다. 로스시는 그녀의 질문에 잠깐 당황했으나, 곧 사실대로 답했다.

"어제 따님과의 만남이 너무 인상적이었습니다."

"어느 면에서요?"

"너무나도 아름다우시더군요."

"아하하. 그래요?"

"네. 오늘 보니 따님께서 부인을 닮으신 것 같네요."

"어머, 이런 칭찬은 의도가 너무 노골적인데요, 영식?"

"모쪼록 좋게 생각해주셨으면 하고 바랄 뿐입니다, 부인."

그렇게 대화를 나누고 보니 어느새 그녀의 방문 앞이었다. 지금이라도 도망가야 하나, 진지하게 고민하고 있을 때, 문이 열리고 누군가가 모습을 드러냈다. 페트로닐라가 약간 놀란 목소리로 로스시를 불렀다.

"브……레딩턴 영식?"

그 목소리를 들었을 때, 그는 자신이 그간 주저했던 모든 시간들이 전부 무의미했음을 깨달았다. 오히려, 좀 더 일찍 용기 내지 못했던 자신을 어리석다 책망했다. 그가 자연스럽게 미소를 지으며 그녀에게 인사했다.

"오랜만입니다, 영양."

아니, 오랜만은 아니었다. 우리는 어젯밤 분명히 보았으니까. 로스시가 두근거리는 마음으로 페트로닐라를 응시했다. 페트로닐라는 이게 어떻게 된 일이냐는 표정으로 그로체스터 후작부인을 바라보았지만, 후작부인은 그저 미소를 띤 채 이렇게만 말해줄 뿐이었다.

"영식이 어제 너와의 만남이 인상적이었다는구나. 그래서 다시 방문한 거란다."

"어머니, 하지만 전……."

"불편하시다면 가겠습니다, 영애."

로스시가 얼른 끼어들어 말했다. 그러는 사이 그로체스터 후작부인은 자리를 떴고, 페트로닐라는 황망한 표정으로 로스시를 쳐다보았다. 페트로닐라가 물었다.

"여기까지는 무슨 일로…… 아니, 제가 좀 바쁩니다. 용건만 간단히 하셨으면 좋겠네요."

"참, 황후궁의 상급시녀로 계시지요. 제가 깜빡했네요."

로스시가 굴하지 않고 웃으며 페트로닐라에게 무언가를 건넸다. 꽃다발이었다. 일부러 산 건 아니고, 충동적으로 구매한 것이었다. 그녀를 만나러 가던 길에.

"오늘 산책을 하다 영애를 닮은 꽃이 있길래……."

산책 따윈 하지 않았지만, 그녀를 닮은 꽃을 꽃집 앞에서 본 건 사실이었다. 그래서 그도 모르게 평소에는 잘 사지 않았던 꽃다발을 산 것도.

"하나 샀습니다."

"……감사합니다, 영식. 하지만 왜 제게 이런 걸……."

"말씀드렸잖습니까, 영애."

그가 아리따운 미소를 지으며 대답했다. 그의 모든 것이 진심이었다.

"사랑하는 사람에게 최선을 다한다고."

그리고 그것이 그의 방식이었다.

"저는 제 나름의 방식으로 최선을 다했는데, 모쪼록 영양의 마음에 들었으면 좋겠군요."

"……."

"마음에 안 드십니까?"

"그건 아닌데…… 감사합니다, 영식."

나름 긍정적인 대답에 로스시의 얼굴이 밝아졌다. 그 모습을 본 페트로닐라가 피식 웃음을 터뜨렸고, 거기에 용기를 얻은 로스시가 주저했던 질문을 꺼냈다.

"어제는 왜 먼저 가셨습니까?"

"……어제 일어난 소요 때문에 정신이 없었습니다. 기다리게 만들었다면 정말 죄송합니다."

"아니에요, 이해합니다. 저 같아도 잊어버렸을 거예요. 잘하셨습니다."

"……."

"그럼 저 혹시……."

"말씀하세요."

수줍은 듯 말을 잇지 못하는 로스시를 페트로닐라가 독촉하자, 로스시가 기다렸다는 듯 말을 꺼냈다. 후회할 여지를 남기지 않기로, 아까 결정했으니까.

"어제 같이 춤을 추지 못했으니…… 괜찮으시다면 저와 데이트해 주실 수 있으십니까."

됐어! 해냈어!

로스시가 쿵쾅거리는 가슴을 진정시키려는 노력도 하지 못한 채 페트로닐라의 대답을 기다렸다.

근데 문제가 있었다. 그녀의 표정이 어두웠다.

설마 거절당하는 걸까? 가장 생각하고 싶지 않았던 보기가 로스시의 머릿속에서 계속 맴돌았다. 그가 속으로 온갖 부정적인 상황만 가정하고 있는데, 뜻밖의 대답이 들려왔다.

"좋아요."

그 한마디에 죽어 있던 로스시의 표정이 갑자기 살아났다. 신이
시여, 감사합니다! 앞으로 더 열심히 살겠습니다. 그가 기쁜 목소리
로 물었다.

"정말입니까?"

"한 입으로 두말 안 해요. 대신 해 지기 전까지는 집에 보내주는
조건이에요."

"당연하죠, 영애. 전 그렇게 문란한 사람은 아닙니다."

물론 월터라면 달랐겠지만, 하고 로스시는 속으로만 덧붙였다.

"시기는 언제가 괜찮으십니까, 영애. 영애만 괜찮으시다면 저는
지금 당장이라도……."

"아, 죄송하지만 지금 당장은 곤란하구요…… 제가 백작저로 사
람을 보내겠습니다. 어떠세요?"

"좋습니다."

로스시가 아무 때나 상관없다는 듯 함박웃음을 지으며 대답했
다. 어쨌든 중요한 건 그와 그녀가 데이트를 한다는 것이었으니까.
오늘이 꼭 아니더라도, 어쨌든 조만간.

그때, 로스시의 두 눈에 페트로닐라가 웃음을 터뜨리는 모습이
들어왔다. 그것을 로스시가 놓칠 리 없었다. 한쪽 입꼬리를 길게 끌
어 올려 웃으며, 그가 아이 같은 표정으로 물었다.

"어? 방금 웃으셨다. 그렇죠?"

"……그게 중요한가요?"

"네, 중요합니다."

로스시가 듣기 좋은 중저음의 목소리로 이유를 설명했다.

"지금 처음으로 저 보고 웃으셨거든요."

이 얼마나 황홀한 일인지. 그녀가 자신을 보고 미소 지었다! 로스시가 자신의 흥분감을 굳이 숨기지 않으며 슬며시 갈 준비를 했다. 그 모습을 보고 그녀가 물어왔다.

"벌써 가시게요?"

"바쁘다고 하시지 않으셨습니까. 영애의 귀한 시간을 빼앗을 생각은 저 또한 없답니다."

그럼 오늘은, 여기까지. 그렇게 말한 로스시가 한쪽 무릎을 꿇고 페트로닐라의 앞에 앉았다. 페트로닐라가 그 모습을 멍한 표정으로 바라보는 사이, 그가 그녀의 오른쪽 손등에 키스했다. 이건 결코 사심이…… 담긴 키스였다. 예의로 포장하긴 했지만. 로스시가 빙긋 웃으며 달콤한 목소리로 말했다.

"그럼, 조만간 다시 뵙겠습니다, 영애."

이렇게 미래가 기대된 적은 처음이었다. 로스시가 화사하게 미소 지었다.

"왜 연락이 없는 걸까."

한가로운 오전에, 로스시는 침대 위에서 진지하게 고민했다. 페트로닐라는 분명 그에게 먼저 연락을 준다고 했다. 자신의 연락을 기다리는 게 아니라.

"내가 제대로 들은 게 맞겠지?"

하지만 그렇다고 하기에는 연락이 너무 없었다. 이게 도대체 며칠째인가. 하루, 이틀, 사흘…… 한동안 날짜를 세던 로스시는 곧 모든 것이 부질없다고 생각하며 세는 것을 그만두었다. 이러다 우울증이 올 지경이었다. 그가 새하얀 침대보 위에 드러누우며 침울하게 중얼거렸다.

"설마 날 잊어버리신 걸까?"

그의 머릿속으로 온갖 가정이 다 떠올랐다. 그녀가 너무 바빠 그를 잊었다거나, 혹은 그녀에게 이미 다른 남자가 생긴 것이다. 여기까지 생각하던 로스시가 저도 모르게 소리치며 자리에서 일어났다.

"안 돼!"

설마, 그럴 리가. 그녀는 그렇게까지 타인을 무시할 사람은 아니었다. 기우라고 생각하며 자신의 걱정을 머릿속에서 지워버렸다. 모름지기 사람과 사람 간의 관계에서는 믿음, 신뢰가 가장 중요한 법이다! 그가 차분하게 마음을 가라앉히며 좀 더 기다려보자고 자신을 달랬다.

-똑똑

그때, 노크 소리가 들렸다. 로스시가 의아한 목소리로 물었다.

"누구십니까."

"집사입니다, 도련님."

"들어오세요."

집사가 약간 상기된 얼굴로 로스시의 방 안에 들어왔다. 그가 물었다.

"무슨 일이라도 있나요?"

"예에. 있지요."

그렇게 말하는 집사의 목소리는 어쩐지 신나 보이기까지 해서, 로스시는 더 의아해졌다. 그가 물었다.

"좋은 일이라도 있나 봅니다?"

"네. 좋은 일이지요."

집사가 신나는 표정으로 답했다.

"그로체스터 가문에서 연락이 왔습니다."

"그렇군요. 그로체스터 가문에서…… 네? 뭐라고요?"

그의 동공이 순식간에 확장되었고, 그 모습을 지켜보고 있던 집사는 쿡쿡 웃으며 부연했다.

"그로체스터 후작 영애께서 곧 이곳에 방문하신답니다, 도련님. 준비를 하셔야 할 듯합니다."

"오, 맙소사!"

역시 영애는 날 버리지 않았어! 심히도 당연한 사실에 기뻐하던 로스시는, 곧 지금 이럴 때가 아니라는 듯 서둘러 일어섰다. 첫 데이트이니만큼 만반의 준비가 필요했다!

"오랜만이네요, 영식."

완벽하게 준비를 모두 마치고 응접실에서 기다린 지 어언 10분. 마침내 페트로닐라가 모습을 드러냈다. 오랜만에 본 그녀는 이상하게 더 아름다워 보였다. 로스시가 떨리는 마음을 그대로 내보였다.

"기다리느라 목이 빠지는 줄 알았습니다. 앉으세요."

로스시는 그렇게 말한 다음 자리에서 일어나, 방금 전에 직접 우려 둔 차를 준비했다. 마비너스 제국에서 차를 우리는 것은 대개 여성들이 하는 일로 치부되었으나, 특이하게도 브레딩턴 부처는 그에게 '모름지기 교양 있는 남자라면 차도 우릴 줄 알아야 한다'는 지론 아래 그에게 다도를 가르쳤다.

로스시가 기문차 한 잔을 페트로닐라에게 내밀었고, 그녀는 조심스럽게 한 모금을 홀짝거렸다. 로스시는 그 순간, 단 한 번도 의심한 적 없던 자신의 차 우리는 솜씨에 불신이 생겼다.

잘 우린 거겠지……?

"백작가의 차 우리는 솜씨가 일품이네요."

아아, 다행히 칭찬이었다. 거짓말은 아닌 것 같은 게, 그녀의 얼굴이 밝았다.

"이렇게 맛있는 차는 먹어보지 못했는데."

칭찬이 계속되자, 로스시는 뿌듯한 마음을 감추지 못하며 페트로닐라에게 말했다.

"칭찬 감사합니다, 레이디 페트로닐라. 찻물을 우려내는 건 꽤 오랜만의 일이라 걱정했는데 다행이군요."

"……네?"

"제가 우린 차랍니다. 입에 맞으시는 것 같아 다행이네요."

페트로닐라는 로스시가 차를 직접 우렸다는 말에 꽤나 놀란 듯한 표정을 지었다. 확실히 일반적인 일은 아니었기 때문에 이해 가는 반응이었다.

잠깐, 혹시 차를 잘 우리는 남자를 별로 좋아하지 않는다던가…… 그러진 않겠지?

정말 쓸데없는 걱정이었지만, 원래 사랑에 빠진 남자는 사소한 것 하나로도 바보가 되는 법이었다.

"아니, 저…… 영식께서 우리셨을 줄은 정말 생각도 못 한 일이어서 많이 당황스럽네요. 그러니까…… 전 차를 우릴 줄 아는 남자를 본 적이 없거든요."

"네. 사실 제가 꽤 희귀한 케이스긴 하죠."

본인도 인정한다는 듯 작게 웃은 로스시가 페트로닐라의 빈 찻잔에 찻물을 더 따라 주었다. 그의 얼굴에 뿌듯함이 떠올랐다.

"영양께 칭찬을 들으니 다른 무엇보다 기분이 좋네요. 영광입니다."

"……그보다 늦게 연락 드려 죄송해요. 요즘 정신이, 정신이 아니었어요. 궁의 사정에 조금만 관심을 가지면 아시겠지만, 최근에……."

"네, 알고 있습니다. 정치나 황실의 일에는 관심을 잘 안 가지려 노력하지만, 정식 후궁을 폐하께서 들이신 일은 어쨌든 꽤 큰일임에는 틀림없으니까요."

여기까지 말한 로스시가 약간 낮아진 목소리로 중얼거렸다.

"폐하가 걱정이군요."

"그 애는 아무렇지 않은 척하고 있지만, 분명 크게 상처를 받은 것 같아요."

그렇게 말한 페트로닐라가 우울한 표정으로 읊조렸다.

"차라리 내가 황후가 돼야 했었는데……."

"네?"

"아무것도 아니에요."

페트로닐라가 입을 다물자, 로스시도 그 사안에 대해서는 더 이상 말을 꺼낼 수 없었다. 하지만 그는 똑똑히 들을 수 있었다. '자신이 동생 대신 황후가 되어야 했다'고.

그로서는 생각하고 싶지도 않은 끔찍한 일이었다. 만약 페트로닐라가 그런 생각을 실행에 옮겼다면, 그는 아마 상사병으로 지금

쯤 침대에서 앓고 있을지도 모르겠다. 물론, 그녀가 황후가 되었다면 애당초 만날 일도 없었겠지만.

"이해합니다. 어쨌든 사안이 사안이었으니 충분히 바쁘셨겠죠. 황후 폐하의 곁을 지키는 일만으로도요."

"이해해 주셔서 정말 감사합니다, 공. 요근래 심적으로도 그랬지만, 체력적으로도 정말 힘들었거든요."

"이런, 그럼 데이트는 다음으로 미루어야겠군요."

"이미 미룰 대로 미루어서 더 이상 미룰 수가 없을 것 같아 찾아뵀습니다. 어쨌든 약속은 약속이니까…… 꼭 지켜야 한다고 생각해서요. 영식께서 원하시는 시간으로 맞추겠습니다."

"그때도 말씀드렸지만, 저는 아무 시간대나 상관없고, 아무 시일에나 상관이 없습니다."

영양과 함께 시간을 보낼 수 있다면요.

"그럼…… 아, 언제가 좋으려나……."

페트로닐라의 말에, 로스시는 저도 모르게 그녀의 애칭을 입에 담았다.

"괜찮습니다, 닐라. 편한 대로 해요."

"네?"

페트로닐라가 깜짝 놀라 묻자, 그제야 자신이 무슨 짓을 저지른 건지 깨달은 로스시가 속으로 고함을 쳤다.

미쳤어, 로! 아직 아무 관계도 아닌 상황에서 함부로 애칭을 부르다니!

로스시는 순간 쥐구멍에라도 들어가고 싶은 심정이었다. 한창 친분을 쌓아 가는 시기에 이런 무례를 저지르다니! 그가 얼른 사과했다.

"혹시 기분 나쁘시다면…… 역시 아직까지 애칭은 좀…… 그렇죠?"

"어…… 아직은 좀 그렇고…… 나중에 불러주시겠어요, 영식?"

네? 로스시의 두 눈이 동그래졌다. 그러니까 페트로닐라는 지금 함부로 그녀의 애칭을 부른 그를 책망하기는커녕, 조금 시간이 흐른 후에 불러 달라고 말하고 있는 것이었다.

그러니까, 완벽한 거절은 아닌 셈이다. 로스시가 환해진 표정으로 페트로닐라의 제안을 기쁘게 받아들였다.

"영광이지요, 영양."

"뭘, 영광까지야…… 그럼 내일 후작저로 와주세요. 기다리고 있을게요."

기다리고 있을게요.

이 한마디에 로스시의 얼굴이 완전히 빨개졌다. 그가 작게 고개를 끄덕였고, 페트로닐라는 잠시 어쩔 줄 몰라 하다가, 곧 자리에서 일어섰다.

"그…… 이만 가볼게요."

"아, 네, 네."

"그럼…… 내일 봬요."

그 일련의 과정이 어찌나 부끄러운지. 페트로닐라를 배웅하고 돌아온 로스시의 얼굴은 이미 너무 빨개져 회생 불가 상태였다. 그 모습을 지켜보고 있던 집사가 놀랍다는 듯 말했다.

"마님께 듣기론 도련님께서 결혼을 하지 않겠다고 말씀하셨다던데."

"……."

로스시는 진심으로 과거에 그런 말을 했던 자신을 후드려 패고 싶었다. 만약 이 세상에 그녀 같은 여자가 존재한다는 사실을 알았더라면 결코 그런 어리석은 말은 입에도 담지 않았으리라.

"……그래서 진짜로."

월터가 믿기지 않는다는 목소리로 물었다.

"첫 데이트를 했다고?"

"응."

그렇게 대답한 로스시가 약간 불쾌한 목소리로 물었다.

"어째 못 믿겠단 투다?"

"아니…… 당황스럽긴 하지. 난 진짜로 이렇게 잘 될 줄은 몰랐…… 으억!"

말하다 말고 외마디 비명을 지르며 고꾸라진 월터가 부들거리며 더듬거렸다.

"로, 로…… 이 자식."

"어떻게 하나뿐인 친우에게 그런 막말을 하냐, 윌. 너 정말 못 됐어."

"제, 제발 손이나 좀 함부로 쓰지 마. 네놈이 생긴 건 여리여리해 도 힘은 장사니까."

"아프지도 않으면서 엄살은."

엄살 아니라고! 속으로만 빽 소리 지른 월터가 잠시 후 자세를 바로한 채 물었다.

"그래서, 뭐 좀 진전이 있었어?"

"어휴, 저질."

"야, 그게 얼마나 중요한 건데!"

"마음의 진도는 있었어."

"그래?"

흥미로운 목소리로 월터가 물었다.

"이를테면?"

"교제하기로 했어."

"오오?!"

그건 정말 뜻밖의 소식이라는 듯, 월터가 놀라운 표정으로 물 었다.

"진짜?"

"응."

"와…… 로 너 정말 대단하다. 그렇게 안 봤는데 카사노…… 윽!"

"까분다, 또."

"아, 좀! 내가 애냐? 이 폭력배 같으니라고! 이런 모습을 그로체스터 영애는 아시나 몰라."

"영애와 네가 같냐? 하여튼…… 그렇게 됐어."

"오, 그래도 축하한다? 어떻게 일이 잘 돼가네. 특별한 건 없었고?"

"음……."

페트로닐라가 어제 했던 말이 마음에 걸렸다. 그가 조용히 입을 열었다.

"사랑에 빠지는 걸 두려워한다는 게 무슨 뜻일까, 윌?"

"뜬금없이 뭔 소리야."

"말 그대로야. 운명을 믿었다가 크게 덴 적이 있대. 사랑하는 사람을 운명의 상대라고 생각했는데, 사실은 아니었던 거지."

"레이디 페트로닐라 이야길 하는 거야?"

"응."

"그런 소리를 해?"

"응."

"음…… 사랑하는 사람에게 배신을 당한다면 그런 이야기가 나오지 않을까? 한 번 사랑을 했는데, 그 사랑에 크게 데였다면, 나 같아도 다시 사랑에 빠지기가 두려울 것 같아."

"영애께 그런 경험이 있다는 걸까?"

"나야 잘 모르지. 하지만 네가 말하는 걸로만 봐선 그런 것 같은데?"

"흠……."

만약 그렇다면 어제의 모든 일이 아귀가 딱딱 맞아떨어진다. 이미 사랑에 한 번 크게 상처받은 적이 있다면, 마음의 문을 꽁꽁 걸어 잠그는 것도 무리는 아닐 터.

하지만 그렇다고 해도 널, 당신은 충분히 사랑할 수 있고 사랑받을 수 있는 멋진 여자예요. 내가 아닌 누구라도 사랑하지 않고서는 못 배길.

그날 오후가 되어서야 로스시는 백작저로 귀가했다. 그런 그를 기다리는 손님이 있었다.

"그로체스터 후작저에서 오셨다고요?"

로스시가 떨리는 목소리로 묻자, 그로체스터 후작저에서 왔다는 젊은 시녀 아이가 고개를 끄덕였다.

"네. 저희 아가씨께서 보내셨어요."

후작저에 지금 '아가씨'라고 불릴 만한 사람은 단 한 명밖에 없었다. 그가 물었다.

"혹시 영양께 무슨 일이라도 생긴 겁니까?"

"어…… 아가씨께서 영윤의 상태를 보고 오라고 명하셨어요. 어제 비를 맞았는데, 혹 감기 걸리시진 않았나 하고 걱정하셨거든요."

"전 멀쩡합니다."

그렇게 대답한 로스시가 곧 심각한 목소리로 물었다.

"그런데 그런 질문을 하신 것 보니, 영양께선 아니신 모양이군요. 그렇지요?"

"감기 드셨어요. 심각한 수준은 아니지만……."

"이런."

그가 낭패라는 듯 눈살을 구겼다. 역시 어제 비를 맞게 한 것이 화근이었다. 그가 안절부절못하다가 곧 그녀에게 물었다.

"혹시 후작저에 말씀 좀 전해주실 수 있겠습니까?"

"네? 무슨 말씀을……."

"이따가 찾아 뵈어도 되겠느냐고요."

그녀가 감기에 걸린 게, 순전히 자신의 부주의 때문 같아서 괴로웠다. 심각한 표정을 지은 그가 간절한 목소리로 말했다.

"꼭 좀 부탁하겠습니다."

"……너무 과하다는 생각은 안 드니?"

브레딩턴 백작부인이 진심으로 물었지만, 로스시는 당당하게 대답했다.

"아플 때는 최대한 안정을 취해야 한다고 배웠습니다, 어머니."

"그래……."

브레딩턴 백작부인이 어색한 눈으로 아들을 쳐다보았다. 분명 그녀의 아들은 얼마 전, '결혼할 생각이 없다'며 자신에게 못을 박아 두었다. 그래서 최대한 아들의 뜻을 존중하고, 아들이 원하는 길을 지지하려던 찰나…….

"혹시 내 아들이 맞긴 한 거니?"

이런 변수가 생긴 것이었다.

브레딩턴 백작부인은 난생처음 보는 아들의 모습에 당혹감을 감출 길이 없었다. 물론 그녀의 아들은 누구에게나 다정하고 친절한, 신사의 전형이었으나 그것이 이성에게만큼은 좀체 적용될 일이 없어 답답해하던 백작부인이었다.

그런데 이제 와서 이런 모습이라니. 백작부인은 물론, 그 모습이 결코 싫다고는 생각하지 않았다. 다만 온도 차가 너무 커서 당황스러울 뿐.

"모쪼록 그로체스터 영애가 부담스러워하지 않아 해야 할 텐데."

"그러게요."

뒤늦게 그 사실을 인지한 로스시가 푸념했다.

"만약 부담스러워하면 어떻게 하죠?"

"네가 알아서 조절하렴. 하지만 네 진심이 담뿍 들어 있으니, 영애가 널 싫어하지만 않는다면 그렇게까지 생각하진 않을 거다."

"그렇겠죠?"

그제야 한시름 놓았다는 듯, 로스시의 얼굴이 펴졌다. 그가 브레딩턴 백작부인의 왼쪽 볼에 작게 키스를 남기며 속삭였다.

"다녀오겠습니다, 어머니."

"와아……."

페트로닐라는 로스시가 가져온 수많은 것들에 감탄을 금할 수 없었다. 심신 안정에는 향기가 최고라면서 가지고 온 색색의 꽃다발, 브레딩턴 가문에 새로 들어왔다는 동방의 귀한 찻잎, 피로 회복에 좋을 거라는 외국의 젤리 등. 전부 진귀하고 평소에는 쉽게 접하기 어려운 것들이었다. 페트로닐라가 당혹스러운 목소리로 말했다.

"이렇게까지 신경 써주실 정도로 심각한 건 아니었는데……."

"가볍든, 그렇지 않든 모든 감기는 제대로 치료하지 않으면 언젠가는 탈이 나기 마련이랍니다, 페트로닐라."

로스시가 다정한 목소리로 페트로닐라에게 말하며 젤리 하나를 그녀의 입안으로 넣어주었다. 페트로닐라가 저도 모르게 그것을 입 안으로 받아들였다. 달콤했다.

"맛있네요."

"다행입니다."

그 말을 들은 로스시는 그처럼 기쁠 수 없다는 듯 웃었다. 아, 열심히 준비한 보람이 있었다. 그 반응에 페트로닐라가 저도 모르게 얼굴을 붉혔다. 이 남자는 참 반응에 적극적인 사람이구나, 하고 생각하면서.

"많이 안 좋은 겁니까?"

로스시는 그녀의 병환이 어째 전부 자신의 탓 같다는 생각이 들었다. 그때 그가 조금만 더 빨리 그녀를 데리고 비를 피했더라면, 그녀는 지금 이렇게 침대 위에 누워 있지 않아도 될 텐데. 로스시의 시무룩해진 표정에, 페트로닐라가 얼른 답했다.

"절대 아니에요. 전 멀쩡해요."

그리고 그 뒤에 나오는 기침 소리에, 페트로닐라의 얼굴이 새빨개졌다. 그녀가 변명하듯 말했다.

"갑자기 목에 먼지가 들어가서 그래요."

"어쨌든 푹 쉬는 게 중요해요, 페트로닐라."

"여기 계속 계실 건가요, 로스시?"

"아……."

로스시가 잠깐 주저하다 물었다.

"계속 있어도 되나요?"

그의 말에 페트로닐라의 볼이 완전히 빨개졌다. 로스시는 그런 그녀의 얼굴을 보며 생각했다. 저건 부끄러워하기 때문에 붉어진 걸까, 아니면 단순히 열병의 흔적인 걸까?

"……그렇게 하세요."

뭐, 어느 쪽이든 상관없어. 중요한 건, 지금 내가 여기, 그녀 옆에 있다는 사실이니까.

"······로스시."

누군가가 그를 작게 부르는 소리가 들려왔다. 익숙한, 그리고 그가 너무 좋아하는 목소리였다. 그는 잠결이었음에도 해사하게 미소 지으며 그녀의 이름을 입에 담았다.

"······닐."

로스시가 중얼거리며 슬며시 눈을 떴다. 두어 번 정도 눈꺼풀을 깜빡거리자, 아름다운 여자의 모습이 시야에 나타났다.

페트로닐라였다. 그가 웃었다.

"일어났어요?"

로스시가 슬며시 몸을 일으켰다. 간호를 한다는 게 - 물론 남녀가 유별했기 때문에 후작부인의 허락을 받았다 - 깜빡 잠이 들어버린 모양이었다. 로스시가 약간 잠긴 목소리로 물었다.

"몸은 좀······ 어때요?"

"괜찮아요."

페트로닐라가 부드러운 목소리로 대답했다.

"불편하게 자게 한 것 같아 미안하네요."

"오, 아뇨, 아뇨. 절대 그렇지 않습니다, 페트로닐라."

로스시가 부러 과장되게 팔을 흔들며 반박했다.

"절대 불편하지 않았어요. 아주 편했……. 아니, 그건 그거대로 문제긴 한데……."

"아하하."

드물게 당황하는 모습에 페트로닐라가 그녀도 모르게 웃음을 터뜨렸고, 그 모습을 멍한 표정으로 바라보던 로스시가 볼을 붉혔다.

"바보 같았죠?"

"하하. 아뇨, 아뇨."

얼른 웃음을 갈무리한 페트로닐라가 애써 차분한 척하며 로스시에게 말했다.

"바보 같아서 웃은 게 아니라 그냥……."

이번에는 페트로닐라의 볼이 빨개졌다.

"귀여워서요."

"……."

"아, 혹시 이런 말 싫어하시려나요?"

"오, 아뇨, 아뇨."

로스시가 얼른 고개를 저었다.

"좋습니다. 너무, 너무."

"그…… 정도예요?"

"영애께서 하시는 말씀이라면 뭐든. 좋지 않을 수 있을까요?"

"……예전부터 생각한 건데, 너무 이런 유의 말씀이 자연스러우시네요."

페트로닐라가 얼떨떨한 목소리로 물었다.

"혹시 이런 걸 따로 가르쳐 주는 곳이 있나요?"

"아뇨. 굳이 배우려고 한 적은 없는데."

잠깐 고민하던 로스시가 답했다.

"유전이거나, 영애께서 말씀하신 것처럼 자연스럽게 습득한 것일 수도 있겠네요. 저희 부모님이 저보다 더 심하시거든요."

그리고 난 딱히 그런 말 하지도 않았는데…… 작게 중얼거린 로스시가 페트로닐라에게 물었다.

"그보다 몸은 좀 괜찮으세요?"

"한숨 푹 잤더니 괜찮네요."

페트로닐라가 기지개를 쭉 켜며 물었다.

"그보다 영식께서 불편하실 것 같은데…… 쭈그려서 주무셨잖아요."

"아까도 말씀드렸듯, 저는 괜찮습니다."

"저, 영식……."

페트로닐라가 조심스럽게 그를 불렀고, 로스시는 냉큼 대답했다.

"네, 페트로닐라."

"곧 황제 폐하의 탄신일이죠. 당연히 황실에서 성대하게 연회를 열 거예요. 그때……."

"……."

"동행을 요청 드려도 될까요?"

"물론입니다."

로스시가 환하게 웃으며 대답했다. 당연한, 당연한 일이었다. 그는 이미 그녀를 사랑하고 있었으니까. 그가 덧붙였다.

"파티가 시작할 때부터, 마칠 때까지 계속 옆에 있어 드릴 수 있습니다."

"……."

"허락해 주시겠어요?"

"영식께서만 질려하지 않는다면…… 전 상관없어요."

"감사합니다, 영애. 허락해 주셔서. 그리고…… 물어봐 주셔서."

"별것 아닌 일에도 되게 기뻐하시네요."

"별것 아니라뇨."

로스시가 고개를 저으며 페트로닐라의 말에 반박했다.

"영애께서 하시는 모든 말씀이 제게는 '별것'이랍니다."

"……이런 말도 배우신 건가요?"

"진심입니다."

로스시가 환하게 웃으며 답했다.

"원래 진심 어린 고백은 대개 연극 대사처럼 보일 때가 있지요. 그렇게 들리셨나요?"

"그럼 전 그 연극의 여주인공인가요?"

"제 인생의 여주인공이시죠."

"······민망한데요."

"그래도 좋잖아요."

로스시가 해맑게 웃으며 물었다.

"그렇죠?"

빌어먹게도 그랬다. 페트로닐라가 참지 못하고 웃음을 터뜨렸다.

집으로 돌아온 로스시는 그녀와의 교제를 기념해 페트로닐라에게 선물을 하나 하기로 결심했다.

'뭘 좋아하려나.'

그게 가장 중요한 거였는데, 정작 물어보질 못했다. 로스시가 침대 위에서 심각하게 고민하고 있는데, 누군가가 똑똑 문을 두드렸다. 그가 물었다.

"누구십니까."

"애비다, 로."

"아버지?"

로스시가 침대에서 벌떡 일어나 벌컥 문을 열었다. 곧 눈에 보이는 반가운 모습에 그가 저도 모르게 함박웃음을 지었다.

"아버지!"

"잘 있었느냐, 로?"

다정하게 웃어 보인 브레딩턴 백작이 그의 아들을 너른 품에 가득 안아 주었다. 그는 얼마 전부터 영지 순례를 위해 백작저를 떠나 있었는데, 아마 지금 돌아온 모양이었다. 로스시가 물었다.

"벌써 돌아오신 건가요? 일찍 오셨네요."

"그래, 일찍 왔지."

브레딩턴 백작이 호탕하게 웃으며 말했다.

"네 어머니가 어찌나 눈에 밟히던지! 마부에게 재촉이란 재촉은 다 했다."

금실 좋은 부부 다운 말이었다. 로스시가 쿡쿡 웃으며 말했다.

"하지만 어머니는 별로 아버지 말씀을 안 하시던걸요."

"네 엄마가 워낙 부끄러움이 많아야지. 연애할 때도 그랬다."

씩 웃어 보인 브레딩턴 백작이 아들에게 물었다.

"들어가도 되냐? 나눌 대화가 많을 것 같은데."

"물론이죠. 차라도 우려 올까요?"

"고상하긴. 괜찮다. 저기 가서 앉자꾸나."

접대용 테이블에 함께 앉은 부자는 유전이 문제없이 이루어졌는지 완전히 서로가 서로를 빼다 박은 모습이었다. 중후한 매력이 돋보이는 브레딩턴 백작이 로스시에게 물었다.

"요즘 만나고 있는 영애가 있다고 들었다."

"어머니가 벌써 말씀하셨나 봐요."

"그래. 그로체스터 후작영애라고?"

"네."

"밝고 싹싹한 아가씨라고 듣긴 했다. 황후 폐하의 쌍둥이 언니라지?"

"네, 맞아요."

"결혼 안 한다고 난리란 난리는 다 쳤다고 네 어머니께 들었는데…… 넌 날 닮았나 보구나."

"왜요?"

"나도 그랬거든. 어머니께 안 들었냐?"

"아, 들었어요. 결혼 안 하겠다고 말씀드렸을 때."

로스시가 머쓱하게 웃었다.

"역시 전 빼도 박도 못 하게 아버지 아들인가 봐요."

"그런가 보다. 하지만 이런 것까지 닮을 필욘 없었는데."

피식 웃은 브레딩턴 백작이 로스시에게 물었다.

"그런데 어째 표정이 어둡구나. 잘 안 돼가는 거냐?"

"아뇨. 그런 게 아니라……."

로스시가 진지한 목소리로 브레딩턴 백작에게 고민을 말했다.

"며칠 전에 교제를 시작했는데, 기념이 될 수 있게 선물을 하나 해드리고 싶어서요."

좀 물어볼 걸…… 뒤늦게 후회한 로스시가 물었다.

"아버지는 어떻게 하셨어요? 제가 그냥 유난을 떨고 있는 걸까요?"

"그럴 리가. 원래 선물이란 건 아무리 많이 해도 과하지 않은 것이란다. 더군다나 처음은 누구에게나 중요한 법이지."

다정한 미소와 함께 답한 브레딩턴 백작이 말을 이었다.

"정 어려울 땐 '누가 받아도 좋은 선물'을 하는 게 좋단다. 하지만 역시나 '가장' 좋은 건 '그 사람에게 특별히 필요한 선물'이나 '그 사람이 유독 좋아할 만한 선물'을 하는 거지."

"되게 어렵지 않은 것처럼 말하시네요."

"난 어렵지 않았어. 네가 멍청한 거란다, 로."

그런 말을 참 다정한 미소를 지으며 한 브레딩턴 백작이 차분하게 조언했다.

"어려운 일은 아니야. 네가 영애와 교제하기 전에도 함께 지낸 시간은 있을 것 아니니? 그 시간들을 잘 되새겨봐. 넌 그 시간 동안 영애에게 무얼 해주고 싶었고, 무얼 선물해주고 싶었는지."

"……"

"이래도 모른다면 넌 그냥 자격 박탈인 거고."

"너무합니다, 아버지!"

"네가 생각하는 것보다 여자는 훨씬 섬세하단다. 진심을 다한 선물을 하면 얼마나 기뻐해 주겠니? 한번 잘 생각해 보려무나."

그 말을 끝으로 브레딩턴 백작이 자리에서 일어났다. 로스시가 물었다.

"가시게요?"

"네 어머니를 보러 가야지."

"하여튼…… 금실 좋은 건 알아 드려야 해요. 부럽네요."

"걱정 마라, 로. 네가 날 닮았다면 분명 앞으로 이러고 살 테니까."

껄껄 웃음소리만 남긴 채 백작은 로스시의 방을 나갔다. 로스시는 그대로 침대 위에 드러누웠다. 한동안 아버지의 조언을 가만히 되새기던 그는, 곧 무언가가 떠올랐는지 별안간 침대에서 벌떡 몸을 일으켰다.

딱 하나, 생각나는 게 있었다.

~∾⊙

그날은 황제의 탄신 연회가 열리는 날이었다. 로스시는 그가 특별히 아끼는 감색 연미복을 입은 후, 브레딩턴 백작부처와 함께 같은 마차에 올라탔다. 연회가 열릴 황궁까지 이동하면서, 브레딩턴 백작부인이 물었다.

"오늘도 레이디 페트로닐라와 만나기로 한 거니?"

"사람이 많아서 만날 수 있을지는 확신하지 못하겠지만, 모쪼록 그러길 바랄 뿐이에요."

그렇게 말한 로스시는 곧 무언가가 생각났는지 샐쭉 웃어 보였다. 그 미소를 발견한 브레딩턴 백작이 아들에게 물었다.

"실없게 웬 웃음이냐?"

"좋아서요."

"하여튼 못 말리겠네. 선물은 잘 생각해봤고?"

"선물이라니? 무슨 선물?"

이야기를 모르는 브레딩턴 백작부인이 아들에게 묻자, 브레딩턴 백작이 껄껄 웃으며 아내에게 친절히 설명해 주었다.

"글쎄 여보, 우리 로가 그로체스터 영양과 교제하는 기념으로 선물을 고민하고 있더라고요."

"어머, 정말요? 어쩜 당신하고 이렇게 똑 닮았담? 피는 정말 못 속이나 봐요."

브레딩턴 백작부인이 과거를 회상하는 표정을 지으며 슬며시 미소 지었다.

"당신은 그때부터 참 다정했죠. 로가 당신을 닮아 다행이에요."

"부인, 무슨 그런 섭섭한 말씀을. 당신을 닮아 이렇게 인품이 바른 거요."

"어머. 당신도 참."

오늘도 예외 없이 깨를 볶는 금실 좋은 부모님을 흐뭇하게 바라보며, 로스시가 아까의 질문에 답했다.

"두 분 모두를 닮은 거죠. 그런데 영애께서 마음에 들어 하실지 모르겠어요."

살짝 자신 없는 목소리에, 브레딩턴 백작이 나긋한 목소리로 아들에게 용기를 불어넣어 주었다.

"걱정 마라, 로. 진심만 담겨 있다면 뭐든 통할 테니까."

로스시가 연회장에 도착해서 가장 먼저 한 일은 뭐니 뭐니 해도 페트로닐라를 찾는 일이었다. 하지만 그 사람 많은 연회장에서 붉은 머리 영애 하나를 찾는 것은 그리 간단한 일이 아니었다. 그렇게 시간이 꽤 흐르자, 로스시는 불안해지기 시작했다. 분명 감기가 나아 오늘 연회 때는 만날 수 있다고 했는데, 왜 이렇게 안 보이는 건지. 설마, 아직도 다 안 나은 건가?

사랑의 힘으로 열심히 탐색한 결과, 그는 얼마 후 다른 영애와 이야기 중인 페트로닐라를 발견할 수 있었다. 목적을 달성한 그가 싱글벙글 웃으며 두 사람의 대화가 끝나기만을 기다렸다가, 마침내 페트로닐라가 혼자가 되었을 때 그녀에게 살금살금 다가갔다.

"페트로닐……."

하지만 로스시의 목소리는 거기서 끝나 버렸다. 그녀가 너무나도 다급한 얼굴로 갑자기 어딘가를 향해 뛰어가고 있었기 때문이었다. 뭔가 사정이 있는 걸까? 로스시가 심각해진 표정을 지으며 페트로닐라가 사라진 쪽을 응시했다. 급해도 어지간히 급해 보였다. 도대체 무슨 일일까? 그는 당장 물어보고 싶은 마음이 굴뚝같았지만, 일단 참기로 했다. 시간은 많았으니까.

루시오 황제의 탄생화 수여식이 끝나고도 한참 후에야 로스시는 벽에 기대 홀로 칵테일을 마시고 있는 페트로닐라를 발견할 수 있었다. 탄생화 수여식의 소란이 모두 끝난 뒤였다.

그것 때문에 아까 그렇게 급하게 갔던 걸까? 그 일에 그녀가 어떤 연관이라도 되어 있는 걸까? 로스시가 치밀어 오르는 여러 궁금증들을 억누른 채 조심스럽게 그녀를 불렀다.

"페트로닐라."

그의 목소리에 그제야 페트로닐라가 뒤를 돌아보았다. 그녀의 표정은 다행히 아주 어둡지는 않았지만, 어쩐지 고민이 있는 듯 보였다. 그가 걱정하는 속내를 최대한 숨기며 미소를 지은 채 그녀 쪽으로 걸어갔다.

"로스시."

"한참 찾았습니다."

"미안해요. 급한 일이 있어서요."

"그런 것 같더군요. 황후 폐하와 관련된 일입니까?"

페트로닐라가 조용히 고개를 끄덕였고, 로스시는 이해한다는 얼굴로 말했다. 아까 탄생화 수여식 때, 소란이 일었다는 건 눈으로 확인해 알고 있었다. 그가 약간 걱정스러운 목소리로 그녀에게 말했다.

"책망하려는 건 아닙니다. 다만 걱정했을 뿐이에요."

"알아요, 로."

……로?

로스시의 얼굴이 멍해졌다. 그가 얼른 그녀의 얼굴을 바라보았고, 페트로닐라는 약간 수줍은 표정으로 그에게 물었다.

"로라고 불러도 되죠?"

당연하지.

얼마나 바라 마지않던 일이던가. 애칭으로 불리는 것은 곧 그녀가 자신에게 마음을 온전히 열었다는 것을 의미했다. 이제 그는 그녀에게 특별해진 것이었다. 그 사실을 모를 리 없는 로스시가 떨리는 미소를 지었다. 그가 기쁜 목소리로 답했다.

"물론입니다, 닐라. 기뻐요."

마침내 그 역시, 그녀의 애칭을 입에 담을 수 있었다. 로스시는 벅찬 표정으로 그녀에게 물었다.

"영애와 춤을 추고 싶었는데."

"아…… 그러고 보니 우리 처음이네요."

"네, 처음. 하지만 괜찮아요. 앞으로 시간은 많으니까."

당신만 괜찮다면요, 닐라, 나는 앞으로 많은 시간을 당신과 함께 보내고 싶어요.

당신이 나를 질린다고 말하지 않는 이상, 나는 당신의 곁에 꼭 붙어 있고 싶어요. 당신과 최대한 오래 함께하면서, 서로에게 잊을 수 없는 추억이 되고 싶어요.

"맞아요. 앞으로 시간은 많으니까."

내가 당신에게 그런 존재가 돼도 될까요?

"그럼 가실까요?"

"좋아요."

그녀가 웃으며 그의 손을 부드럽게 감싸 쥐었다. 로스시는 페트로닐라의 손을 잡자마자, 마치 처음 성에 눈뜬 소년처럼 가슴이 두근거리는 것을 느꼈다. 그가 빙긋 웃으며 그녀를 부드럽게 자신이 있는 쪽으로 잡아끌었다.

곧 왈츠가 울려 퍼졌고, 로스시는 익숙하게 페트로닐라의 허리를 팔로 감았다. 그녀의 허리는 너무 얇았다. 왜 이렇게 말랐냐고 당장이라도 화를 내고 싶을 만큼. 로스시가 속상한 목소리로 페트로닐라에게 속삭였다.

"너무 말랐어요."

"그래요?"

코르셋을 너무 조였나, 하고 그녀가 중얼거리는 소리가 귀에 들려왔다. 코르셋 그런 거, 안 했으면 좋겠는데. 그런 거 안 해도 당신은 충분히 예쁘고, 충분히 매력적인 걸. 로스시가 낮게 속삭였다.

"그거 너무 꽉 조이면 건강에 좋지 않을 텐데요."

"그래도 다들 하는걸요."

"닐라, 당신은 특별하니까."

로스시가 페트로닐라를 옆으로 돌리며 말을 맺었다.

"그런 걸 하지 않아도 내 눈엔 누구보다 아름다워요."

그녀가 볼을 붉혔고, 로스시는 그저 미소 지었다. 그는 한 치의 거짓도 없는 진실만을 말하고 있다고 자신할 수 있었다. 그가 덧붙였다.

"당신이 편한 게 제일이에요, 내겐."

"결혼하면 다정한 남편이 되겠네요."

"프러포즈하는 건가요?"

"그럴 리가요."

"다행이네요."

그가 그녀의 등을 자신이 있는 쪽으로 밀었다. 순식간에 두 사람의 거리가 가까워졌다. 그의 콧방울과 그녀의 콧방울이 닿을 듯했다. 그녀의 숨소리가 그대로 들리는 거리에, 로스시는 저도 모르게 마른침을 삼켰고, 페트로닐라 또한 긴장했는지 숨소리가 거칠어졌다. 어쩐지 위험하다는 생각이 들어 로스시가 뒤쪽으로 스텝을 밟았다.

'위험해.'

하다못해 공공장소였다. 자제하자고 생각하며 로스시가 얼른 화제를 돌렸다. 할 말이 있었다.

"닐라."

"네?"

"줄 게 있어요."

"줄 거요?"

그녀가 아이 같은 표정을 지었다. 그 모습이 너무 사랑스러워서,

276

로스시는 다시 한번 마른침을 삼켰다. 오늘따라 이상하군, 하고 속으로만 중얼거린 그가 빙긋 웃으며 대답했다.

"네. 줄 게 있어요."

"기대해도 되나요?"

"그건 모르겠어요. 나름 의미 깊을 거라고 생각은 하는데…… 만약 실망하면 어쩌죠?"

"안 그럴 것 같아요."

그렇게 말하며 페트로닐라는 말갛게 웃었고, 로스시는 그 미소가 천사가 짓는 미소 같다고 생각했다. 그녀는 순수와 타락, 빛과 어둠을 넘나드는 얼굴을 가지고 있었다. 더없이 매력적인 여자였다. 자신에게 과분할 정도로. 로스시가 다정한 목소리로 말했다.

"고마워요."

모쪼록 마음에 들어 해야 할 텐데. 그가 속으로 조용히 걱정했다.

두 번 정도 춤을 더 추고 나서야 로스시는 페트로닐라를 사람이 없는 후원으로 데리고 갔다. 페트로닐라는 긴장하면서도 신나는 듯한 표정이었는데, 그 표정이 로스시를 불안하게 했다.

'만약 내가 준비한 선물을 마음에 들어 하지 않으면 어쩌지?'

그녀는 착한 여자였다. 만약 마음에 들지 않는다고 하더라도 최대한 예쁘게 미소를 짓기 위해 노력하며 자신에게 '정말 고마워요, 로.' 하고 답할 게 뻔했다. 모쪼록 그런 상황까지는 오지 않기를 바라며, 그가 아무도 없는 어두운 후원의 벤치에 그녀를 앉혔다. 페트로닐라가 작게 소리 내 웃으며 물었다.

"이러니까 기대가 점점 더 커지는데요."

"진짜 마음에 들어 할지를 모르겠어서, 걱정되네요."

"당신은 멋진 남자니까, 아마 선물도 멋질 거예요."

그 말을 들은 로스시가 저도 모르게 미소 지은 다음, 페트로닐라와 눈을 맞추며 속삭였다.

"잠깐만 눈 감아볼래요?"

"좋아요."

쾌활하게 웃은 페트로닐라가 눈을 꼭 감았다. 그 모습이 귀여워 로스시는 한동안 그녀의 얼굴을 넋 놓고 쳐다보다가, 곧 '아차' 하는 표정으로 그가 준비한 선물을 주섬주섬 챙겼다. 잠시 후에, 페트로닐라가 기대 섞인 목소리로 물었다.

"이제 눈 떠도 돼요, 로?"

"으음, 그 전에……."

로스시가 달콤한 목소리로 물었다.

"지금 뭐가 느껴져요?"

"음…… 향긋한 냄새…… 꽃이에요?"

"이제 눈 떠봐요."

곧 그녀가 슬며시 눈을 떴고, 눈앞에 보이는 선물에 환하게 웃으며 물었다.

"꽃이에요?"

"마음에 들어요?"

"꽃 좋아하거든요. 정말 고마워요."

페트로닐라가 정말 좋아하며 물었다.

"아, 예뻐라. 그런데 무슨 꽃이에요? 많이 못 보던 거라."

"마비너스에서는 나지 않아요."

"와, 정말요? 그럼 엄청 귀한 거네요."

"꽃 이름은 옥살리스예요."

페트로닐라의 무릎 근처에 한쪽 무릎을 꿇고 앉은 로스시가 그
녀를 올려다보며 물었다.

"꽃말이 뭔지 알아요?"

"글쎄……요?"

"당신을 버리지 않을게요."

"……."

"닐, 난……."

로스시가 목이 메어오는 듯, 마른침을 삼킨 후 말을 이었다.

"당신에게 절대 상처 주지 않을 거예요."

"……로."

"맹세할 수 있어요, 닐, 나는 당신이……."

"로."

페트로닐라가 그의 말을 조심스럽게 끊었다. 하지만 그녀의 입

가에는 미소가 맺혀 있었다. 로스시가 어느새 붉어진 눈시울로 그녀를 쳐다보았다.

그녀가 자신과의 관계에서 어떠한 상처도 받지 않기를 바랐다. 그녀가 자신과 함께하면서 웃는 일만 있기를 원했다. 적어도, 자신은 그녀를 아프게 하지 않았으면 했다. 그게 그가 지금 원하는 모든 것이었다. 로스시는 금방이라도 울 것 같은 표정으로 말을 끝맺었다.

"사랑해요, 닐."

"……."

"난 내가 사랑하는 사람을 절대 상처 입히지 않아요. 맹세할 수 있어요."

"믿어요, 로. 당신을……."

페트로닐라가 잘게 떨리는 목소리로 답했다.

"내가 어떻게 당신 같은 사람을 믿지 않을 수 있겠어요."

"불안해하는 것 같아서요. 그게 무서웠어요. 나와 있으면서 조금이라도 그런 걱정, 안 하길 바랐어요."

"모르겠어요, 로? 이미 당신은 내게 과분할 정도로 멋진 남자예요."

"누가 할 소릴."

그가 어느새 미소를 지으며 그녀에게 속삭였다.

"당신 같은 여자를 만나고 사랑할 수 있어서, 얼마나 큰 행운이라고 생각하는지 모를 거예요, 당신은."

"누가 그렇게 예쁜 말만 골라서 하라고 했어요."

페트로닐라가 조심스럽게 로스시에게로 다가가 그의 이마에 작게 키스를 남겼다. 그녀가 떨어지자마자, 로스시가 슬며시 고개를 들어 올려 그녀의 입술 아래에 키스했다.

키스는 점점 아래로 내려왔다. 그가 마침내 페트로닐라의 작고 붉은 입술을 완전히 삼켜버렸을 때, 그는 세상을 다 가진 듯한 표정을 지으며 그녀에게 입을 맞추고, 맞추고, 또 맞추었다.

부디 이 시간이 영원히 흘러가지 않기를 바랐다. 오직 이 시간 속에 그와 그녀, 두 사람만이 함께하며 서로를 공유하길 바랐다. 그가 잠긴 목소리로 그녀에게 고백했다.

"많이 사랑해요, 닐."

신은 그의 소원을 들어주었다. 아무도 없는 깜깜한 밤, 마치 우주에 서로만 남겨진 것처럼 두 사람은 아주 오랫동안 키스했다.

로스시는 요즘 디저트를 만드는 일에 골몰하고 있었다. 뜬금없이 웬 디저트냐고 물으신다면, 이유는 간단했다. 페트로닐라가 좋아한다는 사실을 우연히 알게 되었기 때문에. 어느 날 우연히 그의 집에 방문한 페트로닐라가 디저트를 상당히 좋아한다는 사실을 알게 된 이후 시작된 변화였다.

브레딩턴 백작부인의 경우 단 음식을 그리 좋아하지 않았기 때문에, 그 부분에 대해서는 브레딩턴 백작도 아들을 도와줄 수 없었다. 대신 가문의 요리사가 그를 도와주었다. 그가 한때 파티시에로도 일한 적이 있기 때문에, 초보자인 로스시는 훌륭한 선생 밑에서 어렵지 않게 제빵을 배울 수 있었다.

로스시는 훌륭한 학생이었다. 그는 손수 만든 디저트를 그로체스터 후작저에 사람을 시켜 보내기도 하고, 페트로닐라와 만나 직접 전해주기도 했다. 물론 로스시는 후자를 더 선호했다. 그래야 한 번이라도 더 그녀와 만날 수 있었으니까.

"요즘 우리 너무 만나기가 어려운 거 아니에요?"

그날도 그녀에게 갓 구운 버터 쿠키를 가져다주기 위해 그로체스터 후작저에 들렀을 때, 로스시가 살짝 불평하는 목소리로 말했다. 요즘 페트로닐라가 무슨 일을 하고 다니는 건지, 그녀를 예전처럼 자주 만나기가 여간 어려운 게 아니었기 때문이었다.

'이러다 얼굴 까먹겠어.'

물론 과장이었다. 다음 만남까지의 기간이 그렇게까지 긴 건 아니었으니까. 하지만 페트로닐라를 워낙 좋아하는 로스시로서는 그녀를 만나지 못하는 시간이 실제보다 더 길게 느껴졌다. 로스시의 말을 들은 페트로닐라가 미안하다는 듯한 목소리로 말했다.

"미안해요, 로. 요즘 좀 중요한 일이 있어서……."

확실히 그런 것 같았다. 로스시는 서운함을 느꼈지만, 어쩔 수 없었다. 상대의 스케줄을 이해하고 맞춰주는 것도 관계 유지에 있어 가장 중요한 부분 중 하나였으니까. 그럼에도 서운함은 쉽게 감추어지지 않았지만.

"그럼 어쩔 수 없는데……."

왜 이렇게 예쁜 거예요, 닐. 도무지 일상에 집중할 수가 없잖아. 로스시가 몸을 굽혀 페트로닐라의 이마에 작게 키스한 뒤 속삭였다.

"닐이 너무 보고 싶어서 요즘 아무것도 못 하겠단 말이에요."

"아하하. 그런 말은 어디서 배워요?"

"부모님이 매번 서로에게 하셔서."

사실이었다. 특히 브레딩턴 백작이 이런 방면으로는 걸출했기 때문에, 로스시는 아버지에게 가끔 비법을 전수받곤 했다. 로스시의 말을 들은 페트로닐라가 부럽다는 목소리로 말했다.

"나도 나중에 그렇게 살고 싶다."

맙소사. 옆에 나를 두고 그런 말을 하다니! 충격을 받은 로스시가 걱정하지 말라는 듯 큰 소리로 말했다.

"걱정 말아요, 닐라."

그가 세상 다정하게 미소 지으며 페트로닐라에게 속삭였다.

"난 부모님 두 분 모두를 닮아서, 하루 종일, 쉬지 않고 해줄 수 있거든요."

"그래서 지금, 결혼하자고요?"

설마 그럴 리가. 그가 설핏 웃었다. 그가 아무리 자주 충동적으로 그녀에게 사랑고백을 한다지만, 프러포즈처럼 중요한 일을 이렇게 얼렁뚱땅 때울 일을 결코 없을 터였다. 그가 말도 안 된다는 목소리로 그녀에게 말했다.

"이걸로 때울 생각은 당연히 아닌데요? 설마 기대한 거예요?"

"음…… 솔직히 조금?"

"이런. 곤란한데. 이런 건 프러포즈가 아니죠, 닐. 기대하고 있어도 좋아요."

"나 아직 받아주겠다고도 안 했는데, 너무 자신만만한 거 아니에요?"

"안 되면 될 때까지, 할 거예요."

나는 근성 있는 남자니까.

그가 빙긋 웃으며 페트로닐라와 눈을 맞추었다. 대략 10초 정도, 두 사람은 서로의 눈동자만 응시하고 있었다. 그러다 페트로닐라가 먼저 부끄러움을 느꼈는지 슬며시 시선을 피했다.

'귀여워.'

그가 참지 못하고 그녀를 꼭 끌어안으며 속삭였다.

"그만큼 닐을 사랑하니까요."

"……고마워요."

"고맙긴요."

로스시가 당치도 않다는 듯 고개를 저었다.

"내 사랑 받아줘서, 내가 더 고맙죠."

내가 사랑하는 사람이 나를 똑같이 사랑해줄 확률이 얼마나 될까. 서로 다른 사람의 마음이 일치한다는 것. 그것처럼 어려운 일이 성공한다는 건 참으로 기적 같은 일이라고 로스시는 생각했다. 그가 그녀를 다정한 눈길로 바라보며 속삭였다.

"사랑해요, 닐."

페트로닐라가 로스시에게 그간 바빴던 이유를 알려준 건 모든 일이 거의 마무리가 되고 난 후였다. 로스시는 그런 중차대한 일을 그에게 조금도 말해주지 않은 것에 대해 조금의 서운함을 느끼면서도, 그게 나름 그를 생각해서 한 일일 거라는 생각이 들자 거짓말처럼 서운한 감정이 사라졌다.

어쨌든 중요한 건 그 이후 페트로닐라가 한층 한가해졌다는 사실이었다. 그리고 그녀는 대부분의 시간을 그와 보내는 데 할애하고 있었으니, 로스시로서는 기쁘기만 한 일이었다.

오늘도 페트로닐라와 만난 그는 시종일관 어린아이의 말을 들어주는 것처럼 다정한 눈으로 그녀를 응시하고 있었다. 어느 순간, 궁금해진 그가 물었다.

"그래서 나는, 닐에게 잘 대해주고 있나요?"

로스시의 물음에, 가만히 길을 따라 걷던 페트로닐라가 까르르 웃었다. 그 웃음이 사랑스러워서, 로스시는 저도 모르게 웃었다. 일이 끝난 이후 그녀의 미소가 한층 더 밝아지고 깨끗해진 느낌이 들었다. 물론 미묘한 변화였지만, 로스시는 귀신처럼 그것을 잡아냈다. 이 또한 로스시가 정말 다행이라고 생각하는 일들 중 하나였다.

"당신은 최고의 남편감이에요, 로. 아무리 황제 폐하라도 당신을 따라갈 수는 없을 거예요. 디저트? 선물? 에이, 솔직히 당신도 다 하잖아요."

"이런, 제국의 태양께 감히 비견되다니. 불경죄로 잡혀가는 건 아닌지 모르겠군요."

부끄럽긴 했지만, 로스시는 나름 열심히 하고 있다고 자신할 수 있었다. 아마 연인을 사랑하는 마음만큼은 이 제국에서 다섯 손가락 안에 들 것이었다. 그건 페트로닐라도 인정하는 바였다. 그녀가 로스시의 볼에 작게 키스하며 속삭였다.

"절대 그럴 일 없어요, 사랑하는 로. 어떻게 당신처럼 사랑스러운 남잘 잡아갈 수 있겠어요?"

과거와 달라진 점 하나 더. 그녀가 먼저 하는 스킨십과 애정표현이 늘었다. 연인인 로스시로서는 정말로 기쁜 변화였다. 다정한 미소를 지은 그가 그녀의 볼에 따라 키스하며 화답했다.

"영광이에요, 닐. 그렇게 생각해 주다니."

"진짜예요, 로."

페트로닐라가 은근한 미소를 지은 다음 말을 보탰다.

"그런데 나, 할 말이 있어요."

"할 말이요?"

"다음 주에 있는 황후 폐하의 탄신 연회를 마치고…… 잠깐 볼 수 있을까요? 중요하게 할 게 있어서요."

"물론이죠, 로."

고개를 끄덕여 대답하는 그녀를 바라보는 로스시의 입가에 엷은 미소가 스쳤다. 사랑스러운 여자. 감당 못 할 정도로, 너무 아름다운 여자. 이런 여자와 지금 마주 본 채 설 수 있다니, 그는 아마도 행운아임이 분명했다. 로스시가 느릿하게 고개를 숙여 페트로닐라의 이마에 작게 입을 맞춘 후 속삭였다.

"당신처럼 사랑스러운 여자는 세상에 없어요, 닐."

"그녀에게 프러포즈할 생각이야, 월터."

오랜만에 만났는데 바로 던지는 말이 이거였다. 월터가 멍한 표정으로 로스시를 바라보다가, 잠시 후 당황한 목소리로 말했다.

"두 사람 만난 지 반년도 안 됐어. 알지?"

"알지, 그럼."

"알고 있다고?"

상당히 놀란 목소리에도, 로스시는 태연하게 답했다.

"부모님도 허락하신 일이야."

"맙소사."

"좋아하시던걸."

"그로체스터 영애가 나쁜 사람이라거나, 너와의 결혼에 적합하지 않다는 말이 아니야. 하지만 로, 너무 빠르지 않냐?"

"사랑에 시간은 중요하지 않아, 월터. 우리 아버진 어머니에게 만난 지 1주일 만에 청혼하셨다고."

"그건 전설적인 이야기지. 요즘도 종종 이야깃거리에 등장해. 그때 그게 엄청난 센세이션을 불러일으켰다곤 들었어."

말을 마친 월터가 잠시 후에 다시 말했다.

"아버지 피를 못 속이나 보다. 하긴, 백작님께 비하면 넌 오래 걸렸네."

"영애에게도 사정이란 게 있어서. 늦춘 거야."

하마터면 두 번째 만났던 그날, 청혼할 뻔했으니까. 그날의 기억을 회상한 로스시가 기분이 좋아진 듯 빙긋 웃었다. 그 모습을 무슨 못 볼 걸 봤다는 듯한 표정으로 보던 월터가 물었다.

"청첩장이나 주지, 네 프러포즈 결심을 나한테까지 굳이 말하는 건 뭐야?"

"걱정돼서. 만약 영애가 거절하면 어떻게 하지?"

"야, 그런 건 브레딩턴 백작님이 전문가야. 전문가 두고 왜 미혼자한테 물어?"

"또래에게 묻는 게 더 정확할 거 같아서. 거절당하면 다시 해야 하나?"

아까 될 때까지 한다고 말했던 패기는 어디로 가고, 로스시가 심각한 표정으로 물었다. 그 모습을 본 월터가 한심하다는 듯 한숨을 쉬며 고개를 저었다.

　"원래 프러포즈란 건 결혼 의사를 물어보는 게 아니라, 결혼 사실을 확정 짓고 관계를 한층 확고하게 만드는, 결혼 절차 중의 하나야. 그러니까 그 전에 암묵적으로 상호 동의가 있어야 한다는 말이지."

　"스릴 없다."

　"거기서 거절당하면 상황 불편해진다?"

　"그건 그래. 그래서 더 걱정이다."

　"걱정은 왜 해? 영애도 너 좋아하잖아."

　"기우긴 하지."

　"할 일도 없어."

　혀를 한 번 찬 월터가 복잡한 표정으로 말했다.

　"그보다 네가 곧 기혼이 된다니, 나도 얼른 가야 할 것만 같은 느낌이다."

　"아직 나이도 젊⋯⋯다고는 못하겠구나."

　"위로를 하든 상처를 주든 한 가지만 할래."

　슬쩍 로스시를 흘겨본 월터가 하소연하듯 말했다.

　"소개 좀 시켜줘. 나 이러다 총각으로 늙어 죽겠다."

　"너희 어머니가 절대 그 꼴 안 보실 거야."

"아, 어머니 여자 고르는 취향은 나랑 정반대야. 도무지 안 맞아."

"그렇다고 해서 내가 네 부인될 분을 고르는 건 더 웃기지 않아?"

"그도 그렇지."

심드렁하게 대답한 월터가 곧 머리를 쥐어뜯었다.

"난 왜 인연이 안 나타나느냐고!"

"좀 기다려 봐. 원래 세상 모든 것엔 인연이 있었어. 나도 그랬잖아?"

"나도 마음에 드는 영애 있으면 내가 적극적으로 나가지. 그런데 아직까지 그런 영애가 없어. 내 심장을 뒤흔들 만한?"

"언젠가 나타나겠지."

"제발 서른 전에는 나타나야 할 텐데. 내 인생의 반려."

한숨을 폭 쉰 월터가 화제를 돌렸다.

"어쨌든 미리 축하해. 곧 결혼 소식 듣겠네."

"아직 프러포즈도 안 했어."

"아마 될 거야. 두 사람 잘 어울려. 영애도 너 무지 좋아하는 거 같고."

"고맙다."

시원하게 이를 드러내고 웃은 로스시가 월터에게 위로차 말을 건넸다.

"나 먼저 가고 나서, 너도 갈 수 있도록 내가 노력은 해보마."

마침내 그로체스터 자매의 탄신일을 맞이했을 때, 로스시는 연미복 위에 그가 행운의 상징으로 여기는 노란 조끼를 걸쳤다. 좋은 일을 맞을 때 그는 늘 이 조끼를 입고 있었다. 모쪼록 오늘도 행운이 그와 함께하길 바랄 뿐이었다.

시작은 순조로웠다. 페트로닐라와 함께 왈츠에 맞추어 첫 춤을 추었고, 칵테일을 마시며 담소도 나누었다. 하지만 계속해서 그는 잠시 후에 있을 프러포즈를 의식하고 있었다. 어쩌면 당연한 일이었지만.

연회의 분위기가 무르익었을 때, 마침내 그는 결심을 실행으로 옮겼다. 로스시가 페트로닐라의 귓가에 대고 속삭였다.

"잠깐만, 나와 볼래요?"

"좋아요."

페트로닐라는 특별히 이유를 묻지 않은 채 로스시를 따라 연회장 밖으로 나왔다. 그의 목표는 그녀가 최대한 놀랄 만한 프러포즈를 하는 것이었다. 후원에 다다랐을 때, 로스시가 페트로닐라를 불렀다.

"닐."

"네, 로?"

"잠깐만, 여기서 눈을 감아 주시겠습니까?"

드디어 시작되는 것이다. 로스시의 심장이 세차게 뛰었다.

"아주 잠깐이면 됩니다, 닐."

로스시가 다정하게 말하며 페트로닐라를 안심시켰다. 페트로닐라는 그를 믿었기 때문에 순순히 그렇게 했다. 마침내 로스시는 크게 심호흡을 한 다음 마지막 준비를 했다. 뒤쪽에 숨겨져 있던 초들을 하트 모양으로 배치한 다음, 백 송이의 장미 다발을 든 것이었다. 어찌 보면 고전적이고 구닥다리 같은 프러포즈였다. 하지만 로스시는 이처럼 자신의 마음을 잘 표현할 수 있는 방법이 또 없다고 생각했다. 그가 긴장한 표정으로 페트로닐라를 쳐다보았다.

이제 드디어 그녀에게 자신의 마음을 확실하게 표현하는 것이다. 너무나도 사랑하기 때문에, 평생을 함께하고 싶다고. 그녀를 평생 지켜주고 사랑해줄 자신이 있노라고. 그가 긴장된 표정으로 그녀를 계속해서 응시하는데, 기다림에 지친 것인지 페트로닐라가 먼저 입을 열어 조심스럽게 물었다.

"로, 이제 눈 떠도 돼요?"

"아, 잠깐! 잠깐만요!"

아직 마음의 준비가 다 되지 않았는데!

로스시가 잔뜩 달아오른 볼을 가라앉힌 후, 잠시 뒤에 페트로닐라를 불렀다. 목소리는 잘게 떨리고 있었다.

"닐, 이제 눈을 뜨셔도 됩니다."

그의 말에 페트로닐라가 슬그머니 눈을 떴고, 그녀의 얼굴에는 눈을 뜨자마자 놀란 기색이 가득했다. 그 모습을 본 로스시가 얼굴을 붉히며 옆으로 돌렸다.

"어색하네요."

"이게 무슨……."

"낮에 로맨틱하게 하고 싶었는데, 낮에는 제대로 못 할 것 같아서요. 널의 눈을 보고, 똑바로 내 사랑을 속삭인다면, 난 그 자체만으로도 두근거려서 심장이 터질지도 모르니까."

밤에 사랑을 고백해야만 했다. 밝은 대낮, 그녀의 얼굴을 똑바로 응시하며 사랑을 고백하기에는 로스시의 심장이 너무나도 약했다. 그가 그녀를 몹시도 사랑하는 것과는 별개의 문제였다. 어쨌든 그녀는 마음속에서 어떤 파문이 인 듯했다. 페트로닐라가 감격한 목소리로 그를 불렀다.

"아, 로……."

적어도 아직까지는 모든 것이 순조로웠다. 그가 심호흡을 다시 한 후 그녀를 불렀다.

"레이디 페트로닐라."

실로 오랜만이었다. 그녀의 풀 네임을 부르는 것. 그녀는 언제나 그에게 사랑스러운 '널'이었으니까. 페트로닐라가 고개를 끄덕이며 한 발걸음, 앞으로 나아갔고, 로스시는 여전히 떨림을 주체하지 못한 채 자신의 마음을 차분히 전달하기 위해 노력했다. 수차례를 연습했음에도 그녀와 마주하지 않고 말하는 것과, 그녀와 마주한 채 사랑을 고백하는 것은 천지 차이였다. 그가 솔직하게 자신의 생각을 말했다.

"저는 영양보다 가문도 좋지 않고, 그리 능력 있거나 다정한 남자도 아닙니다."

늘 신경 쓰였던 부분이었다. 그는 백작의, 그녀는 후작의 적통 후계였다. 착한 페트로닐라는 그런 부분에 있어 전혀 신경 쓰지 않는 듯했지만, 늘 그렇듯 신경을 쓰는 쪽은 상대적으로 낮은 쪽이었다.

그녀는 심각하게 매력 있고, 사랑스러운 여자였다. 자신보다 더 신분이 높고 다정하고, 능력 있는 남자와 충분히 행복해질 자격이 있는.

"그럼에도 불구하고, 저는 영양을 행복하게 만들어 드리기 위해 최선을 다해 노력할 겁니다. 당신의 모든 고통과 행복과 슬픔을 나누고, 힘들 때면 위로하고, 기쁠 때면 축하하는, 그런 남자로 당신의 곁에 영원히 남고 싶습니다."

그럼에도 불구하고 그는 이기적으로 자신의 마음을 좇고 싶었다. 그녀가 다른 남자와 함께 웃고, 떠들고, 사랑할 생각만 하면 가슴이 답답하고 한없이 슬펐다. 그녀를 자신의 것으로 만들고 싶었다. 누가 뭐래도 나의 여자라고 온 세상에, 이 세계에 공표하고 싶었다.

그건 그의 욕심인 걸까? 그렇다고 해도 상관없었다. 그녀 이전의 세계는 상상하고 싶지도 않고, 그녀 이후의 세계는 그에게 완전무결한 천국이다.

로스시는 페트로닐라를 그녀의 동생, 페트리지아와 동일하게 호의호식시켜줄 자신은 없었다. 그가 아무리 노력한다고 해도 황실의 여자와 동등한 대접을 그녀에게 해줄 수는 없을 테니까.

하지만 그렇다고 해도, 그녀를 세상에서 가장 행복한 여자로 만들어줄 자신은 있었다. 그는 그녀가 슬퍼할 때 눈물을 닦아주고, 그녀가 행복할 때 함께 웃고 싶었다. 앞으로 남은 인생의 모든 시간들을 단 1초도 빠뜨리지 않고 그녀와 함께하고 싶었다.

"그러니 부디 저와…… 결혼해 주시겠습니까?"

로스시는 품 안에서 반지를 꺼내 장미 꽃다발 위에 올려놓으며 마지막으로 물었다. 그의 목소리는 더 이상 떨리지 않았다. 하지만 가슴은 여전히 세차게 떨리고 있었다. 혹시라도 그녀가 그를 거절할까 봐. 다른 남자와 평생을 함께하고 싶다고 말할까 봐. 그가 애처롭기까지 한 눈으로 그녀를 올려다보았다.

"당연하죠."

대답이 빠르게 튀어나왔다. 그는 곧바로 기뻐했다. 로스시의 입가에 숨길 수 없는 미소가 떠올랐다. 자신을 가만히 미소 띤 얼굴로 내려다보던 페트로닐라가 빠른 걸음으로 그에게 다가가 장미 꽃다발을 받아 들었다. 그 위에 올려져 있던 반지를 재빨리 왼손 약지에 끼운 페트로닐라가 기쁜 표정으로 그를 한 팔 가득 안았다. 페트로닐라의 황홀함 가득한 목소리가 로스시의 귓가를 울렸다.

"당신이라는 남자를 만난 것처럼 내 인생에서 중요하고, 축복받은 일은 없을 거예요."

아아, 신이시여. 맹세컨대 지금은 로스시의 모든 인생을 통틀어 가장 기쁜 순간이었다. 그의 눈가가 촉촉이 젖어 들었다. 그가 목이 멘 목소리로 답했다.

"나 같은 남자를 그렇게 평해 주셔서 고맙습니다, 닐."

"비하도, 겸손도 필요 없어요. 당신은 이 제국, 아니, 이 세계에서 가장 멋진 남자니까. 사랑해요, 로. 청혼해줘서 너무 고마워요."

페트로닐라가 엉엉 울며 그에게 고백했다. 로스시는 눈물과 미소가 뒤엉킨 기괴한 얼굴로 그녀에게 사랑을 말했다.

"받아줘서, 내가 더 고맙고, 내가 더 사랑합니다, 닐."

이것만큼은 포기할 수 없다는 듯 페트로닐라에게 절절한 목소리로 사랑을 고백한 로스시가 다정한 눈길로 페트로닐라를 쳐다보았다. 사랑스러움을 숨길 수 없다는 시선에 페트로닐라는 당연히 기분이 좋아졌고, 그를 따라 함박웃음을 지으며 먼저 로스시에게 키스했다.

당연히, 그는 피하지 않았다. 기꺼이 받아들였고, 기꺼이 그녀에게 열렬한 입맞춤을 선사했다.

귓가에 종소리와 비둘기가 날아오르는 소리가 들렸다. 지금 이 순간, 그는 이 세상 누구보다 행복하다고 자신할 수 있었다.

로스시가 성공적으로 프러포즈를 마쳤다는 소식은 제국 내 모든 귀족들의 입과 입을 타고 퍼져나갔다. 그리고 두 사람이 결혼생활을 그로체스터 후작저에서 한다는 소식 역시 많은 사람들의 입에 오르내렸다.

"두 부모님 모두 우리가 결혼하면 아래 자식이 없으신데요. 진짜 괜찮아요?"

햇살이 좋던 어느 날, 백작저의 테라스에서 페트로닐라가 물었다. 하지만 로스시는 아무렇지 않게 그녀의 말에 답했다.

"프러포즈 성공했으니까, 제발 나가서 살라고 말씀하신 분들이에요. 금실이 아주 좋으시거든요. 조금만 더 연세가 젊으셨으면 늦둥이를 볼 정도로."

"맙소사."

페트로닐라가 킥킥거리며 웃었다. 브레딩턴 백작부처의 금실은 이미 황성에서 유명세를 탄 지 오래였다.

"하지만 그래도…… 정말 괜찮을까요?"

"전 좋아요. 닐은 별로예요?"

"저야, 아무 데나 상관없죠. 이젠 로의 부모님도 제 부모님이나 다름없는걸요."

"나도 그래요. 그러니까……."

로스시가 빙긋 웃으며 페트로닐라에게 몸을 숙였다. 곧 그의 입술이 눈처럼 그녀의 이마 위에 내려앉았다. 작은 소리와 함께 페트로닐라는 눈을 감았고, 로스시는 슬며시 그녀에게서 떨어졌다.

행복하다.

"그 이야기는 이만하고, 내일 있을 결혼식이나 생각해봐요, 우리."

로스시는 페트로닐라가 프러포즈를 승낙하자, 3개월 뒤를 결혼 날짜로 잡았다. 주변 사람들이 너무 이르다며 만류했지만, 로스시와 페트로닐라는 상관없다고 말했다. 얼른 결혼해 한 지붕 아래서 마음껏 사랑하고 싶었으니까.

"로, 닐. 방해해서 미안하구나."

그때 다정한 음성이 두 사람 사이를 파고들었다. 내일부로 페트로닐라의 시모가 될 브레딩턴 백작부인이었다. 그녀는 자애로운 미소를 지으며 두 사람에게 다가갔다.

"월터가 찾아왔단다, 로."

월터 이 자식, 하여튼 눈치 하나는 더럽게 없다니까…… 그가 대놓고 눈살을 찌푸리며 가기 싫다는 표정으로 페트로닐라를 쳐다보았다. 그러자 페트로닐라가 빙긋 웃으며 그에게 말했다.

"얼른 다녀와요, 로."

"갈 건가요, 닐?"

"안 가요, 아무 데도."

페트로닐라가 빙긋 웃으며 답했다.

"영원히 당신의 곁에 있을 거예요."

"넌 너무 눈치가 없어."

응접실에서 로스시가 대놓고 불평하자, 월터가 발끈했다.

"이 녀석이, 내가 들러리까지 서 주는데!"

"그래도 눈치 있게 행동해야지! 지금 한창 좋은 시간 보내고 있는데."

"배신감 든다. 이러다 결혼하면 나 아예 안 만나겠다?"

"질투냐? 징그럽게."

"됐어. 때려치워. 나도 내 짝이나 찾아야지."

"제발 좀 그래라. 나 귀찮게 하지 말고."

장난스럽게 대꾸한 로스시가 월터에게 용건을 물었다.

"그래서, 왜 왔어?"

"아, 줄 게 있어서."

그렇게 말한 월터가 무언가를 주섬주섬 꺼내 로스시에게 내밀었다. 그는 의아한 표정으로 그것을 받아들었다.

"이게 뭐야?"

"열어나 보셔."

월터가 준 것은 빨간색 크라바트였다. 그가 물었다.

"갑자기 어쩐 일이냐? 웬 크라바트?"

"그래도 결혼하는데 선물 하나는 해야겠다 싶어서. 고민하다 제일 무난한 걸로 골랐지."

그가 로스시의 어깨를 툭툭 치며 말했다.

"내일은 바빠서 이런 말도 못 할 것 같아서. 잘 살아라, 모쪼록."

"민망하게 뭐 이런 걸……."

말은 그렇게 해도 내심 감동받은 그였다. 어릴 적부터 같이 지내왔기 때문일까. 확실히 그보다 먼저 결혼을 한다는 것이 로스시에게는 묘하게 느껴졌다. 그가 말했다.

"어쨌든 가보고. 나 이만 닐에게 가봐야 해."

"이 팔불출 자식! 결혼도 하기 전에 이러기냐?"

툴툴거리면서도 월터는 한번 씩 웃어 보이고는, 당당한 걸음걸이로 응접실을 나갔다. 쿵, 문이 닫히자 로스시는 자신의 손에 들린 빨간색 크라바트를 가만히 응시했다. 그걸 보니 정말로 이제 결혼하는구나 싶은 생각이 들었다.

-똑똑

그때 들려오는 노크 소리에 로스시가 반사적으로 물었다.

"네?"

"나예요, 로."

"닐."

그가 함박웃음을 지으며 답했다.

"얼른 들어와요."

페트로닐라가 문을 살짝 연 채 빠끔히 그를 쳐다보았다가, 곧 싱그럽게 미소 지으며 로스시에게로 다가왔다.

"둘이 무슨 이야기 했어요?"

"크라바트를 주더라고요."

로스시가 월터가 준 크라바트를 흔들어 보이며 웃었다. 페트로
닐라는 그것을 빤히 쳐다보다가, 곧 로스시에게 다가왔다. 그가 의
아한 표정으로 그녀를 바라보았고, 페트로닐라는 그를 작은 목소
리로 불렀다.

"로."

"네, 닐라?"

"하고 싶은 말이 있어요. 내일 하는 게 멋지겠지만, 오늘 꼭 하고
싶어서요."

그녀가 싱긋 웃으며 고백했다.

"나한테 청혼해줘서, 정말 고마워요."

"닐."

"로 덕분에 나 이제는 정말 행복해질 수 있을 것 같아서, 지금 너
무 기뻐요. 아마 당신은 내 마음을 모를 거야."

그렇게 말한 페트로닐라가 먼저 그에게 입을 맞추었다. 로스시
는 피하지 않고 페트로닐라를 품에 꼭 안아주었다. 그녀에게 뜨겁
게 입을 맞추며, 로스시는 생각했다.

'내 청혼받아줘서, 나야말로 고마워요.'

결혼 하루 전의 달콤한 키스였다.

"휴우……."

신랑 대기실에서, 로스시는 잠깐 모두를 물리고선 마음을 다스렸다. 며칠 전부터, 어제까지도 계속 그려왔던 오늘이었지만, 이상하게 너무 떨렸다. 그가 차분하게 심호흡을 하며 잘할 수 있다고, 실수하지 않을 거라고 속으로 되뇌고 있는데, 노크 소리가 들려왔다.

"누구세요?"

"애비다, 로."

브레딩턴 백작이었다. 로스시가 빙긋 웃으며 답했다.

"아버지, 들어오세요."

문이 열리고 백작이 들어왔다. 그는 평소보다 눈에 띄지 않는 단정한 옷을 입고 있었다. 백작이 아들이 있는 쪽으로 천천히 걸어왔다.

"어째 긴장한 모습이구나. 어제까지는 꽤 자신만만한 모습이더니?"

"……제가요?"

"그래, 이 자식아. 어제까진 그렇게 구름을 걷는 표정만 짓더니, 어제의 모습은 다 어디로 간 거냐?"

"막상 결혼을 앞두니 싱숭생숭해요. 제가…… 잘할 수 있을지 걱정도 되고요."

"뭘? 결혼생활 말이냐?"

"네. 제가 좋은 남편이 될 수 있을지 확신이 서지 않아요."

아들의 걱정에 브레딩턴 백작이 한번 호탕하게 웃은 다음 로스시의 등을 두드렸다.

"걱정 말 거라, 로. 처음부터 그런 생각을 가지고 시작한다는 것 자체가 이미 넌 자격이 충분하다는 뜻이니까."

브레딩턴 백작이 믿는다는 듯한 눈길로 아들을 쳐다보았다.

"넌 충분히 멋진 남편, 좋은 아버지가 될 거다."

"왜 그렇게 자신하세요?"

"넌 나와 네 어머니의 아들이니까. 우리가 널 어디서 주워온 것도 아닌데, 아무렴 그 피가 어디로 가겠니?"

"하하."

그것도 그랬다. 설핏 웃은 로스시가 브레딩턴 백작에게 말했다.

"고마워요, 아버지."

"뭘?"

"이제껏 잘 키워주셔서요. 좋은 부모님 밑에서 잘 자랄 수 있어서 정말 기뻤습니다. 전 행운아예요."

"혼기 꽉 찬 아들놈에게 그런 소리를 들으려니 민망해 죽겠구나. 얼른 나가보기나 하려무나. 신부를 기다리게 할 참이냐?"

"네."

눈살을 접은 채 로스시가 미소 지었다. 깨끗하고 싱그러운, 예비 신부를 닮은 미소였다.

"신부는 입장해 주시기 바랍니다."

단상의 오른편에 서 있던 로스시는 그 말 한마디에 기껏 가라앉혀둔 심장이 미친 듯이 뛰는 것을 느꼈다. 입장할 때까지만 해도 실감 나지 않았던 결혼식이라는 것이, 신부의 입장으로 드디어 시작되는 듯했다. 그는 참지 못하고 뒤를 돌아보았다.

순간 그는 저도 모르게 마른침을 삼켰다. 늘 아름답던 그녀였다. 하지만 오늘은 농담하지 않고 평소의 200배는 더 예뻐 보였다. 아니, 세상에서 제일 아름다웠다. 순백의 드레스를 입은 그녀는 마치 천사가 인간으로 변모한 모습을 하고 있었다. 로스시는 저도 모르게 환한 미소를 지었다.

그때, 로스시와 페트로닐라의 두 눈이 마주쳤다. 그와 눈이 마주치자마자, 페트로닐라가 숨길 수 없는 미소를 짓는 것을 본 로스시의 미소가 한층 짙어졌다.

세상에서 가장 아름다운 그의 신부였다.

마침내 페트로닐라가 로스시의 왼편으로 왔을 때, 로스시는 슬며시 손끝을 움직여 페트로닐라의 오른손을 잡았다. 페트로닐라도 모른 척 그의 손을 맞잡았다. 연애 초기의 풋풋했던 감정이 다시 살아나는 듯한 기분이 일었다. 물론 지금도 그때 못지않게 달콤하고 설렜지만.

주례는 위더포드 공작이 맡아주었다. 모든 주례가 그렇듯, 위더포드 공작의 주례 역시 상당히 길었다. 지루한 것을 지독하게 싫어하는 두 사람이었지만, 그렇다고 해서 공작에게 '너무 기니 제발 적당히 하고 자르라'고 말할 수도 없는 노릇이었다.

특히나 로스시는 최대한 빨리 주례를 생략하고 신부와 함께 신방으로 들어가고 싶은 마음이 간절했다. 하지만 솔직히 말할 수도 없는 상황에, 그는 최대한 견뎌보기로 했다.

"……그리하여 신랑은 신부와 함께 괴로우나 즐거우나 온 인생을 동고동락하며 머리가 하얗게 셀 때까지 신부만을 사랑할 것을 맹세합니까?"

마침내 주례사의 끝을 알리는 질문이 등장했고, 로스시는 마치 오래전부터 준비해온 대답을 차분히 꺼내 들었다.

"머리가 하얗게 세고 몸이 썩어 흙이 된다고 해도, 오로지 신부만을 사랑할 것을 가문의 이름으로 맹세합니다."

순간 눈물이 날 듯했다.

그녀의 옆에서 이런 말을 꺼내는 날이 올 줄이야. 그토록 오랫동안 생각하고, 오랫동안 꿈꿔왔던 질문이었는데. 그가 눈물이 흐를 듯한 눈을 숨기며 빙긋 웃었다.

"그렇다면 신부는 신랑과 함께 괴로우나 즐거우나 온 인생을 동고동락하며 머리가 하얗게 셀 때까지 신랑만을 사랑할 것을 맹세합니까?"

"평생 동안 신랑의 아내로서 신의와 예의를 지키며 이 삶이 끝난 다고 해도 오로지 신랑만을 사랑할 것을 가문의 이름으로 맹세합니다."

대답을 마친 페트로닐라가 고개를 오른쪽으로 돌려 로스시를 바라보았다. 동시에 로스시 또한 고개를 왼쪽으로 돌려 페트로닐라를 응시했다. 그녀 또한 만감이 교차하는지 눈이 약하게 충혈되어 있었다. 그 모습을 보자, 로스시는 참지 못하고 눈물 한 방울을 떨어뜨렸다. 하지만 동시에 미소도 지어졌다. 그녀가 자신과 똑같은 마음이라는 것이 느껴졌기 때문에.

행복했다.

"이로써 두 사람은 부부가 되었습니다. 모두들 새 부부의 앞길에 순탄함만이 가득할 수 있도록 축복해 주십시오."

그 말을 끝으로 사방에서 우레와 같은 박수 소리가 들려왔다. 그 박수 소리를 온전히 받으며 두 사람은 사이좋게 손을 잡고 버진 로드를 걸어갔다.

두 사람은 누가 먼저랄 것도 없이 다시 한번 고개를 돌려 서로를 쳐다보았다.

아까의 눈물은 어디로 가고, 로스시는 정말로 활짝 웃고 있었다. 그는 마치 세상을 전부 가진 것 마냥 행복한 모습이었다. 물론, 페트로닐라도 그러했다.

모든 게 전부 황홀한 날이다. 로스시가 눈살을 곱게 접으며 기쁘게 웃었다. 오늘은 그의 인생에서 가장 기쁜 날이라고, 그는 당당하게 말할 수 있었다. 로스시가 사랑스러운 신부의 눈을 들여다보며 굳게 다짐했다.

'반드시 행복하게 만들어 줄게요. 나와 함께 살아서 정말 행복했다고 말하게 해줄게요.'

사랑합니다, 내 신부.

3

A Wrong Encounter

"이번에 즉위하신 폐하 말이야, 그렇게 잘생기셨대."

동료인 에브리의 말에도 자네트는 무덤덤하게 굴었다. 이번에 새로 즉위한 황제가 잘생겨서 뭐? 나랑 무슨 상관이 있는데. 이런 식이었다. 그런 자네트의 반응에 에브리가 답답하다는 듯 말했다.

"넌 애가 야망이 없어. 폐하의 눈에 들어서 정부라도 되어봐! 그럼 이런 시녀 생활도 끝이라고."

"우리 같은 애들이 어떻게 폐하의 눈에 드니? 여기가 황궁도 아니고."

자네트와 에브리는 모두 보잘것없는, 그저 그런 가문의 여식들이었는데, 황제의 별궁에 소속되어 있는 많고 많은 관리인들 중 한 명이었다. 별궁의 특성상 황성에서 멀리 떨어진 지방에 위치하고 있었는데, 그런 두 사람이 황제의 눈에 들기란 거의 불가능한 일이었다. 자네트가 덧붙였다.

"그리고 운 좋게 폐하의 눈에 든다 쳐도, 새로 들어오실 황후 폐하께서 퍽이나 정부의 존재를 좋아라하시겠다. 죽지나 않으면 다행이지."

"너도 참. 그렇게 치면 역대 선황들의 정부는 전부 다 목숨을 잃었게?"

에브리가 빙긋 미소 지으며 덧붙였다.

"만약 황후 폐하께서 적통을 생산하지 못하신다면, 지금의 황제께서 형제가 있는 것도 아니시니 정부의 아들이 황제가 될 수도 있는 거라고."

"에브리, 말조심해!"

자네트가 기겁하며 말했다. 애가 조심성이 없어!

"누가 들으면 우리 둘 다 치도곤을 당할 거야. 제발 입조심 좀해!"

"넌 너무 조심성이 많다니까."

에브리가 고개를 절레절레 저으며 자리에서 일어섰다. 이제 나가봐야 할 시간이었다.

"어쨌든 폐하께서 순행 때문에 저녁에 이쪽으로 오신다니, 한번 기회를 노려보는 것도 나쁘지 않아."

"좋을 대로 해라. 말리진 않을 테니까."

어깨를 으쓱이며 답한 자네트가 잠시 후에 푸념하는 목소리로 말했다.

"그보다 저녁에 오신다면 오늘부터 일찍 자기란 글렀네."

"평소에도 그 시간쯤에 자면서, 뭘."

"그건 그래."

작게 웃으며 대꾸한 자네트 역시 슬슬 자리에서 일어섰다. 저녁에 있을 황제의 방문에 맞추어 별궁은 몇 주 전부터 전체적으로 부산스럽게 준비하는 분위기였다. 당연히 거기에는 두 사람도 포함이었다.

"폐하께서 처음 오시는 것이니 준비에 차질이 없어야 한다."

총 책임자인 에이모 백작부인의 명령에 따라 모든 시녀들과 시종들은 일사불란하게 움직였다. 마지막 점검이었다. 별궁의 단장이 모두 마무리가 되고 나서야 자네트와 에브리는 깨끗하게 목욕을 마친 후, 오랜만에 주어진 새 드레스로 갈아입었다. 자네트는 그거 하나만큼은 좋다고 생각했다.

늦은 저녁이 되어서야 황제 일행은 별궁으로 도착했다. 하지만에브리와 자네트는 황제와 동행한 다른 귀족들의 시중을 드느라정작 황제를 볼 일이 없었다. 황제를 시중드는 일은 그녀들보다 좀더 신분이 높은 이들의 몫이었기 때문이었다. 에브리는 그 사실에매우 아쉬워했지만, 애당초 황제에게 관심이 없었던 자네트는 별로 개의치 않아 하는 모습을 보였다.

시간이 자정 즈음에 다다랐을 때, 자네트는 슬슬 피곤해지기 시작했다. 어쩐지 아까부터 몸이 조금 안 좋더라니.

'바람이라도 쐬면 좀 나으려나.'

자네트는 그렇게 생각하며 별궁 밖의 정원으로 갔다. 자정의 바람은 분명 시원했지만 쌀쌀하였다. 5분 정도 지났을 때, 자네트는 감기에 걸리지 않으려면 이만 들어가는 것이 낫겠다고 판단하고는, 몸을 돌렸다. 그때 그녀의 눈에 누군가가 들어왔다.

"아……."

처음 보는 사람이었다. 하지만 자네트는 분명히 알 수 있었다. 화려한 금색의 제복과 자정의 밤을 닮은 머리카락. 분명히…….

"황제 폐하."

저도 모르게 나온 목소리에, 남자가 천천히 고개를 돌렸다. 자네트의 심장이 쿵쿵 뛰었다.

'이번에 즉위하신 폐하 말이야, 그렇게 잘생기셨대.'

문득 에브리가 했던 말이 떠올랐다. '그렇게 잘생겼다'고 말했을 때, 자네트는 믿지 않았다. 선황이 추남이라는 소문이 있었기 때문이었다. 그래서 그녀는 제국의 역대 황후들 중 가장 미인이었다는 선후를 고려하지 못했다.

"그대는 누구지?"

낮은 목소리가 매력적이었다. 그녀가 황급히 고개를 숙이며 답했다.

"전 그냥…… 일개 시녀입니다, 폐하."

"이름을 물었어."

"……자네트라고 합니다."

"예쁜 이름이구나."

그때, 고개를 숙인 자네트의 귓가에 발소리가 점점 더 크게 들려왔다. 그녀는 저도 모르게 마른침을 삼켰다. 황제가 이쪽으로 다가오고 있었다. 하지만 왜? 지나쳐 안으로 들어가려는 걸까?

쿵쿵 뛰는 심장을 움켜쥔 채 그가 자신을 지나쳐 가기를 기다렸지만, 발소리는 그녀의 귀 옆을 지나가지 않았다. 대신 그 앞에 멈추어 섰다. 그녀가 저도 모르게 허리를 펴 올렸다가, 아직까지 황제가 제 앞에 있다는 사실을 발견하고선 서둘러 다시 고개를 숙였다. 황제가 웃으며 말했다.

"고개를 들어도 좋아."

"하지만……."

"황명이야. 자, 어서."

시녀인 자네트에게 예법보다는 황명이 우선이었다. 자네트가 슬며시 고개를 들어 올렸다. 동시에 뒤쪽에서 바람이 불어왔고, 제법 쌀쌀했던 탓에 그녀는 저도 모르게 몸을 떨었다. 그 모습을 발견한 황제가 물었다.

"추운가?"

"괘, 괜찮습니다."

"괜찮긴."

그는 그렇게 말하며 자신이 입고 있던 망토를 벗은 후 자네트에게 둘러 주기 위해 한 걸음을 더 다가왔다. 황제가 무엇을 하려는지 알아챈 자네트가 경악하며 거부했다.

"폐하, 제가 어찌 감히……."

"아랫사람에게 베푸는 것 또한 지도자의 덕목이지. 사양하지 않아도 돼."

"하지만……."

자네트가 당황한 눈으로 황제의 눈을 쳐다보았지만, 그는 단호했다. 하는 수 없이 자네트는 그의 손길을 거부하지 못한 채 그저 가만히 서 있었다. 황제가 말했다.

"체구가 왜소하구나. 많이 말랐어."

"안 먹는 건 아닌데…… 체질인가 봅니다. 마르신 저희 어머니를 닮았거든요."

"그래?"

황제가 설핏 웃으며 자네트와 눈을 마주쳤다. 자네트는 순간 심장이 아까보다 더 뛰는 것을 느꼈다.

'왜 이러는 걸까.'

모시는 주군께 이런 감정을 품는 것은 결코 바람직한 일이 아닌데.

자네트가 떨리는 마음을 차분히 추슬렀다. 시녀답지 못한 감정이고, 대처다. 그녀는 가급적 빨리 이 자리를 뜨는 것이 좋겠다고 판단했는지, 서둘러 몸에 둘러져 있던 황제의 망토를 벗어 그의 어깨에 둘러준 후 서둘러 인사했다.

"폐하, 휴식을 방해했다면 송구합니다. 저는 이만 물러가 보겠……."

"저기, 잠깐만."

젊은 황제가 서둘러 자네트를 붙잡았다. 본의 아니게 손목이 붙잡힌 자네트가 깜짝 놀란 표정을 지었다. 완전히, 예상에 없던 일이다. 그녀는 순간 본분을 망각하고 그를 똑바로 쳐다보았다.

"폐하."

"아……."

그 자신도 그렇게 행동할 줄은 몰랐는지, 황제 또한 꽤나 놀란 표정이었다. 하지만 그렇다고 해서 잡은 손목을 놓아줄 생각은 또 없는 듯했다. 황제는 슬며시 자네트의 손목에 주었던 힘을 풀었지만, 그렇다고 해서 완전히 그녀를 놓아준 것은 아니었다.

자네트가 애걸하듯 말했다.

"폐하, 저는 이만 가보아야 합니다. 다른 귀족분들께서 저를 찾으실지도 모르……."

"네가 필요하다면?"

황제가 떨리는 목소리로 말했다.

"내가, 네가 필요하다면? 그래도 갈 것인가?"

"……네?"

"그……."

황제는 얼른 변명을 생각해내야만 했다. 그래야 그녀, 아니 자네트가 가지 않을 테니까. 끙끙거리며 구실을 고민하던 황제가 곧 엉뚱한 핑계를 댔다.

"방에 배치된 시녀들의 키가 너무 작아."

"네?"

그게 시중과 무슨 상관이지……? 도통 영문을 알 수 없었던 자네트가 멍한 표정으로 묻자, 황제가 틈을 놓치지 않고 아무 말이나 쏟아냈다.

"보다시피 짐의 키가 크기 때문에, 시녀들의 키가 작으면 시중을 드는 데 크나큰 무리가 있어."

"그런데요……?"

"넌 키가 크지 않느냐."

실제로 그랬다. 자네트는 신장이 172cm로, 제국 내에서 상위 1% 안에 거뜬히 들 만큼 큰 키를 가지고 있었다. 그녀가 고개를 끄덕이자, 신이 난 황제가 설명했다.

"그러니 네가 내 시중을 들어야 했다."

"네에?"

자네트가 아연실색한 표정으로 말했다.

"하지만 전 폐하를 따라온 다른 귀족분들을 모시는 것으로 이미 정해졌는걸요……."

"그렇다고 해도 제국의 태양인 내가 명령하면 그런 것쯤이야 언제든 바뀔 수 있는 것 아닌가?"

그건 그랬다. 자네트가 멍하니 고개를 끄덕이자, 황제는 그제야 만족한 듯한 미소를 지어 보이며 그녀에게 말했다.

"밤바람이 찬데, 이만 들어가는 게 좋겠군."

"네에. 그럼 전⋯⋯."

"지금까지 했던 말을 한 귀로 듣고 한 귀로는 흘린 건가?"

황제가 황당한 표정으로 자네트에게 말했다.

"너도 나를 따라와야지."

"⋯⋯그거 진심이셨습니까?"

"그럼 설마 농담이었을라고?"

자네트에게 되물은 황제가 싱그럽게 웃어 보였다. 젊은 남자 특유의 생기와 건강함이 그대로 느껴졌다. 순간 자네트는 그 깨끗한 미소에 정신이 아찔해졌다.

'그때, 에브리가 했던 말에 귀를 기울였어야 했나.'

문득 이런 생각이 들었지만, 아무래도 이미 늦은 듯했다. 자네트는 어느 순간 자신의 손목을 움켜쥔 황제와 함께 그의 방까지 뛰어가고 있었다.

여전히 자네트의 손목을 움켜쥔 채 방까지 도착한 황제는 다른 시녀들을 전부 방 안에서 물린 뒤, 오직 자네트만 안에 남게 했다.

하지만 황제의 방까지 와서도 자네트는 이 일을 에이모 백작부인에게 어떻게 설명해야 할지 고민만 하고 있었다. 그녀로서는 전혀 생각조차 못 하고 있던 일이 지금 벌어지고 있었기 때문에, 자네트는 상당히 당황한 상태였다.

그것을 눈치챈 황제가 물었다.

"무슨 고민이라도 있는 것 같은데."

"네?"

깜짝 놀라 물은 자네트가 잠시 후에 낮아진 목소리로 답했다.

"아뇨. 그런 건 아닙니다."

"그래? 그럼……."

그 말과 동시에 황제가 옷을 벗기 시작했다. 급작스러운 행동에 놀란 자네트가 비명도 지르지 못하고 반사적으로 뒤를 돌았다. 자네트의 행동에 의아한 표정을 지은 황제가 물었다.

"왜 그런 반응이지?"

"네? 저, 전 그저……."

놀라 심장이 벌렁벌렁한 기분을 그대로 느끼며, 자네트가 침착하게 답했다.

"그…… 귀하신 분의 몸을 함부로 보는 건 아니라고 생각해서……."

자네트가 별궁에서 주로 했던 일은 상당히 의례적인 것들밖에는 없었다. 황제나 귀족들이 방문하지 않을 때는 에브리 같은 다른 시녀들과 함께 빈방들을 관리했고, 방문했을 때는 다과를 내오거나 귀중품을 정리했다. 목욕 시중을 들거나 환복을 도운 적도 있었지만, 어쩌다 보니 전부 귀부인들 한정이었다. 그러니까, 벗은 남자의 몸을 보는 것은 이번이 처음이라고 할 수 있었다.

물론 이 사실을 알 리 없는 황제는 시녀씩이나 되어서 이런 일에 과민 반응을 보이는 자네트를 이해할 수 없었지만.

"하지만 시녀라면 기본적으로 목욕 시중은 다 들 텐데?"

"그…… 제가 귀부인들의 목욕 시중밖에는 든 적이 없어서요. 환복도 그렇고…… 미숙할 것 같아 걱정이시면 다른 시녀들을 부르시는 것이……."

"아니. 그럴 것까지는 없고."

직접 가운을 입으며 고민하는 표정을 짓던 황제가 곧 명쾌한 목소리로 해결책을 제시했다.

"그리 어렵지 않아. 여자든 남자든 사람인 건 똑같으니까. 그냥 평소대로 하면 될 거다."

"……"

"그리고 이제 그만 뒤를 돌아도 좋아."

그 말에 겨우 몸을 돌린 자네트가 그에게 물었다.

"설마 저 혼자 폐하의 목욕 시중을 드나요?"

"불만인가? 못 하겠다거나……."

"……아닙니다."

다른 사람도 아니고 황제의 목욕 시중을 혼자 들다니. 이건 잘못되어도 무언가 단단히 잘못된 것이다. 아무리 지방 별궁의 시녀라고는 하지만, 이게 무언가 의례에 맞지 않는 일임은 자네트도 분명 알고 있었다. 그녀는 도무지 황제의 의중을 알 수 없었다.

하지만 그가 지시하면 따라야 하는 것이 온 제국민의 숙명이었다. 물론 거기에는 자네트도 포함이었다.

자네트가 하는 수 없이 욕실 안으로 들어갔다. 외출 전에 이미 지시를 해두었는지 이미 욕실 안에는 뜨거운 물이 가득 채워진 욕조가 있었다. 잠시 후에 그가 얇은 실크 가운만 입은 상태로 욕실 안까지 들어왔고, 곧 무심하게 욕조 안으로 들어갔다.

이렇게 높은 사람의 – 제국에서 가장 귀한 신분이었다 – 목욕 시중은 처음 들어보는 자네트는 혹시 실수라도 하면 어쩌나 심히 걱정했지만, 그냥 귀부인 한 명의 목욕 시중을 드는 것이라고 생각하고 마음 편히 임하기로 했다. 괜히 긴장했다가 평소에는 절대 안 하던 실수를 하면 그게 더 낭패였으니까.

"……"

"……"

두 사람 모두 말이 없었고, 욕실 안에는 단둘이었기 때문에 침묵이 흐르는 건 당연한 일이었다. 물론 황제의 목욕 시중을 드느라 정신이 없던 자네트로서는 직업 정신을 발휘하느라 그 침묵마저도 신경 쓰지 못했으나, 황제는 아닌 듯했다. 그는 무언가 할 말이 있

는 듯한 표정으로 자꾸만 자네트를 빤히 응시하고 있었다. 자네트
는 이 집요하기까지 한 시선을 한동안 눈치채지 못하다가, 목욕이
거의 끝나갈 무렵이 되어서야 눈치챌 수 있었다.

"폐하, 이제 그만 나오셔도……."

자네트가 무심코 숙였던 몸을 펴 올리려는 순간, 황제의 검은 눈
동자와 마주했다. 목욕 뒤에 마주하는 그의 얼굴은 차가운 밤하늘
아래에서보다 훨씬 생기를 머금고 있었다. 약간 붉어진 듯하면서
도 투명한 피부는 그의 외모를 둘러싼 미문이 결코 거짓된 것이 아
님을 당당하게 증명하고 있었다.

자네트가 저도 모르게 마른침을 삼켰다. 속으로는 '미친 것이 분
명하다'고 생각하면서도, 자네트는 내심 시녀로서 단독으로 황제
의 목욕 시중을 드는 영광을 누렸다는 사실에 기뻐했다. 물론 그녀
자신은 눈치채지 못할 정도의 은밀한 본심이었지만.

"……."

"……."

진득한 시선이 계속해서 그녀를 따라다녔고, 어느 순간 자네트
는 당황하기 시작했다.

어째서 계속 나를 쳐다보시는 걸까?

물어보고 싶었지만, 그의 눈동자를 바라보니 이상하게 물을 수
가 없을 것 같은 기분이 들었다. 그녀가 이도 저도 못 한 채 입술만
달싹이고 있는데, 갑자기 황제가 욕조 안에서 젖은 팔을 들어 올렸

다. 맑은 물소리와 함께 얇은 천이 조금의 틈도 없이 달라붙은 그의 탄탄한 팔이 보였다. 자네트가 여전히 그를 쳐다보고 있는 사이, 그가 차분히 그녀의 얼굴 옆에서 헝클어진 머리카락을 귀 뒤로 넘겨주었다.

"열심히 했나 보군."

"아……."

당황한 자네트가 저도 모르게 얼굴을 붉히며 사과했다.

"보기 거슬리셨다면 죄송합니다."

하지만 그 사과에도 황제는 가타부타 말이 없었다. 슬슬 침묵이 불안해지기 시작할 때가 되었을 때, 황제가 입을 열었다.

"자네트라고 했나?"

"그렇습니다, 폐하."

곧바로 나온 이야기는 그녀로서는, 꽤나 충격적인 것이었다.

"황궁에 가고 싶은 마음, 없느냐?"

"……네?"

순간 자신이 제대로 들은 건지 의문이 들어, 자네트는 무례하다는 생각도 잊고 곧바로 되물었다. 하지만 황제의 표정을 보니, 자신이 제대로 이해한 게 맞는 듯했다. 황궁에 간다는 것의 의미. 그녀의 머릿속에는 단 한 가지밖에는 떠오르지 않았다. 자네트가 멍한 표정으로 다시 물었다.

"제가 이해한…… 그런 뜻이 맞습니까, 폐하?"

"그래."

"하지만 저 같은 걸 왜……."

"황은에는 이유가 없다. 황제의 마음에도 이유가 없지."

"……."

"싫다면 강요하진 않아."

그는 다정한 목소리로 그렇게 말했고, 자네트는 여전히 얼이 빠진 모습으로 황제를 응시했다. 그가 더없이 매력적인 얼굴로 그녀를 향해 웃어 보였고, 자네트는 그게 마치 마약이라도 되는 듯 저도 모르게 고개를 끄덕였다.

그때의 순간, 그녀가 머릿속에서 생각했던 것은 그리 특별하거나 심오하지 않았다. 눈앞의 황제가 자신을 마음에 들어 했듯, 그녀 또한 눈앞의 황제를 마음에 들어 했다.

그게 전부였다.

황제가 오기 전, 에브리와 나누었던 대화나 자신이 그녀에게 했던 경고 따위는 조금도 생각나지 않았다. 마치 그 경고가 그녀 자신에게는 조금도 해당되지 않을 것이라고 자신하는 것처럼.

"고마워."

아름답게 한 번 웃은 황제가 곧이어 자네트에게 키스했다. 자네트는 어색하지만, 진심으로 황제의 키스를 받아들였다. 그 순간, 처음으로 사랑을 느낀 그녀는 진심으로 행복했다.

그날 밤 나름의 절차를 거쳐 황제와 동침한 자네트는 더 이상 그 지방 별궁의 소속이 아니었다. 몇몇은 황은을 입은 그녀를 진심으로 축하해주며 부러워했고, 또 몇몇은 시기와 질투의 시선을 날렸다. 원래 남의 이목을 잘 신경 쓰지 않는 성격이었던 자네트는, 후자의 경우는 전부 무시한 채 설레는 감정을 안고 황성으로 갈 준비를 했다.

그다음 날, 그녀는 황제가 기거하는 중앙궁의 시녀로서 황제와 함께 환궁했다. 기존의 중앙궁 시녀들이 갑작스럽게 나타난 자네트를 달가워할 리 없었다. 하지만 황제의 총애가 계속되면서, 처음에는 한미한 출신을 빌미로 자네트를 경시하고 미워했던 중앙궁의 시녀들은 점차 그녀에게 함부로 대하지 않게 되었다.

그렇다고 해서 자네트가 예전의 마음을 잃고 오만방자하게 군 것도 아니었다. 그녀는 조용히 황제의 곁을 보필하며 자신의 소임을 다했다. 그런 그녀를 황제도 질림 없이 아껴주었다.

그러던 어느 날, 황제가 정식으로 황후를 맞는다는 소식이 온 제국에 널리 퍼졌다.

자네트는 그 소식을 듣고서도 특별한 반응을 보이지 않았다. 당연한 일이었다. 황제는 자신같이 한미한 가문의 여식을 절대 황후로 맞아들일 수 없었다. 그건 제국법에도 위배되는 일이었다. 물론 자네트라고 새로 들어올 황후에 대해 질투심이 전혀 생기지 않는 건 아니었다. 하지만 뭐, 어쩌겠는가. 어차피 자신은 황후가 될 수 없고, 이미 자신에게 과분한 많은 것을 누렸는데.

황제는 그 사정에 대해 자네트에게 양해를 구하려 쩔쩔맸지만, 정작 자네트가 괜찮다는 식으로 일관하자 귀족들의 열화를 무시하지 못하고 정식으로 황후를 들였다. 황후의 이름은 알리사라고 했는데, 무려 제국 내에서 가장 대단한 권력자인 오스윈 공작의 동생이라고 했다.

"자네트라고 했나요?"

어느 날 자네트와 마주친 알리사가 가장 먼저 그녀에게 건넨 말이었다. 자네트는 이때 솔직히 좀 당황했는데, 황후가 자신을 알고 있을 것이라는 생각은 했지만, 이렇게 대놓고 말을 걸어올 줄은 예상하지 못했기 때문이었다.

그녀가 얼른 고개를 숙이며 답했다.

"네, 황후 폐하."

"편하게 지내요, 자네트. 듣자 하니 폐하께서 가장 총애하시는 시녀가 그대라던데."

"……."

이런 문제에는 어떻게 대응해야 할지 몰라 허리를 굽힌 채 땀만 뻘뻘 흘리던 자네트를, 알리사는 사람 좋은 미소를 지으며 일으켜

주었다. 자네트가 멍한 표정을 지으며 알리사를 쳐다보았다가, 곧 자신의 처지를 깨닫고 다시 고개를 숙였다.

"제가 어떻게 감히 황후 폐하께…… 저는 제 주제를 잘 알고 있습니다, 폐하."

"……."

"제가 폐하의 지위를 위협할 만한 일을 할 리 없다는 말씀입니다."

"꼭 그런 걸 말한 건 아니었는데…… 그래도 이렇게 똑똑한 분이 폐하의 총애를 받고 있어 다행스럽긴 하네요."

빙긋 웃은 알리사가 따뜻한 목소리로 자네트에게 말했다.

"어쨌든 지금 황궁 내에서 폐하를 모신 사람은 나와 그대, 둘뿐이니까요. 사이좋게 지냅시다."

알리사는 그 말만 마치고 다시 가던 길을 갔다.

혼자 남은 자네트가 멍한 표정으로 알리사의 뒷모습을 응시했다.

'뺨이라도 맞을 줄 알았는데.'

따지자면 정부가 정실보다 먼저 입궁한 것이었다. 만약 자네트 자신이 황후였더라고 해도 확실히 화가 날 만한 상황이었다. 그런데 저런 태도라니. 확실히 나쁜 분 같지는 않다고 생각하며 자네트역시 가던 길을 계속 갔다.

황제는 자네트를 처음 궁으로 데려올 때, 두 가지를 약속했다. 첫 번째, 황후로 만들어주지는 못하겠지만 그래도 별궁에서 지낼 때보다는 호의호식하며 살게 해주겠다는 것과, 두 번째, 끝까지 그녀를 저버리지 않겠다는 것이었다.

자네트가 그렇게까지 세상 물정 모르고 순수하기만 한 사람은 아니었기 때문에 첫 번째 약속은 믿고 두 번째 약속은 마음속에 묻어 두기만 했지만, 황궁에 온 지 어언 5년 정도가 되자 자네트는 두 번째 약속도 슬슬 믿어도 되지 않을까 하는 생각이 들었다. 황제가 5년이라는 시간 동안 그녀에게 했던 약속을 성실하게 지켰기 때문이었다.

"회임을 하셨습니다."

그리고 마침내 자네트는 그 5년의 결실을 맺어냈다. 황제의 아이를 가진 것이었다. 자네트가 순수하게 기쁜 표정을 지으며 물었다.

"얼마나 자랐나요?"

"꽤 많이 자라셨습니다. 2개월 정도 되셨어요. 달거리가 없으셨을 텐데, 눈치를 잘 못 채셨나 보군요."

몰랐다. 달거리야 원래 불규칙적이었고, 입덧도 없었으니까. 얌전한 아이였다. 자네트가 해맑게 웃으며 궁의에게 감사를 표한 후, 그 길로 중앙궁으로 가기 위해 자리에서 일어섰다.

'내가 폐하의 아이를 가지다니.'

하찮은 별궁 시녀로 지내다 운 좋게 황제의 눈에 들어 이곳 황궁까지 흘러들어왔고, 5년 동안 과분할 만큼의 은혜와 사랑을 받으며 지냈다. 그걸 드디어 보답할 수 있게 된 것이었다. 자네트가 기쁜 기색을 숨기지 못하며 빠른 걸음으로 중앙궁까지 걸어갔다.

"아리스 부인, 황제 폐하께서는 안에 계……."

그때, 자네트의 말이 자연스럽게 멎었다. 익숙한 사람과 마주했기 때문이리라. 자네트는 일단 다른 걸 생각하지 않고 인사부터 했다.

"제국의 달, 제국의 영광, 황후 폐하를 뵙습니다."

"……."

그러나 알리사는 그녀를 빤히 쳐다보기만 하는 건지 도통 말이 없었다. 무슨 일이 생긴 건가 싶어 슬며시 굽혔던 허리를 펴 올리려는데, 위쪽에서 잔뜩 잠긴 목소리가 들려왔다.

"……그대는 아주 행복해 보이는군."

"네?"

"아주 행복해 보여. 기쁜 일이라도 생겼나?"

"폐하, 그게 무슨……."

"위선 떨지 마!"

알리사가 분노한 목소리로 소리쳤고, 자네트는 깜짝 놀랐다. 그러면서도 혹시 자신의 배 속에 있는 아이에게 해가 갈까 봐 저도 모르게 아직 납작한 아랫배를 팔로 감쌌다. 알리사의 화난 음성이 이어졌다.

"5년 동안! 폐하의 총애를 한 손에 쥐고 흔드니 기분이 어떤가? 물론 아주 좋겠지? 정작 그분의 정비인 나는 이런 대접을 받으며 살고 있는데 말이야!"

"……."

황후가 된 5년 동안 알리사가 황제를 모신 건, 제국법상 명시된, 의례적인 날들이 전부였다. 황제가 타의에 의하지 않고 직접 그녀의 처소를 방문한 적은 없었다. 그렇다고 해서 황제가 알리사를 완전히 냉대한 것은 아니었다. 어쨌든 그녀는 최고 권력자인 오스윈 공작의 하나뿐인 여동생이었고, 명실상부 제국의 어머니였으니까. 다만 존중은 하되 사랑은 하지 않았다는 게 문제라면 문제였다.

자네트도 그 사실을 잘 알고 있었다. 온화한 성품이었던 알리사가 점차 남편의 무관심에 지쳐 내면이 황폐화되어가고 있다는 것쯤은. 얼마 전에는 황후궁에서 뺨을 맞은 시녀까지 나왔다고 했던가. 자네트는 일단 몸을 좀 더 사리는 게 좋겠다고 판단한 후 알리사에게 말했다.

"송구합니다, 폐하. 단 한 번도 그렇게 생각한 적은 없습니다."

"……."

"제 존재가 거슬리신다면 서둘러 치워드리겠습니다. 그럼 전 이만……."

혹시라도 불똥이 배 속의 아이에게까지 튀게 된다면 곤란하다. 자네트는 원래 왔던 목적도 잊어버린 채 서둘러 그 자리를 떴다.

"황제 폐하께서 드셨습니다."

그 말에 처소에서 쉬고 있던 자네트가 벌떡 몸을 일으켰다. 황제가 늘 그렇듯 입가에 미소를 띤 채 그녀에게 다가왔다.

"자네트."

"폐하, 오셨습니까."

"아까 중앙궁에 왔었다면서? 그런데 왜 들르지 않고."

"아……."

차마 사정을 설명할 수 없었던 자네트가 대답하지 못하고 우물쭈물하는데, 황제가 갑자기 그녀의 배를 살살 어루만졌다. 갑작스러운 행동에 자네트가 더듬거리며 물었다.

"폐, 폐하, 왜 그러세요?"

"아이를 가졌다면서?"

"아……."

그게 벌써 소문이…… 자네트의 표정이 자연히 어두워졌다. 하지만 황제는 그것을 아직 눈치채지 못했는지 여전히 밝은 목소리로 말을 이어나갔다.

"고마워, 자네트. 내 첫 아이를 가져주다니. 지금 너무 기쁘네."

"저, 폐하……."

자네트가 진지해진 목소리로 황제를 불렀다. 그제야 그녀의 기분 상태를 눈치챈 황제가 의아한 목소리로 물었다.

"자네트? 기분이 안 좋기라도 한 건가?"

"아뇨, 폐하. 그런 게 아니라……."

잠깐 머뭇거리던 자네트가 곧 결심한 듯 입을 열었다.

"앞으로는 너무 이곳을 자주 찾지 말아 주세요."

"뭐?"

"이제 아이까지 가졌으니 더는 폐하를 예전처럼 모시기가 어려울 겁니다. 그리고 또…… 주변의 눈도 있고요."

"……황후 때문에 그러는 건가?"

"아뇨. 그런 게 아니라……."

"아까도 한 번 떠봤는데, 진실을 말해줄 생각은 없어 보이더군. 나보다 황후가 더 무서운 건가? 그녀가 네게 해코지라도 하는 거야?"

"폐하, 맹세코 그런 건 아니에요."

자네트가 단호하게 선을 그었다.

"다만 조심해두어 나쁠 건 없다, 이 말씀을 드리고 있는 겁니다. 폐하께서 황후궁을 찾지 않으시는 것 때문에 그분께서 상당한 스트레스를 받고 계세요. 오스윈 공작님과의 관계도 있으니……."

"……."

"이 아이가 폐하의 아이라고는 하나 어미가 정부인 이상, 제가 지키는 데에는 한계가 있습니다. 모쪼록 제 마음을…… 이해해 주시길 바라요."

"그래. 알았어."

황제가 자네트를 안아주며 말했다.

"아이를 가졌으니 곧 작위를 내릴 거야. 그렇게 되면 아무리 황후라도 널 무시하진 못하겠지."

"……."

자네트는 아무 말도 하지 않은 채 그저 황제의 품에 안겨 있기만 했다.

얼마 후, 자네트가 황제의 아이를 가졌다는 소식이 일파만파 퍼져나갔고, 황제는 그녀에게 남작의 작위를 내렸다. 공식적으로 이브아르 남작부인이 된 자네트는 그날 이후 가급적 황후를 피해 다녔다. 그게 피차 좋을 것이라고 판단했기 때문이었다. 그리고 그 판단은 상당히 옳은 구석이 있었다.

정확히 9개월 후에 자네트는 출산을 했다. 아들이었다. 자네트는 개인적으로 아이의 성별 따위는 중요하지 않았지만, 다른 사람들은 그것을 더없이 중요하게 여겼다. 황제는 첫 아이가 후계를 이을 수 있는 아들이라는 사실에 기뻐했고, 황후는 자신이 먼저 황태자를 낳기도 전에 자네트가 아들을 낳았다는 사실에 분노했다. 여러 사람들의 상반되고 교차된 감정의 중심에 모두 자네트가 낳은 아이가 있었지만, 정작 자네트는 평온하게, 귀를 닫고 입을 막은 채 자신의 아이를 기르는 데 주력했다.

황제는 그녀의 아들에게 '루시오'라는 이름을 붙여 주었다. 그 이름은 '빛'이라는 뜻을 가지고 있었는데, 아들이 배 속에 있었을 때부터 빛처럼 세상을 밝혔으면 좋겠다고 황제가 입버릇처럼 말했기 때문이었다.

그 이후로는 평범하게 일상이 흘러가는 듯했다. 하지만 곧 문제가 생겼다.

"황후 폐하 드십니다."

날이 좋던 어느 날, 황후가 자네트의 방에 방문한 것이었다. 자네트는 당황했지만, 곧 아무렇지 않게 굴기로 마음먹은 후, 시녀에게 명령해 문을 열게 했다. 곧 마지막으로 봤을 때보다 더 사나워진 듯한 인상의 알리사가 방 안으로 들어왔다. 자네트는 일단 납작 엎드렸다.

"제국의 달이자 내궁의 주인이신 황후 폐하를 뵙습니다."

하지만 알리사는 그녀의 인사에는 관심도 없다는 듯 자네트의 방 안만 두리번거렸다. 그 순간조차 자네트의 머릿속에는 아들 루시오뿐이었다. 마침내 황후가 요람에 누워 있던 루시오를 발견했을 때, 자네트는 마른침을 삼켰다.

'혹시나 해코지를 하려는 건 아니겠지?'

아무리 황후라고 해도 황손을 함부로 해할 수는 없을 것이다. 이것이 자네트가 가지고 있는 최소한의 안전장치이자 가장 기본적으로 믿는 구석이었지만, 상대는 최고 권력자의 여동생이자 제국의 황후다. 그 어느 순간에서조차 자네트가 완벽하게 안심할 수 있는 순간은 없었다. 자네트가 긴장으로 바짝 마른 입술만 적시고 있는데, 루시오를 알 수 없는 표정으로 바라보던 황후가 어느 순간 입을 열었다.

"이 아이를 내가 데려갔으면 하는데."

"……네?"

당황한 자네트가 저도 모르게 되물었지만, 알리사는 태연하게 요람에 누워 있는 루시오를 손으로 가리키며 다시 한번 답했다.

"이 아이를 내가 데려가고 싶다고."

"하지만 황후 폐하, 이 아이는 아직……."

"어차피 크면 내가 양자로 들이려고 했는데, 조금 일찍 그렇게 하려는 것뿐이야."

"아직 젖도 못 뗐습니다, 폐하."

"젖을 그대가 주는가? 엄연히 유모가 있는데 무슨 상관이야."

단호한 알리사의 태도에 자네트는 환장할 것 같았다. 황후에게 친아들이 없었기 때문에 언젠가는 이런 일이 일어날 것이리라고 짐작은 했다. 하지만 루시오는 생후 1개월이었다. 아직 제 품에 안은 지 한 달도 채 되지 못했는데!

자네트가 사정했다.

"폐하, 제 아들을 드리지 않겠다는 것이 아닙니다. 하지만 적어도 1년은 제가 데리고 있게 해 주십시오."

"'제 아들'이라니! 말조심하게."

알리사가 표독스러운 목소리로 물었다.

"누가 그대의 아들이란 말이야?"

"폐하……."

"역사에 이 아이는 내가 낳은 아들로 기록될 것이다. 그대가 낳은 아들이 아니라!"

알리사의 목소리가 유례없이 커졌고, 자네트는 저도 모르게 입을 다물었다. 알리사가 이런 문제에 상당히 민감하다는 것은 자네트뿐 아니라 궁 안의 모두가 알고 있었다. 반년 전, 아이가 생기지 않아 답답한 마음에 진찰을 받았는데, 그 결과가 불임이었기 때문이었다. 그 일로 황궁의 의사 절반이 죽어 나갔고, 이후 알리사의 성품은 더욱 포악해졌다. 사랑하는 남자의 아이를 낳지 못한다는 사실이 그녀를 미치게 만들었다.

자신이 직접 낳을 수 없다면, 남이 가지고 있던 것이라도 빼앗아야 했다. 알리사가 날카로운 목소리로 황후궁의 시녀들에게 명령했다.

"저 아이를 당장 황후궁으로 데리고 가라."

"네, 황후 폐하."

"폐하, 제발…… 안 됩니다."

졸지에 갓난아기를 빼앗길 위기에 처한 자네트가 무릎을 꿇고 알리사에게 애원했지만, 그녀는 들은 척도 하지 않은 채 그대로 아기와 함께 자네트의 방을 나가버렸다.

혼자 남은 자네트가 서럽게 울었다. 상대는 제국에서 가장 고귀한 여자였다. 그녀가 할 수 있는 일은 아무것도 없었다.

"더러운 아이 같으니라고."

요람 위에 누워 옹알이를 하고 있는 루시오를 응시하며, 알리사가 싸늘하게 중얼거렸다.

"네 어미의 핏줄이 그 모양이니, 너도 별반 다를 건 없겠지."

막상 데려오긴 했으나 눈앞에 두기엔 배알이 뒤틀렸다. 알리사가 아이를 치워 버리라고 말하려던 그때, 시녀가 다급하게 방 안으로 들어와 그녀에게 고했다.

"폐하, 황제 폐하께서 지금 이쪽으로 오고 계시다는 소식입니다."

"뭐?"

시녀의 말에 알리사의 싸늘했던 표정이 완전히 바뀌었다. 그녀는 시녀들을 총동원해 드레스를 갈아입고, 머리를 다시 손질하고, 독한 향수를 뿌렸다. 그 과정에서 아기는 물론 시녀들까지 기침을 콜록거렸지만, 알리사는 조금도 신경 쓰지 않은 채 황제를 맞아들이는 데만 총력을 기울였다.

"황제 폐하께서 드십니다."

마침내 문이 열리고 잔뜩 굳은 표정의 황제가 방 안으로 들어왔다. 알리사는 두근거리는 마음으로 자리에서 일어섰다. 그 순간만큼은 마치 첫사랑에 즐거워하는 소녀 같았지만, 이미 그녀의 진면목을 알고 있는 황제로서는 그녀가 도무지 그렇게 보이지 않았다.

황제는 방에 들어오자마자 진동하는 독한 향수 냄새에 순간 토할 것 같다고 생각했다가, 한쪽 구석에 보이는 자신의 아들을 발견하고선 경악했다. 그가 믿을 수 없다는 목소리로 그녀를 불렀다.

"황후."

"네, 폐하."

"지금 내가 보고 있는 게 루시오가 맞나?"

"네, 폐하. 루시오가 맞답니다."

"아이를 이렇게 독한 향수 속에 두다니, 제정신인가?"

"……."

의외의 면박에 당황한 알리사가 잠깐 머뭇거리다, 시녀를 불러 아이를 데리고 나가도록 지시했다. 나이든 시녀 하나가 알리사의 명에 따랐고, 아이까지 나가 단둘이만 남아서야 황제는 다시 입을 열었다.

"이브아르 남작부인에게서 아이를 빼앗아왔다고."

알리사는 그 짧은 문장 속에서 두 가지나 거슬릴 점이 있다는 사실에 놀라워했다.

첫째, 그 미천한 여자가 감히 황제의 정부라는 미명 하에 '이브아르 남작'의 지위를 가졌다는 사실이 더없이 불쾌했다.

둘째, 그녀는 아이를 '빼앗아' 오지 않았다. 아이는 원래부터 그

336

녀의 것이었다. 황제의 아이는 전부 다 그 정실인 황후의 아이이다. 누구의 태를 빌려 태어났든 그것은 중요하지 않았다. 그런데 '빼앗아' 왔다고? 알리사가 즉각 반박했다.

"폐하, 제 아들입니다."

"……"

"제국법에도 명시되어 있는 데다가, 그녀는 고작 폐하의 정부에 지나지 않지요. 모든 폐하의 핏줄은 폐하의 정실인 저의 핏줄이기도 합니다. 제 말이 잘못되었습니까?"

"그래서 그대가 키우기라도 하겠다는 건가?"

"제가 잘 못 키울 것 같으십니까?"

"솔직하게 말하자면 그렇군."

"폐하!"

알리사가 서운하다는 듯 소리쳤다.

"이리 절 못 믿으시니 저로서는 서운합니다. 아주 많이요."

"평소 그대의 품행만 봐도 짐작할 수 있는 부분이다."

"잘 키울 자신이 있습니다, 폐하."

"……"

황제가 마뜩잖은 표정으로 알리사를 보았다. 아무리 제국의 황제라고 하더라도 명분이 없는데 아이를 친모에게 다시 되돌려줄 수는 없는 노릇이었다. 알리사의 말이 구구절절 맞았기 때문이었다.

알리사가 원한다면 루시오는 언제든 알리사의 친자가 될 수 있었다. 그녀에게 배로 직접 낳은 아들이 있었다면 또 모르겠지만, 슬프게도 알리사는 불임이었다.

황제가 한숨을 내쉬며 말했다.

"난 그 아이를 황태자로 책봉할 거다."

"……"

그 말을 들으니, 알리사는 새삼 실감이 났다. 제 태에서 태어난 아이가 절대로 황태자가 될 수 없다는 걸. 알리사의 눈에서 저도 모르게 눈물이 흘렀다. 하지만 그녀는 기죽지 않은 채 다시 한번 못 박듯 말했다.

"잘 키우겠습니다, 폐하."

"……"

황제가 그런 그녀를 빤히 바라보다가, 곧 미련 없이 뒤를 돌아 나가버렸다. 그러니까, 오늘도 그는 그녀를 보기 위해 이곳을 찾은 게 아닌 것이다. 그 사실이 알리사는 자신이 불임이라는 사실보다 더 뼈아프게 느껴졌다. 총애도 받지 못하는 데다가, 아이도 낳지 못하는 황후라. 자신의 처지가 너무나도 비참하게만 느껴졌다. 침대가에 주저앉은 그녀가 새하얀 침대보를 움켜쥔 채로 크게 오열했다.

얼마 후에 자네트는 가지고 있던 이브아르 남작의 지위까지 회수당했다. 황후에게 불손하게 굴었다는, 얼토당토않은 이유 때문이었다. 곳곳에서 조작되었을 것이 뻔한 증인들이 쏟아져 나왔지만, 자네트는 그것을 바로 잡아봤자 아무런 소용이 없다는 사실을 누구보다도 잘 알고 있었다. 그녀는 자신이 처한 모든 상황에 순응했다. 반항을 하기에 알리사는 너무나도 크고 무서운 상대였으니까.

알리사는 자네트와 루시오가 만나는 것을 철저하게 막았다. 때문에 자네트는 자신의 아들을 생후 1개월 이후 단 한 번도 본 적이 없었다. 그저 소식으로만 아들을 만날 수 있을 뿐이었다. 루시오가 황태자가 되었다는 사실도 그저 시녀들이 전해주는 소식으로만 들었다.

자네트는 다시 중앙궁의 시녀가 되었지만, 황제의 총애만큼은 여전했다. 그 사실이 그나마 자네트에게 위안이 되어 주었다.

자네트는 후계를 이을 수 있는 아들을 황후에게 빼앗긴다면 딸이라도 낳고자 했지만, 루시오를 낳은 이후로는 그녀 또한 다시 임신하지 못했다.

설상가상으로 황제가 영토 확장을 이유로 정복 전쟁을 떠나면서, 자네트가 혼자 있는 시간도 길어졌다. 외로운 황궁 생활을 아무런 낙 없이 버티는 시간이 지속되면서, 자네트는 점차 황궁 생활에 회의를 느꼈다. 고향으로 돌아가고 싶었다. 연인과 사랑하는 아들이 없는 황궁은 그녀에게 너무나도 잔인한 장소였다.

'돌아가자. 이곳은 나와 너무나도 어울리지 않아.'

어리석게도 그 사실을 20년 만에 깨닫게 된 것이었다. 그녀는 황제가 전쟁에서 돌아오는 즉시 고향으로 돌아가리라고 다짐했다.

전쟁이 마무리되던 때, 들리는 바에 의하면 승전고를 올린 황제는 대략 일주일 후에 황성으로 귀환한다고 했다. 일주일이면 참을 만했다. 지금까지 20년을 참았는데, 뭘. 자네트는 그렇게 생각하며 도서관까지 걷고 있었다.

"저기 봐, 황태자 전하야."

그 한마디에, 자네트의 걸음이 우뚝 멈추어 섰다. 자네트의 심장이 쿵쾅쿵쾅 뛰었다. 그녀가 반사적으로 그 말을 한 시녀들을 쳐다보았다. 시녀들의 시선이 한쪽으로 쏠려 있었다. 자연스럽게 좇아가보니, 정말로 한 소년이 걸어가고 있었다.

소년은 언뜻 보아도 수려한 외모를 가지고 있었다. 아버지를 쏙 빼닮은 검은 머리카락과 검은 눈동자가 가장 먼저 눈에 띄었다. 황태자라는 위용에 걸맞게 입고 있는 제복에 각이 잡혀 있었으며, 표정에는 웃음기가 없었다. 그러니까, 자네트로서는 처음으로 자신의 아들이 성장한 모습을 보는 것이었다.

'내 아들이야!'

가슴이 벅차오르고 눈에서는 눈물이 차올랐다. 감격스러웠다. 어미의 손을 떠나서도 저렇게 잘 자라주어서 너무나도 고마웠다.

그때, 우연히 그녀와 루시오의 눈이 마주쳤다. 그 순간, 자네트는 누가 시킨 것도 아닌데 재빨리 뒤를 돌아 루시오에게서 멀어졌다. 그런 그녀의 모습을 바라보던 루시오가 한 번 고개를 갸웃거렸다가, 곧 흥미를 잃고선 다시 자신의 길을 갔다.

자네트는 한참 후에야 발걸음을 다시 멈추어선 후 뒤를 돌았다. 루시오는 이미 멀리 가버렸는지 더 이상 보이지 않았다. 하지만 상관없었다. 어쨌든 한 번 봤으니까.

떠나기 전에라도 한 번 봐서 다행이다. 자네트는 그렇게 생각하며 다시 느릿하게 발걸음을 옮겼다.

일주일 후, 정복 전쟁을 떠났던 황제가 돌아왔다. 기쁜 표정으로 자신을 찾는 황제에게, 자네트는 궁을 떠나 고향으로 가겠다고 말해버렸다. 갑작스러운 고백에 황제는 크게 충격을 받은 듯했지만, 이유는 묻지 않았다. 마치 모든 것을 예상하고 있던 사람 같았다. 그는 다만 상당히 상처받은 얼굴로 그녀의 결정을 존중해 주겠다고 말할 뿐이었다.

황제는 그녀가 고향에 내려가서도 풍족하게 지낼 수 있도록 조치를 취할 테니, 그때까지만 기다려 달라고 말했다. 자네트는 그것까지 거절하는 것은 그에 대한 예의가 아니라고 생각했는지, 그렇게 하겠다고 답했다. 그 때문에 자네트가 고향을 떠날 때까지 시간이 대략 한 달 정도 남게 되었고, 자네트는 그 시간 동안 무엇을 할지 고민하다가 문득 얼마 전 보았던 자신의 아들을 떠올렸다.

비록 지금 전해주지는 못하겠지만, 마지막 선물을 주고 싶었다. 자네트는 그날부터 옷을 한 벌 짓기 시작했다. 루시오에 대해 치수도 모르고 아무것도 몰랐지만, 그때 눈대중으로 봤던 것만 기억해내서 짓기 시작한 것이었다. 언젠가 그가 성인이 되고, 황제가 되었을 때 입기를 바라면서, 자네트는 밤잠을 설쳐가며 열심히 옷을 지었다.

옷은 자네트가 떠나기로 한 날의 정확히 하루 전에 완성되었다. 그리고 그 남은 하루 동안 그녀는 가만히 시간을 죽이는 대신 아들에게 줄 손수건 한 장에 수까지 놓았다. 완성된 옷과 손수건은 자네트가 그나마 친하게 지내던 시녀 아이 하나에게 맡겼다. 언젠가 알리사가 죽고 출생의 비밀을 알아도 무방할 시기가 되면 그것들은 루시오에게 전해질 것이다. 그 사실이 그나마 자네트에게 위안이 돼주었다.

그날 밤, 평소보다 일찍 잠자리에 든 자네트는 침대에 눕자마자 온갖 감정들이 교차하는 것을 느꼈다. 이 침대를 사용한 지도 벌써 20년을 넘어가고 있었다. 그녀의 청년 시절이 오롯이 담겨 있는 방 안에 누워서, 자네트는 문득 지난 시절을 회상해 보았다.

맨 처음 황제를 만났을 때, 황은을 입었던 밤, 아이를 가진 사실을 알게 되었을 때, 루시오를 낳았을 때…… 그렇게 20년을 찬찬히 회상해보니 어느새 그녀의 두 눈에서는 눈물이 흐르고 있었다. 참, 파란만장했던 인생이었다.

'그래도, 후회는 없어.'

힘들었던 시간들이었지만 후회는 없었다. 어쨌든 그녀의 아들은 누가 뭐래도 다음 대 마비너스의 황제가 될 것이었고, 또 그녀는 진심으로 황제를 사랑했으니까. 다만 이제 이곳에서 버티기가 너무 힘이 드는 것일 뿐이었다. 남은 생애는 고향에서 조용히 보내고 싶었다. 자네트가 잔잔한 미소를 지으며 가만히 눈을 감았다.

그날은 루시오가 15번째 생일을 맞기 하루 전날이었다.

4

Bless his cotton socks!

루시오는 잔뜩 화가 난 표정으로 어딘가를 향해 성큼성큼 걷기 시작했다. 그는 드물게 화를 내는 성격이었지만, 한 번 화를 내면 상당히 무서운 축에 속했다. 어느 순간 그의 발걸음이 멎었고, 루시오는 낮은 목소리로 문 앞을 지키고 있던 시녀에게 물었다.

"황후께서는 안에 계시나?"

그가 지금 서 있는 곳은 황후궁, 페트리지아의 방 앞이었다. 보기 드문 황제의 화난 표정에 시녀가 지레 겁을 먹고 대답을 못 하자, 길게 한숨을 쉰 루시오가 얼른 표정을 풀었다. 곧 리지를 만나야 하는데 이런 표정은 좋지 않다. 더구나 지금 눈치를 봐야 할 쪽은 저쪽이 아니라 이쪽이다. 그가 순식간에 부드러워진 표정으로 변모해 시녀에게 다시 물었다.

"황후께서 안에 계시는지 물었다."

"미, 미르야 프린스키 후작부인과 함께 계십니다."

"그렇구나."

루시오는 습관적으로 '황후께 고해 달라'고 말하려고 했지만, 이내 생각을 고쳐먹고선 시녀에게 질문했다.

"황후께서는 지금 어떠시지?"

"네?"

"기분 상태를 묻는 거다. 오전에 귀족 회의에서 상정된 안건을 알고 계시나?"

루시오는 여기까지 묻고선 곧 후회했다. 바보 같은 질문이었다. 유능한 그녀가 모를 리가 없었다. 이미 황후궁의 시녀들이 그녀에게 말을 전했을 것이다. 그가 전전긍긍해 하는 표정을 지었고, 시녀는 거기에 쐐기를 박았다.

"귀족 회의에서의 일은 늘 보고를 받고 계십니다, 폐하."

"하아……."

루시오가 한숨을 쉬었다. 그는 문 앞에서 들어갈지 말아야 할지 고민하다가, 곧 마음을 정했는지 비장한 표정을 지었다. 그가 시녀에게 말했다.

"황후께 내가 왔다고 고하거라."

"황후 폐하, 황제 폐하께서 드셨습니다."

잠시 후에, 방 안쪽에서 페트리지아가 '모시거라'라고 말하는 소리가 들렸다. 루시오는 마지막으로 심호흡을 한 다음, 최대한 아무렇지 않게 열린 문틈 사이로 걸어 들어갔다.

가장 먼저 아름다운 그의 황후가 보였고, 그 옆으로 미르야를 비롯한 다른 시녀들이 보였다. 루시오를 발견한 페트리지아가 천천히 침대 위에서 일어났다.

"제국의 위대한 태양, 황제 폐하를 뵙습니다."

"몸이 안 좋은 건가? 안색이 좋지 않아."

"……다들 이만 나가는 게 좋겠어."

페트리지아가 조용히 주변을 물렸고, 곧 시녀들이 자리를 피해 주었다. 마침내 둘만이 남게 되자, 루시오가 가만히 페트리지아의 옆에 앉았다. 그가 걱정스러운 표정으로 그녀를 쳐다보았고, 그 시선이 부담스러웠는지 페트리지아가 슬며시 고개를 돌렸다. 잠시 후에 그녀가 말했다.

"그러다 제 얼굴 뚫어지겠습니다, 폐하."

"……귀족 회의에서 있었던 일, 전해 들었다고 들었어."

"네."

페트리지아가 무덤덤하게 답했다.

"제가 석녀이니 폐하께서 황비를 들이셔야 한다는 내용의 안건이 상정되었다지요?"

"……물릴 것이다."

"폐하."

페트리지아는 은은한 미소를 띠며 루시오의 두 손을 맞잡았다.

루시오가 저도 모르게 움찔 몸을 떨었다.

그건 죄책감이었다. 끝까지 지켜주지 못했다는 죄책감. 그리고 애당초 이런 진흙탕에 사랑하는 사람을 끌어들였다는 죄책감.

"저는 괜찮습니다."

"황후, 내가……."

"폐하는 절 사랑하세요. 그렇지요?"

"……."

"대답해 주세요, 폐하. 절 사랑하지 않으시나요?"

"어떻게……."

루시오가 목이 멘 목소리로 답했다.

"내가 어떻게 그대를 사랑하지 않을 수가 있어."

그 대답에, 비로소 페트리지아의 얼굴이 밝아졌다.

"되었어요, 폐하. 저는 그것으로 만족합니다."

잠시 후, 그녀가 비장한 얼굴로 말했다.

"귀족들의 의견을 받아들이세요. 황비를 들이시는 것이 좋겠습니다."

"황후!"

그가 상처받은 얼굴로 그녀에게 물었다.

"그대야말로 나를 사랑하긴 하는 건가?"

"폐하를 사랑하기 때문에, 그리고 폐하께서 다스리시는 이 제국을 사랑하기 때문에 이런 말씀을 드리는 겁니다. 폐하를, 제국을 위해서라도 정통성 있는 후계가 황제가 되어야만 해요. 저는 방계 출신이 이 제국의 황제가 되는 것을 보고 싶지 않습니다."

그렇게 말하는 그녀의 목소리는 담담했다. 자칫 잘못 들으면 아무런 감정도 실려 있지 않은 것 같은 목소리에, 루시오가 상처받은 음성으로 그녀에게 애원했다.

"이러지 마, 리지."

"……"

루시오가 페트리지아의 애칭을 부르는 일은 드물었다. 그녀를 존중한다는 미명하에 그는 늘 그녀에게 예의를 갖추어 대했으니까. 그래서 침대 위가 아니라면 페트리지아가 자신의 애칭을 듣는 일은 거의 없다고 봐도 무방했다.

살짝 놀란 페트리지아가 눈물을 글썽이며 그를 불렀다.

"폐하."

"리지, 내가 싫어. 내가…… 내가 황비를 들이는 것을 원치 않아."

그가 어느새 충혈된 눈으로 그녀를 바라보며 맞잡은 손에 힘을 주었다.

"분명 방법이 있을 거야. 내가 찾아보겠다."

"……"

페트리지아는 아무 말도 하지 않았다. 방법이 없다는 것쯤은 누구보다 그녀가 가장 잘 알고 있었다.

그녀는 불임이었다. 싹을 틔우지 못하는 땅에는 무슨 조치를 취

하더라도 생명이 움트지 않는다. 땅을 완전히 갈아버리지 않는 이상은.

페트리지아는 한동안 아무 말도 하지 못하다가, 이내 피곤한 음성으로 부탁했다.

"오늘은 이만 가주세요. 너무 피곤하네요."

결국 루시오는 페트리지아를 홀로 남겨둔 채 방을 나설 수밖에 없었다. 방을 나서는 그의 표정이 하늘에 먹구름이 낀 듯 어두웠다. 그 모습을 지켜보던 주변 사람들도 안타까워 어쩔 줄 모르겠다는 표정이었다.

'다 내 죄다.'

그는 그렇게 생각했다. 진심으로 사랑하는 사람을 일찍 알아보지 못했던 어리석음이 지금의 그를 불행하게 만들고 있는 것이라고. 사랑하는 사람을 너무 많이 상처 주었던 과오가 죄의 굴레를 만들어 낸 것이라고.

루시오가 깊게 한숨을 내쉬며 미르야에게 부탁했다.

"난 반드시 방법을 찾아낼 거다. 모쪼록 그때까지 황후를 잘 부탁하지."

"네, 폐하."

그나마 미르야가 있어 조금이나마 마음이 놓이는 루시오였다. 그가 깊은 한숨을 쉬며 중앙궁으로 돌아갔고, 미르야는 곧바로 방 안으로 들어갔다. 그리고 맞닥뜨린 의외의 광경에, 그녀는 깜짝 놀랄 수밖에 없었다.

"폐하!"

페트리지아가 조용히 울고 있었다. 혹시라도 소리가 새어 나가는 게 걱정되었는지, 입까지 틀어막은 채로. 놀란 미르야가 얼른 그녀에게로 달려갔다.

"폐하, 괜찮으십니까?"

"흑…… 미르야."

페트리지아가 조용히 흐느끼며 물었다.

"폐하께서는 돌아가셨나?"

"네, 폐하. 황제 폐하께서 방법을 찾아보겠다고 하셨습니다. 그러니 너무 걱정……."

"방법을 어떻게 찾을 수 있겠어. 애당초 문제는 내게 있는데."

루시오가 돌아갔다는 소리를 들은 페트리지아가 마음이 놓였는지 좀 더 큰 소리로 울기 시작했다. 미르야가 페트리지아를 다독거리며 달랬다.

"폐하, 정말로 방법이 있을 겁니다. 치료를 하는 방법도 있고요."

"미르야, 애당초 폐하를 사랑하는 게 아니었던 걸까?"

"폐하, 무슨 그런 말씀을 하세요."

미르야가 속상한 표정으로 페트리지아의 볼에 흘러내린 눈물을 닦아주었다. 페트리지아가 여전히 울음소리를 내며 말했다.

"언젠가는 이런 일이 생길 거라고 마음먹고 있었는데…… 내가 너무 나약한 거겠지?"

"나약하다니요, 폐하. 폐하는 강인한 분이세요."

"하지만 미르야, 그렇다고 말하기에 지금의 나는 너무 괴로워."

그녀가 흐느끼며 미르야에게 물었다.

"나는 왜 아이를 가질 수 없는 걸까? 나도 폐하의 아이를 낳고 싶은데……."

"폐하……."

"폐하를 닮은 황자를, 나를 닮은 황녀를 낳고 싶어. 되도록 많이."

미르야가 안타까운 얼굴로 페트리지아를 바라보았다. 그녀는 내색은 하지 않았지만, 페트리지아가 아이를 간절히 원하고 있다는 사실을 알고 있었다. 황제와의 합궁을 하고 난 날이면 그다음 달에 달거리를 하는지 안 하는지 늘 계산하곤 했으니까. 사랑하는 사람의 품에 안기며 그녀가 황제를 닮은 아이를 얼마나 원했는지는 불 보듯 뻔한 일이었다. 미르야는 차라리 자신의 자궁을 그녀에게 대신 내주고 싶은 심정이었다.

루시오는 강경하게 황비를 들이지 않겠다고 선언했지만, 귀족들이 성화를 부렸다. 심지어는 페트리지아의 아버지인 그로체스터 후작까지 황비를 들이라고 말하자, 루시오는 더 이상 황후를 사랑한다는 명분 하나로는 황비를 들이지 않을 수 없게 되었다.

그는 결국 황비를 들이겠다고 선언할 수밖에 없었다.

"……결국 그렇게 되었구나."

그리고 그 소식을 들은 페트리지아는 의외로 담담한 모습이었다. 얼마 전 자신의 품에서 슬프게 울던 모습은 생각조차 할 수 없을 정도의 차분한 모습에, 미르야는 걱정까지 들기 시작했다. 저렇게 겉은 괜찮은 척하지만, 속은 곪을 대로 곪았을 게 분명했기 때문이었다. 미르야가 남몰래 한숨을 쉬었다.

"오늘 일정이 어떻게 되지, 미르야?"

"빈민촌을 방문하기로 되어 있으십니다."

"준비하도록 해."

페트리지아가 아무렇지 않게 지시한 후 평소대로 서류를 읽기 시작했다. 그 모습을 미르야와 라파엘라가 걱정스러운 모습으로 바라보았다.

신분을 숨긴 채 빈민촌을 방문하는 것은 페트리지아가 황후가 된 이후 주기적으로 몰래 행해오고 있는 봉사 활동이었다. 황성 외곽 쪽에 있는 유명한 빈민촌 '소베토'가 오늘 그녀가 방문할 곳이었다. 이름난 빈민촌답게 사방에 거지들과 가난한 사람들로 가득했다. 페트리지아는 도움이 필요한 사람들에게 구호물자를 전달한 다음, 가져온 곡식들로 시녀들과 함께 큰 솥에 죽을 쒔다. 사람들에게 차례로 배급하는 것까지가 페트리지아가 하는 일이었는데, 그런 일까지는 시녀들을 시키라는 미르야의 권유에도 불구하고 페트리지아는 항상 배급까지 자신이 직접 하곤 했다.

"많이 먹으렴."

페트리지아가 어린 소년에게 직접 죽을 퍼주며 빙긋 미소 지었다. 꾀죄죄한 모습의 소년은 한눈에 보기에도 더러웠지만, 페트리지아는 개의치 않고 소년의 머리를 쓰다듬어 주었다. 옆에서 시녀들이 경악하는 시선이 느껴졌지만, 그녀는 아무 말도 하지 않고 다음 사람에게 배식을 해 주기 위해 빈 그릇을 집어 들었다.

다음 차례는 한 노인이었는데, 등이 굽고 백발이 성성했지만, 눈빛 하나만큼은 날카로웠다. 페트리지아는 왠지 모르게 처음 보는 것 같지가 않다고 생각하며 그에게 죽 그릇을 내밀었다.

"많이 드십시오, 어르신."

"……혹 처녀적 성이 '그로체스터' 이십니까?"

그릇을 받아든 노인이 그녀에게 물었다. 노인의 질문에 페트리지아는 살짝 놀랐지만, 특별히 내색하지 않은 채 대답했다.

"그렇습니다만."

"페트리지아 황후 폐하."

"……."

"맞으시지요?"

그녀가 당황한 표정으로 노인을 쳐다보았다. 자신의 얼굴을 알고 있는 자라면 결코 이런 곳에 있을 신분이 아닐 터였다.

페트리지아가 떨리는 목소리로 노인에게 물었다.

"나를 아는가?"

"알다마다요."

그렇게 말하는 노인의 목소리도 어쩐지 떨리고 있었다. 페트리지아는 멍한 표정으로 노인을 쳐다보다가, 곧 뒤에 기다리는 사람이 아직 많다는 사실을 알고 노인에게 얼른 물었다.

"나를 아는 척한 것을 보면, 내게 할 말이 있는 것 같은데. 맞나?"

"예, 폐하. 드릴 말씀이 있습니다."

"보다시피 지금은 좀 곤란하네. 내가 차후 그대를 따로 불러도 되겠는가?"

"아무렴요. 바쁘신 분은 폐하이실 테지요. 언제든 부르기만 하신다면, 소신이 달려가겠습니다."

"사람을 보내겠네."

노인은 그 말을 듣더니 옅은 미소만 남기고선 죽 그릇과 함께 줄을 벗어났다. 페트리지아는 그의 뒷모습을 쳐다볼 새도 없이, 줄을 선 사람들에게 죽을 나누어주기 위해 바쁘게 손을 움직여야만 했다.

구제 활동을 마치고 궁으로 돌아온 페트리지아는 그리 달갑지 않은 일과 마주해야 했다.

"저, 폐하……."

미르야가 조심스러운 표정으로 페트리지아를 불렀고, 페트리지아는 의아한 표정으로 물었다.

"무슨 일이지?"

"그게…… 급히 폐하의 인가가 필요한 일이 있습니다."

"내 인가가 필요하다니?"

페트리지아의 물음에, 미르야는 눈을 한 번 꾹 감았다 뜬 뒤 답했다.

"황비 간택과 관련한 일입니다."

"……아."

페트리지아가 순간 멍한 표정을 지었다가, 곧 아무렇지 않게 돌아와 고개를 끄덕였다.

"중요한 일이지. 황제 폐하께서 이번 황비 선출을 전적으로 내게 맡기셨다는 이야기는 이미 알고 있어."

루시오는 그의 정후인 페트리지아를 존중하는 의미로, 황비를 선택하는 것을 그녀에게 맡긴 것이었다. 이번 황비 간택으로 알게 모르게 좁아진 페트리지아의 권위를 세우려는 의도도 있었다. 어쨌든 좋은 일로 황비를 들이는 게 아니었으니까.

그러나 그건 그녀를 존중하는 동시에, 아이러니하게도 상처를 입히는 일이었다.

페트리지아가 속으로 한숨을 내쉬며 미르야의 손에 가득 들려 있는 서류를 쳐다보았다.

"그게 후보들인가?"

"그렇습니다, 폐하."

"내려놓고 이만 나가보게."

페트리지아는 모든 사람을 방 밖으로 물렸다. 어찌 되었든 사랑하는 남편의 두 번째 부인을 들이는 일이다. 아무렇지 않은 척했지만, 진짜로 그럴 리 없었다. 그리고 페트리지아는 자신의 그런 마음을 누구에게도 내보이고 싶지 않았다. 그것처럼 비참한 일도 없을 것이라는 생각이 들었다.

"레이디 발렌틴, 레이디 아나톨리아, 레이디 루스티카······."

예상했지만, 다 유서 깊은 가문의 여식들이었다. 페트리지아는 한 번 깊게 한숨을 내쉰 다음, 그나마 가장 황실에 도움이 될 법한 황비 후보를 찾기 시작했다. 후일 황태자를 낳았을 때, 황비의 가문이 외족이 될 것까지 고려해서······.

"폐하."

그렇게 한 시간 즈음을 서류만 훑어보고 있는데, 밖에서 시녀의 목소리가 들려왔다. 페트리지아가 낮은 목소리로 말했다.

"아무도 들이지 말라고 했을 텐데."

"송구합니다, 폐하. 허나 황제 폐하께서 오셨는지라······."

"······폐하께서?"

페트리지아는 당황했다. 지금의 모습을 세상에서 가장 보이기 싫은 사람이 지금 그녀를 찾아온 것이었다. 페트리지아가 어떻게 해야 할지 머뭇거리는 사이, 시녀가 그녀를 재촉했다.

"어찌할까요, 폐하?"

그날 이후, 페트리지아는 심적으로 루시오를 피하고 있었다. 그에게는 괜찮다고 했지만, 진짜로 괜찮을 리 없었으니까.

그렇다고 해서 자신의 과실로 일어난 일의 책임을 그에게 돌리는 것도 원치 않았다.

그래서 보지 않는 것을 택한 것이다. 그렇게 되면 적어도 그에게 의미 없는 원망을 늘어놓는 일은 하지 않을 수 있었으니까.

그래서 어느 정도 감정 정리가 끝나고 나면 그를 다시 보려고 했는데…… 이건 너무 시기가 빨랐다. 그렇다고 해서 황제가 처소에까지 찾아왔는데 문전박대할 수도 없는 노릇이다. 자칫 불화설이 돌 수도 있었으니까. 그건 그녀가 가장 원하지 않는 일이었다.

'아니, 이런 이유를 다 빼고서라도……'

그가 보고 싶어.

다른 건 그냥 다 핑계였고, 그냥 그가 보고 싶었다. 루시오를 보지 않은 지 너무 오래되었다. 그녀의 자존심 때문에 밀어내긴 했지만, 페트리지아는 지금 그 누구보다 루시오가 보고 싶었다. 그래서 그녀는 눈물이 차오르려는 것을 애써 참은 채, 시녀에게 더듬거리며 말했다.

"폐하를…… 황제 폐하를 모시도록 하렴."

"네, 폐하."

이러다 그를 다시 보게 된다면, 눈물부터 나올 것 같아. 페트리지아가 최대한 감정을 추스른 후 그를 맞을 준비를 했다. 곧 문이 열리고 루시오가 안으로 들어왔다. 늘 그렇듯 손에는 무언가가 들려 있었는데, 모양이나 크기로 봐서는 초콜릿인 듯했다. 페트리지아가 일부러 웃은 채로 그를 맞아들였다.

"폐하, 오셨습니까."

"리지."

루시오가 달콤하게 페트리지아의 애칭을 부르며 그녀에게 다가왔다.

"오랜만이야."

그는 그렇게 말하며 그녀를 따뜻하게 안아주었다. 페트리지아는 힘없이 루시오에게 기대어 조용히 답했다.

"네…… 오랜만에 뵙네요."

"보고 싶었어."

"……그럼 오시지 그러셨어요."

"올 수가 없었어."

그가 힘들게 말을 이었다.

"오늘도 겨우 왔어."

"왜요?"

"미안했으니까."

"……."

페트리지아는 아무 말도 하지 않았지만, 루시오는 계속 말했다.

"미안했어. 그대를 지켜주겠다고 말했는데, 결국 지켜주지 못했잖아."

"이미 절 지켜주고 계세요. 황후로서의 권위, 품위, 자존심, 전부 다."

"미안해."

그는 눈치가 빨랐고, 그래서 그녀가 거짓말을 하고 있다는 걸 금세 알아차렸다. 페트리지아의 얼굴이 일그러졌다. 그녀가 말을 이었다.

"……괜찮다니까요."

"괜찮을 리가, 없잖아."

루시오가 그렇게 말하며 품 안에 가두었던 페트리지아를 쳐다보았다. 그녀는 무표정한 얼굴이었지만, 그는 알 수 있었다. 이미 속으로는 가득 눈물을 흘렸다는 걸. 그가 안타까운 눈으로 그녀를 바라보며 얼굴을 조심스럽게 쓸었다.

"못 본 새에 많이 마른 것 같아."

"그리 못 보지도 않았는걸요."

"그래도."

루시오가 페트리지아를 다시 한번 따뜻하게 안아주었다.

"힘들었지."

아, 이런 식으로 나온다면 더 이상은 참기 힘들었다. 페트리지아가 울지 않기 위해 입술을 있는 힘껏 깨물었다가, 얼마 후 한계라는 것을 알았는지 그마저도 포기했다. 페트리지아의 눈에서 차츰 눈물이 흘러내렸다. 루시오의 어깨가 그녀가 흘린 눈물로 따뜻해졌고, 그는 그녀가 울고 있다는 걸 알았지만, 일부러 모른 척해주었다.

페트리지아가 솔직하게 말했다.

"정말 보고 싶었는데…… 오지 않으셔서 더 힘들었어요."

"아……."

그는 그것까지는 몰랐다는 듯, 잔뜩 당황한 소리를 냈다. 루시오가 페트리지아를 좀 더 힘주어 안아주었다.

"미안해, 리지. 몰랐어, 정말로……."

"왜 안 오시는 건지는 알고 있었어요. 미안하다고 생각하셨겠죠. 하지만 오히려 그게…… 절 더 힘들게 만들었어요. 더는 저를 사랑하지 않으실까 봐……."

"그럴 리가 없잖아. 나도……."

루시오가 조금 힘들게 입을 열었다.

"나도 두려웠거든. 그대가 이 일로 내게서 마음이 떠났을까 봐. 미안하기도 해서, 그래서 찾을 수가 없었어. 거절당할까 봐 너무 무서워서."

"그럴 리가 없잖아요."

"그래, 맞아."

루시오가 조심스럽게 페트리지아를 품에서 떼어낸 후 눈물을 살살 닦아주었다. 페트리지아는 그 손길을 거부하지 않고 받아들였다. 그가 말했다.

"우리가 서로를 거부할 리 없는데 말이야."

그러니까, 그들은 아직 사랑에 서툴렀다.

루시오가 덧붙였다.

"미안해. 많이 고민했는데, 오답을 찾은 것 같아."

"그냥 제가 폐하를 믿지 못한 거예요."

"내가 미안해."

그가 다시 한번 사과했지만, 페트리지아는 그의 사과가 듣고 싶은 게 아니었다. 그런 거라면 이제는 지긋지긋하다. 그녀가 눈물 섞인 눈으로 웃으며 요구했다.

"사과 말고, 키스해 주세요."

그 말을 들은 루시오가 페트리지아를 애틋하게 쳐다보다가, 곧 말없이 그녀의 입술에 입을 맞추었다. 처음에는 잔잔했던 두 사람의 키스는, 시간이 지나면서 점차 격해지기 시작했다. 페트리지아가 숨을 헐떡이며 그를 불렀다.

"하아…… 폐하."

"침대로, 갈까?"

귓가에 속삭이는 그의 목소리가 너무 유혹적이어서, 페트리지아는 참는 게 도무지 어려울 것 같다고 생각했다. 그녀가 고개를 끄덕일 새도 없이 발을 침대 쪽으로 움직였고, 그러는 동안에도 페트리지아는 키스를 멈추지 않았다.

영원히 멈추고 싶지 않았다.

멈추지 말고, 계속해서 그와 입술을 나누고 싶었다. 마치 그를 보지 못했던 시간 동안 눌러 두었던 것들이 한꺼번에 폭발하는 기분이었다.

"아……!"

그녀가 새된 소리와 함께 침대에 누웠다. 혹시라도 다칠까 봐 걱정했는지, 루시오가 정신없이 키스하는 와중에도 조심히 그녀의 뒷머리를 손으로 잡아주었다. 페트리지아가 낮게 웃으며 그의 옷에 달린 단추를 벗기기 시작했다.

"아까 제가 열심히 봤는데, 레이디 페튜니아가 좋을 성싶어요."

"……뭘?"

"황비로요."

그 말에, 페트리지아를 다독이고 있던 루시오의 안색이 급격히 나빠졌다. 그가 볼멘 목소리로 물었다.

"우리끼리 있을 때 꼭 그런 이야기를 해야 하나?"

"곧 황실의 일원이 될 텐데요. 따로 보고 드리기 귀찮아서……."

페트리지아의 말에 루시오가 슬며시 그녀의 몸을 자신이 있는 쪽으로 돌렸다. 그 행동으로 위를 바라보고 있던 페트리지아의 시선이 루시오 쪽으로 옮겨졌다. 그가 진지하게 말했다.

"잘 들어봐, 리지. 내 가족은 오직 그대뿐이야."

"정말요?"

"당연하지."

그가 그녀의 입술에 짧게 입을 맞춘 후 속삭였다.

"그때도 말했지만, 그대가 아이를 낳을 수 있든, 없든 나는 상관없어. 죽을 때까지 내가 인정한 내 황후는 그대 하나일 테니까."

"……."

페트리지아는 말없이 그저 미소만 지었다. 그건 분명 기쁜 일이었다. 하지만 동시에 슬픈 일이기도 했다. 만약 아이를 낳을 수 있다면 얼마나 좋았을까. 페트리지아의 머릿속에서 자꾸만 부질없는 가정이 떠다녔다.

루시오가 페트리지아에게 황비 선발의 전권을 맡겼기 때문에, 비어 있는 황비의 자리는 그녀가 낙점한 대로 베이린스 후작의 여식인 페튜니아가 차지할 예정이었다. 페트리지아는 이왕 황비를 결정한 이상, 굳이 일을 질질 끌 필요가 없다고 생각했는지 곧바로 그녀를 예비 황비로 선언해버렸다.

결혼식은 무려 반년 후로 낙점되었는데, 이것은 루시오의 의지가 강하게 개입된 결과였다. 그가 온갖 이유를 다 들며 결혼을 최대한 미루려고 한 것이다. 페트리지아가 그의 속내를 모를 리 없었지만, 그녀가 먼저 결혼식을 앞당기는 것도 상당히 가식적인 일이 될 터였다. 그래서 페트리지아는 군말 없이 루시오의 뜻대로 해주었다.

페튜니아가 예비 황비로 낙점된 지 두 달 정도가 되었을 때, 황궁에서는 죽은 선황의 탄신일을 핑계로 의례적인 파티가 열렸다. 당연히 페튜니아도 참석할 예정이었다.

"에이다, 서둘러! 이러다 파티에 늦으면 네가 책임질 거야?"

페튜니아가 신경질적인 목소리로 그녀의 하녀를 불렀다. 에이다가 서둘러 방 안으로 들어왔다. 그녀의 양손에는 페튜니아를 꾸밀 수 있는 액세서리들이 가득 들려 있었다.

"죄송해요, 아가씨."

호리호리한 체형의 에이다가 넙죽 허리를 숙이며 페튜니아에게 사과했다. 스툴 위에 앉아 있던 자색 머리카락의 페튜니아가 못마땅하다는 표정으로 에이다에게 핀잔을 주었다.

"하여간 이래서 천한 것들은! 내가 오늘 파티가 중요하다고 몇 번이나 말했어?"

수도 없이 듣긴 했다. 페튜니아는 파티가 열리기 무려 1달 전부터 하녀들에게 '예비 황비로서 참석하는 첫 파티이니 반드시 세상 누구보다 화려하게 보여야 한다'고 못을 박아 두었으니까. 사실 에이다가 생각하기에 그 파티에서 '세상 누구보다 화려하게 보여야 할 사람'은 황비가 될 페튜니아가 아니라 황후인 페트리지아였지만, 만약 이 말을 듣게 된다면 페튜니아는 그녀에게 폭언과 매질을 할 게 뻔했기 때문에, 에이다는 그냥 입만 다물고 있었다.

"하여튼 서두르도록 해! 오늘 파티에 절대 늦어서는 안 되니까."

"……."

"왜 대답이 없어?"

"네, 아가씨. 알겠습니다."

에이다가 하는 수 없이 대답했고, 페튜니아는 여전히 못마땅한 모습이었다. 그녀는 속으로 '이래서 천한 것들은 어쩔 수 없다니까' 라고 중얼거리며 짜증스럽게 머리를 뒤로 넘겼다.

한편, 황후궁도 오늘만큼은 평소보다 준비에 열심이었다. 페튜니아가 예비 황비의 자격으로 파티에 처음 참석하는 만큼, 황후인 페트리지아의 위엄을 조금도 손상시켜선 안 된다며 황후궁 시녀들이 단단히 마음을 먹었기 때문이었다. 그녀들의 마음을 모르지 않았던 페트리지아는, 평소보다 과한 치장에도 그날만큼은 아무 간섭도 하지 않았다.

"폐하…… 오늘 너무 아름다우세요."

미르야가 떨리는 목소리로 말하자, 옆에 있던 라파엘라도 거들었다.

"진짜 예뻐, 황후 폐하."

"얼마나 예쁘기에?"

페트리지아가 무심하게 말하며 자리에서 일어났다. 그런 다음 전신거울로 가 자신의 몸을 살펴본 후 낮게 웃으며 말했다.

"너무 힘을 줬네."

"힘 좀 줬습니다, 폐하."

미르야가 웃음기 띤 목소리로 말했고, 페트리지아는 약간 부담스러운 듯한 얼굴로 화려하게 치장된 자신의 모습을 바라보았다. 머리부터 발끝까지 보석이 안 들어간 곳이 없었다. 티아라에 세공된 보석은 크기가 작은 것만 해도 족히 1,000개는 넘어 보였고, 드레스는 그보다 기십 배는 더 많아 보였다. 말 그대로 '눈이 부실 정도'였다. 화려한 걸 좋아하지만, 이 정도의 화려함은 지양하는 편이었던 페트리지아가 물었다.

"좀 과하지 않나?"

"오늘만 좀 과하겠습니다, 폐하. 아시잖아요. 오늘이 무슨 날인데요."

"……."

미르야의 말을 들은 페트리지아가 입을 다물었고, 곧 시녀들이 다가와 그녀가 신고 있던 구두를 역시 보석이 알알이 박힌 유리 구두로 바꾸어 주었다. 발 깨나 아프겠군, 하고 생각하며 페트리지아가 물었다.

"황제 폐하께서는 연회장으로 출발하셨다더냐?"

"아직이라고 하던데."

그때 들려오는 낯선 목소리에 페트리지아의 고개가 문 쪽으로 돌아갔다. 화려한 검은 연미복 차림의 루시오가 서 있었다. 페트리지아의 입가에 저도 모르게 미소가 떠올랐다.

"폐하."

"좀 늦을 예정이라고 하더군."

"왜요?"

"황후가 너무 아름다워서 눈이 멀었다나 어쨌다나, 심장이 멈췄다나 어쨌다나."

"하하."

평소의 그답지 않은 너스레에 페트리지아가 낮게 웃음을 터뜨렸다. 시녀들이 눈치 있게 자리를 비켜주었고, 단둘만 남자 루시오가 거침없이 페트리지아에게 다가와 그녀의 이마에 입을 맞추었다.

"너무 아름다워. 정말 내 심장을 멈춰 놓으려고 작정이라도 한 건가?"

"오늘따라 과장이 심하세요."

"지나가는 사람 붙잡고 물어봐. 내 말이 과장이 아니라는 걸 똑똑히 듣게 될 테니까."

페트리지아의 팔을 위쪽으로 끌어 올려 손등에 키스한 루시오가 이번에는 그녀의 눈꺼풀에 키스했다. 자잘한 키스에 페트리지아가 까르르 웃으며 말했다.

"그만 하세요. 누가 볼라."

"다 나갔는데 보긴."

그녀의 허리를 능숙하게 감은 루시오가 고개를 돌려 시계를 확인했다. 아직까지는 여유가 있었다. 그가 페트리지아의 귓가에 대고 속살거렸다.

"아직 시간이 좀 남았는데."

"……설마 그 시간 동안 침대에 있고 싶단 말씀은 아니시겠죠?"

"마음 같아서는 그러고 싶은데."

루시오가 가만히 페트리지아의 턱을 들어 올렸다. 자연스럽게 눈이 마주쳤고, 페트리지아는 웃음을 참지 못했다. 그 모습을 사랑스럽게 바라보던 루시오가 망설임 없이 그녀에게 입을 맞추었다.

"아…… 폐하."

"걱정하지 마."

그가 페트리지아의 몸을 자신의 것과 좀 더 밀착시키며 속삭였다.

"립스틱 다시 바를 시간은 남겨줄 테니까."

"으……흥, 그게 아니라……."

루시오의 입술이 점차 아래로 옮겨졌다. 당황한 페트리지아가 비틀거렸지만, 그가 워낙 그녀를 단단히 잡고 있었기 때문에 넘어지거나 하는 불상사는 발생하지 않았다. 하지만 페트리지아는 여전히 자신의 몸을 꼬며 중얼거렸다.

"폐하, 보, 보이는 곳에는 안 돼요……."

"알고 있어."

마음 같아서는 보이는 곳에만 흔적을 남기고 싶었다. 그럼으로써 선언하는 것이다. 이 여자가 자신의 황후라고. 그러니 아무도 건드릴 생각 하지 말라고.

'하지만 리지의 체면도 생각해 줘야지.'

그러니 오늘은 여기까지만. 루시오가 페트리지아의 목 아래에 깊게 키스한 뒤, 슬며시 떨어졌다. 페트리지아가 빨개진 얼굴로 핀잔을 줬다.

"누가 봅니다, 폐하."

"보라지, 뭐. 우리, 부부 아닌가?"

"그래도……."

"그대의 위신을 생각해서 이것도 많이 참은 거야."

마무리로 페트리지아의 콧방울을 베어 물듯 키스한 루시오가 속삭이며 물었다.

"에스코트, 필요하지 않아?"

"해주시겠어요?"

"당연하지."

내 황후인데, 기꺼이.

루시오가 빙긋 웃으며 페트리지아의 팔짱을 꼈다.

"황제 폐하와 황후 폐하께서 드십니다."

시종의 말과 함께 루시오와 페트리지아는 연회장 안으로 들어섰다. 그러자 모든 사람들이 길을 터주었고, 동시에 시선이 느껴졌다. 페트리지아는 귀를 쫑긋거리며 사람들이 저를 두고 수군거리는 말들을 전부 잡아냈다.

"황비를 들이신다는데, 그거랑 별개로 금실은 여전하신가 보군."

"못 들으셨어요? 황후 폐하께서 직접 황비를 들이라고 간청하셨다잖아요. 현명도 하셔라. 근데 황제 폐하께서 그걸 끝끝내 거부하시다가, 워낙 귀족들이 성화라 어쩔 수 없이 받아들이셨대요."

"아니, 황비를 안 들이면 어쩌실 건데요? 불임이라면서!"

"말조심하세요! 듣기론 황제 폐하께서 황후 폐하를 위해 방계 황족을 양자로 들일 생각까지 하셨대요."

"세상에!"

대부분은 이런 내용이었다.

불임의 황후가 알고 보니 황제에게 직접 황비를 들이라고 간청했다더라. 양자를 들일 생각까지 있었던 황제는 거부했지만, 귀족들이 성화라 어쩔 수 없이 황후의 청을 들어줬다더라. 그럼에도 불구하고, 두 사람 금실은 여전하다더라.

'불쾌하네.'

이미 알고 있던 내용이었지만, 막상 귀로 직접 들으니 어쩐지 불쾌했다. 자신의 생식 능력에 대해 모두가 알게 된 것도 불쾌한데,

그게 또 하나의 가십이 되고 있으니 화까지 날 지경이다. 그때, 루시오가 페트리지아와 하고 있던 팔짱을 풀었다. 의아해진 그녀가 루시오를 올려다보기도 전에, 그가 먼저 그녀의 손을 꼭 부여잡았다. 주변에서 놀라는 소리가 들려왔고, 페트리지아는 약간 당황한 목소리로 그를 불렀다.

"폐하……."

"신경 쓰지 마. 응?"

"……네."

페트리지아가 어색하게 웃었다. 그는 신경 쓰지 말라고 말했지만, 어떻게 신경을 쓰지 않을 수가 있겠는가. 저렇게 대놓고 자신들의 이야기를 하고 있는데. 하지만 그를 위해서라도 굳이 티를 안 내는 게 좋을 것 같아서, 페트리지아는 최대한 잊어버리기 위해 노력했다.

"황후 폐하, 알레드 가문의 브란시아입니다. 오늘 너무 아름다우세요!"

"폐하, 인사드립니다. 이라렐 가문의 로렐입니다."

가십과 소문이 무색하게도, 페트리지아의 곁에는 계속해서 사람이 모여들었다. 파티가 원래 이런 자리라는 사실을 누구보다도 잘 알고 있는 페트리지아는 가급적 귀찮거나 싫은 티를 내지 않고 모든 사람들을 다정하게 대해주기 위해 노력했다. 다행히 그녀에게 다가오는 사람들은 예의를 잘 지켰다. 예비 황비 페튜니아에 대한 이야기를 전혀 꺼내지 않았으니까.

"황후 폐하, 인사드립니다."

그때, 누군가가 새롭게 페트리지아에게 다가왔다. 낯선 얼굴이었다. 페트리지아가 의아한 얼굴이 되자, 상대는 약간 당황한 표정으로 말을 이었다.

"아직 제 얼굴을 모르시나 봅니다."

"그대가 누구기에?"

"페튜니아 메릴 리 베이런스입니다, 폐하. 직접 저를 간택하셨다기에 당연히 아시는 줄 알았어요."

페튜니아. 이름이 익숙했다. 페트리지아가 차기 황비로 선택한 여자였다.

"……내가 그대를 황비로 선택한 건 얼굴 때문이 아니야, 레이디 페튜니아. 얼굴을 보고 뽑지도 않았고."

"아."

페튜니아가 약간 민망해진 얼굴로 말했다.

"그러셨군요."

"여기 오느라 고생했겠군. 잘 즐기고 가도록 해."

"고생이라니요, 황후 폐하. '예비 황비'로서 파티 참석은 당연한 것인데요."

"……."

대사는 분명 예의 바른데, 태도는 썩 그러지 못했다.

아, 내 선택이 그리 현명하지 못했던 것 같아.

페트리지아가 속으로 한숨을 내쉬었다. 그렇다고 해도 이미 차기 황비로 낙점한 이상 무를 수는 없는 노릇이었다. 그녀가 아무렇지 않게 말했다.

"그랬군. 모쪼록 좋은 시간 보내다 가길 바라."

"감사합니다, 폐하."

싱긋 웃으며 답한 페튜니아는 뒤를 돌기 전, 무언가를 깜빡한 사람 같은 표정을 지은 채 다시 입을 열었다.

"참, 폐하. 저는 걱정하실 것 없습니다."

"그게 무슨 뜻이지?"

"황비로 낙점된 후 검사를 받았는데, 제 생식 능력이 아주 우수하답니다. 제가 불임일 걱정은 하지 않으셔도 된다는 말씀이에요."

"……."

페트리지아가 황당함에 입만 벌린 채로 아무 말도 하지 못했고, 옆에 있던 미르야 역시 황당함으로 얼굴이 굳어졌다. 곧 미르야가 딱딱한 목소리로 페튜니아의 태도를 지적했다.

"레이디 페튜니아, 무례합니다."

"네? 무엇이 말인가요, 프린스키 후작부인?"

"폐하의 사생활에 대해 그리 입을 놀리시다니요. 영애께서 정말로 '예비 황비'시라면, 그에 걸맞은 품위와 태도를 갖추어야 할 것 같은데요."

"폐하의 사생활이기도 하지만, 제국의 존망이 걸린 일이기도 하지요. 더구나 황제의 정실인 황후께서 아이를 낳지 못하신다는 건 분명 큰 문제가……."

"그래서 내가 지금 이 자리를 차지하고 있는 게 부적절하다, 이리 말하고 싶은 건가?"

페트리지아가 마침내 굳어진 표정으로 물었지만, 페튜니아는 이미 자신의 논리에 심취한 듯 개의치 않고 대답했다.

"부적절하다기보다는…… 글쎄요. 다만 자격 부분에서 흠결이 있다는 사실은 부정할 수가……."

"지금 이게 무슨 소리지?"

그때 어디선가 화난 목소리가 끼어들었다.

신나게 입을 놀리던 페튜니아는, 끼어든 목소리의 주인이 루시오 황제라는 사실을 알아차리고선 빙긋 미소를 지었다. 그의 화난 표정 따위는 눈에 들어오지 않는 듯했다. 페튜니아가 명랑한 목소리로 그를 맞았다.

"황제 폐하 오셨습니까."

"황후, 이 영애가 그대에게 무례를 저지른 것 같은데."

루시오가 가뿐히 페튜니아를 무시한 채 페트리지아에게 말을 걸자, 페튜니아의 표정이 잔뜩 구겨졌다. 그 모습을 전부 다 지켜보고 있던 페트리지아가 속으로 한숨을 쉬었다.

사람을 보는 눈이 완전히 죽어 버린 게 틀림없어. 배경만 보고 저런 여자를 황비로 간택하다니.

페트리지아가 피곤하다는 듯한 목소리로 답했다.

"글쎄요. 레이디 페튜니아는 자신의 행동이 무례라고 자각하지 못하고 있는 것 같아서…… 괜히 말하면 웃음거리나 될지 모르겠습니다."

"누가 감히 제국의 황후를 웃음거리로 삼는단 말이야? 걱정하지 말고 말해 봐."

"프린스키 부인, 그대가 말해보게."

"사실만을 고해드리자면, '예비 황비'이신 베이린스 영애께서 황후 폐하께 자신은 생식 능력이 아주 우수하니 불임일 걱정은 하지 않아도 된다고 말씀하셨습니다. 이는 폐하의 사생활 문제인 바, 심각하게 무례한 발언인지라 제가 그것을 지적해드렸지만, 영애께서는 단순한 폐하의 사생활이 아닌 제국의 존망이 걸린 일이라며 잘못이 없다는 투로 일관하시더군요. 그리고 불임의 여자가 황후가 되는 것은 그 자격에 있어 흠결이 있다고까지 말씀하셨습니다."

미르야가 깔끔하게 상황을 정리해 루시오에게 고했고, 미르야의 말을 듣던 루시오의 표정이 점점 어두워졌다. 그제야 상황의 심각성을 눈치챈 페튜니아가 얼른 수습에 들어갔다.

"폐, 폐하. 그렇게까지 무례하게 말씀드리진 않았습니다."

"그렇다면 프린스키 후작부인이 말을 지어내기라도 했다는 건가?"

"그, 그건 아니지만……."

"무례하기 짝이 없군, 베이린스 영애."

루시오가 단단히 화가 난 얼굴로 분노를 토해냈다.

"아이는 엄연히 '우리 부부'의 일이야. 제삼자가 끼어들 만큼 가벼운 문제도 아닌 데다가, 설령 끼어든다고 해도 감히 황후의 안전에서 자격을 운운하는 불경을 저지르다니! 정말 그대가 귀족이 맞는지 의심스러워질 정도야. 베이린스 후작이 그댈 그런 식으로 교육시켰나?"

"아니요, 폐하. 전 그냥……."

"변명은 듣고 싶지 않군, 베이린스 영애. 그대가 이렇게 무례한 사람인 줄 알았다면, 나 또한 황후의 청을 받아들이지 않았을 거야."

그는 정말로 화가 났는지, 평소와는 달리 목소리까지 높였다. 당연히 이쪽으로 시선이 집중되었고, 페트리지아는 민망함을 느꼈다. 루시오의 분노는 계속되었다.

"그리고 영애는 차후 황비가 될 사람이 아닌가? 그렇다면 황후의 신하로서 그녀를 존중하고 존경하지는 못할망정, 심기를 거스르게 할 만큼 무례한 말을 하지 않는 것은 기본이라고 생각하는데. 더구나 곧 황족이 될 사람이 황궁의 사적인 부분을 이런 자리에서 아무렇지 않게 입에 담아도 되는 건가?"

"폐하, 제가 잘못했습니다. 부디 노여움을 푸세요."

그제야 상황을 파악한 페튜니아가 얼른 그의 발밑에 엎드렸지만, 루시오는 그녀의 사과에도 불구하고 조금도 화가 풀린 것 같지 않아 보였다. 그는 페튜니아를 무시하고 페트리지아에게 물었다.

"황후, 괜찮은 건가?"

"저는 괜찮습니다, 폐하."

"기분이 상하지는 않았고?"

"······상하지 않았다면 거짓말이겠지요."

페트리지아가 싸늘한 눈으로 루시오의 발밑에 엎드린 페튜니아를 응시했다. 하지만 그것도 잠시, 보는 눈이 많다고 판단했는지 그녀는 금방 표정을 풀었다. 페트리지아가 루시오에게 다가가 작은 목소리로 속삭였다.

"이만 파티를 재개하시지요, 폐하. 이런 일로 분위기를 망치는 것을 원하지 않습니다."

"······."

페트리지아의 말을 듣고 나서도 루시오의 표정은 여전히 굳어진 채로 변할 줄 몰랐다.

한참 후에야 그가 한숨을 내쉰 뒤 입을 열었다.

"본의 아니게 분위기가 가라앉은 것 같아 유감이군. 파티는 계속 진행하도록 하지."

루시오가 그렇게 말하고 나서야, 주변에 있던 귀족들은 다시 원래의 자리로 흩어졌다. 악단들도 잠시 멈추었던 연주를 다시 시작했다. 하지만 페튜니아는 여전히 루시오의 발밑에 엎드린 채 부들부들 떨고 있었다. 그것은 두려움 때문이 아니라, 모멸감과 수치심 때문이었다.

감히 내게 이런 수모를 안기다니!

페튜니아가 입술을 질끈 깨물었다. 부끄럽고 민망해 당장이라 죽고 싶은 심정이었다. 루시오가 그런 페튜니아를 서늘한 눈으로 내려다보다가, 잠시 후에 입을 열었다.

"영애가 '황비가 될 자격'이 있는지 다시 한번 숙고할 필요가 있겠어."

루시오는 이 말만 남기고 페튜니아에게 완전히 관심을 끊었다. 그 대신 페트리지아에게 다가가 걱정스럽게 물었다.

"안색이 좋지 않아. 좀 쉬지 않아도 괜찮겠어?"

"고작 이런 일로 휴식이라니. 그것이야말로 우스운 일이 될 겁니다, 폐하."

설핏 미소 지은 페트리지아가 평소와 다름없는 목소리로 루시오에게 말했다.

"저는 정말로 괜찮아요, 폐하. 사실 틀린 말도 아닌걸요."

"리지……."

"저와 춤이나 한 곡 추시겠어요?"

페트리지아가 아무렇지 않게 웃으며 루시오에게 손을 내밀었고, 그 손을 잠깐 동안 바라보던 루시오가 곧 다정한 미소를 입가에 띠며 페트리지아가 내민 손을 잡았다.

"영광입니다, 황후 폐하."

파티는 무사히 끝났지만, 페트리지아의 기분은 썩 좋지 않았다. 파티에서 페튜니아의 일로 단단히 마음이 상한 그녀는, 도무지 페튜니아를 황비로서 조우할 자신이 없었다. 더구나 황비가 훗날 황태자를 낳을 사람이라고 생각하니, 절대로 그녀를 황비로 들여서는 안 되겠다는 생각도 들었다. 마침 명분도 충분했고, 어쩌면 이 일로 황후로서의 권위를 높일 수 있을지도 모른다. 결심이 선 페트리지아가 미르야에게 지시했다.

"황비 선출을 다시 진행해야 할 것 같아. 지난번에 모아 두었던 황비 후보 리스트를 다시 한번 가져와 주겠나?"

"알겠습니다, 폐하."

정중한 목소리로 대답한 미르야가 곧바로 페트리지아에게 물었다.

"참, 폐하. 다음번 빈민 구제는 어떻게 계획할까요? 혹시 생각해 둔 바가 있으신지요."

"아, 그 부분은 내가······."

여기까지 말하던 페트리지아가 순간 눈살을 찌푸렸다. 그 모습을 본 미르야가 의아한 목소리로 물었다.

"폐하, 왜 그러세요? 어디가 불편하신 겁니까?"

"아니. 그런 게 아니라……."

여전히 눈살을 찌푸린 채로, 페트리지아가 대답했다.

"까맣게 잊고 있었어."

"무엇을요?"

"그 노인. 황궁에 돌아간 후 연락을 주기로 약속했는데……."

"얼마 전 소베토에서의 일을 말씀하시는 건가요?"

"그래, 소베토."

페트리지아가 미르야에게로 시선을 옮긴 후 지시했다.

"그 노인을 먼저 황궁으로 모셔오도록 해, 미르야. 될 수 있으면 오늘 안으로. 나이 드신 분을 너무 오래 기다리게 했군."

"네, 폐하. 바로 조치하도록 하겠습니다."

"이런. 이렇게 일이 늦어지다니. 완전히 잊고 있었지 뭐야."

"그만큼 요즘 바쁘셨으니까요. 아마 그분도 이해하실 겁니다."

"황후 폐하, 황제 폐하께서 드셨습니다."

그때, 바깥에서 시녀의 목소리가 들렸다. 페트리지아는 순간 입을 다물었다가, 곧바로 입을 열어 말했다.

"어서 모시도록 해."

"폐하, 저는 이만 가보겠습니다."

미르야가 조신하게 방에서 나가자마자 루시오가 페트리지아의 집무실 안으로 들어왔다. 페트리지아는 평소와 다름없는 미소를 띠고 그를 맞아들였다.

"폐하, 어쩐 일이세요?"

"꼭 무슨 일이 있어야만 그대를 찾을 수 있는 건 아니잖아."

그건 그랬다. 페트리지아가 살포시 미소 지었다.

"차라도 한 잔 드릴까요?"

"우릴 줄 아나?"

"직접 우려 드려요?"

"그럼 영광이지."

루시오의 말을 들은 페트리지아가 저도 모르게 웃었다. 그가 있는 쪽으로 걸어간 그녀가 그의 볼에 작게 키스를 남긴 후 속삭였다.

"잠시만 기다리세요. 마침 얼마 전에 들어온 좋은 찻잎이 있거든요."

"기대하지."

화답하듯 루시오가 페트리지아의 입술에 짧게 키스했고, 페트리지아는 미소를 숨기지 못하며 집무실 한쪽에 있는 찻장으로 사뿐사뿐 걸음을 옮겼다. 응접용 테이블에 앉은 루시오가 그 모습을 흐뭇한 표정으로 지켜보았다.

잠시 후, 페트리지아가 예쁜 자기 찻잔에 찻물을 따라 루시오에게로 가져갔다.

"드셔보세요."

"향이 좋네."

찻잔에 코를 가까이한 후 향기를 맡던 루시오의 입가에 저절로 미소가 지어졌다. 우린 사람을 닮은 청명한 차였다. 그가 말했다.

"다도에도 재능이 있는 줄은 처음 알았어."

"제가 직접 차를 우릴 일이 드무니까요. 저도 특별한 분을 제외하면 가급적 우리지 않고요."

"그 말은 내가 특별한 사람이라는 의미인가?"

"물론이지요, 폐하."

곧바로 질문에 대답한 페트리지아가 명확한 목소리로 덧붙였다.

"제게는 세상에서 가장 특별한 분이신걸요."

"영광이군. 나도 그래."

"저도 알아요."

까르르 웃은 페트리지아가 고개를 숙여 찻물을 한 모금 마셨다. 그 모습을 응시하던 루시오가 가만히 입을 열었다.

"파티에서의 일, 마음이 많이 상했을 텐데."

"……"

달갑지 않은 이야기에 페트리지아의 입매가 약하게 굳어졌다. 그 모습을 놓치지 않으며 루시오가 말을 이었다.

"그대만 허락한다면 황비를 새로 뽑고 싶어. 다른 건 몰라도, 그대에게 불손한 황비는 들이고 싶지 않거든."

루시오의 말을 들은 페트리지아가 저도 모르게 낮은 웃음을 토해냈다. 그 모습을 의아한 눈으로 바라보는 루시오에게, 페트리지아가 웃음기 띤 목소리로 말했다.

"이를 어쩌죠, 폐하? 실은 방금 전에 프린스키 후작부인에게 지시를 내렸습니다. 지난번에 작성해 두었던 황비 후보 리스트를 다시 가져오라고요."

"역시 우린 너무 마음이 잘 통해."

"이상한 부분에서 뿌듯해하세요."

"몸도 잘 통하지 않나?"

"네에?"

갑자기 달라진 분위기에 당황한 페트리지아가 눈만 동그랗게 뜨는 사이, 찻잔을 내려놓은 루시오가 자리에서 일어났다. 입꼬리를 어색하게 끌어올린 페트리지아의 눈앞으로, 순식간에 루시오가 다가왔다. 눈높이를 맞추기 위해 한쪽 무릎을 꿇은 그가 말없이 그녀의 입술을 삼켰다.

"폐……."

당황한 페트리지아가 한 손으로는 루시오의 옷깃을, 다른 한 손으로는 아직 반도 비우지 못한 찻잔을 꼭 붙잡았다. 입술을 통해 느껴지는 강한 자극이 그녀의 몸을 뒤쪽으로 기울게 했다.

자연스럽게 오른손에 들린 찻잔이 흔들렸다.

찻물이 안에서 출렁거리며 곧 쏟아질 듯하자, 특이하게도 페트리지아는 그 상황 속에서 묘한 쾌감을 느꼈다. 그녀가 아까보다 잔뜩 낮아진 목소리로 루시오를 불렀다.

"폐하……."

"이름으로 불러, 리지."

그 어느 때보다도 관능적인 목소리에, 페트리지아가 저도 모르게 눈을 질끈 감았다. 찻잔은 계속해서 흔들렸고, 페트리지아는 거칠게 숨을 내쉬며 속으로 중얼거렸다.

아, 이러다 찻물을 다 쏟아 버리겠어.

그녀가 여전히 눈을 감고 루시오와 입을 맞춘 채, 천천히 손을 움직였다. 어쨌든 찻잔 때문에 루시오와의 입맞춤에 집중할 수 없는 것이 사실이었으니까. 몇 번 손을 더 움직이던 페트리지아는 마침내 찻잔을 테이블 위에 안전하게 내려놓는 일에 성공했다. 그녀가 완전히 자유로워진 두 손을 뻗어 루시오의 얼굴을 움켜쥐었다. 그 행위에 더 자극을 받은 듯 루시오는 입맞춤에 보다 박차를 가했다.

"으응, 폐……."

"황후 폐하."

그때, 밖에서 미르야의 목소리가 들려왔다. 루시오는 무시한 채 계속 페트리지아에게 입을 맞추었지만, 페트리지아는 숨을 헐떡이면서도 용케 차분한 목소리로 답했다.

"무, 무슨 일인가?"

"아까 말씀드린 그 노인을 모셔왔습니다."

이런. 산통이 다 깨져버렸다.

페트리지아가 눈살을 곱게 찌푸리며 루시오에게서 얼굴을 떼어냈다. 다시 본 루시오의 얼굴에는 아쉬운 빛이 가득했다. 그가 징징

거리는 목소리로 푸념했다.

"프린스키 후작부인이 이렇게까지 눈치가 없는 줄은 몰랐는데 말이야."

"저도 오늘 처음 알았답니다, 폐하."

페트리지아가 숨을 헐떡거리며 대답했다. 처음에 비해 호흡 주기가 너무 빨랐다. 이대로 문을 열면 안에서 무슨 일이 있었는지 광고하는 셈밖에는 되지 않았다. 몇 번 심호흡을 해 호흡을 안정시킨 페트리지아가 아쉬운 표정으로 루시오의 입술에 작게 입을 맞추고선, 흐트러진 옷매무새를 매만지며 말했다.

"응접실로 모시도록 해, 미르야."

말을 마친 페트리지아가 이번에는 루시오의 콧방울에 키스한 후 속삭였다.

"이따 다시 찾아오세요. 아셨죠?"

"물론이야."

루시오가 빙긋 웃으며 페트리지아의 이마에 입을 맞추었고, 그녀는 기분 좋은 표정으로 미소 지었다.

노인은 처음 본 모습이 믿기지 않을 정도로 말쑥한 모습이었다. 어쨌든 황궁에 오는 것이니 시종들이 목욕이라도 시킨 듯했다. 페트리지아가 우아하게 미소 지으며 응접실 안으로 들어갔고, 그녀를 발견한 노인이 얼른 자리에서 일어났다. 그녀는 미소를 잃지 않은 채 손을 들어 괜찮다는 뜻을 내비쳤다. 노인의 앞에 앉은 페트리지아가 부드러운 음성으로 입을 열었다.

"내가 먼저 사람을 보내겠다고 말했는데, 연락이 너무 늦었어. 미안하군."

"아닙니다, 폐하. 바쁘신 분이시니, 늦을 것이라고는 예상했습니다."

"그럼, 본론으로 들어가 보도록 하지."

페트리지아가 진지한 목소리로 물었다.

"그대는 누구인가? 나를 어떻게 알았지?"

"폐하……."

노인은 잠시 머뭇거리는 듯하다가, 곧 결심한 표정으로 입을 열었다.

"저를 기억하십니까?"

노인의 말에 페트리지아는 천천히 고개를 저었다.

"미안하네. 내가 그대를 기억했다면 보자마자 알아봤을 거야. 내가 사람의 얼굴을 잘 외우지 못하는 편이라."

"아닙니다, 폐하. 이해합니다."

노인이 떨리는 목소리로 말했다.

"충분히 저를 기억 못 하실 수 있습니다. 긴장하셨을 순간에……
저를 보셨을 테니까요."

"그게 무슨 뜻이지?"

페트리지아가 왼쪽 눈썹을 치켜뜨며 묻자, 노인은 입술만 오물거리다가 한참 후에 답했다.

"퀴네즈 경선 당시, 폐하의 건강을 검진했던 의사가 바로 저입니다."

"아."

페트리지아가 그제야 기억이 날 듯 말 듯 한 표정을 지었다. 그러고 보니, 그런 것도 같았다. 그녀가 곧바로 물었다.

"그랬던 것도 같아. 그런데 궁의까지 했던 그대가 어째서 빈민가에 있었던 건가?"

페트리지아의 질문에 노인이 천천히 눈을 감았다. 그러는 그의 표정이 어쩐지 착잡해 보여서, 페트리지아는 의구심이 들었다. 왜 저런 표정을 짓는 걸까?

"죄를 지었기 때문입니다."

"죄라니?"

"저는 궁의가 되기 전, 바시에 공작가에 속해 있던 주치의였습니다."

"그런데?"

페트리지아가 영문을 모르겠다는 표정으로 노인을 빤히 바라보자, 그 시선을 견디지 못한 노인이 괴로운 목소리로 실토했다.

"트리샤 아가씨를 구하기 위해 폐하를 희생시켰습니다."

"무슨 뜻인가?"

"폐하께서는……."

노인이 꺼낸 말은 충격적이었다.

"불임이 아니십니다."

고아였던 그는 선대 바시에 공작의 은혜를 입어 공작가의 주치의까지 된 사람이었다. 어느 날 지금의 바시에 공작은 궁의 자리가 생기자 빈 궁의 자리에 그를 추천했고, 그는 황궁에서까지 일하게 되었다. 비참한 인생이 예정되어 있던 그에게 바시에 공가는 절대 배신할 수 없는 고마운 존재였으리라.

그러다 얼마 후 선황이 죽었고, 루시오는 황제로 즉위했다. 그리고 또 얼마 지나지 않아 로즈몬드가 루시오의 정부가 되었다. 그녀는 욕심이 많았고, 황후가 되고 싶어 했지만, 당장은 정당성이 너무 부족했다. 그래서 자신이 황후가 될 때까지 황후의 자리를 잘 지키고 있을 허수아비를 필요로 했던 것이다.

허수아비는 주인을 위협해서는 안 되었다. 그리고 로즈몬드에게 위협이 되는 황후란, 언제든지 '적자를 생산할 수 있는' 여자를 의미했다. 로즈몬드가 황후가 될 수 있는 정당성을 갖추었을 때, 쫓아낼 황후에게 아들이 있다면 그것처럼 낭패도 없을 테니까. 결국 퀴네즈 경선 마지막 주제에서, 로즈몬드는 무작위로 다섯 명의 궁의들을 선별한 후 명령했다.

"다른 건 다 필요 없고, 생식 능력만 철저히 검사하도록 해라."

처음에 다섯 명의 궁의들은 그 명령을 이상하게 여기지 않았다.

황후에게 있어 가장 중요한 소임은 '황제의 적자를 낳는 일'이었으니까.

그가 검사를 맡은 퀴네즈는 페트리지아였다. 그는 명령을 받은 대로 페트리지아의 생식 능력만을 꼼꼼하게 진찰했는데, 결과는 지극히 정상이었다. 그리고 결과를 말해주기 위해 황제를 찾아갔을 때, 그는 우연히 로즈몬드가 대화하는 소리를 들었다.

"만약 모두 생식 능력이 우수하면 어쩌하지요, 로즈몬드 님?"

"그렇게 되면 어쩔 수 없이 바시에 공녀를 황후로 앉혀야지."

"어째서요? 친정의 힘이 강력할수록 폐위는 어려운 일이 되는 게 아닙니까."

"그렇다고 하더라도 바시에 공녀가 황후가 되어야 해. 지금 황성 안팎으로 내가 황후 경선에 관여한다는 소문이 심심찮게 돌고 있어. 이 소문을 잠재우기 위해서라도 그렇게 할 수밖에 없지."

그렇게 말한 로즈몬드가 잠시 후에 웃음기 띤 목소리로 글라라에게 말했다.

"걱정 마, 글라라. 설령 바시에 공녀가 황후가 된다 해도, 폐하께서 그녀를 찾지 않으시면 회임은 요원한 일이니까. 그리고 난 자신 있거든."

"무슨 자신이요?"

"공녀를 폐위시킬 자신." 여기까지 들은 그는 비로소 일의 전말을 알게 되었다. 그러니까 중요한 건 '누가 아이를 낳을 수 없느냐'지,

'누가 아이를 잘 낳을 수 있느냐'가 아니었다. 그리고 만약 모두가 '아이를 잘 낳을 수 있다'면, 로즈몬드의 희생양은 그가 사랑하는 바시에 가문의 공녀가 되는 것이었다.

절대 그런 일이 일어나서는 안 된다!

그는 결국 로즈몬드의 앞에서 거짓을 고했다.

"레이디 페트리지아는…… 불임이십니다."

그때, 로즈몬드의 입가에 떠오른 미소를 그는 아직도 기억하고 있었다. 결국 페트리지아는 황후가 되었고 그녀를 괴롭히던 로즈몬드는 사라졌지만, 페트리지아는 여전히 아이를 낳을 수 없는 황후라는 오명을 쓴 채 사랑하는 남자가 두 번째 부인을 들이는 것을 스스로 추진해야 했던 것이다.

"어떻게……."

노인의 이야기를 모두 들은 페트리지아가 몸을 부들부들 떨기 시작했다. 결국 그는 거짓을 고했고, 그래서 그녀는 지금 황후의 관을 쓰고 있는 것이었다. 노인이 자리에서 일어나 페트리지아의 앞에 무릎을 꿇고 엎드렸다.

"그때의 거짓말이 들통날까 봐 두려웠습니다. 그래서 소베토에 숨어들었지요. 적어도 그곳에 과거의 궁의가 지내고 있다는 사실은 아무도 예상할 수 없을 테니까요."

"그대 가문의 영애를 위해 죄 없는 나를 희생시킨 것인가?"

"송구합니다, 폐하."

그가 마침내 눈물을 방울방울 떨어뜨리며 그녀에게 사과했다.

"죽을죄를 지었습니다. 지금 당장 죽이신다고 해도 할 말이 없습니다."

"……."

페트리지아는 싸늘한 눈으로 노인을 내려다보았다. 결국 그런 것이었나. 내가 모르는 뒷사정 때문에 불임으로 낙인찍혔고, 그래서 사랑하는 남자를 위해 황비를 들이기로 마음먹었고, 그런데 알고 보니, 나는 불임이 아니었고.

하, 무슨 이런 거지 같은 일이 다 있지?

그녀가 벌게진 눈을 보이지 않기 위해 고개를 들어 올렸다. 금방이라도 눈물이 나올 것 같았다.

미치도록 억울하다는 생각밖에는 들지 않았다. 그 긴 긴 시간 동안 아이를 낳을 수 없다는 사실 때문에 얼마나 많이 슬퍼하고, 눈물흘리고, 괴로워했던가. 그 시간들이 생각나자, 페트리지아는 결국 참지 못하고 눈물 한 방울을 볼 밑으로 떨어뜨렸다.

그녀가 억눌린 목소리로 입을 열었다.

"그대가 내게 한 짓은 너무나도 잔인했어. 나는 그 때문에 원치도 않는 황후의 자리에 올랐거든. 간악한 연적 때문에 얼마나 괴로워했고, 불임이라는 낙인 때문에 얼마나 오열했는지 그대는 감히 생각할 수도 없을 거야."

"……."

노인은 차마 '죄송하다'는 말도 나오지 않는지 아무 말도 하지 못했다. 그런 그를 내려다보며, 페트리지아가 다시 천천히 입술을 뗐다.

"그럼에도 불구하고…… 알려줘서 고맙네."

"……네?"

"늦었지만…… 이제라도 알려줘서 고맙다는 이야기야."

"폐하, 전……."

"그대가 이렇게 내게 알려주지 않았다면 나는 두 눈 똑바로 뜨고 사랑하는 남편이 다른 여자를 안는 모습을 지켜봐야 했겠지. 그 여자에게서 아들을 낳는 것도."

"……."

"그 꼴을 보지 않게 해줘서, 고맙네."

말을 마친 페트리지아는 곧바로 미르야를 불렀다.

"미르야."

"네, 폐하."

"들어오게."

미르야가 곧바로 응접실 안으로 들어왔고, 곧 페트리지아의 얼굴에서 운 흔적을 발견하고 놀라는 표정을 지었다. 그런 그녀의 표정을 무시한 채, 페트리지아가 낮은 목소리로 지시했다.

"이분이 소베토가 아닌 깨끗하고 좋은 집에서 지낼 수 있도록 조치를 취해주게. 능력이 없는 분은 아니시니, 너무 많은 재물은 주지 않아도 될 거야."

"네, 폐하."

"그리고…… 이 시간 이후로 내 일정이 어떻게 되나?"

"2시간 후에 크라와 백작부인이 시녀들의 봉급 인상 문제로 방문하기로 되어 있습니다. 그리고 저녁에는…….."

"모두 취소해."

"네?"

페트리지아의 돌발 행동에 미르야가 깜짝 놀라는 표정을 지었다. 페트리지아는 약속과 일정을 가장 중요하게 여기는 사람이었다. 그런 그녀가 이렇게 즉흥적으로 모든 일정을 취소하는 일은 이번이 처음이리라.

미르야가 당황한 목소리로 물었다.

"무슨 일이 있으십니까?"

"지금부터 내일 아침까지 중앙궁에서 오롯이 시간을 보낼 거야."

페트리지아가 먹먹해진 목소리로 말한 다음, 곧바로 덧붙였다.

"참, 그리고 황비 후보 리스트는 필요 없으니 찢어 버리도록 해."

페트리지아는 그 길로 중앙궁에 갔다. 루시오가 너무나도 보고 싶었고, 지금 당장 그를 만나야 할 것만 같았다. 처음에는 차분한 발걸음을 유지하기 위해 노력했지만……

어느 순간 페트리지아는 달리고 있었다.

평소 품위와 침착함을 중요시 여기던 그녀였기에, 페트리지아의 뒤를 따르던 시녀들은 어리둥절해 하면서도 그녀의 걸음에 맞춰 덩달아 달리기 시작했다.

"폐하, 폐하께서는 안에 계시는가?"

중앙궁의 시녀장 역시 놀라기는 마찬가지였다. 늘 우아한 모습이시던 황후 폐하께서 이리 흐트러진 모습으로 중앙궁을 찾은 적은 처음이었다.

그녀는 당황하면서도 정중한 목소리로 답했다.

"네, 폐하. 안에서 정무를 보고 계십니다."

"폐하를 만나 뵈어야겠네. 어서 고하도록 해."

"네, 폐하."

잠깐 목소리를 고른 시녀장이 곧 큰 목소리로 말했다.

"폐하, 황후 폐하께서 드셨습니다."

"어서 모시도록 해."

"드시지요."

곧 문이 열렸고, 페트리지아는 아무도 들이지 말라고 단단히 명해둔 뒤에야 드레스 자락을 들고 사뿐사뿐 안으로 들어갔다. 그녀가 이토록 흥분한 모습은 단언컨대 처음이었다. 방 안으로 달려가는 페트리지아의 뒤쪽에서 중앙궁의 시녀장이 의아한 표정으로 폐트리지아의 시녀들에게 설명을 요구하는 표정을 지었지만, 그녀의 시녀들 또한 아는 바가 없어 잘 모르겠다는 표정으로 고개만 저을 뿐이었다.

"폐하."

페트리지아가 떨리는 목소리로 서류를 보고 있던 루시오를 불렀고, 루시오는 천천히 고개를 들어 올린 후 페트리지아의 얼굴을 확인하고선 자연스럽게 미소 지었다.

"아까는 날더러 찾아오라더니. 그새를 못 참고 온 것인가?"

"흑……."

그 한마디가 결국 페트리지아를 울리고 말았다. 당연히 장난스럽게 말을 던졌던 루시오는 당황할 수밖에 없었다. 그가 자리에서 벌떡 일어나 페트리지아에게 달려왔다.

"리지, 왜 그래?"

어지간히 당황했는지 애칭까지 부르는 루시오였다. 그러나 페트리지아는 그 사실조차 인지하지 못한 채 계속해서 울었다.

"흐흑, 폐하……."

"무슨 일이 있는 거야? 응?"

루시오가 잔뜩 당황한 얼굴로 페트리지아를 달랬다. 그로서는 정말로 당혹스러운 상황이었다. 원래 같으면 빙긋 웃으며 제게 키스를 날렸을 황후가 갑자기 울다니! 심지어 그녀는 평소에 눈물이 없는 사람이었다. 그런 그녀가 운다는 건 정말 심각할 정도로 큰일이 일어났다는 뜻일 터.

루시오의 표정이 걱정으로 어두워졌다.

"리지, 왜 그러는 거야. 일단 내게 말해 줘."

하지만 페트리지아는 끝까지 대답은 하지 못하고 계속 흐느끼기만 했다. 이상하게, 이상하게 말이 나오지 않았다. 그냥 루시오의 얼굴을 보고, 그가 미소 짓는 모습을 보자마자 세차게 눈물만 나왔다. 물론 페트리지아가 지금 울고 있는 이유는 슬픔이 아닌 기쁨에 더 가까웠지만, 그걸 루시오가 알 리 없었다. 그가 쩔쩔매는 목소리로 페트리지아에게 말했다.

"무슨 잘못을 했나? 그게 뭐든 용서해줄게. 아니면 무슨 사고를 쳤나? 그게 뭐든 마비너스 황제의 이름으로 최대한 수습해 주지. 그도 아니면 혹시 황비 문제 때문에……"

"폐하."

마침내 페트리지아가 눈물을 그치고 고개를 들어 올렸다. 그녀의 얼굴은 이미 눈물범벅이었고, 그 모습을 보자마자 루시오는 가슴 깊은 곳에서 화가 치솟았다.

감히 누가 내 황후의 얼굴에 이런 눈물 자국을 남긴 것인지.

그게 뭐든, 누구든 용서하기 어렵겠다는 생각이 들었다.

"그래, 리지. 울지 말고, 천천히 말해 봐."

물론 루시오는 그 분노를 속으로만 삭혔다. 일단은 그녀를 달래는 게 중요했다. 루시오가 어린아이를 달래듯 다정한 목소리로 페트리지아를 다독였다. 페트리지아는 그 태도에 또다시 눈물이 샘솟는 것을 느꼈지만, 간신히 참은 채 천천히 입술을 뗐다.

"폐하, 제가······."

"그래, 리지."

"불임이 아니래요."

"그래, 그랬구······."

그게 뭐든 다 괜찮다고 말하려던 루시오는 무의식중에 그렇게 말했고, 잠시 후 무언가 이상함을 느꼈는지 스르르 입을 다물었다. 짧은 시간이 흐른 후에, 그가 멍한 표정으로 물었다.

"······뭐?"

"제가."

페트리지아가 뜨거운 침을 삼키며 다시 한번 말했다.

"불임이 아니라고요, 폐하."

"그게······ 무슨 소리야?"

"말씀드린 그대로예요. 전 단 한 번도 불임인 적, 없었답니다."

페트리지아가 그 말을 마치기도 전에, 루시오가 그녀를 덥석 껴안았다. 그녀는 놀라지 않은 채 그에게 그대로 안겨들었고, 루시오와 맞닿은 가슴에서 강한 진동을 느꼈다. 그의 심장 박동 소리였는데, 어지간히 흥분했는지 진동이 페트리지아의 가슴까지 전해져 같이 떨릴 정도였다.

그녀가 뜨거운 눈물을 흘리며 그를 불렀다.

"폐하⋯⋯."

"리지, 그게⋯⋯ 그게 정말이야?"

"그렇답니다, 폐하."

페트리지아의 두 눈에서 눈물이 뚝뚝 흘러내렸다.

"한 치의 거짓도 없는 진실이에요. 저도 폐하의 아이를⋯⋯ 낳을 수 있답니다."

"아!"

루시오가 탄성을 내지르며 페트리지아를 좀 더 꼭 끌어안았다. 그건 단언컨대 그가 올해 들은 말 중 가장 기쁜 말이었다. 어느새 루시오의 눈시울도 붉어졌다. 그가 천천히 페트리지아를 품에서 떼어낸 후 그녀와 눈을 마주했다.

"어떻게 된 거야, 리지?"

"이야기가 길어요."

페트리지아가 희미하게 웃으며 그를 데리고 침대로 갔다. 루시오와 침대 끝에 나란히 걸터앉은 페트리지아는 어디서부터 말해야 할지 잠깐 고민하는 표정을 짓다가, 곧 노인을 만나게 된 경위부터 아까 전까지의 일을 전부 말했다. 모든 이야기를 마친 그녀는 조금의 피곤함도 보이지 않은 채, 여전히 흥분한 표정으로 그에게 다시 한번 말했다.

"⋯⋯그러니까 저는 단 한 번도 석녀가 아니었던 거예요."

"……."

그런데 그의 표정이 어두웠다. 그 모습을 본 페트리지아의 얼굴에 불길함이 스쳐 지나갔다.

"폐하?"

설마…… 내가 아이를 낳을 수 있다는 사실을 그렇게 기뻐하지 않으시는 걸까?

페트리지아가 마른침을 삼킨 후 조심스럽게 물었다.

"기쁘지…… 않으신 건가요?"

"리지."

그가 심각한 얼굴로 입을 열었고, 그 모습에 페트리지아도 덩달아 심각한 표정이 되었다. 그녀가 긴장한 얼굴로 루시오의 다음 말을 기다렸다.

"지금 내가 얼마나 기쁜지 그대는 상상도 못 할 거야."

"그런데 왜 표정이……."

"그리고 내가 얼마나 그대에게 미안한지도."

"……."

페트리지아가 순간 할 말을 잃은 표정을 지었고, 루시오는 머뭇거리며 입을 열었다.

"결국…… 그대가 지금까지 겪었던 모든 불행이 나로 인해 비롯된 것 같아서, 그래서……."

"폐하."

페트리지아가 촉촉한 목소리로 루시오를 불렀다. 그가 숙였던 고개를 들어 올려 페트리지아를 보았고, 그녀는 어느새 또 젖어 든 눈가를 깜빡이며 루시오를 응시했다.

"말씀드리지 않은 게 한 가지 더 있어요."

"……."

"결국 그로 인해 저는 폐하와 결혼했고, 이렇게 행복하잖아요."

"그걸로는 부족해."

루시오가 괴로운 음성으로 말했다.

"결과적으로 잘되었다고 해서, 그대가 지금까지 겪었던 고통을 합리화할 수는 없는 거야."

"하지만 폐하께서 그걸 이유로 괴로워하신다면, 저는 더 슬플 거예요."

그녀가 애틋한 표정으로 그를 쳐다보며 속삭였다.

"제가 더 슬퍼하길 원하세요, 폐하?"

루시오가 조용히 고개를 가로저었고, 그제야 페트리지아는 엷게 미소 지었다.

"제가 지금 얼마나 기쁜지, 폐하께서는 짐작조차 못 하실 거예요."

그녀가 느릿하게 손을 들어 올려 그의 오른쪽 볼을 감싸 쥐었다.

"그러니 폐하, 자책 대신 저를 안아 주세요."

그녀는 또, 다른 한 손도 들어 올려 그의 왼쪽 볼을 마저 감쌌다.

"폐하의 아이를 낳고 싶어요."

그 말을 마치고 나서, 페트리지아는 곧바로 루시오에게 입을 맞추었다.

처음 키스에서는 짠맛이 났다.

그와 그녀 모두 너무 울었기 때문이었다. 하지만 키스에 점차 열기가 붙으면서, 짠맛은 달디단 맛으로 변하기 시작했다. 그녀가 흐느끼는 듯한 소리를 내며 그와 함께 침대 위로 쓰러졌다. 그 후로도 두 사람은 격렬하게 서로의 입술을 탐하다가, 어느 순간 누가 먼저랄 것도 없이 서로의 옷을 벗기기 시작했다.

페트리지아는 그녀가 했던 말을 충실히 지켰다. 그녀는 그날 밤이 지나고 그다음 날 새벽의 여명이 밝아올 때까지 루시오에게 안겼고, 해가 서서히 떠오르기 시작할 때가 되어서야 지쳐 그의 품에 쓰러졌다. 하지만 이상하게도 잠은 오지 않았다. 그건 루시오 역시 마찬가지였는지, 그는 잠을 자는 대신 자신의 품에 안긴 페트리지아의 붉은 몸에 자잘한 키스를 남기며 계속해서 그녀에게 말을 걸었다. 그러다 화제는 자연스럽게 가족계획으로 접어들었다.

"아이는 몇 명 정도 낳고 싶어?"

아, 한 번도 생각해본 적 없는 주제였다.

그 사실이 새삼 슬프게 느껴지면서도, 이제는 마음껏 생각할 수 있는 주제라는 생각에 기분이 한량없이 좋아졌다. 루시오의 탄탄한 가슴을 비스듬하게 베고 누운 페트리지아가, 그 위를 희고 가는 손가락으로 간질이며 나직하게 중얼거렸다.

"지금 생각 중이에요. 당신은요?"

"나도 사실 생각해본 적이 없던 주제라."

"뭐예요, 그게."

페트리지아가 까르르 웃음을 터뜨렸고, 그 모습을 즐거운 눈으로 바라보던 루시오가 곧 그녀의 납작한 이마에 입을 맞추며 말했다.

"한…… 10명?"

"……절 죽이실 생각인 거죠?"

페트리지아가 기겁하며 되물었고, 루시오는 잘 모르겠다는 목소리로 또 물었다.

"무리일까?"

"저더러 임신만 연이어 10년을 하라구요? 맙소사, 폐하. 그게 가능하다고 보세요?"

"그렇게 말하니 뭔가 불가능할 것 같긴 해."

하지만 루시오는 잠시 후에 다시 이렇게 물었다.

"쌍둥이를 낳으면 5년으로 단축되지 않을까?"

"……폐하."

"알았어. 농담이야, 리지."

그가 설핏 웃으며 장난스럽게 페트리지아의 입술에 키스했다.

한쪽 눈을 살짝 감은 표정으로 키스를 받아들인 페트리지아가 낮게 소리 내어 웃었다. 그런 그녀를 사랑스러운 눈으로 바라보던 루시오가 문득 아쉽다는 목소리로 말했다.

"나도 아이를 낳을 수 있다면 좋았을 텐데."

"왜요?"

"그럼 만약 당신이 진짜 불임이라고 해도 황비를 들이라는 안건 따위는 상정되지 않을 테니까. 그대가 그대의 잘못도 아닌 일로 슬퍼할 일도 없을 거고."

"……어쨌든 결과적으로는 잘 끝났잖아요."

"그래도."

그녀의 볼에 가볍게 입을 맞춘 루시오가 덧붙였다.

"이유는 하나 더 있어. 산고를 겪게 하고 싶지 않아."

"그건 실은 저도 무서워요."

"출산의 고통을 분담할 수 있다면 얼마나 좋을까?"

그가 한탄하듯 중얼거리며 아직 아무것도 자리 잡지 않은 그녀의 납작한 배를 어루만졌다. 그 기분이 묘해서, 페트리지아는 한동안 멍한 표정을 지었다가, 한참 후에 천천히 입을 열었다.

"대신 육아의 고통을 분담해 주세요."

"그건 당연한 말이고."

그가 낮게 소리 내어 웃은 다음, 갑자기 그녀의 입술에 격렬한 키스를 퍼붓기 시작했다. 이제 완전히 끝난 줄로만 알고 있었던 페트리지아는 당연히 당황할 수밖에 없었다. 그녀가 가녀린 목소리로 물었다.

"아…… 폐하, 끝난 거…… 아니었어요?"

"오늘 오전까지 나와 있겠다고 말했잖아."

"지금이…… 훗, 오전이에요."

"오전은 오늘 정오까지야."

태연하게 페트리지아의 말을 정정한 루시오가 어쩐지 사악하기까지 한 미소를 지으며 그녀의 입술을 뜨겁게 베어 물었다. 조금의 빈틈없이 들어오는 그의 입술을 받아들이며, 페트리지아는 직감했다.

이 남자, 오늘 해가 중천에 뜰 때까지 멈추지 않을 생각이구나.

5

Finally

모두가 잠든 고요한 새벽이었다.

깊은 잠에 빠진 페트리지아는 어느 순간 몸을 뒤척이기 시작했다. 목 부근에서 뜨거운 감각이 느껴졌다. 몇 번 정도 몸을 뒤척이던 그녀가 저도 모르게 신음을 냈다.

"으응……."

목에서 시작되었던 뜨거운 감각이 곧 전신으로 퍼지기 시작했다. 페트리지아는 계속 자기 위해 눈을 뜨지 않았지만, 어느 순간 견딜 수 없는 야릇한 감각이 그녀의 온몸을 강타했다. 결국 페트리지아가 참지 못하고 눈을 떴다.

눈을 뜬 페트리지아가 가장 먼저 한 일은, 제 몸의 상태를 확인하는 것이었다. 몸을 일으킨 그녀가 시선을 아래로 내렸다. 그리고 시선의 끝에는…….

"아."

"……."

끝에는…….

"깼어?"

루시오가 있었다. 페트리지아가 그녀의 가슴께에 있는 루시오를 향해 잠긴 목소리로 물었다.

"거기서…… 뭐해요?"

"이런."

그가 민망한 표정을 지으며 얼굴을 붉혔고, 잠시 뒤에 페트리지아의 질문에 답했다.

"미안해. 자고 있는 당신을 보고 있는데 너무 사랑스러워서……."

참을 수가 없었어.

루시오의 뒷말에 페트리지아가 못 말린다는 듯 너털웃음을 터뜨렸다. 못 살아, 정말. 지금까지 쉬지도 않다가 이제야 겨우 잠자리에 들었는데, 그새 또 하고 싶어졌다고?

"키스만 했어."

루시오가 변명이랍시고 덧붙인 말이었다. 페트리지아가 황당한 표정을 지으면서도, 입가에는 미소를 걸고 있었다. 그는 그녀를 너무나도 좋아했다. 낮에도, 밤에도 변함없이. 페트리지아가 매혹적으로 웃으며 긴 청록색 머리카락을 한쪽으로 모아 넘겼다. 여명에 그녀의 흰 어깨가 드러났다.

"피곤하지도 않아요?"

"별로……?"

체력 하나는 대단한 남자야, 정말로. 속으로 감탄하며, 페트리지아는 습관적으로 그의 입술에 짧게 입을 맞추었다. 천천히 그의 입술에서 멀어진 그녀가 문득 루시오와 눈을 맞추었다. 희미한 새벽빛이 그의 눈동자에 반사되어 아름답게 빛나고 있었다.

'예쁘다.'

순간 저 아름다운 검은 눈에 입을 맞추고 싶다는 생각이 들었다. 페트리지아가 작게 입을 벌린 후 느릿하게 루시오가 있는 쪽으로 몸을 굽혔다. 조금만 더 다가가면 닿을지도 몰라. 이런 생각을 하고 있는데, 갑자기 그녀의 벌려진 입안으로 말캉한 것이 들어왔다. 예상과는 다른 전개에 당황한 페트리지아가 저도 모르게 앞으로 쓰러졌다.

"아……!"

놀라서 더 크게 벌린 입안으로 그가 강하게 들어왔다. 키스하기 힘든 구도였지만, 루시오는 용케 그것을 해냈다.

힘에 부친 페트리지아가 한숨 섞인 소리를 냈다.

"하아……."

"힘들면 내가 위로 올라갈까?"

"그런 말…… 흡!"

짧고 높은 신음이 루시오의 귓가를 스치고 지나갔고, 거기에 자극이라도 받은 것인지 그의 움직임은 더욱 빨라졌다. 페트리지아 는 어느새 흐려지기 시작한 정신을 부여잡고 그를 불렀다.

"루……시오."

"이름 불러주니까."

그가 낮은 목소리로 속삭였다.

"얼마나 좋아."

"아!"

그 순간 두 사람의 위치가 바뀌었다. 당황한 페트리지아의 눈이 커졌고, 그런 그녀를 루시오는 더없이 사랑스러운 눈으로 쳐다보 다가, 곧 다시 키스하기 시작했다. 그러나 입술의 마주침은 그리 길 지 않았다. 루시오의 입술이 점점 아래로 내려가기 시작했으니까.

"아…… 정말 또 할 거예요?"

"괜찮아. 다들 잠들었어."

"지금 일어난 사람도 있을 거예요."

"조용히 할게, 응?"

"내가 조용히 할 자신이 없는데?"

그 말에 페트리지아의 쇄골 위를 지분거리던 루시오가 갑자기 모든 행동을 멈추었다. 페트리지아는 '이제 멈추려나 보다'라고 생 각하며 숨을 돌렸지만, 그건 그녀의 오산이었다.

그가 눈높이를 다시 그녀와 동일하게 맞추었고, 페트리지아는 의아한 눈을 한 채 그를 바라보았다. 그 순간, 그가 손을 아래쪽으로 내렸고, 얼마지 않아 페트리지아의 입속에서 소리가 튀어나왔다.

"아······ 흡!"

소리가 먹히는 것은 한순간이었다. 루시오가 신음을 터뜨리려던 페트리지아의 입술을 그대로 삼켰다. 덕분에 그녀가 내뱉은 신음을 온전히 그가 받아 삼킬 수 있었다.

입속에서 무슨 소리가 나오던, 루시오는 신경 쓰지 않겠다는 투로 일관했다.

페트리지아의 입술을 빈틈없이 삼켜버린 그가 잠시 후 모든 움직임을 멈추고 그녀에게서 떨어졌다. 멍한 표정으로 자신만 바라보는 그녀에게, 루시오가 설핏 웃으며 그녀의 귓가에 대고 속삭였다.

"어때? 이렇게 하면 되지 않을까?"

아, 완벽하게 설득당해버렸다.

분명 그 새벽이 화근이었다.

페트리지아가 지끈거리는 머리를 오른손으로 짚었다. 아침부터 컨디션이 별로다 했더니, 결국 늦은 오전까지도 편두통이 심했다. 애써 고통을 참으며 집무를 보던 페트리지아는, 결국 정오를 넘기지 못하고 미르야를 불렀다.

"폐하, 부르셨습니까."

"몸이 너무 안 좋은데……."

페트리지아가 힘겹게 말을 이었다.

"오늘 일정이 있나?"

"오후 2시에 레이디 에이샤와 연회 준비 문제로 티타임이 잡혀 있습니다. 6시에는 황제 폐하와 저녁을 함께 하기로 하셨고요. 대외적인 일정은 그게 다고, 업무상 처리하실 부분은 지금 가져다드린 것이 전부입니다."

"하아……."

왜 평소에는 없던 티타임이 오늘 잡혀 있는 건지. 게다가 몸이 아픈 걸 이유로 그와의 저녁 식사를 취소하면, 루시오가 어디 아프냐고 유난을 떨 게 뻔했다. 그냥 가벼운 편두통에는 잠깐의 휴식이 최고였다. 잠시 생각하는 표정을 짓던 페트리지아가 곧 천천히 입을 열었다.

"레이디 에이샤와의 티타임을 한 시간만 뒤로 미루어주고, 폐하와의 저녁 식사는 그대로 진행하겠다. 서류는…… 오늘 처리하는 게 도무지 불가능할 것 같군. 내일로 미루어도 괜찮을까?"

"네, 폐하. 다행히 급한 업무는 아니라고 전달받았습니다."

그나마 다행이었다. 희미하게 안도의 미소를 지은 페트리지아가 비틀거리며 자리에서 일어났고, 그 모습을 보고 놀란 미르야가 얼른 달려와 그녀를 부축했다.

"폐하!"

"소란 떨지 마. 나는 괜찮으니까."

엷게 미소를 띤 얼굴로 페트리지아가 미르야를 안심시켰지만, 미르야는 그녀의 말을 믿지 못하는 듯했다. 그녀가 걱정스러운 목소리로 페트리지아에게 말했다.

"궁의를 부르겠습니다."

"가벼운 편두통이야. 가끔 무리하면 그래."

부드럽게 자신의 상태를 설명한 페트리지아가 말을 이었다.

"조금만 자고 일어나면 괜찮을 거야, 미르야. 소란 떨지 않아도 돼."

"전 폐하께서 조금만 더 폐하의 몸을 소중히 여기셨으면 좋겠습니다."

"괜찮아. 그거라면 이미 황제 폐하께서 밤에 충분히 그렇게 대해주고 계시니까."

"폐, 폐하!"

페트리지아의 반격에 당황한 미르야의 얼굴이 붉어졌고, 페트리지아는 아픈 와중에도 희미하게 웃으며 미르야의 등을 토닥거렸다. 이윽고 미르야가 페트리지아를 침대까지 부축해주었고, 그녀는 미르야에게 점심은 거를 테니 2시에 깨워달라는 말만 남긴 채 잠에 빠져들었다.

2시에 기상해 1시간의 준비를 마친 페트리지아는 자줏빛 드레스 차림으로 레이디 에이샤를 맞아들였다. 그녀가 좋아한다는 캔디 홍차를 준비한 페트리지아가 아까보다 한결 나아진 표정으로 응접실 테이블에 앉았다.

곧 응접실 안으로 에이샤가 들어왔다.

"빛나는 제국의 달, 황후 폐하를 뵙습니다. 마비너스에 영광을."

우아하게 인사를 올리는 에이샤를 미소로써 맞아들인 페트리지아가 다정한 음색으로 그녀에게 자리를 권했다.

"어서 앉지, 레이디 에이샤. 약속시간을 급히 변경해 유감이네."

"아닙니다, 폐하."

에이샤가 정중하게 답했다.

"프린스키 후작부인으로부터 몸이 좋지 않으시다는 말씀을 들었습니다. 실은 그게 마음에 걸려서 오늘 약속을 취소해야 하나 생각도 했는데……"

"이제 괜찮아. 한숨 잤더니 한결 낫군."

"다행입니다, 폐하. 그럼 본론으로 들어가서……"

엷게 웃은 에이샤가 곧바로 화제를 본론으로 돌렸다. 페트리지아는 아까보다 좋아진 몸 상태 덕에 무리 없이 그녀와 이야기를 나눌 수 있었다. 대략 2시간 정도가 흐른 뒤에야 두 사람의 대화는 어느 정도 마무리되었다. 슬슬 이야깃거리가 떨어지자, 에이샤는 화제를 좀 더 사적인 부분으로 틀었다.

"이야기는 들었습니다, 폐하."

밑도 끝도 없는 말에 페트리지아가 의아한 표정으로 그녀를 쳐다보았다. 에이샤가 빙긋 웃으며 답했다.

"석녀가 아니시라는 것 말입니다."

"아."

페트리지아가 저도 모르게 미소 지었고, 에이샤는 조심스럽게 그녀의 표정을 살폈다. 결과적으로 좋게 끝난 일이었지만, 어쨌든 민감한 주제였기 때문에 가장 중요한 것은 이야기를 듣고 있는 페트리지아의 표정이었다. 그녀가 이 화제를 큰 불쾌감 없이 받아들이고 있다는 확신이 어느 정도 들고 나서야 에이샤는 다시 대화를 이어나갔다.

"두 분 폐하의 금실이야 장안에 유명한 것 아니겠습니까. 그래서 솔직히 후사 문제 하나로 황제 폐하께서 황비를 들이신다고 공표하셨을 때 마음이 썩 좋지 않았습니다."

"일이 잘 끝나게 된 건 나 또한 몹시 기쁘게 생각하네."

페트리지아가 빙긋 웃으며 대꾸했다.

페트리지아가 석녀가 아니라는 사실은 그 즉시 황궁 안의 모든 궁의에 의해 판명 났고, 때문에 입장이 난처해진 것은 아직 황비로 책봉되지 못한 데다, 얼마 전 파티에서 황후에게 무례까지 저지른 페튜니아였다. 그리고 루시오는 다른 사정은 일절 고려하지 않은 채 황비를 들이지 않겠노라 선언해버렸다. 애당초 후사 문제 때문에 황비를 들이자는 말이 나왔기 때문에, 귀족들도 거기에 대고 뭐라 하지 못했다.

"근래 베이린스 영애는 칩거 중이라고 합니다. 그때 황후 폐하께 그런 무례를 저질러 혹 폐하의 눈 밖에 날까 봐 구혼조차 끊겼다고 하더군요."

"그 정도로 그녀가 마음에 들지 않았던 것은 아닌데…… 말이 조금 와전된 감이 있는 것 같군."

"어쨌든 폐하께는 좋은 일이지요. 이 일로 폐하의 권위가 한층 더 올라서지 않았습니까."

대답하듯 페트리지아가 온화하게 미소 지었고, 그 미소를 가만히 바라보고 있던 에이샤가 순간 무언가가 기억난 사람처럼 '아' 하고 소리를 냈다.

"폐하를 위해 가지고 온 것이 있는데, 깜빡 잊어버릴 뻔했군요."

"나를 위해 가지고 온 것이라니?"

어리둥절해 하는 페트리지아의 앞으로 시녀가 선물 상자 하나를 내려놓았다. 에이샤 영애가 설명했다.

"요즘 입맛이 없으셔서 단 음식만 찾으신다고 들었습니다. 혹시라도 좋아하실까 해서……."

선물 상자를 열자, 그 안에 들어 있던 각양각색의 초콜릿이 모습을 드러냈다. 페트리지아가 가장 좋아하는 디저트를 발견하고선 미소를 지었다. 그녀가 가장 가까이에 있던 동그란 초콜릿 하나를 집어 들었다.

"고맙네. 안 그래도 요즘 입맛이 너무 없어서 걱정이었는데……."

"너무 무리를 하셔서 그렇습니다, 폐하. 황손도 낳으실 몸이신데 모쪼록 건강 관리에 유념하시지요."

"그래야지."

입가에 걸린 미소를 짙게 한 페트리지아가 초콜릿의 맛을 보기 위해 손을 입가로 가져갔다.

"아……."

그리고 그 순간, 페트리지아의 표정이 작게 구겨졌다. 그 모습을 본 에이샤가 저도 모르게 긴장했다.

뭐지? 설마 마음에 들지 않으시는 걸까?

에이샤가 조마조마한 마음으로 페트리지아에게 물었다.

"폐하, 혹시 제 선물이 마음에 차지 않으시나요……?"

"아니. 그게 아니라……."

페트리지아가 당황한 표정을 지으면서도, 초콜릿은 아래에 내려 놓았다. 그녀가 역한 표정으로 말을 매듭지었다.

"갑자기 초콜릿에서 너무 단 냄새가 나서……."

"……네?"

당황한 에이샤가 저도 모르게 물었고, 페트리지아는 대답을 하면서도 부끄러웠다. 그럼 초콜릿에서 단 냄새가 나지 쓴 냄새가 나기라도 한단 말인가? 그녀가 약간 창백해진 얼굴로 초콜릿 상자를 닫았다.

"미안하군. 요즘 속이 좋지 않아서 그런 모양이야. 차후 먹어 보도록 하지."

"네, 폐하. 한데 혹 마음에 들지 않으시는 거라면……"

"아니. 그런 건 아니야. 그냥 내 몸 상태가 그리 좋지 않은 것뿐일세."

혹시라도 에이샤의 마음이 상할까 봐 페트리지아는 얼른 덧붙였다. 요즘 몸이 안 좋다 했더니 초콜릿 냄새까지 역하게 느껴질 줄이야. 아무래도 궁의를 한 번 불러보는 게 좋겠다는 생각이 들었다.

"……자네 지금 뭐라고 했나?"

페트리지아가 당황한 목소리로 물었지만, 궁의는 빙긋 웃으며 답할 뿐입니다.

"경하드립니다, 폐하. 회임이십니다."

"맙소사……"

페트리지아가 도무지 믿기지 않는다는 표정으로 저도 모르게 입을 틀어막았다.

회임을 했다. 그러니까…….

'그 사람의 아이를 가졌다고?'

그 사실을 상기한 페트리지아의 눈가가 촉촉이 젖어 들었다.

그녀가 정말로 아이를 가졌다!

사실 궁의에게 불임이 아니라는 판정을 받으면서도 반신반의했는데, 이렇게 아이를 가지게 될 줄이야. 페트리지아가 떨리는 목소리로 물었다.

"어, 얼마나 되었는가?"

"네?"

"아이 말일세. 얼마나 되었느냐고."

"아, 얼마 되지 않으셨습니다. 제 소견으로는 한 달이 조금 넘은 것 같습니다."

"아······."

한 달이라면 그녀가 불임이 아니라는 사실을 알게 된 시기와 맞물렸다. 그럼 설마 그 밤에······.

'하긴 그때 무리를 좀 하긴 했지.'

"어쨌든 정말로 경하드립니다, 폐하. 그간 후사로 인해 마음고생이 심하셨다 들었는데."

"하하······ 고맙네, 경."

"황제 폐하께는 제가 고할까요? 아니면 폐하께서······."

"마침 저녁에 폐하와의 저녁 식사가 예정되어 있으니 내가 말씀드리겠네."

이윽고 궁의를 돌려보낸 페트리지아는 두근거리는 표정으로 옆에 있는 미르야를 쳐다보았다. 그녀는 울고 있었다. 페트리지아 역시 금방이라도 눈물이 나올 것만 같아서, 저도 모르게 눈을 깜빡였다.

"미르야, 내가 정말······."

"폐하, 정말로 경하드립니다."

미르야가 감격한 목소리로 그녀에게 말했다.

"그간 정말 후사 문제로 마음 졸이셨는데······ 이제는 정말 좋은 일만 남았습니다."

"아직 아이가 황자인지, 황녀인지도 모르는걸."

"황자라면 황태자가 될 것이고, 황녀라면 황태녀가 되겠지요. 설령 폐하께서 황녀님만 낳으신다고 해도, 그분께서는 여제가 되실 겁니다."

아직 태어나지도 않은 아이의 황위 문제라니, 너무 일렀다.

페트리지아가 설핏 웃으며 고개를 저었다. 그녀는 다른 그 무엇보다도, 그저 한 여자로서 사랑하는 한 남자의 아이를 가졌다는 사실로 충분히 만족했다.

"나는 그냥 어미가 될 수 있다는 사실이 기쁠 뿐이야."

"물론 그렇지요, 폐하."

미르야가 빙긋 웃으며 눈물을 훔쳤다.

"다른 건 다 둘째 치더라도, 그게 가장 기쁜 일이지요. 그렇고말고요."

"중앙궁에서의 저녁 식사까지는 얼마나 남았지?"

"한 시간 정도 남았습니다, 폐하."

이런, 그때까지 어떻게 기다린담.

물론 일찍 가서 문제될 일은 없었고, 루시오는 아마 더 좋아할 테지만, 페트리지아는 혹시라도 그의 일을 방해하는 건 아닌지 걱정이 들었다. 그 마음을 눈치챈 미르야가 얼른 페트리지아를 부추겼다.

"폐하, 다른 건 몰라도 오늘처럼 경사스러운 날은 없는걸요. 폐하께 어서 말씀드리시는 게 좋지 않겠습니까."

"그대도 그렇게 생각하나?"

"물론이지요, 폐하."

"좋아, 그럼……."

페트리지아가 설레는 표정을 지으며 미르야에게 지시했다.

"준비를 좀 도와주게, 미르야."

뜻밖의 방문에 루시오는 꽤나 놀란 모습이었다. 늘 약속한 시각보다 일찍 오기를 바랐지만, 페트리지아는 업무를 이유로 결코 일찍 오는 법이 없었기 때문이었다.

그가 자리에서 벌떡 일어나 페트리지아를 맞아들였다.

"해가 서쪽에서 뜨겠어. 이렇게 일찍 오는 건 거의 처음이군."

"그렇게 말씀하시면 제가 너무 무정한 황후 같잖아요."

"그대는 늘 내게 무정해. 내가 얼마나 그대의 관심과 애정을 갈구하는지 그대는 절대 모를 거야."

"저는 나름 폐하께 최선을 다하고 있다고 생각했는데, 아닌가 봄니다?"

"황후는 그렇게 생각하겠지만, 내가 워낙 욕심이 많아서."

페트리지아의 이마에 다정하게 키스한 루시오가 그녀에게 물었다.

"그보다, 정말 무슨 일이라도 있는 건가? 갑자기 안 하던 일을 하니 당황스럽군."

"일……이라면."

페트리지아가 슬쩍 웃으며 답했다.

"있긴 있습니다만, 지금은 말씀 못 드리겠네요."

"설마 비밀이라도 된다는 건가?"

"뭐, 비슷합니다."

페트리지아가 또 한 번 샐쭉 웃자, 약이 오른 루시오가 괴롭히듯 그녀의 몸 구석구석에 키스했다. 간지러움을 느낀 페트리지아가 까르르 웃었다.

잠시 후에 루시오가 물었다.

"어떻게, 일찍 왔으니 예정보다 이른 저녁을 먹을까?"

"그것도 나쁘지는 않겠네요."

"스케줄은 괜찮고? 내일 오전까지는 여유로운 건가?"

"여유롭다면 어쩌시게요?"

"내일 조찬을 들기 전까지 계속 붙잡아 놓고 있어야지."

"침대에서요?"

페트리지아의 질문에 루시오가 순간 어벙한 표정을 지었다가, 곧 낮게 웃음을 터뜨렸다.

"거기까지는 말 안 했는데. 기대했나 보군."

"뭐……."

기대를 했어도 당분간은 무리였다.

페트리지아가 아쉬운 미소를 지었다.

"침대에서 잠만 잘 거예요."

"날 슬프게 만드는 소리만 해, 그대."

글쎄. 곧 있으면 생각이 바뀔 텐데.

페트리지아의 이른 방문으로 두 사람은 원래 약속했던 시간보다 일찍 석찬을 들었다.

디저트로 나온 청포도가 알알이 박힌 푸딩을 먹으며, 페트리지아는 도대체 언제쯤 이야기를 꺼내야 이 남자를 가장 놀라게 할 수 있을지 고민했다.

지금 말할까? 아니면 좀 더 결정적 순간에?

진지하게 고민하고 있는데, 루시오가 물어왔다.

"오늘은 기분이 어땠어?"

다정한 목소리에 페트리지아의 입가에 잔잔한 미소가 번졌다. 오늘 기분은…… 처음에는 별로였지만, 결과적으로는 아주 좋았다. 당신을 이렇게 눈앞에서 보고 있고, 당신은 나를 오롯이 쳐다보고 있으니까. 그리고…….

"좋았습니다."

오늘 당신과 나 사이에서 아이가 생겼다는 말을 들었으니까. 페트리지아가 미소 띤 얼굴로 아무렇지 않게 말을 이었다.

"좋은 소식을 들었거든요."

"응? 그게 뭔데?"

"궁금하세요?"

"당연하지. 내 황후에게 좋은 소식이라면 나에게도 당연히 좋은 소식일 테니까."

그 말을 들은 페트리지아가 기쁜 미소를 지었다. 당신은 이 이야기를 들으면 얼마나 기뻐할지 감이 잡히지 않았다. 그녀 못지않게 아이를 바라왔던 그였으니까.

그녀가 떨리는 목소리로 그를 불렀다.

"폐하."

"응?"

"축하드려요."

"내가?"

그가 영문을 모르겠다는 얼굴로 고개를 갸웃거렸고, 페트리지아는 왠지 눈물이 나올 것 같다는 생각을 하며 말을 이었다.

"내년에 아버지가 되신대요."

422

"……."

그가 순간 아무 말도 하지 못한 채 그대로 얼었고, 페트리지아는 그런 그를 바라보며 깔끔하게 말했다.

"저 임신했어요."

그 말을 마치고 페트리지아는 다시 한번 루시오를 응시했다. 그는 완전히 얼어 있었고, 그 모습에 페트리지아의 가슴 한편에서 작은 불안감이 피어올랐다. 설마…… 나처럼 기쁘지는 않은 걸까?

"그……게."

루시오가 한참 후에 입을 열었고, 페트리지아는 저도 모르게 긴장했다.

"정말인가?"

"정말이에요."

이윽고 페트리지아가 걱정스러운 목소리로 물었다.

"혹시…… 기쁘지 않으신 건가요?"

"뭐?"

"그렇게 기쁜 표정이 아니셔서요."

페트리지아의 말에 루시오가 천천히 자리에서 일어섰다. 그녀가 그를 올려다보았고, 그는 그녀에게로 다가왔다. 페트리지아가 입술을 꾹 다문 채로 여전히 루시오를 응시했다.

곧이어 루시오가 그녀의 애칭을 불렀다.

"리지."

"네."

그 대답과 동시에, 루시오가 페트리지아를 덥석 안았다. 갑작스
러운 행동에 깜짝 놀란 페트리지아는 눈만 깜빡였고, 루시오는 그
런 그녀의 어깨에 얼굴을 묻으며 속삭이듯 말했다.

"내가 지금 얼마나 기쁜지."

"……."

"그대는 아마 짐작조차 할 수 없을 거야."

"그런 얼굴이 아니셔서, 불안했어요."

"미안해."

그가 곧바로 사과한 뒤 덧붙였다.

"충격적일 정도로 너무 좋아서, 이게 과연 꿈인지 생시인지 확인
할 시간이 필요했어."

"……."

"그대가 이렇게 따뜻한 걸 보니, 꿈은 아닌가 보네."

"현실이에요, 폐하."

페트리지아가 루시오의 손을 끌어당겨 자신의 아랫배로 가져다
댔다.

"이 안에 우리의 아이가 있어요."

"정말……."

루시오가 페트리지아의 배 위를 살살 문지르며 중얼거렸다.

"믿기지 않을 정도로 행복해, 리지."

이번에는 몸을 좀 더 그녀 쪽으로 옮긴 루시오가, 마치 성물을 바라보듯 그녀의 배를 바라보았다. 이윽고 그는 그녀의 아랫배에 정중하게 키스한 후, 천천히 그녀를 올려다보았다. 그의 눈자위가 어느새 촉촉하게 젖어 있었고, 페트리지아는 그 모습을 본 후에야 안심할 수 있었다.

그녀가 눈물 섞인 눈으로 미소 지었다.

"고마워, 리지."

그의 목소리도 어느샌가 젖어 들어가고 있었다.

"이제 나는 더 이상 바랄 게 없어. 내가 사랑하는 그대, 그런 그대와의 아이…… 여기서 어떻게 더 큰 행복을 바랄 수 있겠어?"

"저도 너무 기뻐요."

조용히 읊조리며, 페트리지아는 여전히 루시오의 두 눈과 마주하고 있었다. 저 깨끗한 검은 눈동자를 물려받을 아이의 얼굴이 너무나도 궁금했다. 자신만을 바라보는 저 사랑스러운 두 눈을 닮은 아이를 하루빨리 보고 싶었다. 그 순간, 루시오가 그녀의 얼굴 쪽으로 고개를 돌렸고, 페트리지아는 자연스럽게 눈을 감았다. 곧이어 달콤한 키스가 그녀를 찾아왔다.

'이게 정말 꿈이 아닐까?'

자신에게 키스하는 그의 입술, 자신을 따뜻하게 감싸 안는 그의 손길, 전부 다 생생했고, 현실일 게 분명했지만, 페트리지아는 여전히 불안했다.

혹시 이 모든 게 꿈일까 봐.

깨어나면 더욱 그녀를 비참하게 만들 환상일까 봐.

하지만 만약 그렇다고 해도…….

'깨지 않았으면 좋겠다.'

환상이든 실제든 상관없을 정도로, 지금의 그녀는 너무 행복했
으니까.

6
Before the sun rises

"이건 분명 문제가 있어."

페트리지아가 진지한 목소리로 말하며 고개를 저었고, 그 말을 들은 미르야는 어색하게 웃으며 거들었다.

"그만큼 황제 폐하께서 황후 폐하를 생각하신다는 게 아닐까요?"

"그래도 이건 너무 심해, 미르야. 이 겨울에 이렇게나 많은 딸기라니."

눈앞에 산더미처럼 쌓인 각종 베리류를 보며 페트리지아가 다시 한번 고개를 저었다. 종류는 정말로 다양했다. 딸기, 블루베리, 라즈베리, 블랙베리, 커런트베리, 아로니아 등등…… 도대체 이렇게 많은 딸기를 어디서, 어떻게 구한 걸까? 그것도 이 추운 겨울에 말이다. 페트리지아가 도무지 모르겠다는 얼굴로 중얼거렸다.

"난 태어나서 이렇게 많은 베리류를 본 적이 없어."

사건의 발단은 이것이었다.

임신 초중반에 들어서자, 페트리지아는 급격하게 먹고 싶어 하는 음식이 많아졌다. 원래 먹는 것을 그렇게 좋아하지 않는 성격이었던 그녀가 요구하는 음식이 많아지자, 미르야는 대단히 기뻐하며 요리장에게 시도 때도 없이 주문을 넣었고, 그 사실을 우연히 루시오가 알게 되었다. 그는 페트리지아가 요즘 딸기를 많이 찾는다는 정보를 입수하고선 시도 때도 없이 황후궁으로 베리류를 보내왔고, 결과가 이것이었다.

페트리지아가 고개를 모로 저었다.

"내가 아무리 지금 딸기를 먹고 싶어 한다고 해도 이건 아니야."

"그럼 먹고 싶은 다른 음식이 있는 건가?"

그때 귀에 익은 목소리가 끼어들었고, 페트리지아는 반사적으로 고개를 돌렸다. 루시오가 문 앞에 서 있었다. 자그마한 문제가 있다면, 양손에 또 뭐가 가득 들려 있다는 것. 이번에는 또 뭘까?

페트리지아가 살짝 실눈을 뜨고 그가 가지고 온 것의 정체를 살폈다. 맙소사, 딸기 타르트였다.

"폐하, 이러다 제 피부가 붉은색으로 변할지도 몰라요."

"설마 그러기야 하겠어?"

그가 빙긋 웃으며 그녀가 있는 쪽까지 다가왔다. 타르트를 만들

428

고 바로 가져온 것인지 달콤한 딸기 냄새가 코를 찔렀다. 페트리지아가 저도 모르게 표정을 풀었다. 저 남자, 날이 갈수록 제과 솜씨가 수준급이 되어 가고 있었다.

"자, 오늘 특별히 시간을 내 구운 타르트야. 마음에 들었으면 좋겠는데."

"아무렴요. 폐하의 솜씨는 제가 누구보다 더 잘 아는걸요."

루시오가 정성스럽게 타르트를 조각으로 잘라 페트리지아에게 내밀었고, 그것을 받아든 그녀는 위에서 넘칠 듯 자리 잡고 있는 딸기들을 보며 난처한 표정으로 웃었다.

"딸기를 너무 많이 올리셨어요."

"많이 먹어야 몸에 좋으니까."

"같이 드세요."

"먹는 것만 봐도 배부른데."

"혼자 다 못 먹어요, 폐하. 어서요."

페트리지아의 채근에 루시오가 하는 수 없다는 듯 그녀의 곁에 앉았다. 미르야가 눈치 있게 자리를 비켜 주었고, 페트리지아는 타르트 한 조각을 베어 물었다. 입안에서 딸기가 터지며 나오는 과즙이 사랑스럽게 달콤했다. 그녀가 저도 모르게 미소 지었다.

"맛있어요."

"이거 다 먹고, 저기 쌓여 있는 과일들도 다 먹도록 해. 다 최고급만 엄선해 왔으니까 입에 맞을 거야."

"그러다 살쪄요."

페트리지아가 약간 어두워진 얼굴로 덧붙였다.

"요즘 몸이 너무 불었거든요. 자제를 좀 해야 할까 봐요."

"무슨 소리야? 아이를 가지면 당연히 그렇지. 그동안은 입덧이 너무 심해서 뭘 제대로 먹지도 못했잖아."

"솔직하게 말해보세요, 폐하."

페트리지아가 루시오를 응시하며 진지한 표정으로 물었다.

"저 살찐 것 같죠? 보기에 많이 흉한가요?"

"리지."

루시오가 중저음의 목소리로 페트리지아를 불렀다. 그녀가 여전히 그를 쳐다보았고, 그는 그녀의 손을 꼭 잡아 주었다. 페트리지아가 잠시 아래쪽으로 시선을 옮겼다가, 다시 고개를 들어 올려 그를 응시했다.

"내 눈에는 그대가 세상에서 가장 아름다워."

"거짓말도 잘하세요."

"진짜야."

루시오가 설핏 웃으며 손을 페트리지아의 아랫배로 옮겼다. 그녀의 아랫배는 이제 조금 부풀어 있었지만, 아직 임산부라고 생각할 수 있을 만큼 크게 부푼 것은 아니었다. 루시오가 페트리지아의 손을 잡지 않은 다른 쪽 손으로 그녀의 아랫배를 살살 문지르며 말했다.

"그대는 내가 세상에서 가장 사랑하는 사람이야. 그 사실만으로도 내 눈에는 가장 아름다운데, 이제는 내 아이까지 가져주었지."

"……"

"그런 그대가 살이 조금 쪘다고 안 예쁠 리가 없어, 리지. 지금 같아서는 오히려 더 쪄 줬으면 하는 바람이야. 그대 지금 너무 말랐거든."

"여기서 더 찌다니. 그때는 정말 놀림감이 될지도 모르겠어요."

페트리지아가 한숨을 쉬며 말하자, 루시오가 고개를 저으며 부드럽게 그녀를 달랬다.

"절대 아니야. 함부로 그러는 자가 있거든 황족을 모욕한 죄로 곧바로 사형시킬게."

"폐하, 아이가 들어요."

"아, 맞다."

페트리지아의 지적에 루시오가 화들짝 놀라며 재빨리 입을 틀어막았다. 지금 배 속에 아기가 자라고 있는데 이런 험한 말을 하다니! 그가 당황하며 얼른 페트리지아의 아랫배로 얼굴을 가까이 가져가 댔다.

"아가야, 방금 했던 말은 잊어버리렴. 알았지?"

"알았어요, 아빠."

페트리지아가 귀여운 목소리로 대신 답해주자, 루시오가 고개를 들어 올리며 활짝 웃었다. 그가 웃음기 띤 목소리로 그녀에게 말했다.

"누가 이렇게 변함없이 사랑스러우라고 했어, 응?"

"폐하께서만 그렇게 생각하시는 것 아닐까요?"

"당연히 그래야지. 다른 노…… 아니, 다른 사람도 그렇게 생각한다니. 생각만 해도 끔찍하군."

여전히 미소가 가득한 얼굴로, 루시오가 페트리지아의 이마에 부드럽게 키스했다. 페트리지아가 따라서 미소 짓는 사이, 그의 입술이 점점 아래쪽으로 내려왔다. 콧등, 콧방울, 입술에서 잠시 멈추었다가, 쇄골, 가슴, 그리고…….

"아."

좀 더 아래쪽까지 입술을 옮겼던 그가 얇게 홍조를 띤 얼굴로 물었다.

"안 되겠지?"

"괜찮아요, 폐하. 계속하세요……."

페트리지아가 나른한 목소리로 읊조리듯 말했다.

"궁의도 무리하지만 않으면 오히려 좋댔어요."

"정말?"

"'무리하지' 않으면요."

"당연하지, 리지. 조절할게."

"근데 지금 낮인데……."

"괜찮아, 괜찮아."

곧 있으면 해가 질 거야.

그렇게 속삭인 루시오가 천천히 페트리지아가 입은 드레스를 벗기기 시작했다. 그 간지러운 감각에 작게 웃음을 터뜨리며, 페트리지아가 낮은 목소리로 속삭였다.

아가야, 잠깐만 자고 있어. 알았지?

"몸은 좀 어때? 괜찮아?"

루시오가 침대에 대자로 누운 페트리지아의 배를 살살 마사지해 주며 물었고, 페트리지아는 만족스러운 표정으로 답했다.

"아주 좋아요."

"어디 아픈 곳은 없고?"

"괜찮아요."

"다행이다. 조금 걱정했는데."

"궁의도 괜찮다고 했는걸요. 폐하는 걱정이 너무 많아."

"나한테는 그대가 유리구슬 같거든. 언제 깨질지 몰라서 항상 소중히 대해야 하는……."

루시오가 작게 속삭이는 소리를 들으며, 페트리지아가 멍한 표정으로 하품했다. 잠시 후 그녀가 나른한 목소리로 루시오를 불렀다.

"폐하."

"응?"

"딸기 먹고 싶어요."

페트리지아의 말에 루시오가 속으로 웃었다. 역시 수입되는 딸기를 잔뜩 쟁여둔 건 그가 올해 한 일 중 가장 잘한 일이다. 그가 문제없다는 목소리로 그녀에게 말했다.

"잠시만 기다려."

그가 침대에서 일어나 베리류가 잔뜩 쌓인 테이블로 걸어갔다. 접시에 딸기를 가득 담은 그는 혹시 몰라 옆에 있던 라즈베리와 아로니아도 추가로 담았다. 거의 쏟아질 듯한 양을 담고 나서야 루시오는 다시 침대로 돌아갈 수 있었다. 그가 어쩐지 신이 난 목소리로 그녀에게 물었다.

"움직이기 힘들면 먹여 줄까?"

"정말요?"

"그럼. 당연하지."

그가 얼른 접시로 손을 가져가 가장 새빨갛고 예쁘게 생긴 딸기 하나를 고른 후, 다정한 목소리로 말했다.

"입 좀 벌려줘."

페트리지아가 순순히 그렇게 했고, 곧 그의 손가락 사이에 들려 있던 딸기가 무리 없이 그녀의 입안으로 들어갔다. 입안에서 달콤하게 부서지는 딸기의 맛을 음미하며, 페트리지아는 저도 모르게 웃었다. 달콤했다.

"폐하도 하나 드셔 보세요."

"그대 먹일 양만 해도 부족해."

"이렇게 많은걸요?"

"난 딸기 별로 안 좋아해. 괜찮아."

거짓말이었다. 그는 딸기를 정말로 좋아했으니까. 하지만 임산부와 같이 먹을 정도로 딸기가 흔하지 않았기 때문에, 그는 거짓말을 택했다. 이렇게라도 말해야 그녀의 마음도 편해질 테니까. 대신 루시오는 접시 위에 있던 딸기를 하나 더 집어 페트리지아의 입안에 넣어 주었다.

"참, 내가 책에서 봤는데 배 속의 태아는 아버지의 목소리를 듣는 걸 매우 좋아한다더군."

"그래요?"

"응. 그래서 앞으로는 자주 말을 걸어주려고."

그 말을 실천이라도 하겠다는 듯, 루시오가 몸을 페트리지아의 배 쪽으로 숙인 후 부드러운 목소리로 입을 열었다.

"아가야, 우리 아가는 황자니, 황녀니?"

"폐하도 참."

페트리지아가 황당한 표정으로 웃었다.

"그걸 어떻게 알겠어요. 궁의들마다 말도 다 달라요."

"뭐라고 하는데?"

"황녀라는 궁의도 있고, 황자라는 궁의도 있고…… 하여튼 믿을 게 못 돼요. 특별히 원하시는 성별이 있으신 거예요?"

"그럴 리가. 건강하게 태어나 준다면 황자든 황녀든 아무런 상관 없어. 내 뒤를 이을 거라는 사실에는 변함이 없거든."

빙긋 웃으며 답한 루시오가 곧바로 덧붙였다.

"하지만 정말 궁금하긴 해. 그대를 닮았을지, 나를 닮았을지. 황녀라면 얼마나 예쁘고, 황자라면 얼마나 멋질지. 궁금해 미칠 정도야."

"아직 시간이 많이 남았는데 어떻게 기다리시려고요."

"그 기다리는 시간마저도 행복한걸. 이렇게 내 눈앞에서 열심히 자라주고 있는데."

"다정하시긴."

"싫은 건 아니지?"

"절대로 아니죠."

낮게 웃음을 터뜨린 페트리지아가 습관적으로 배 위에 손을 얹어 둥근 원을 그리며 쓰다듬었다. 그 모습을 가만히 바라보던 루시오가 다시 입을 열었다.

"내일은 산책도 같이 가는 게 어때? 적당히 운동하는 건 산모와 아이 모두에게도 이롭다고 하던데."

"좋아요."

"리지."

루시오가 그녀를 불렀고, 페트리지아는 자신의 아랫배에서 시선을 떼지 않은 채로 답했다.

"네, 폐하?"

그때, 그가 고개를 더 아래쪽으로 숙여 그녀의 입술에 키스했다. 깜짝 놀란 그녀의 두 눈이 잔뜩 커졌다. 곧이어 그녀에게서 멀어진 루시오가 소리 없이 웃으며 페트리지아에게 말했다.

"나 정말로 잘할게."

"폐하……."

"좋은 남편, 좋은 아버지…… 내가 그럴 만한 자격이 있는지는 모르겠지만……."

그의 목소리는 어느샌가 조금씩 떨리고 있었다. 페트리지아가 저도 모르게 마른침을 삼켰다.

"최선을 다해서 사랑할게. 그대를 사랑하고, 우리의 아이를 사랑할게."

"……고마워요."

어쩐지 눈물이 나올 것 같다고 생각하며, 페트리지아는 부러 활짝 웃어 보였다. 그 모습을 본 루시오가 이번에는 그녀의 두 눈에 한 번씩 입을 맞추었다.

그녀는 결국 참지 못하고 눈물을 한 방울 떨어뜨렸다.

배 속에 자리 잡은 소중한 아이와 바로 옆에 있는 사랑하는 남편. 이보다 더한 행복은 없을 것이었다.

7
Oh, My Sun

루시오는 근래 상당히 기분이 좋지 않았다.

"내가 엄마랑 잘 거야!"

그의 7살 된 아들 딜런 때문이었다. 몇 달 전까지만 해도 자신의
방에서 혼자 잘 자던 딜런은 요즘 들어 그의 어머니와 같이 자겠다
며 고집을 피우고 있었다.

페트리지아가 난처한 표정으로 물었다.

"딜, 왜 엄마랑 같이 자고 싶은 거니? 원래는 혼자서도 잘 잤
잖아."

"엄마, 정말 모르겠어요?"

딜런이 그의 아버지를 닮은 맑은 눈을 동그랗게 뜨며 되물었다.
페트리지아가 조심스럽게 고개를 끄덕이자, 딜런이 간단하다는 듯
답했다.

"엄마가 좋으니까요! 딜런은 엄마가 세상에서 제일 좋아요."

그 말을 들은 루시오는 다시 한번 충격에 빠졌다. 그가 재빨리 물었다.

"딜런, 이 아비는 보이지 않는 거냐?"

"아빠도 좋아요."

딜런이 새침하게 답한 후, 잠시 뒤에 덧붙였다.

"그런데 엄마가 더 좋아요."

"……."

루시오가 할 말을 잃은 채 입을 다물었고, 페트리지아는 당황했다. 그녀가 어색하게 웃으며 아들에게 말했다.

"딜런, 우리 둘을 똑같이 사랑해 주렴. 안 그러면 아버지가 슬퍼하실 거야."

"하지만 전 정말로 엄마가 더 좋은걸요."

딜런이 볼을 작게 부풀리며 말했다. 아들의 고집에 페트리지아가 어쩔 줄 몰라 하며 옆에 있던 루시오를 쳐다보았다. 그는 완전히 넋이 나간 얼굴이었다. 내가 널 어떻게 키웠는데!

"딜런, 어째서 엄마가 아빠보다 더 좋은 거니?"

"음……."

루시오의 질문에 진지하게 고민하던 딜런은 잠시 후 명확한 목소리로 답했다.

"특별한 이유는 없는데, 그냥 엄마가 아빠보다 더 좋아요."

3차 공격이었다. 루시오는 더 물어봐야 상처만 받을 거라고 생각했는지, 더 이상 입을 열지 않았다. 페트리지아는 아들의 지나친 솔직함에 당황하면서도, 내심 기분이 좋아졌다. 역시 내 아들!

"어쨌든 저는 오늘 엄마랑 잘 거예요. 아빠는 혼자 주무세요."

아들의 말에 루시오가 황당한 표정을 지었고, 페트리지아는 상황이 나름 심각했음에도 소리 죽여 쿡쿡 웃었다.

잠시 후에 루시오가 그것만은 안 된다는 듯, 단호한 목소리로 말했다.

"안 돼, 딜."

"왜요?"

"너희 엄마는 나랑 자야 해."

"왜요?"

"너희 엄마가 나랑 결혼했으니까. 원래 결혼한 사람하고만 같이 잘 수 있는 거야."

루시오의 말에 딜런이 어렵지 않다는 목소리로 해결책을 제시했다.

"그럼 나도 엄마랑 결혼할래요!"

이 자식이?

루시오가 찌릿 딜런을 흘겨보았다. 안 그래도 요즘 딜런이 페트리지아를 독차지하는 바람에 질투심이 생겨 괴로울 판인데, 이번 발언은 거기에 기름을 끼얹는 수준이었다.

루시오는 퉁명스러운 목소리로 다시 한번 제재를 가했다.

"그건 안 돼."

"왜요?"

"이미 나랑 결혼했으니까."

"나랑도 하면 되죠!"

그럼 족보가 심각하게 꼬인단다, 아들아. 차마 어린 아들 앞에서는 할 수 없는 말을 속으로 삼키며, 루시오가 이번에는 좀 더 친절하게 설명했다.

"결혼은 한 사람하고만 해야 해. 그래야만 한단다."

"왜요?"

"그렇지 않으면 상대방이 슬퍼할 테니까."

"전 엄마가 아빠랑 이미 결혼했어도 별로 슬프지 않은걸요."

"……나는 너희 엄마가 너랑 결혼한다고 하면 정말 슬플 것 같아."

"그건 제 알 바 아니죠!"

이 자식이? 루시오의 얼굴이 점점 황당함으로 굳어졌고, 가만히 보고 있던 페트리지아는 이만 중재가 필요하다고 느꼈는지 서둘러 끼어들었다.

"자, 딜런. 이만 자야 할 시간이야. 새 나라의 어린이는 일찍 자야 키가 쑥쑥 큰단다. 미리 말해두지만, 엄마는 키가 큰 사람을 좋아해."

그 말을 들은 루시오가 저도 모르게 어깨를 으쓱였다. 그는 상당한 장신이었다. 그 모습을 흘긋 본 후 피식 웃은 페트리지아가 아들에게 계속 말했다.

"그래야 내일 일찍 일어나서 또 엄마랑 보지?"

"엄마랑 잘래요."

"엄마는 아빠랑 자는 거란다, 딜."

"싫어요! 엄마랑 잘 거야. 혼자 자기 싫어요!"

　딜런은 마침내 떼를 쓰기 시작했고, 페트리지아는 난처한 표정으로 딜런과 루시오를 번갈아 쳐다보다가, 곧 하는 수 없다는 표정으로 루시오를 바라보았다. 그 시선에 루시오는 순간 등골이 오싹해졌다. 리지, 설마…… 날 버리겠다는 건 아니지?

"오늘만이다, 딜?"

　안 돼, 리지! 루시오가 속으로 절규했다. 페트리지아의 말에 딜런이 금세 울음을 멈추고 초롱초롱한 눈으로 페트리지아에게 물었다.

"진짜요, 엄마? 같이 자는 거예요?"

"그래. 그렇게 하자."

　아들의 볼록한 이마에 작게 입을 맞춘 페트리지아가 딜런의 베개를 정리해주었다. 곧 딜런이 자리에 누웠고, 루시오는 여전히 부루퉁한 모습이었다. 그 모습을 발견한 페트리지아가 그에게 말했다.

"폐하도 딜런 옆에서 주무세요."

"그러기엔 침대가 너무 좁아. 나도 오늘은 중앙궁에나 가야겠군."

괜히 심통 부리시긴. 속으로 큭큭 웃은 페트리지아가 다시 한번 부드러운 목소리로 말했다.

"어서요, 폐하."

"……."

루시오는 페트리지아의 말을 거역할 수 없었다. 그가 한숨을 쉬며 딜런의 옆에 자리를 잡고 누웠다. 침대가 '너무 좁다'는 루시오의 말은 거짓이었다. 그녀의 침대는 충분히 넓어서, 여기에 한 사람이 더 추가된다고 해도 딱히 비좁지는 않을 터였다.

"자아, 딜런. 이제 됐지? 어서 자자꾸나."

"엄마, 근데요."

"응?"

"저 물어볼 거 있어요."

"뭔데?"

페트리지아는 별생각 없이 물었다가, 그다음 들려오는 아들의 말에 하마터면 헛기침을 할 뻔했다.

"아기는 어떻게 생겨요?"

"……응?"

한참 후에 페트리지아가 정신을 차리고 물었다. 딜런은 여전히 순수한 얼굴로 엄마를 뚫어져라 쳐다보며 반복해서 물었다.

"아기는 어떻게 생겨요?"

"그건 갑자기 왜 묻니, 딜런?"

"그냥 갑자기 궁금해져서요. 제가 어디에서 왔는지 너무 궁금해졌어요."

"……"

페트리지아는 대답 대신 딜런의 뒤에서 자신만 응시하고 있는 남편 루시오를 쳐다보았다. 어떻게 하지? 루시오도 똑같이 당황했는지 표정이 가관이었다. 페트리지아는 잠깐 고민의 시간을 거쳤다. 진실을 말해주기에 그녀의 아들은 너무 어린 데다 순수하기까지 했다. 그렇다고 해서 '황새가 물어다 줬다'는 얼토당토않은 거짓말을 할 수도 없는 노릇 아닌가. 아, 자신도 어릴 적 이런 질문을 부모님께 했던가. 페트리지아는 심히 난감해졌다.

"엄마? 왜 대답 안 해요?"

"응? 응, 그게……"

잠시 머뭇거리던 페트리지아가 대답을 고르는 사이, 루시오의 목소리가 끼어들었다.

"아빠가 알려줄게, 딜. 아기는 말이야, 엄마랑 아빠랑……"

"폐하!"

"……같이 손을 잡고 자면 생긴단다."

식겁한 페트리지아가 루시오를 말린 일이 무색하게, 그는 아주 태연한 표정으로 대답을 마쳤다. 루시오의 해답을 들은 페트리지아가 순간 멍한 표정을 지었다. 아주 틀린 말은 아니었다. 분명 그때 손을…… 아니, 잠깐. 지금 중요한 건 이게 아니었다.

"손만 잡으면 아기가 생긴다고요?"

한편 딜런은 새로이 알게 된 사실에 눈을 반짝이며 호기심을 보였다. 그 모습을 본 페트리지아는 내심 죄책감이 들었다. 아, 딜런. 아직은 사실을 말해주지 못하는 엄마를 용서하렴.

"그럼 아빠, 지금도 아기가 생길 수 있어요?"

"그럼? 당연하지."

"그럼 얼른 엄마랑 아빠랑 손잡아요! 나 동생 낳아 주세요, 동생!"

"미안하지만, 딜런."

루시오가 어쩐지 사악해 보이는 미소를 지으며 말했다.

"유감스럽게도 지금은 아기가 생길 수 없단다."

"왜요?"

"너희 엄마가 어제 달…… 아니, 중요한 조건이 있는데, 그걸 충족시키지 못했거든."

"그게 뭔데요?"

아들의 또랑또랑한 눈을 보며, 루시오가 달콤한 목소리로 속삭였다.

"단둘이 있어야 해."

"단둘이요?"

"응. 엄마랑 아빠랑만 단둘이."

"그럼 나 잠깐 나갔다 올게요!"

"한 가지가 더 있단다, 딜런. 오래, 아주 오랫동안 손을 잡고 있어야 해. 잠깐 나갔다 오는 것만으로는 안 된단다."

"힝."

그러니까 한마디로 얼른 네 방에 들어가서 자라는 소리였다. 물론 오늘은 '손을 잡고 잔다'고 하더라도 아이가 생길 확률이 극히 낮은 날이었지만, 뭐, 꼭 아이 때문에 부부관계가 중요한 건 아니었으니까. 루시오가 여전히 부드러운 음성으로 아들에게 말했다.

"그러니 선택하렴, 딜. 동생이 가지고 싶으면 혼자 자야 한단다."

루시오의 말에 딜런은 심각하게 고민하는 모습을 보였다. 이건 정말 중요한 선택이었다. 동생을 포기하느냐, 엄마를 포기하느냐! 한참을 고심하던 딜런이 얼마 후 진지한 표정으로 입을 열었다.

"결정했어요, 아빠."

"그래?"

"네. 저 동생이 가지고 싶어요."

그렇게 말한 딜런이 비장한 표정으로 자신의 베개를 가지고 침대 위에서 일어났다. 아들의 행동에 페트리지아가 물었다.

"갈 거니, 딜?"

"네, 엄마. 오늘은 미르야랑 잘래요."

미르야는 딜런이 태어난 이후 황후궁의 시녀장직에서 물러나 그의 유모로 일하고 있었다. 페트리지아가 기쁜 기색을 애써 숨기며 미르야를 불렀고, 미르야는 금방 나타나 딜런을 데리고 그의 방으로 가버렸다. 그리고 마침내 두 사람만이 남자, 페트리지아가 까르르 웃으며 입을 열었다.

"딜이 말하는 것 들으셨어요, 폐하? 아, 어쩌면 저렇게 귀여운지! 정말 가끔은 내 아들이 맞는 건지 의심스러울 정도로 사랑스러워요."

"그러니 그대를 닮은 것이지. 딜이 사랑스러운 건 다 그대를 닮아서 그래."

"폐하도 참."

페트리지아가 키득키득 웃으며 얼른 루시오의 곁으로 붙었다. 눈높이까지 맞추고 나서야 그녀는 다정한 눈으로 루시오를 바라보며 입을 열었다.

"그러다 오늘 안 생기면, 다음번에는 어떻게 해결하시려고요?"

"한 번으로는 안 되고, 음…… 한 열 밤 정도는 손을 잡아야 한다고 말하지, 뭐."

"맙소사."

루시오의 말을 들은 페트리지아가 까르륵 웃었고, 루시오는 그 모습을 빤히 바라보다가 예고 없이 그녀에게 입을 맞추었다. 페트리지아는 이제 더 이상 그의 기습 키스에도 놀라지 않으며 능숙하게 그와 입을 맞추었다. 그 모습에 루시오가 어쩐지 서운한 듯한 목소리로 말했다.

"이제는 놀라는 티도 안 내는군. 벌써 우리 사이에 긴장감이 사라진 건가?"

"저도 이제 나이가 있는데요, 폐하."

페트리지아가 그의 목을 양손으로 끌어안으며 속삭였다.

"그렇게 안 보일 뿐이지, 이럴 때마다 얼마나 설레는 줄 아세요?"

"글쎄…… 확인할 수가 없으니."

"지금부터 확인해보시면 되지요."

웃음기 띤 목소리로 그의 귓가에 속삭인 페트리지아가 어느 순간 그의 목 아래로 손을 옮겼다. 그가 입고 있던 잠옷의 단추가 톡톡, 귀여운 소리를 내며 풀어졌고, 잠옷이 양옆으로 벌어지며 루시오의 속살이 보였다. 그녀가 그의 가슴팍에 입을 맞추며 부드러운 목소리로 말했다.

"딜런도 갔으니까…… 시작해 볼까요?"

둘만이 남은 밤, 같이 손을 잡고 잘 시간이었다.

8
Happy Birthday, Mommy

"뭐가 좋을까?"

레지네가 진지한 얼굴로 턱을 괸 채 중얼거렸다. 레지네의 말에 옆에 있던 레시에가 얼른 끼어들었다.

"어머니는 보석을 제일 좋아해! 저번에 아빠가 어머니한테 보석 반지를 준 적이 있는데, 엄청 기뻐하셨어."

"하지만 보석은 너무 비싸. 우리 힘으로 마련할 수가 없다구."

레지네가 고개를 절레절레 저으며 말했다.

"그렇다고 미르야에게 부탁하면, 어머니가 금세 알 거야."

"맞아! 미르야는 우리랑 있었던 일을 다 어머니한테 말하잖아."

"그러니까 보석은 안 돼! 우리가 스스로 할 수 있는 걸로 준비해야지."

"근데 어머니가 보석 말고 좋아하는 게 또 있나?"

그때까지 가만히 있던 레이네가 끼어들었다. 레이네의 말에 레시에와 레지네는 순간 입을 다물었다. 잘 모르겠다. 레지네가 울상을 지었다.

"잘 모르겠어…… 어머니는 과연 뭘 좋아하실까?"

"슬쩍 물어볼까?"

"바보야! 깜짝 선물인데 물어보면 어떻게 해! 동네방네 광고하고 떠들고 다닐 일 있어?"

"나 바보 아니야! 자기가 더 바보면서."

"자기? 너 언니한테 자꾸 버릇없이 굴래?"

"헹! 3분 먼저 태어난 것도 언니야? 나 참, 어이가 없어서."

"언니들, 싸우지 마!"

조용했던 방 안은 금세 아수라장이 되었다. 레지네와 레시에는 '과연 3분 먼저 태어난 언니도 언니인지'에 대해 큰 소리로 토론을 하기 시작했고 – 실상은 일방적인 주장에 가까웠다– 레이네는 한숨을 쉬며 귀를 틀어막았다.

레지네, 레시에, 레이네는 세쌍둥이였다. 애타게 동생을 부르짖던 어린 딜런은 결국 세 명의 여동생과 동시에 만나게 되었는데, 이때 페트리지아가 거의 죽을 뻔해서 루시오는 그 이후로 지나치리만치 철저하게 피임을 했다.

출산 때의 고통에 보답하기라도 하려는지, 세 황녀들은 모두 페트리지아의 검은 눈동자와 청록색 머리카락을 쏙 빼닮은 외모를 가지고 있었다. 때문에 루시오는 세 황녀들이 태어났을 때 사랑하는 아내와 판박이인 딸이 셋이나 생겼다며 매우 좋아했다.

다만 내적인 특징은 세 황녀 모두 제각각이었다. 첫째 레지네는 아주 야무졌고, 세 황녀들 중 가장 영특해 일찌감치 천재 소리를 듣고 있었다. 둘째 레시에는 용맹하고 몸을 움직이는 것을 좋아해 자수보다는 검술을 더 좋아했다. 마지막으로 셋째 레이네는 성격까지 페트리지아와 가장 비슷한 딸이었는데, 또래보다 조숙했고, 매우 차분하고 조용한 성격을 가지고 있었다.

그때, 누군가가 방문을 열고 들어왔다.

"우리 공주님들, 왜 이렇게 소란스러우실까?"

딜런이었다. 올해로 16살이 되는 그는 웬만한 성인 못지않은 신장과 골격을 가지고 있었고, 외모는 부모를 골고루 닮아 상당히 수려했다. 그가 빙긋 웃으며 방 안으로 들어가자, 그제까지 싸우고 있던 두 자매가 언제 그랬냐는 듯 활짝 웃으며 오빠를 반겼다.

"오라버니!"

"딜런 오라버니!"

양손을 활짝 벌린 채 뒤뚱뒤뚱 다가오는 레지네와 레시에를 보며, 딜런이 저도 모르게 웃었다. 귀여운 것들. 그가 양팔을 넓게 벌려 두 사람을 동시에 끌어안았다. 그가 듣기 좋은 중저음의 목소리로 물었다.

"싸우고 있었어?"

딜런의 물음에, 조용해진 두 사람이 다시 목소리를 높였다.

"아니, 오라버니. 글쎄 내 말 좀 들어봐. 레시에가 나보고 3분 먼저 태어난 것도 언니냐면서, 언니 대우를 안 해주잖아! 어머니한테 다 이를 거야!"

"오라버니, 상식적으로 생각해 봐. 레지네가 억지를 부리고 있는 거야. 3년도 아니고 3시간도 아니고 고작 3분 일찍 태어났는데 언니 대우를 받고 싶어 한다니까? 나한테 해주는 것도 없으면서!"

"내가 너한테 뭘 안 해 줬는데?!"

"어제도 내 인형 뺏어 갔잖아!"

"그거 원래 내 거야!"

"그거 어머니가 나 준 거거든?"

"아니야! 그거 어머니가 내 생일 선물로 준 거야!"

"우리 생일 똑같거든?!"

"나한테 준 거라니까?!"

"억지 피우지 마!"

'정신이 하나도 없네.'

두 꼬마 아가씨의 싸움을 바라보고 있던 딜런이 생각했다. 여기서 잘못 끼어들었다가는 두 사람 모두에게 미운털 박히기에 십상이다. 딜런은 문득 한쪽 구석에서 조용히 인형을 가지고 놀고 있는 레이네를 쳐다보았다. 그녀는 이 모든 소란이 자신과는 조금도 관계없다는 듯 조용히 자기의 할 일만 하고 있었다.

가끔 보면 나보다 쟤가 더 어른 같다니까.

딜런이 저도 모르게 웃었다.

"내 꺼야!"

"내 꺼라구!"

"자자, 두 분 황녀님. 이제 그만 싸우시고……."

"오빠 지금 레시에 편 드는 거야?"

"아니, 레지네. 그런 게 아니라……."

"오빠 미워!"

"나도 오빠 미워!"

……누가 쌍둥이 아니랄까 봐 행동하는 게 판박이다. 딜런이 골치 아픈 표정으로 머리를 감싸 쥐었다가, 잠시 후에 차분한 목소리로 다시 입을 열었다.

"자, 자. 레지네, 레시에, 어머니가 한 번만 더 싸우면 그때는 정말 크게 혼낼 거라고 말씀하셨어, 안 하셨어. 자매끼리 사이좋게 지내야지. 더군다나 너희는 쌍둥이인데."

"……."

"……."

딜런이 페트리지아를 언급하자, 그제까지 소리를 빽빽 지르던 두 사람의 입이 순식간에 다물어졌다. 딜런은 그제야 한숨 돌린 얼굴로 두 어린 여동생에게 말했다.

"어서 서로 화해하렴. 그래야 어머니도 기뻐하실 거야."

"······."

"······."

하지만 두 사람은 서로를 말없이 노려보기만 할 뿐, 어느 누구도 먼저 입을 열려 하지 않았다. 결국 딜런이 한숨을 쉬며 조금 엄한 목소리로 물었다.

"어머니께 갈까?"

"······아니."

"······아니."

말도 동시에 했다. 이렇게 죽이 척척 맞으면서 싸우긴 왜 싸우느 냔 말이다. 딜런이 못 말린다는 듯 피식 웃었다. 결국 먼저 말을 연 건, 3분 먼저 태어난 쌍둥이 언니 레지네였다.

"내가 미안해, 레시에. 사과할게."

"아냐, 언니······ 내가 잘못했어."

"자, 둘이 서로 안아주렴."

딜런의 말에 둘은 쭈뼛거리다가, 결국 하는 수 없이 서로를 안아 주었다. 쌍둥이였기 때문에, 아마 두 사람은 자기 자신을 안아 주는 듯한 느낌이 들 것 같다고 딜런은 문득 생각했다.

화해까지 마치자, 딜런은 엄한 표정을 버리고 다시 다정다감한 오빠로 돌아왔다. 그가 사랑스러운 눈으로 레지네, 레시에, 레이네 를 바라보며 물었다.

"다들 뭐하고 있었니?"

"곧 있으면 어머니 생일이야, 오라버니."

레지네가 얼른 답하자, 레시에도 거들었다.

"어머니 생일 선물로 뭐가 좋을지 상의하고 있었어. 그치, 레이네?"

"응. 그런데 보석은 너무 비싸고, 어머니가 뭘 좋아하는지는 잘 모르겠어. 물어봤다가는 우리가 지금 어머니 생일 선물을 고르고 있다는 걸 온 황궁 사람들이 다 알아차릴 거야."

"그렇구나."

딜런이 가만히 고개를 끄덕이자, 레지네가 물었다.

"오라버니는 우리보다 오래 살았잖아."

"그렇지?"

한 9년은 더 살았다. 딜런은 다시 한번 고개를 끄덕였다.

"그러니까 오라버니가 더 잘 알지 않을까? 오라버니, 어머니는 뭘 좋아하셔?"

"음……."

사실 딜런도 잘 몰랐다. 그는 새삼 불효자 된 것 같은 기분이 들어 어머니께 죄스러운 마음이 들었다. 그가 민망한 표정으로 입을 열었다.

"미안. 실은 나도 잘 모르겠어."

"오라버니가 모르면 어떻게 해!"

레시에가 '어떻게 그럴 수 있느냐'는 표정으로 딜런을 타박하자,

딜런은 진심으로 쥐구멍 속에라도 들어가고 싶은 마음이었다. 16년을 살면서 어머니가 좋아하시는 것도 제대로 모르다니! 아무래도 인생을 헛 산 듯싶었다. 그가 헛기침을 하며 말했다.

"미안해. 내가 잘못했어."

"그럼 어떻게 하지? 어머니가 좋아하는 걸 아는 사람이 한 명도 없잖아!"

"아냐. 우리가 너무 어렵게 생각하는 걸지도 몰라."

레지네가 진지한 목소리로 말했다.

"어차피 값비싼 선물은 아버지가 왕창 하실 테니까, 우리는 정성이 가득 담긴 걸로 선물해 드리자. 오라버니, 오라버니도 같이할 거지?"

"으응? 그럼. 그래야지."

딜런이 엉겁결에 고개를 끄덕였고, 그 말을 들은 레지네가 해맑은 미소를 지으며 기뻐했다.

"좋아! 그럼 음…… 어머니가 좋아하시는 걸 우리 모두 찬찬히 생각해보자."

"어머니는 단 걸 좋아하셔! 아버지가 맨날 어머니를 위해 디저트를 만들어 드리잖아."

"그러니까 디저트는 안 되지! 아버지가 만드는 걸 매일 드시는데, 우리가 만드는 걸 좋아하시겠어?"

사실 페트리지아는 자녀들이 만든 거라면 사람이 못 먹을 수준의 음식도 기꺼이 웃으며 먹었을 테지만, 착하고 순수한 아이들이 그런 것까지 생각할 수 있을 리가 없었다.

"그럼 어머니가 뭘 좋아하실까?"

"음…… 화단의 꽃을 꺾어서 꽃다발을 만드는 거야!"

"레이네, 그때 너 그랬다가 어머니한테 엄청 혼났던 거 잊었어? 화단의 꽃을 꺾어서 꽃다발을 만들면, 칭찬은커녕 혼만 잔뜩 날걸?"

"너무 어렵다!"

정말로 어려운 일이었다. 네 사람은 한참 동안 심각한 표정으로 '과연 어머니의 생일날 무엇을 선물해야 가장 좋아하실지'에 대해 고심했다. 그리고 꽤 오랜 시간이 흐른 후에, 레지네가 입을 열었다.

"떠오르는 게 딱 하나밖에 없어."

"딱 하나?"

"그게 뭔데?"

"어서 말해봐, 레지네 언니."

세 사람이 레지네를 독촉했지만, 그녀는 잠깐 난감한 표정을 짓다가 곧 고개를 서어 버렸다. 그 모습에 답답해진 레시에가 레지네에게 물었다.

"왜 그래?"

"너무 소박해. 어머니는 분명 이런 걸 좋아하지 않으실 거야."

"지금 그런 걸 따질 때가 아니잖아. 당장 어머니의 탄신일이 다다음 주라구!"

"레지네, 괜찮으니 한번 말해봐."

딜런이 따뜻한 목소리로 레지네를 격려하자, 레지네는 잠깐 머뭇거리다가 잠시 후에 천천히 입을 열었다.

"내 생각은……."

그날은 햇살이 유독 좋았고, 페트리지아는 간만에 산책을 나왔다. 젊었을 때나 지금이나 내궁의 일은 여전히 많아서, 그녀는 요즘도 과한 업무에 시달리느라 잠깐의 산책조차 즐기지 못하고 있었다.

길을 걷던 페트리지아는 문득 황후궁의 후원에 유독 장미가 많이 심어져 있는 것을 눈치채고선 의아한 표정을 지었다. 그녀가 장미를 좋아하긴 했지만, 특별히 후원에 많이 심으라고 지시를 내린 적은 없었기 때문이었다. 그렇다고 해서 유독 장미만 다른 꽃들보다 더 많이 개화에 성공한 것도 아닐 터였고, 이상한 일이었다.

"황후."

그때, 그녀가 가장 좋아하는 목소리가 귓가에 울렸다. 누구인지 단번에 알아챈 페트리지아의 입가에 얕은 미소가 스쳐 지나갔다. 그녀는 천천히 뒤를 돌았다. 익숙한 얼굴이 시야에 들어왔다. 입가에 걸린 미소가 더욱 짙어졌다.

"폐하."

"후원에서는 오랜만에 마주치는 것 같아."

"그간 산책이 뜸하긴 했습니다."

루시오가 페트리지아가 있는 쪽으로 천천히 걸어왔고, 그녀는 그 광경에서조차 설렘을 느꼈다. 어느덧 불혹에 접어든 나이였지만, 그는 여전히 매력적인 남자였으니까. 그의 나이를 모르는 누군가가 본다면 분명 그를 이제 겨우 30줄에 접어든 남자로 볼 정도였다. 페트리지아가 수수한 미소를 지으며 그에게 말했다.

"어쩐 일로 여기까지 오셨어요?"

"그대를 보러 왔다가 산책을 갔다기에 직접 왔지."

"안 그래도 지금 막 들어갈까 생각했어요. 피곤하실 텐데 안에서 기다리시지……."

"조금이라도 더 빨리 보고 싶어서 말이야."

그가 빙긋 웃으며 슬며시 그녀의 손에 깍지를 꼈다. 그 감촉이 너무 부드럽고 좋아서, 그 행동이 너무 두근거리고 설레서, 페트리지아는 저도 모르게 소녀 같은 미소를 지었다. 그는 신혼 때나, 아이 넷을 낳고 기르는 지금이나 변함없이 다정한 남자였다.

"곧 그대의 탄신일이지."

루시오의 말에 페트리지아가 빙긋 웃으며 물었다.

"갑자기 그 이야기는 왜 꺼내세요?"

"뭐 가지고 싶은 건 없나?"

"이래 봬도 황후인걸요. 물질적인 것들은 모두 가졌답니다."

잠시 후에 페트리지아는 수줍은 미소를 지으며 덧붙였다.

"그러니 제가 폐하께 원할 만한 것은 비물질적인 것들밖에는 없
어요. 폐하의 총애, 반려에 대한 존중, 뭐 이런 것들 말입니다."

"맙소사."

루시오가 조금 놀란 목소리로 물었다.

"나는 평생 동안 그대를 존중하고, 그대만 사랑하기 위해 노력했
는데…… 혹시 그대가 느끼기에는 부족했나?"

"그럴 리가요."

남편의 진심은 누구보다도 페트리지아가 가장 잘 알았다. 두 사
람이 '진짜 부부'가 된 이후, 그는 단 한 번도 그녀를 실망시킨 적이
없었으니까. 평생 동안 그런 태도를 지키는 것이 쉽지 않음을 모르
지 않았기 때문에, 페트리지아는 늘 루시오에게 감사함을 느꼈고,
자신 또한 그에게 그런 아내가 되기 위해 노력했다. 페트리지아가
말했다.

"폐하는 좋은 남편이세요. 저를 변함없이 아껴주셨잖아요."

"그건 당연한 거지. 내가 좋은 사람이라 그런 게 아니야."

"역사에는 그러지 못한 황제가 수두룩했잖아요."

그렇게 말한 페트리지아가 슬며시 루시오의 손을 잡았다. 어느덧 결혼한 지도 20년이 다 되어가는 두 사람이었지만, 종종 이렇게 풋풋한 분위기를 연출하곤 했다. 페트리지아가 나긋한 목소리로 말했다.

"아마 역대 황제들 중 폐하처럼 황후에게 잘하신 분은 없을 거예요. 전 단언할 수 있어요."

"그렇게 말해주다니 영광이야. 모쪼록 딜런이 그 기록을 깨야 할 텐데 말이지."

"하하."

갑자기 튀어나온 자녀들 이야기에, 페트리지아의 표정이 훨씬 환해졌다. 그녀가 약간 신이 난 목소리로 말했다.

"전 어쩌다 딜런 같은 아이를 낳았는지 모르겠어요. 날이 갈수록 잘생겨지고, 영특하고, 검도 잘 쓰고…… 다 폐하를 닮았나 봐요."

"그게 무슨 소리야, 리지. 내가 보기에 딜은 그대를 쏙 빼닮았어. 외모, 지력, 체력, 모두 다."

대답을 마친 루시오가 질투 나는 표정으로 페트리지아에게 물었다.

"설마 나보다 딜런을 더 좋아하는 건 아니겠지?"

"폐하도 참. 이젠 딜한테까지 질투하시는 거예요?"

못 말려, 진짜.

페트리지아가 까르르 웃자, 루시오가 진지한 목소리로 답했다.

"딜런이 어릴 적에 커서 그대와 결혼한다고 했을 때 얼마나 심장이 철렁했는데. 아무리 사랑하는 아들이라도 내 황후를 뺏길 수는 없지."

"원래 그때는 다 그런 말 하는 거예요. 아시면서."

"쌍둥이들은 안 그랬잖아."

루시오가 우울한 목소리로 덧붙였다.

"세 명 중에 아무도 커서 아빠랑 결혼하겠다는 말을 안 했어."

정확히는 세 딸들 모두 커서 엄마랑 결혼하겠다고 말했는데, 페트리지아는 그때 루시오가 지었던 표정을 잊을 수가 없었다. 아들은 그렇다고 쳐도, 딸들까지 엄마와 결혼하겠다고 할 줄이야! 루시오는 그때 엄청난 위기감에 시달려야만 했다.

"어쨌든 최종 승리자는 나야. 그대만이 명실상부 내 하나뿐인 아내니까."

"아하하."

뿌듯한 목소리로 말하는 루시오를 보며, 페트리지아가 낮게 웃음을 터뜨렸다. 그가 가끔 이런 식으로 귀여운 모습을 보일 때면 페트리지아는 자연스럽게 기분이 좋아지곤 했다. 그녀가 애정 어린 눈으로 루시오를 바라보며 말했다.

"저한테도 폐하뿐인걸요."

"요즘은 나보다 딜런이나 쌍둥이들을 더 좋아하는 것 같아."

"폐하도 참! 자꾸 이렇게 어린애처럼 구실 거예요? 아직 애들이니까 당연하죠."

"그대가 내게 주는 사랑이 자꾸 줄어드는 것 같아서 속상해."

"아유, 우리 폐하."

페트리지아가 잠깐 걸음을 멈춘 후, 루시오와 눈을 맞추었다. 그녀는 그의 눈을 좋아했다. 빨려들어 갈 듯한 심연을 닮은 눈동자. 페트리지아가 루시오의 볼을 오른손으로 감싸며 속삭였다.

"제가 요즘 폐하께 너무 무심했나요? 이런 어리광 잘 안 부리시면서."

"사랑하는 여자 앞에서 남자는 누구나 어린애가 돼."

"침대에서는 아니잖아요."

"당연히 그렇지."

루시오가 허리를 낮게 숙여 페트리지아의 이마에 짧게 입을 맞추었다. 눈을 지그시 감은 페트리지아가 그 순간을 음미하듯 미소를 지었다. 일상에서 마주하는 이런 소소한 달콤함이 너무 행복하게만 느껴졌다.

"참, 내일 저녁에 혹시 시간 되나?"

"저녁에요?"

"응. 오랜만에 같이 석찬이나 들까 해서. 내일모레가 그대의 생일인데, 그날은 연회 때문에 같이 시간 보내기가 어렵잖아."

아무래도 탄신 연회 때문에 그럴 수밖에 없었다. 페트리지아가 흔쾌히 고개를 끄덕였다.

"좋아요. 저 기대하고 있어도 되는 건가요?"

"글쎄."

묘한 미소를 띠며 대답한 루시오가 이번에는 페트리지아의 콧방울을 머금듯 키스했다.

"미리 말해주면 재미없을 것 같아."

"뭐가 있긴 있나 보네요."

"비밀이야."

씩 웃어 보인 그가 입술을 좀 더 아래쪽으로 내려 그녀의 입술에 입을 맞추었다. 연이은 입맞춤에 기분이 좋아진 페트리지아의 입가에 짙은 미소가 걸렸다.

이튿날 저녁이 되었을 때, 황후궁 시녀들은 '저녁 식사를 마치고 일어날 일'에 대하여 진지하게 토론을 벌였다.

"디저트를 먹는 중에 멋진 보석을 선물하시려는 건 아닐까?"

"황후 폐하께서 지금 안 가지고 계신 보석이 뭐가 있니? 그보다 좀 더 특별한 것일 거야."

"보석보다 더 특별한 게 어디 있어? 드레스?"

"그것도 많으시잖아."

"도대체 뭘까?"

"왜 이렇게 시끄러운 거죠?"

그때 딱딱한 목소리가 시녀들 사이로 파고들었다. 절대 모를 수 없는 목소리에 시녀들이 얼른 자세를 바로 했다. 이제는 래슬스 백작부인이 된 라파엘라가 엄한 목소리로 시녀들에게 주의를 주었다.

"폐하께서 소란한 것을 안 좋아하신다고 몇 번 주의를 준 것 같은데요. 그것도 폐하의 방 앞에서 잡담을 나누다니."

"죄송합니다, 백작부인."

"앞으로는 조심하겠습니다."

시녀들이 얼른 사과하자, 라파엘라는 따끔한 시선으로 시녀들을 한 번 바라보았다가 곧 아무렇지 않은 표정으로 돌아와 페트리지아의 문을 두드렸다. 그녀가 단정한 목소리로 입을 열었다.

"폐하, 라파엘라입니다."

"들어오지."

문이 열리자 라파엘라는 절도 있는 발걸음으로 방 안까지 들어갔다. 딜런의 유모가 된 미르아에게서 시녀장의 자리를 물려받은 라파엘라는, 차츰 나이가 들면서 초반의 어리숙한 모습이 거의 사라진 상태였다.

"제국의 달, 황후 폐하를 뵙습니다."

"엘라, 그대는 내 친우야. 굳이 이렇게 예를 차릴 필요가 없다고 몇 번이나 말했는데."

페트리지아의 속상한 목소리에도, 라파엘라는 그럴 수 없다는 듯 단호하게 선을 그었다.

"그때야 제가 궁에 처음 들어와 아무것도 모르고 날뛰던 시절이고, 이제는 저도 나이를 먹을 만치 먹었는데요. 지금은 폐하께 그런 무례를 저지른다는 걸 상상도 할 수 없어요."

"그래도 가끔은 옛날의 엘라가 그립단 말이지."

"폐하께 좀 더 정중해졌을 뿐, 그때나 지금이나 저는 여전히 저랍니다."

빙긋 웃은 라파엘라가 말을 이었다.

"시녀들이 잠시 후에 있을 황제 폐하와의 석찬을 두고 말이 많더군요. 폐하께서 탄신 선물로 무엇을 받으실지가 초미의 관심사예요."

"사실은 나도 예상이 안 돼, 엘라. 알다시피 나는 지금 필요한 게 없거든. 보석, 드레스, 금화…… 원한다면 무엇이든 손에 넣을 수 있으니까."

"폐하께서 설마 뻔한 선물을 해주실 거라고는 생각하지 않아요."

설핏 미소 지은 라파엘라가 페트리지아의 등 뒤로 다가왔고, 곧이어 부드러운 손길로 그녀의 머리카락을 손질해 주기 시작했다. 그녀의 손길에 페트리지아는 기분 좋은 졸음이 밀려왔다.

"폐하께선 항상 기대 이상으로 황후 폐하께 잘 해주셨으니, 이번에도 기대해 보는 건 어떠세요?"

"이미 그분의 존재 자체가 내게는 최고의 선물인걸."

"어휴, 정말. 어쩜 결혼한 지 20년이 다 되어 가는데도 이렇게 달

달하실까. 질투 나게."

"래슬스 백작도 그대에게만큼은 끔찍하다고 하던데. 내가 잘못들은 건가?"

"말도 마세요, 폐하. 다정한 건 맞는데, 가끔은 애를 둘씩 키우는 것 같아요."

입을 비죽 내밀며 불평한 라파엘라가 잠시 후에 슬그머니 말을 바꾸었다.

"뭐, 그래도 제 눈에는 폐하 말씀처럼 최고의 선물이긴 하죠."

"하하."

라파엘라의 말에 페트리지아는 저도 모르게 웃음을 터뜨렸다. 그렇게 몇 분 정도 담소를 나눈 후, 다른 시녀들이 들어와 페트리지아가 준비하는 것을 돕기 시작했다. 화려한 금색 드레스에 반짝이는 다이아몬드 목걸이가 오늘 그녀의 의상이었는데, 페트리지아는 너무 과한 의상이라며 불편해했지만, 다른 시녀들은 '오랜만에 황제 폐하와 저녁을 드시는데 이 정도는 입으셔야 한다'고 완고하게 주장했다. 결국 페트리지아는 그네들의 말에 따랐다.

"폐하, 황제 폐하께서 드셨습니다."

그때, 바깥에서 시녀의 목소리가 들려왔다. 맙소사, 그새를 못 참으시고 여기까지 온 거야? 페트리지아가 약간 놀란 눈을 두어 번 정도 깜빡이다가, 잠시 후 답했다.

"모시도록 해."

곧 문이 열리며 감청색 제복을 입은 루시오가 모습을 드러냈다. 라파엘라가 눈치 있게 시녀들을 데리고 자리를 피해주었고, 페트리지아는 변함없이 매력적인 그의 모습에 자연스러운 미소를 지었다. 그녀가 진심을 담아 말했다.

"오늘 너무 멋지신데요. 늘 멋지셨지만."

"상투적이지만, 오늘 그대는 여신 같은걸. 하늘에서 내려온."

"너무 상투적인데요."

페트리지아가 낮게 웃음소리를 내며 루시오에게로 다가왔다. 살짝 흐트러진 옷매무새를 직접 정돈해주며, 그녀는 나긋한 목소리로 그에게 말했다.

"지금 가려고 했는데. 그렇게 제가 보고 싶으셨어요?"

"보고 있어도 부족한 게 그대의 얼굴이야. 보지 않을 때는 더하지. 법도에 어긋나는 것만 아니었다면 당장 황후궁을 폐쇄하고 내 방에서만 지내도록 했을 거야."

진심에서 우러나오는 말이란 걸 눈치챈 페트리지아가 싫지 않은 미소를 지었다. 그녀는 이런 그의 소유욕과 독점욕을, 그리고 그 모든 것의 근간이 되는 그의 애정을 사랑했다. 그리고 솔직히 말하자면, 그것만큼은 페트리지아도 같은 마음이었다. 가볍게 발꿈치를 들어 올린 페트리지아가 루시오의 목에 팔을 두른 채, 그에게 입을 맞추었다. 아무도 보지 않을 때의 키스는 항상 그렇듯 달콤했다.

"하아……."

그녀가 지그시 감았던 눈을 다시 뜨고 그의 검은 눈동자와 마주한 것은 꽤 한참이 흐른 뒤였다. 페트리지아는 약간 상기된 루시오의 얼굴을 사랑스러운 눈으로 쳐다보다가, 곧 가장 붉어진 부분에 가볍게 키스했다. 그녀가 그의 귓가에 대고 속삭였다.

"실은 여기서 더하고 싶은데…… 그럼 음식이 식을 것 같네요. 그렇죠?"

"밤은 저녁보다 길고, 새벽은 밤보다 길어, 리지."

루시오가 잔잔하게 웃으며 그녀의 입술에 가볍게 입을 맞추었다.

"지금은 일단 다음을 기약하는 게 좋겠군."

정찬은 훌륭했다. 루시오가 요리장에게 신신당부라도 한 듯 평소에 먹던 것보다 화려하고 다채로운 요리들이 많았다. 그걸 눈치 못 챌 리 없던 페트리지아는 당연히 식사 내내 기분이 좋을 수밖에 없었다.

하지만 디저트로 티라미수를 먹을 때까지도 루시오는 특별한 이벤트를 준비한 기색을 조금도 내비치지 않았다. 그게 티라미수가 바닥을 드러낼 때까지 지속되자, 페트리지아는 마지막에 가서는 민망함을 느끼기까지 했다. 괜히 혼자 설레한 건 아닌지 부끄러워졌다.

'그냥 이렇게 식사만 같이하는 것도 충분히 기쁘고 행복한 일인데.'

너무 기대치를 높게 설정했나 보다.

페트리지아는 쓸데없는 기대는 버리고 지금 이 순간에 집중하자고 생각하며 루시오를 다정한 눈으로 쳐다보았다. 그 시선을 느낀 루시오가 낮게 웃음을 터뜨렸다.

"왜 그렇게 보는 거야, 리지."

"그냥."

페트리지아가 빙긋 웃으며 답했다.

"어쩜 이렇게 폐하는 나이를 안 드시나 해서요. 얼굴이 저 결혼할 때하고 똑같아요."

"맙소사. 콩깍지가 20년이 지나도 안 벗겨지다니."

"설마 벗겨지길 바라는 건 아니죠?"

"그럴 리가. 사실 벗기고 싶은 건 따로 있지."

"폐하!"

페트리지아가 빨개진 얼굴로 작게 소리쳤고, 그 반응을 보며 루시오는 또 한 번 낮게 웃음소리를 냈다. 20년이 지나도 달라진 게 없는 건 부부가 똑같았다. 그의 아내는 여전히 소녀처럼 순수했고, 그녀의 남편은 여전히 그녀만 바라보는 해바라기였으니까.

"어때, 리지? 오늘 밤은 이곳에서 자고 가는 건."

"거절하면 어떻게 되는 건가요?"

"그대의 남편이 꽤나 상처받지 않을까?"

"맙소사. 그렇게 말씀하시면 거절할 수가 없잖아요."

페트리지아가 까르르 웃음을 터뜨렸고, 루시오는 빙긋 미소를 지은 채 그녀를 바라보다가 별안간 자리에서 일어났다. 그녀가 여전히 입가에 은은한 미소를 걸며 루시오를 향한 시선을 유지했다. 그가 그녀가 있는 방향으로 걸어왔다.

'신기하다.'

그 길지 않은 거리를 한 걸음, 한 걸음 다가올 때마다 심장이 쿵쿵 뛰었다. 살을 맞대고 산 지 20년이 넘었는데, 상대에 대한 설렘이 아직까지 남아 있는 걸 보면 가끔은 이해가 되지 않을 때도 있었다. 이제는 거의 지긋지긋할 정도로 많이 본 남자인데.

"폐하."

어느새 그녀의 앞으로 다가와 한쪽 무릎을 꿇고 앉은 루시오를, 페트리지아가 나직한 목소리로 불렀다. 그가 말하라는 듯 그녀를 다정한 눈으로 올려다보았다. 그녀가 말했다.

"설레요."

"뭐가?"

"폐하를 보면 그냥 설레요."

그녀가 잘 모르겠다는 목소리로 말했다.

"우리 질릴 정도로 많이 봤는데, 도대체 왜 이런 걸까요? 이해가 안 돼요."

"그래서 싫은가?"

"당연히 아니죠."

"그럼 됐어."

그가 부드럽게 그녀의 뺨을 어루만지며 말했다.

"중요한 건 그대의 감정이지, 이유가 아냐. 그대가 나를 보고 설레한다는 사실이 중요한 거지, 왜 나를 보고 설레하는지가 중요한 건 아니거든."

"폐하도 그러세요?"

"당연하지."

"제 모든 걸 다 알고 계시는 데도요?"

"아직 모르는 게 더 많다고 생각해."

"저를 질릴 만큼 보셨잖아요."

"아내에게 질릴 만큼 신의 없는 남자도 아닌 데다가."

루시오가 부드럽게 웃으며 살짝 흘러내린 페트리지아의 머리카락을 뒤로 넘겨주었다.

"금방 질리기에, 그대는 내 눈에 너무 아름다워."

"그렇게 봐주시다니 감사하네요."

"그럴 리가. 서로가 서로에게 아직까지 설레는데, 그런 말이 어디에 있나."

천천히 자리에서 일어난 루시오가 그녀의 머리카락에 키스하며 속삭였다.

"아직 질리려면 한참 남았어. 걱정 마."

"언제요?"

"사후 천 년?"

"맙소사."

결코 싫지 않은 표정으로 웃은 페트리지아가 루시오에게 물었다.

"다음 생에서도 저랑 사실 건가요?"

"그런 건 안 믿는데."

루시오가 빙긋 웃으며 말을 바꾸었다.

"설령 그런 게 있다면, 그때는 남편이 아니라 아버지로 살아보고 싶어."

"아버지요?"

"내리사랑이라고 하잖아. 그때는 내가 그대를 더 사랑해주고 싶어서."

"그럼 저는 폐하의 어머니로 태어나고 싶네요."

"동시에 그러는 건 불가능하지. 내가 먼저 말했으니까 다음 생은 일단 나부터 아버지가 되는 걸로."

"그런 게 어디 있어요! 불공평해."

페트리지아가 까르르 웃으며 루시오를 아프지 않게 때렸고, 그는 기꺼이 맞아주며 얼굴에서 미소를 지우지 않았다.

좀 미친 소리처럼 들릴 수도 있겠지만, 이렇게 건강하게 자신의 앞에서 저를 때리는 모습마저 그는 좋았다. 그녀가 아직 건강하다는 가장 완벽한 증거였으니까.

"자, 리지. 잠시만 혼자 있도록 해."

"어디 가세요?"

"급하게 처리할 정무가 있어서. 잊고 있었군."

"아……."

페트리지아는 하마터면 서운한 기색을 내비칠 뻔했다고 생각하면서, 얼른 고개를 끄덕였다. 그녀가 설핏 미소를 지으며 그에게 말했다.

"천천히 다녀오세요. 전 티라미수나 좀 더 먹고 있죠, 뭐."

"마음껏 먹어. 그대 요즘 너무 말랐거든."

"그, 그건 아니고요."

부끄러움에 페트리지아의 얼굴이 붉어졌고, 그 모습을 본 루시오가 저도 모르게 웃었다. 아마 20년, 아니 40년이 지나서도 그녀는 여전히 귀엽지 않을까. 그 생각을 하며 루시오가 느릿하게 자리를 떴다.

혼자 남겨진 페트리지아는 시녀에게 티라미수 한 접시를 더 가져다 달라고 부탁한 뒤, 기다리는 시간 동안 멍한 표정으로 주변을 둘러보았다. 그러다 무심코 식탁 위를 쳐다보았고, 시선은 루시오가 앉았던 자리에까지 미쳤다. 그의 자리를 별생각 없이 바라보던 페트리지아가 문득 한 가지 사실을 알아내고선 이상하다는 표정을 지었다.

'원래 그 사람이 저렇게 식사량이 적었던가?'

평소에 먹는 양을 고려했을 때 접시 위에 남겨진 음식물이 꽤 많았다. 어디가 아픈가. 페트리지아가 걱정스러운 표정을 지었다. 안색은 나쁘지 않아 보였는데, 혹시 속이 안 좋은 거라거나…….

"리지."

그때, 루시오의 목소리가 들렸다. 페트리지아가 얼른 뒤를 돌아보자 루시오가 미소를 지은 채로 문가에 서 있었다. 그녀가 어벙한 표정을 지은 채로 물었다.

"어…… 벌써 왔어요?"

"일이 일찍 끝났어."

그가 다정한 미소를 지으며 물었다.

"거기서 뭐해?"

"어……."

계속 '어……'만 반복하던 페트리지아가 어느 순간 물었다.

"혹시 어디 안 좋으세요?"

"응?"

"어디 불편한 곳 없으신가 해서요."

"갑자기 왜?"

"평소보다 음식을 많이 남기셔서 걱정됐어요."

"아."

그가 묘한 표정을 지으면서, 그녀를 안심시켰다.

"괜찮아. 무슨 문제가 있어서 그런 게 아니라……."

"아니라……?"

"긴장할 만한 일이 있었거든."

"폐하께서 긴장하실 만한 일도 있으세요?"

"당연하지. 나도 사람인걸."

빙긋 웃은 루시오가 천천히 페트리지아에게로 다가와, 그녀의 손을 꼭 부여잡았다. 갑작스러운 행동에 그녀가 멍한 표정을 짓는 사이, 그가 그녀의 귓가에 대고 속삭였다.

"산책이나 갈까?"

밤에 둘이서 산책하는 것도 참 오랜만이었다. 20대 때는 산책도 많이 했던 것 같은데, 어째 나이가 들면서 더 바빠진 느낌이었다. 분명 일하는 요령은 더 늘었을 텐데 말이지. 페트리지아가 참 미스터리한 일이라고 생각하며, 붙잡은 손으로 전해지는 온기를 느꼈다. 따뜻함이 전신으로 퍼지는 기분이었다.

"조금 싸늘하지 않아?"

"추우세요?"

"아니. 나 말고 그대 말이야."

"드레스가 두꺼운 재질이라 괜찮아요."

하지만 그 말을 허투루 들은 건지, 루시오는 결국 자신의 재킷을 벗어 페트리지아에게 입혀주었다. 그녀가 빙긋 웃으며 말했다.

"이러다 폐하께서 감기 걸리십니다."

"난 건강하니 괜찮아."

"핑계는. 저 정말 괜찮아요."

"조금만 더 있으면 그대 생일이야. 생일에 아픈 것만큼 서러운 건 없지."

루시오가 페트리지아의 이마에 짧게 키스하며 속삭였다.

"그리 걱정되면 손이나 계속 잡아주던지."

"따뜻해요?"

"응. 정말 따뜻해."

"마음 같아서는 양손 모두 잡아드리고 싶네요."

"그건 안 되지."

당연히 긍정하는 대답이 나올 줄 알았는데, 의외였다. 페트리지 아가 두 눈을 동그랗게 뜨고 물었다.

"왜요?"

"우리 둘만 있는 게 아니잖아."

그렇게 말한 루시오가 페트리지아의 손을 놓았다. 갑자기 손에서 전해지던 온기가 사라지자 싸늘함이 몰려왔다. 그녀가 의아한 표정으로 그를 바라보았다.

"왜……."

그때, 누군가가 갑자기 뒤쪽에서 튀어나왔다. 아니, 정확히 말하자면 누군가'들'이었다. 뒤를 돌아 얼굴을 확인한 페트리지아가 저도 모르게 큰 소리를 냈다.

"너희들……!"

딜런과 세쌍둥이였다. 덤불에 숨어 있었는지 세쌍둥이들의 옷에 초록색 나뭇잎들이 덕지덕지 붙어 있었다. 레시에가 씩 웃으며 큰 소리로 소리쳤다.

"하나, 둘, 셋, 넷!"

"생신 축하합니다. 생신 축하합니다. 사랑하는 어머니 생신 축하합니다!"

"와아!"

갑작스럽게 일어난 일에 페트리지아는 도통 정신을 차릴 수가 없었다. 그러니까…… 지금 이거 깜짝 생일 파티, 뭐 그런 건가? 그녀가 얼떨떨한 표정으로 중얼거렸다.

"이거 지금……."

"어머니, 촛불 끄세요. 얼른요!"

"곧 있으면 자정이에요!"

"어? 어, 그래……."

페트리지아가 엉겁결에 딜런의 앞으로 가 초가 가득 꽂혀 있는 케이크 위를 세게 불었다. 촛불은 한 번으로 깔끔하게 모두 꺼졌다. 아이들이 다시 환호성을 지었다.

"와아!"

"어머니, 생신 축하드려요."

"엄마."

가장 막내인 레이네가 먼저 앞으로 나와 무언가를 페트리지아에게 건넸다. 페트리지아가 궁금한 표정으로 그것을 받아들었다. 레이네가 수줍게 입을 뗐다.

"종이로 만든 장미꽃 브로치예요."

레이네는 페트리지아가 장미를 좋아한다는 사실을 알고 있었다. 하지만 그렇다고 해서 금방 시드는 생화나, 값비싼 보석을 세공해 브로치로 만드는 건 무리였다. 결국 레이네가 선택한 건 예쁜 빨간색 종이였다. 페트리지아가 방긋 웃으며 레이네의 머리를 쓰다듬었다.

"정말 고마워, 레이네. 엄마에게 달아줄래?"

"물론이죠."

수줍게 웃은 레이네가 고사리 같은 손으로 자신이 만든 브로치를 페트리지아의 가슴에 달아주었다. 그다음은 셋째 레시에였다.

"엄마, 저는 손수건이에요. 제가 직접 자수도 놓았어요."

페트리지아는 이때 적잖이 놀랐다. 가장 선머슴 같은 딸인 레시에가 자수라니! 그녀는 자수보다 검술을 더 좋아하는 딸이었다. 취미에도 맞지 않는 자수를 저를 위해 했다니 뭔가 가슴이 뭉클해졌다. 물론 결과물은 볼품없고 형편없었지만, 지금 이 순간 페트리지아에게는 그 어느 손수건보다 소중하고 아름답게 느껴졌다. 페트리지아가 레시에의 볼에 키스하며 고맙다고 속삭여 주었다.

이번에는 첫째 딸 레지네의 순서였다. 그녀가 건넨 것은 한 권의 얇은 책이었는데, 어두워서 안의 내용이 잘 보이지 않았다. 페트리지아가 물었다.

"이게 무슨 책이니, 레지네?"

"어머니를 위해 제가 직접 쓴 시집이에요."

"거기에 다 엄마 칭찬밖에 없어요."

"맙소사, 레시에. 너 설마 내 책 본 거야?"

"그게 왜 언니 거야? 어머니 거지!"

"드리기 전까지는 내 거지! 어떻게 그럴 수가 있어?"

"자자, 얘들아. 싸우지 말렴. 엄마가 방에 가서 읽어볼게."

"엄마, 꼭 엄마 혼자서만 읽으셔야 해요. 아셨죠? 아빠한테도 보여드리면 안 돼요?"

"알았어, 레지네."

하지만 아마 루시오도 볼 확률이 농후했다. 페트리지아가 미소를 지으며 마지막으로 장남인 딜런을 쳐다보았다. 그가 부드러운 미소를 지으며 페트리지아에게 무언가를 내밀었다. 손으로 만져보니 줄이 있는 것이, 목걸이 같았다. 딜런이 조금 쑥스러운 듯한 목소리로 말했다.

"제가 직접 세공했어요."

"나무 같은데, 네가 직접 세공했다고?"

"어렵지 않았어요."

"오빠가 칼에 많이 베였어요!"

"조용히 해, 레지네."

헛기침을 하며 딜런이 얼른 레지네의 말을 막았고, 그 말을 들은 페트리지아는 기쁜 동시에 마음 한구석이 불편해졌다. 그래도 딜런의 진심이 느껴졌기 때문에, 그녀는 결국 미소지을 수 있었다.

그리고 마지막은······.

"리지."

루시오가 더없이 자상한 미소를 지으며 그녀의 앞에 섰다. 페트리지아의 심장이 거세게 뛰기 시작했다. 그녀가 말했다.

"알죠? 사실 내가 가장 아끼는 선물은 폐하와 아이들인 거."

"그래도 그 사실 하나만으로 넘어가기엔, 내 체면이 안 서는군."

그가 딜런에게서 상자 하나를 받아든 후 페트리지아에게 건넸다. 열어보니 웬 초가 있었다. 그녀가 물었다.

"이게 뭐예요?"

"직접 만든 향초야. 당신이 좋아하는 장미향이고."

"밤에 잘 때 피우면 딱 좋겠다."

페트리지아가 생긋 웃으며 그에게 고맙다고 말하려는데, 그가 좀 더 빨리 말을 뱉어냈다.

"영원한 사랑을 위하여."

"네?"

"향초를 선물한다는 건, 영원한 사랑을 기원하는 행위라고 하더군."

언젠가는 다 타서 사라져버릴 향초와는 달리, 지금의 사랑이 영원하길 바랐다. 이 세상의 모든 향초를 다 태워도 끝까지 살아남을 사랑이 되길 원했다. 그 마음을 간직한 채, 루시오가 고백했다.

"영원히 사랑하겠습니다, 나의 황후 폐하."

"……."

"제 맹세, 받아주시겠습니까?"

"당연……하죠."

순간 그녀의 두 눈에서 눈물이 흘러내렸다. 밤이라 아무도 보지 못할 거라고 생각했는데, 루시오가 용케 보고선 다정하게 볼을 닦아 주었다. 그 손길에 그녀는 어쩐지 더 눈물이 날 것만 같았다.

이 행복이 과연, 꿈일까 생시일까.

"엄마, 아빠. 뽀뽀해요, 뽀뽀!"

레시에가 큰 목소리로 소리치자, 그게 신호탄이라도 되는 것처럼 다른 아이들도 외치기 시작했다.

"뽀뽀해요!"

"뽀뽀!"

아이들의 요청에 페트리지아가 난감한 표정을 지었지만, 루시오는 태연하게 미소 지으며 그녀에게 속삭였다.

"이런 열렬한 요청을 받아들이지 않는 것도 예의가 아닌 것 같은데."

"아하하."

아, 나도 모르겠다.

페트리지아가 마침내 크게 웃음을 터뜨리며 루시오의 얼굴을 감쌌다. 숨길 수 없는 애정이 그를 보는 그녀의 시선에 그대로 드러났다. 그녀는 곧바로 그에게 키스했고, 그런 그녀의 얼굴에는 결코 숨길 수 없는 행복한 미소가 걸려 있었다.

"와아!"

아직 순수한 아이들의 환호성을 들으며, 페트리지아는 생각했다. 정말로 그렇게 되었으면 좋겠다고. 그리고 그 바람을 현실로 만들기 위해, 지금도, 앞으로도 최선을 다해 그를 사랑하겠노라고.

"사랑해요, 폐하."

"늘 말하지만, 내가 더."

영원한 사랑을, 위하여.

〈완결〉

안녕하세요. 무소입니다.

작년 4월부터 쓰기 시작했던 작품을 마무리 지은 지도 어느새 반년 남짓한 시간이 흘렀습니다. 그러는 사이 이렇게 종이책이 나와서 후기까지 쓰게 되었네요.

《레이디 투 퀸》은 제게 정말 뜻깊은 작품입니다. 모든 작가님들께 첫 작품은 큰 의미를 가지지만, 제가 개인적으로 힘들었던 시기에 시작했던 작품이라 그런지 더 애착이 가네요. 제 2017년의 시작과 끝은 《레이디 투 퀸》과 함께 했다고 봐도 무방할 것 같습니다. 틈만 나면 시간을 내서 이 작품을 썼으니까요.

《레이디 투 퀸》의 제목은 많은 분들이 예상해 주신 것처럼 중의적인 의미를 가지고 있습니다. '레이디'였던 페트리지아가 '퀸'이 되는 이야기이기도 하고, 마찬가지로 '레이디'였던 로즈몬드가 '퀸'이라는 목표를 이루고자 노력하는 이야기이기도 합니다. 두 명의 퀸이었던 페트로닐라와 페트리지아 자매의 이야기이기도 하지요.

저는 소설 속에 등장하는 모든 캐릭터를 그 나름대로의 이유를 가지고 예뻐합니다. 그중 개인적으로 가장 아끼는 캐릭터는…… 놀랍게도 로즈몬드이고요. 가장 욕을 많이 먹어서 캐릭터를 창조해낸 저라도 아껴줘야 하지 않을까 하는 마음이 있어요. 고귀한 신분이 아니었음에도 욕망을 위해 투쟁하는 모습이 저는 좋았습니다. 도덕적인 평가는 잠시 내려두고서라도 말이죠. 물론 그에 못지않게 주인공인 페트리지아도 많이 아끼고 있습니다.

첫 작품부터 예상치 못했던 애정과 관심을 받아 많이 감동했고,

글을 지속적으로 써나갈 수 있는 원동력이 되었습니다. 다시 한번 독자분들께 진심 어린 감사의 말씀을 전하고 싶습니다. 아마 이 작품은 작가 생활을 계속하면서 절대 잊지 못할 것 같아요.

저는 앞으로 더 발전하는 작가, 즐거움을 드리는 작가가 되기 위해 노력하겠습니다. 이 책을 읽으시는 독자님들 모두 항상 즐거운 일만 가득한 하루 되시길 소망합니다.

감사합니다.

2018년 한여름의 어느 날,

무소 드림

국립중앙도서관 출판시도서목록(CIP)

레이디 투 퀸. 3 / 지은이: 무소. — 고양 :
위즈덤하우스, 2018
p. ;   cm

ISBN 979-11-6220-754-3 04810 : ₩13800
ISBN 979-11-6220-751-2 (세트) 04810

한국 현대 소설[韓國現代小說]

813.7-KDC6
895.735-DDC23   CIP2018022822

레이디 투 퀸 3

초판 1쇄 발행 2018년 8월 13일 **초판 3쇄 발행** 2020년 11월 5일

지은이 무소
펴낸이 연준혁

출판부문장 이승현
웹소설본부 본부장 이진영
편집 오가진
디자인 하은혜

펴낸곳 (주)위즈덤하우스 **출판등록** 2000년 5월 23일 제13-1071호
주소 경기도 고양시 일산동구 정발산로 43-20 센트럴프라자 6층
전화 031-936-4000 **팩스** 031)903-3893
홈페이지 www.wisdomhouse.co.kr

ⓒ무소, 2018

ISBN 979-11-6220-754-3 04810
        979-11-6220-751-2 세트